PARK JI-SUNG

MY STORY

박지성 마이 스토리

PARK JI-SUNG

MY STORY

박지성 지음

한스미디어

"박지성은
아시아에 대한
유럽의
고정관념을
깼다."

_롭 제임스 Rob James,
맨체스터 유나이티드 FC 마케팅 디렉터

"박지성은
한국 축구 사상 최초의
핵과 같은 선수다."

_안드레아 피를로 Andrea Pirlo,
이탈리아 축구대표팀의 살아있는 전설

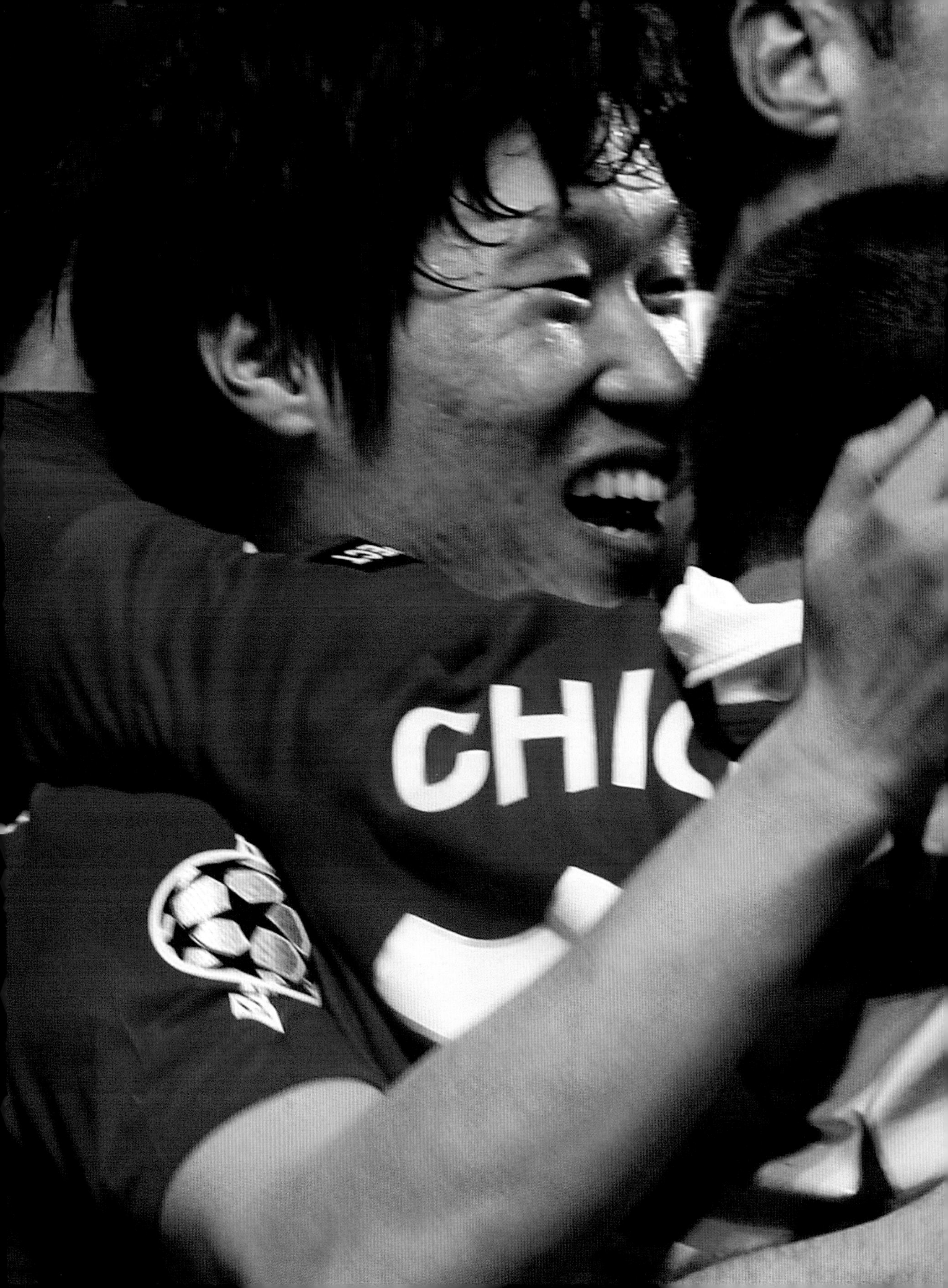

"그와 언제나
같은 팀이고 싶다."

_라이언 긱스 Ryan Joseph Giggs,
맨체스터 유나이티드 FC 수석코치, 前축구 선수

"그가 달려나갈 때
수비수들은
서서 막아야 하는지
태클을 해야 하는지
몰라
당혹해한다."

_웨인 루니 Wayne Rooney,
맨체스터 유나이티드 FC 축구 선수

"그는 결코
우리에게
패배를 안겨주지
않는다."

_알렉스 퍼거슨 Alex Ferguson,
맨체스터 유나이티드 FC 前축구 감독

"도전이 없다면
더 큰 성공도 없다."

_박지성

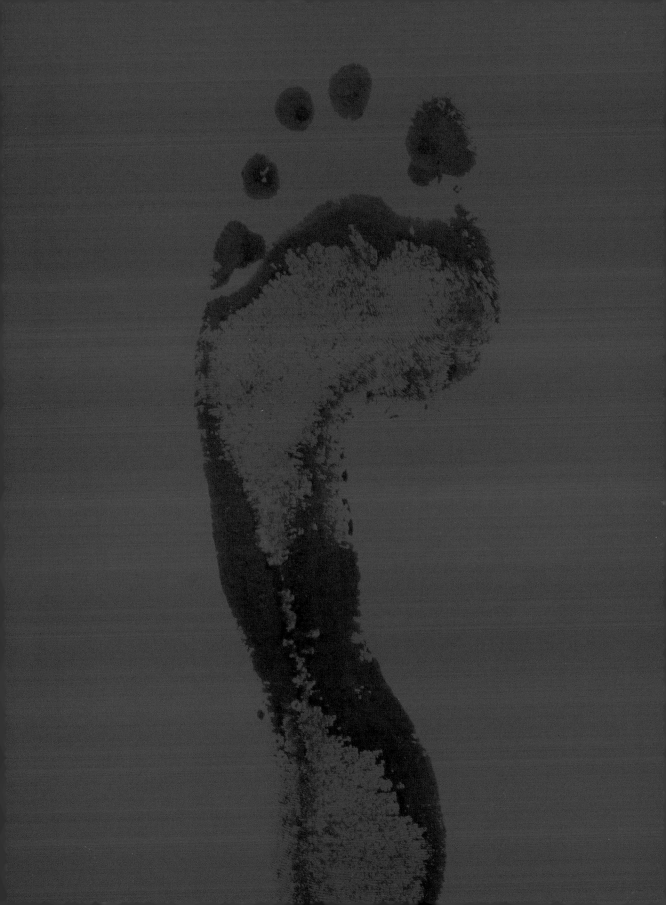

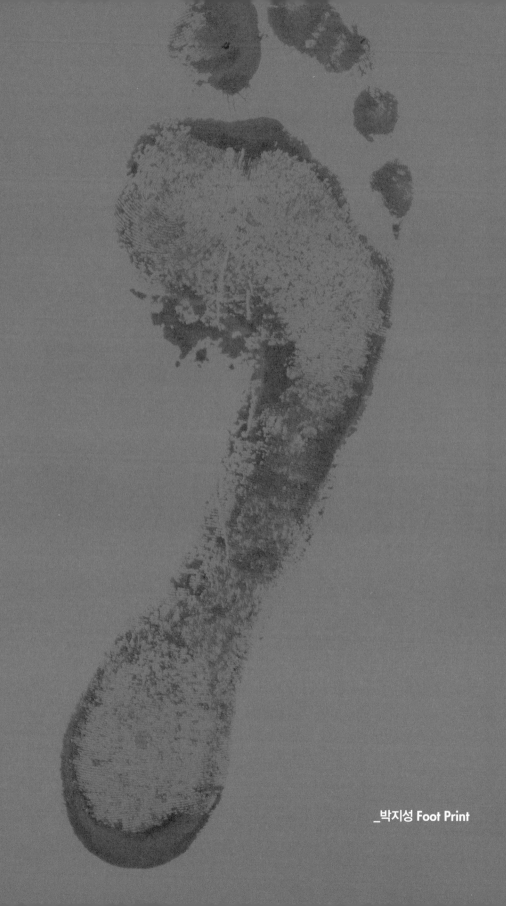

_박지성 Foot Print

1장 – 프로 리그 데뷔부터 은퇴까지

2장 – 대한민국 국가대표 시절

3장－박지성 베스트 경기 10

1부

또 다른

승리를

위하여

안녕하세요! 박지성입니다.

이렇게 세 번째 책을 출간하며 축구 선수 박지성으로서는 마지막으로 여러분을 만나게 되었습니다. 주변 분들로부터 이제 은퇴를 했으니 축구 선수로서 경험했던 많은 기억들을 기록으로 남겨 정리해보면 어떻겠느냐는 제안을 받았을 때 처음에는 많이 고민했습니다. 선수 생활을 하는 동안 두 권의 책을 펴냈기에 다시 한 번 책을 통해 제 이야기를 하는 것이 왠지 새삼스럽게 느껴졌기 때문입니다.

하지만 선수 생활을 마무리한 지금에 와서 보니 그라운드 안에서 고군분투하던 그때와는 달리 새롭게 돌아보게 된 기억들이 참 많았습니다. 그리고 그 당시엔 여러 가지 사정으로 할 수 없었던 이야기들도 기억이 나서 저에게는 아직 정리할 것이 남아 있다는 생각이 들었습니다. 다시 용기를 낼 수 있도록 도와주신 많은 분들께 감사하다는 말씀을 드리고 싶습니다.

돌이켜 생각해보니 축구 선수로서 저는 스스로 기대했던 것보다 더 좋은 선수 생활을 했고, 꿈으로만 간직했던 많은 일들을 경험할 수 있었습니다. 저를 주저앉게 만드는 힘든 일도 있었지만, 많은 팬 여러분의 분에 넘치는 사랑과 격려로 다시 일어설 수 있었습니다. 제가 축구와 함께했던 그 어떤 장면을 떠올리더라도 가슴이 벅차오르는 이유는 아마도 그 모든 장면에 팬 여러분이 함께했기 때문일 것입니다.

제가 떠올린 장면들이 여러분에게도 하나의 즐거운 추억으로 자리하고 있기를 바랍니다. 그리고 저에게 그러했듯이 이 책이 그날의 저를, 그날의 여러분을 만나게 해주기를 희망합니다. 언젠가 축구 선수 박지성이 생각나는 날 이 책을 펼쳐보는 것이 작은 반가움이 되길 바라며 조심스럽게 저의 추억을 여러분께 보냅니다.

또 다른

승리를

위하여

1장

새로운

출발

그래, 여기서 멈추자

2014년 5월 14일 수요일. 아침에 눈을 떴는데 이상하리만큼 덤덤했다. 이래도 되나 싶을 정도였다. 정작 난 아무렇지도 않은데 부모님이며 주위 사람들의 표정이 무거웠다. 아침 일찍부터 핸드폰도 바빴다. 문자며 전화가 쏟아져 들어왔다. 멀쩡한 내가 오히려 이상하게 보일 정도였다. '정말 이래도 되는 건가.' 덤덤하게 옷을 챙겨 입고 제이에스 축구센터로 갔다.

그날은 23년간 뛰었던 축구 선수 생활의 마지막을 알리는 은퇴 기자회견이 있는 날이었다. 기자회견이 열리기로 한 제이에스 축구센터 앞마당에는 얼핏 세어 보아도 100명이 넘는 기자들이 와 있었다. '진짜 마지막이구나.' 선수 생활을 그만두는 날이니 기분이 묘할 줄 알았다. 슬프진 않더라도 마음이 뒤숭숭할 것 같았다. 그런데 내 성격이 이상한지 몰라도 마음이 복잡하거나 아쉽지는 않았다. 말 그대로 덤덤했다. 아무 계획이 없는 하루처럼 다른 평범한 날과 다르지 않은 오전처럼 느껴졌다.

물론 여느 날과는 분명 다른 날이었다. 선수 생활을 마무리하는 특별한 날이었지만, 마음이 평온했다. 그렇게 덤덤할 수 있었던 건 누구보다 나

자신이 선수 생활을 계속할 수 없는 상황이라는 걸 너무나 잘 알고 있었기 때문이다. 선수로 더 뛸 수 있는데 은퇴를 결심했다면 머릿속이 복잡하고 못내 아쉬웠을 것이다. 하지만 이제 나는 선수 생활을 이어갈 수 없었다. 더는 뛸 수 없다는 걸 누구보다 잘 알고 있었기에 아쉬움이 남지 않았다. 확연한 문제였고 선택이었다.

은퇴를 결심한 가장 큰 이유는 부상 때문이다. 네덜란드 에인트호번에 복귀해서 뛰는 동안 무릎 통증이 급격하게 심해졌다. 며칠 쉬거나 치료를 해도 통증이 좀처럼 가라앉지 않았다. 이제 그만 멈춰야 했다. 그렇게 선수로 뛰기 힘든 현실을 받아들였다. 2007년 무릎에 큰 수술을 받았을 때만 해도 선수로 서른을 넘길 수 있을까 걱정하기도 했다. 그래서 만 서른세 살이 될 때까지 현역으로 뛸 수 있게 버텨준 두 다리가 고마웠다.

평소 생각하던 축구 선수로서의 은퇴 나이와도 크게 차이 나지 않았다. 처음 은퇴를 고민하고 있던 시점에 만났던 청용이와 성용이한테 슬쩍 지나가는 말로 그만 뛰고 은퇴나 할까 이야기했더니 믿지 않았다. 더 할 수 있으면서 왜 엄살 피우냐고 한마디씩 했다. 아무리 장난이라지만 선배한테 윽박까지 질렀다.

결국 은퇴하기로 마음의 결정을 내린 뒤 절친 에브라(Patrice Evra)에게 가장 먼저 은퇴 얘기를 꺼냈더니 에브라도 처음엔 진짜냐고 반문했다. 하지만 내가 처한 상황을 자세히 듣고는 나의 은퇴 결정을 존중한다며 선수 이후의 계획을 잘 준비했으면 한다고 했다.

주위에서도 조금 빠른 은퇴 아니냐고 했다. 하지만 내 생각은 달랐다. 만 서른셋이면 그렇게 빠른 은퇴 나이는 아니다. 마흔 가까이 현역으로 뛴 라이언 긱스(Ryan Giggs) 같은 선수도 있지만 유럽에서도 30대 중반 넘어서까지 선수 생활을 이어가는 건 흔치 않은 일이다. 긱스가 대단한 거다. 오래 뛰니까 주목받아서 알려져 있을 뿐 대개의 선수들은 서른 초반이면 현역 생활을 마무리한다. 국내에서도 김남일, 이동국, 설기현 등 몇몇 형들이 현역으로 잘 뛰어주고 있지만 이는 분명 특별한 경우다. 이 형들도 참 대단하다.

어릴 적 나의 꿈은 국가대표가 돼서 월드컵에 나가는 것이었다. 어렸을 때 꿈꿨던 것 이상으로 축구 선수로서 누릴 수 있는 것을 너무나 많이 누렸기에 후회는 없다. 다만 한 가지 아쉬운 것이 있다. 내가 자라던 시절에는 프리미어리그나 맨체스터 유나이티드를 아는 사람이 드물었을 정도로 해외 축구에 대한 정보가 부족했다. 국가대표팀과 친선 경기를 하기 위해 내한했던 이탈리아의 AC 밀란이나 유벤투스 정도가 당시에 내가 알고 있던 해외 명문 클럽의 거의 전부였다. 하지만 요즘에는 해외 축구를 누구나 쉽게 볼 수 있어서 호날두(Cristiano Ronaldo)나 메시(Lionel Messi) 같은 세계 최고의 선수가 되고 싶다는 꿈을 꾸는 아이들이 많아졌다. 내가 어릴 때는 그런 기회조차 없었기에 국가대표가 되어 월드컵에 나가고 싶다는 게 내가 꿀 수 있는 최고의 꿈이었다. 더 큰 꿈을 꿨다고 해서 그렇게 될 거라는 확신은 없지만, 만약 어릴 적부터 더 큰 꿈을 키웠더라면 지금보다 조금 더 노력하지 않았을까 하는 아쉬움 같은 것은 남는다.

나이 서른이 넘어가고부터는 주변에서 은퇴 이야기만 나오면 왠지 귀 기울여 듣게 되었다. 은퇴한 선배들은 가능하면 현역 생활을 오래하는 게 가장 좋다고 이구동성으로 말했다. 선수로 뛰면서 받는 연봉이나 대우 같은 경제적인 이유보다 선수만이 느낄 수 있는 다양한 감정을 느낄 수 없는 아쉬움이 생각보다 크다고 했다. 경기장이나 라커룸에서 느끼는 긴장감과 수많은 승패의 경험들은 어디서도 느낄 수 없는 선수만이 누릴 수 있는 특권인데, 선수를 그만두면 이 모든 게 사라진다고 했다. 그럴 것 같다. 어떤 말보다 공감했던 이야기다. 축구는 은퇴하고 나서도 마음만 먹

그날은 23년간 뛰었던
축구 선수 생활의 마지막을
알리는 은퇴 기자회견이
있는 날이었다.

으면 계속할 수 있다. 프로 팀이 아니더라도 생활 축구팀을 만들어 뛸 수
도 있고 태어날 아이들과 공을 찰 수도 있는 일이다. 하지만 프로 축구 선
수로서 느끼는 엄청난 긴장감과 중압감, 팀의 명운을 걸고 싸우는 승부의
세계에서만 맛볼 수 있는 희열은 분명 은퇴해서는 결코 경험할 수 없는
것들이다. 물론 감독이나 코치가 된다면 비슷한 감정을 느낄 수도 있겠지
만, 잔디를 직접 밟고 뛰면서 승패를 자신들의 온몸으로 만들어내는 선수
들의 그것과도 또 다른 느낌일 것이다.

선수로 뛰었던 수많은 경기들이 머릿속을 하나하나 스친다. 골을 넣는
순간 발등에 와 닿던 감촉, 거친 숨소리와 진한 땀 냄새 속에서 서로 소리
치며 격려하던 라커룸에서의 시간, 수만 명의 관중이 지켜보는 거대한 스
타디움에서 동료들과 함께 우승컵을 들어 올리며 기뻐하던 순간, 중요한
경기에 나설 때 느낀 말로는 표현 못할 흥분과 긴장감, 어려운 승부 끝에

거둔 승리에서 느꼈던 가슴이 터져버릴 것 같았던 희열, 그 모든 기억들이 은퇴하고 나서도 오래도록 마음 한구석에 그리움으로 남을 것 같다.

마지막 경기가 끝나기 1분 전

내가 프로 선수로서 마지막 경기라고 여기며 뛰었던 경기는 2013-14 시즌 에레디비지 리그 최종전이었던 에인트호번과 NAC 브레다의 경기였다.

시즌 종료를 두 경기 남겨 놓았을 때만 하더라도 에인트호번이 리그 5위라서 내가 현역 선수로 뛸 수 있는 마지막 경기는 플레이오프가 될 것이라고 생각했다. 네덜란드 리그의 경우 5위를 차지하면 6위, 7위, 8위 4팀이 플레이오프를 치러 마지막에 이긴 팀이 유로파리그 출전권을 얻는다. 에인트호번이 5위로 처져 있었기 때문에 팀이 플레이오프에 갈 것이고 내 마지막 경기도 미뤄질 것이라고 생각했다. 하지만 최종라운드 1경기를 남겨 놓은 상황에서 순위가 역전되면서 상황이 급변했다. 에인트호번이 최종전인 NAC 브레다와의 경기에서 이길 경우 4위에 오르면서 플레이오프를 거치지 않고 유로파리그 출전을 확정지을 수 있는 상황이 된 것이다. 최종전이 홈경기였고, 상대 NAC 브레다는 중하위권 팀이었다. 충분히 잡을 수 있는 상대라 결국 '아, 내 마지막 경기는 NAC 브레다전이 되겠구나.' 하고 생각했다.

결국 예상대로 NAC 브레다전에 선발 출전해서 현역 선수로서의 마지막 경기를 치렀다. 필립 코쿠(Phillip Cocu) 감독은 2-0으로 앞선 상황에서 경기가 끝나기 1분 전에 나를 교체하며 팬들의 축하를 받을 수 있게 해주었다. 에인트호번의 홈구장 필립스 스타디움을 가득 메운 3만여 팬들은 사실상 유로파리그 출전권을 따낸 축제 같은 분위기에서 벤치로 들어오는 나를 향해 기립 박수를 보내며 '위숭빠레'를 합창해주었다. 에인트호번에서 선수로 함께 뛰었고, 맨체스터 유나이티드로 이적할 때도 떠나는 걸 가장 아쉬워했던 코쿠 감독한테 또 한 번 고마운 신세를 진 순간 이었다.

덕분에 마지막 경기를 멋지게 마무리할 수 있었지만, 경기를 뛰는 동안에는 속상하고 화가 났다. '이 경기가 내 마지막 경기야. 그렇기 때문에 정말 내가 보여줄 수 있는 모든 걸 해야 돼.' 그런 생각으로 뛰었지만, 경기장 안에서 그렇게 할 수 없다는 걸 너무나 잘 알고 있었다. 아프기 전에는 내가 하고 싶은 걸 보여준 다음에 팬들한테 평가를 받았는데 지금은 그럴 수가 없다는 게 화가 났다. '마지막 경기인데 이런 모습을 보여줄 수밖에 없구나.' 그렇지만 그게 현실이었다.

에인트호번은 내게는 고향과도 같은 팀이다. 유럽 무대를 향한 도전이 시작된 곳이고, 또 마무리까지 한 곳이다. 맨체스터 유나이티드로 가기 위해 에인트호번을 떠날 때도 언젠가는 다시 돌아와야 할 곳이라 생각했었다. 2002년 월드컵이 끝난 뒤 반년 정도 있다 일본 J리그에서 히딩크(Guus Hiddink) 감독이 있던 네덜란드 에인트호번으로 이적해서 2005년 여름 맨체스터 유나이티드로 떠나기 전까지 약 2년 반의 기간 중 거의 1년 동안은 부상과 부진으로 팀에 해준 것이 아무것도 없었다. 언젠가는 다시 돌아와서 빚 아닌 빚을 갚고 싶었다. 보상이란 표현까지는 아니더라도 못한다고 홈 팬들에게 야유 받던 1년을 어떤 식으로든 다시 채워주고 싶었다. 잉글랜드 QPR에 있다가 다른 곳으로 이적을 추진하는 과정에서 몇몇 클럽의 제안이 들어왔는데 그중에 에인트호번이 있었다. 난 주저 없이 에인트호번을 선택했다. 연봉이나 여러 조건은 다른 곳에 비해 좋지 않은 편이었지만, 에인트호번은 나에게 특별한 팀이었고 또 마음의 빚이 남아 있던 팀이었다. 그래서 더더욱 에인트호번에서 좋은 마무리를 하고 싶었다. 특히 마지막 경기는 그러한 마음이 더했지만 결과적으로 무릎 부상 때문에 제대로 보탬이 되지 못한 것 같아 또 한 번 마음의 빚으

로 남고 말았다. 고향과도 같은 팀에 돌아와 마지막을 함께할 수 있었다는 사실이 개인적으론 너무나도 행복한 일이었지만 힘을 보태주러 갔다가 오히려 폐만 끼친 게 아닌가 하는 미안함도 남았다.

확실히 에인트호번으로 돌아온 뒤로 무릎 상태가 심각해졌다. 맨체스터 유나이티드에 있을 때는 많은 경기를 연달아 뛰어야 하는 상황이 아니었고, 경기장에서 뛸 때도 아프지 않아서 무릎에 대해 전혀 걱정하지 않았다. QPR로 옮기고 나서 한 번 부상 당한 이후로 무릎이 안 좋아졌다는 걸 느꼈지만, 그때는 부상 때문에 그런 거라서 잘 치료하고 쉬면 나아질 거라고 생각했다. QPR에서 한 시즌 동안 리그에서만 20경기를 뛰었는데도 그 정도라 아직까진 괜찮구나 생각했고, 에인트호번에 복귀한 이후로도 전반기까지는 별 문제가 없었다. 그러다가 9월말에 경기 중에 발등 부상을 당해서 두 달 넘게 쉬고 12월 중순에 복귀전을 치르는데 무릎에 통증이 오는 주기가 예전보다 더 빨라졌다는 느낌을 받았다. 꽤 오래 쉬다가 나왔는데도 무릎 상태가 좋지 않자 조금 불안해졌다. 그러다 2월 들어 리그 경기를 연달아 치르는데 그때 '아 이제는 무릎이 버티지 못하는구나.' 하는 생각이 들었다. 그 전까진 아무리 아파도 경기장에서 뛸 때는 통증을 잊고 뛸 수 있었는데 이젠 경기장에서 견딜 수 없을 정도로 아팠다. 할 수 없이 경기에 뛸 때마다 진통제를 먹고 뛰어야 했다. 진통제의 힘을 빌려 통증을 가라앉히고 한 경기를 뛰면 며칠 동안은 아예 운동조차 하지 못할 만큼 무릎이 아팠다. 그런 상황이었는데도 에인트호번과 코쿠 감독은 끝까지 나를 챙기고 배려해주었다. 후배 동료들도 자기 일처럼 걱정해줬다. 에인트호번과 코쿠 감독이 아니었다면 기대할 수 없는 배려였다. 팀 전력에 보탬이 되어야 하는 베테랑이자 외국인 선수가 부상으로 팀에 큰 도움이 되지 못하는 상황인데도 마지막까지 나를 챙겨준 그들의 호의는 아마도 오랫동안 잊지 못할 것 같다.

버텨준 무릎이 고맙다

현역 은퇴의 직접적인 이유는 부상이다. 부상은 선수 시절 내내 발목을 잡았다. 선수 생활을 하는 동안 모두 세 차례 수술을 받았다. 왼쪽 발목 한 번, 오른쪽 무릎 두 번이다. 그런데 여태까지 수술하게 된 과정이 다 이상했다. 이상하다고 표현하기는 좀 그렇지만, 남들처럼 경기 도중에 다쳐서 실려 나가거나 해서 수술 받은 적은 한 번도 없다. 세 번 모두 경기를 잘 마치고 난 뒤에 내 발로 병원에 찾아 갔다가 수술한 경우였다.

처음 수술대에 오른 건 네덜란드 에인트호번에서 뛸 때다. 2003년 3월에 무릎 연골판 제거 수술을 받았다. 몇 년 동안 누적된 피로가 빚어낸 안타까운 결과였다. '남들도 다 한 번씩은 받는 수술인데 뭐.' 그때까지만 해도 큰 걱정은 없었다. 선수라면 누구나 한 번씩 거쳐 가는 홍역쯤으로 여겼다.

2006년 맨체스터 시절에 왼쪽 발목 수술을 받을 때도 멀쩡하게 경기를 끝내고 난 뒤에 발목 상태가 약간 이상한 것 같아 의사를 찾았다가 수술대에 오른 경우다. 9월 2일과 6일 이란과 대만을 상대로 아시안컵 지역예선전을 한국에서 치르고 영국으로 돌아와 9월 9일 토트넘전 후반을 뛰었다. 경기가 끝난 다음날 발목이 조금 뒤틀린 것 같아 팀 닥터와 상의해서 병원을 찾아가 MRI를 찍었는데 겉으로는 멀쩡해 보이던 발목은 인대가 다 끊어져 있는 상태였다. 붓지도 않고 이렇게 인대가 끊어진 것을 처음 본 팀의 의료진들도 신기하게 생각했다. 목발도 짚지 않고 내 발로 병원에 걸어가서 두 번째 수술을 받았다. 발목 인대 수술 후 복귀까지 석 달이나 걸려서 그해 12월 17일이 되어서야 웨스트햄전에 출전해 복귀전을 치렀다. 하지만 이 두 번의 수술은 몇 달 뒤에 닥칠 충격적인 부상에 비하면 아무것도 아니었다. 발목 수술 후 3개월 쉬다 돌아와서 그런지 복귀한 뒤로 몸 상태가 너무나 좋았다. 1월 이후 석 달 동안 리그에서만 다섯 골을 넣으며 맨체스터 유나이티드 진출 이후 최단 기간 최다 골을 기록했다. 그 기간 내내 좋은 몸 상태를 유지하며 유럽 챔피언스리그와 FA컵, 국가대표팀 A매치 등 이어진 모든 일정을 잘 소화했다.

문제가 터진 건 2007년 3월 31일 치러진 블랙번전이었다. 올레 군나르 솔샤르(Ole Gunnar Solskjaer)가 맨유 유니폼을 입고 마지막 골을 넣었던 경기였다. 나 역시 그 경기에 출전해 90분 풀타임을 뛰면서 골도 넣었는데 다음날 일어나 보니 웬일인지 무릎이 부어 있었다. 경기장에서 뛸 때는 이상을 느끼지 못했는데 왜 이럴까 걱정이 되어 팀 닥터에게 상태를 설명한 뒤 함께 병원을 찾았다. 담당 의사는 MRI 촬영 결과를 보더니 심상치 않은 표정을 지었다. 그러곤 무릎 부상 재활 분야에서 최고 권위를 인정받는 동료 전문의에게 내 무릎을 촬영한 MRI 데이터를 보냈다. 그 전문의는 MRI 데이터를 확인한 뒤 최종 결과를 나에게 통보했다. 그는 내가 입은 부상이 10년 전만 하더라도 수술대에 오르지도 못하고 바로 축구 선수 생활을 그만둬야 할 정도의 큰 부상이라고 말했다. 지금 당장 수술을 해야 하고, 다시 경기장으로 복귀하기까지는 최소 6개월 이상이 걸린다고 했다. 솔직히 그때는 그런 심각한 부상인지 모르고 있어서 그저 놀랐을 뿐이었다. 그전까지는 부상을 당해 수술을 하더라도 치료 잘 받고 재활하면 될 거라고 생각하고 있었다. 시간이 좀 걸릴 뿐이지 다시 경기장에서 뛰는 데는 아무런 문제가 없을 거라고 생각하고 있었다. 하지만 조금 시간이 지난 뒤에야 '최악의 경우에는 선수 생활을 그만둘 수도 있는 부상이었구나.' 하는 생각이 들었을 정도로 그때의 부상은 심각했다.

그때 내 무릎의 상태를 설명했던 의사의 말에 따르면, 무릎에는 위아래 뼈를 잡아주고 잘 움직이도록 도와주는 연골이 있는데 내 오른쪽 무릎 연골의 바깥쪽 부분은 엄지손톱만큼 떨어져 나가 있었다. 2003년에 처음 수술 받았던 부위가 수술 이후에도 쉬지 않고 계속 뛰는 바람에 무리가 갔고, 결국 뼈끼리 부딪치다 연골이 아예 떨어져 나가 버린 것이었다. 의사는 지금 수술해서 치료하지 않으면 시간이 갈수록 상처 부위가 더 커질 수 있고 그러다 연골이 완전히 망가지면 걷는 것조차 힘들어질 거라는 진단을 내렸다. 시즌 종료가 얼마 남지 않은 시점이라 시즌이 끝난 뒤에 수술을 할 수는 없는지 물었더니, 지금 당장 수술하지 않으면 그만큼 재활에 시간이 오래 걸리기 때문에 빨리 복귀하고 싶으면 빨리 수술을 받는 게 좋을 거라고 말했다. 의사는 선택할 수 있는 두 가지 수술 방법이 있다고 했다. 하나는 떨어져 나간 연골 조직을 덮어 버리는 이식 수술이고, 또 하나는 마모된 연골 주위 뼈 일부에 구멍을 뚫어서 새 세포를 돋아나게 하는 미세천공술(마이크로프랙처microfracture)이었다. 선수 시절 내내 부상을 달고 살았던 솔샤르는 내가 선택을 고민하던 이식 수술과 미세천공술을 모두 받았다고 한다. 이식 수술을 하면 1년 정도면 다시 경기장에 설 수 있고, 미세천공술을 받으면 복귀까지 6개월이 걸린다고 했다. 이마저도 최소로 잡은 재활 기간이었다. 만에 하나 선수 생활을 그만둘 수도 있다는 생각에 그 어떤 판단도 쉽사리 내릴 수 없었다.

부상과 수술 이야기를 처음 들었을 때는 당황스럽고 두려웠지만 곧 정신을 차리려고 애를 썼다. 나쁜 마음은 아예 먹지 않기로 했다. 더 악화되기 전에 발견한 것을 좋게 생각하기로 했다. '옛날에는 나 같은 부상을 당하면 바로 은퇴했어야 했는데 지금은 고칠 수 있는 방법이 두 가지나 있다니 얼마나 다행이야. 수술 성공률이 높아졌다니까 믿고 기다려봐야 하지 않겠어. 수술도 안 해보고 미리 걱정할 건 없잖아.' 이렇게 끊임없이 긍정의 자기최면을 걸었다. 담당 의사는 뼈에 구멍을 뚫는 수술은 실패할 경우 이식 수술을 다시 받을 수 있지만, 이식 수술을 하다 실패하면 다른 수술 치료가 불가능해 선수 생활을 그만둘 수밖에 없다고 했다. 그래서 나는 고민 끝에 뼈에 구멍을 뚫는 미세천공술을 선택했다. 재활 기간이 6

개월로 짧기도 했고, 실패할 경우 이식 수술을 또 할 수 있어 그만큼 안전하다고 생각했기 때문이다. 쉽지 않은 수술이었고 성공할 확률도 상대적으로 낮았지만 위험을 최소화하고 싶어서 내린 선택이었다.

2007년 4월 주위의 추천을 받아 미국 콜로라도의 한 병원을 찾았다. 그곳에는 무릎 수술의 세계적인 권위자 스테드먼 박사가 있었다. 그는 판 니스텔루이(Ruud van Nistelrooy)나 마이클 오언(Michael Owen) 같은 유명한 축구 선수뿐만 아니라 수많은 운동선수들의 부상당한 무릎을 치료했던 경험 많은 분이다. 스테드먼 박사의 집도하에 곧장 수술대에 올랐는데 다친 무릎 부위를 열어보니 MRI로 찍었을 때보다 손상된 연골의 크기가 컸다. 손상된 부위의 지름은 1.2센티미터였다. 그래서 수술 시간도 생각보다 오래 걸렸고 수술 이후의 혹독한 재활 과정도 애초 예상했던 6개월을 훌쩍 넘은 9개월이나 걸렸다. 지금 생각해도 선수 은퇴까지 고민할 만큼 충격적이었던 의사의 통보와 그 지독했던 재활을 어떻게 이겨냈는지 모르겠다.

브라질 월드컵 대표팀 복귀 논란의 진실

현역 선수 은퇴를 고민하고 있을 때쯤 터진 게 2014년 브라질 월드컵 대표팀 복귀 논란이다. 2011년 1월 국가대표 은퇴 이후 대표팀 복귀 이야기가 종종 나오곤 했지만 브라질 월드컵이 열리는 2014년이 되자 여기저기서 그런 얘기들이 마구 쏟아지기 시작했다. 나로선 당혹스러운 일이었다. 무릎이 말을 듣지 않을 만큼 망가져 있는데 대표팀 복귀라니. 계속 네덜란드 리그에서 경기를 뛰고 있다는 소식이 들려서 국내에서는 별 문제 없는 것처럼 알고 있었는지는 모르겠지만, 사실 대표팀 복귀 논란이 일었던 2014년 초만 하더라도 한번 경기에 나서면 훈련이고 뭐고 아무것도 못하고 꼼짝없이 4일은 쉬어야 하는 상황이었다.

40

문제의 발단은 언론 보도였다. 브라질 월드컵을 눈앞에 두고 런던 올림픽을 치렀던 젊은 선수들 위주로 대표팀이 꾸려지면서 위기 관리를 해주고 중심을 잡아줄 베테랑 선수들이 필요하다며 내 이름과 함께 몇몇 경험 많은 선수들의 이름이 미디어에 오르내렸다. 처음엔 스쳐가는 일쯤으로만 여겼는데 점차 관련한 기사들이 쏟아지면서 문제가 커지기 시작했다. 대표팀에서 은퇴한 지 3년이 지난 데다 무릎 부상 때문에 현역 은퇴를 고민하고 있던 나는 아무 말도 하지 못한 채 입을 다물고 있을 수밖에 없었다. 에인트호번과는 물론 나 스스로도 은퇴 시기에 관한 고민이 완전히 마무리되지 않은 시점에서 '현역 은퇴를 계획하고 있어 대표팀 복귀는 힘들다.'라는 이야기를 먼저 꺼낼 수는 없었다.

난감하기는 홍명보 감독도 마찬가지였을 것이다. 팀을 만들고 끌어가는 감독의 입장에서 분명 자기 나름의 계획과 선수 구성에 대한 복안이 있었을 텐데 대표팀에서 은퇴한 선수의 이름이 갑작스레 오르내리고 있으니 입장이 난처했을 것이다. 문제가 눈덩이처럼 커지면서 명보 형과 나 사이의 갈등설까지 퍼지자 서로 이건 아니라고 생각했다. 근거 없는 기사가 계속 나오자 명보 형은 나에게 전화를 걸어서 문제가 더 커지기 전에 직접 만나서 해결하자고 제안했고, 나도 그 의견에 동의했다. 2월 중순 명보 형이 나를 만나기 위해 네덜란드로 건너와 솔직하게 모든 이야기를 나눴다.

네덜란드에서 만난 명보 형은 감독으로서 대표팀을 위해 내가 함께했으면 좋겠다고 이야기했다. 몸 상태를 봐가며 출전 시간을 정하겠지만 젊은 선수들과 함께 있어주는 것만으로도 대표팀에 큰 힘이 될 것이라며 대표팀 복귀를 정식으로 요청했다. 너무나 고마운 말이었다. 2002년 월드컵 때는 하늘 같은 선배로, 이제는 좋아하는 형이자 지도자로 대표팀을 이끌고 있는 명보 형의 말 한마디가 당시의 나에게 힘이 됐던 게 사실이다. 하지만 몸은 마음처럼 움직이지 못했다. 명보 형에게 내 모든 것을 사실대로 말씀드렸다. '경기를 뛰면서도 무릎의 통증을 느끼고 있고, 경기가 끝나면 며칠 동안 훈련조차 못하고 있다. 내가 대표팀에 합류하더라도 경기는커녕 훈련도 제대로 소화할 수 없어 오히려 팀에 해가 될 것이다. 더욱이 브라질 월드컵이 시작되기 전에 현역 은퇴를 할까 고민하고 있다'는 이야기를 가감 없이 명보 형에게 전했다. 명보 형은 말없이 내 이야기를 모두 듣고는 고개를 끄덕였다. 내가 처한 상황과 또 나의 선택을 진심으로 이해하고 존중해 주었다.

당시 일부 언론에서 홍명보 감독이 나에게 선수가 아닌 코칭스태프 역할로 브라질 월드컵에 합류해 달라는 이야기를 했다는 추측이 나오기도 했지만, 그런 제안은 없었다. 지도자 자격도 경험도 없는 내가 스태프로 합류한다는 건 가능하지도 않고 적절하지도 않은 일이다. 세상 모든 자리와 역할에는 그에 맞는 사람과 능력이 따라야 하는 게 맞다. 현역 시절 선수의 자리가 내 자리였듯 코칭스태프는 또 다른 사람의 자리였다.

대표팀 복귀 논란이 일 때 가장 마음이 무거웠던 건 나라는 존재가 지금 대표팀에 해가 되고 있다는 생각이 들어서였다. 대표팀을 지휘하고 관리하는 건 감독의 몫이다. 선수 선발 역시 감독의 고유 권한이다. 권한이 크기에 그에 따른 책임도 적지 않은 것이다. 그런데 주위에서는 감독의 고유 권한인 선수 선발권을 놓고 감독을 흔들었다. 그것도 3년 전에 대표팀에서 은퇴한 나를 두고 말이다. 전혀 논외의 선수를 두고 대표팀과 감독을 흔드는 모양새가 됐으니 마음이 편할 리 없었다. 대표팀 훈련 프로그램을 짜고 상대팀을 분석하는 일만 해도 정신이 없을 텐데 대표팀을 떠난 내 이름이 난데없이 불거져 나왔으니 얼마나 곤혹스러웠을 것인가. 그래서 모두에게 정말 미안했다.

대표팀에 있던 선수들의 사기에도 좋지 않은 일이라 생각했다. 브라질 월드컵 본선에 진출하는 과정에서 나는 대표팀에 아무런 보탬이 되질 못했다. 대표팀에서 은퇴한 상태였으니 당연한 일이다. 후배들이 열심히 노력해서 얻어낸 브라질 월드컵 본선 진출권이었다. 그런데 월드컵이 반년도 남지 않은 시점에 은퇴했던 선수가 갑자기 끼어드는 모양새가 좋을 리는 없다. 월드컵에 참가할 수 있는 엔트리는 23명으로 정해져 있다. 내가 대표팀에 들어가면 이 중 누군가는 빠져야 한다. 그동안 엔트리에 들기 위해 노력한 선수들로서는 속이 타들어갈 일이며 형평성에도 맞지 않는 일이다. 선수들은 끊임없이 경쟁한다. 하지만 이 경우는 정당하게 경쟁하는 것이 아니었다. 나는 경쟁하지 않았기 때문에 참가할 자격이 없었다. 브라질 월드컵은 온전히 본선 진출 과정에서 땀을 쏟은 후배들의 것이어야 마땅했다.

결과적으로 브라질 월드컵에서 좋지 않은 성적을 거둔 것도 대회 전에 대표팀 분위기를 어수선하게 만든 내 책임도 조금 있는 것 같아 후배들에게 미안한 마음을 갖고 있다.

실패를 받아들이는 자세

나는 현역 선수 시절 한 번도 울지 않았다. 어렴풋한 기억에 초등학교 때는 운 적이 있는 것 같기도 한데 다 크고 나서는 운 기억이 없다. 프로 선수로 뛰면서는 한 번도 울지 않았다. 선수 생활을 계속할 수 있을지 장담할 수 없는 무릎 수술을 받아야 한다는 통보를 받고도 눈물이 나오지 않았다. 그런데 2010년 남아공 월드컵 때 우루과이와의 마지막 경기를 마치고 난 뒤 눈물을 흘리는 듯한 사진이 찍혀 언론 기사에 실린 적이 있다. 사람들은 8강에 오르지 못한 아쉬움에 운 게 아닌가 짐작하기도 했다. 경기에 져서 속상하기는 했지만 그때도 눈물을 흘린 것은 아니었다.

사실 남아공 월드컵을 준비하면서 '이번 대회가 내 마지막 월드컵이 되

겠구나.' 하고 생각했었다. 예상처럼 됐지만, 2014년 브라질 월드컵 때까지 현역 선수로 뛸 수 있을지 당시에는 자신할 수 없었다. 마지막 월드컵이 끝났다는 생각에 16강 우루과이전 종료를 알리는 휘슬이 울리자마자 나도 모르게 얼굴이 하늘로 향했다. '고맙다고 해야 하나, 수고했다고 해야 하나.' 여러 생각이 복잡하게 머리를 스치는데 조금씩 내리던 비가 얼굴 이곳저곳에 떨어졌다. 나중에 보니 그 장면이 내가 하늘을 바라보며 눈물을 훔치는 모습으로 둔갑해 있었다. '아 이걸 어쩌나?' 경기에 져서 다들 속상해하는 분위기에서 아니라고 할 수도 없고 해서 그냥 모르는 척 넘어갔다.

경기장에서 울어본 적이 없어 그 심정을 잘 알 수는 없지만, 선수가 사람들 앞에서 눈물을 보이는 건 아마도 슬퍼서라기보다 분하고 억울해서가 아닐까. 이길 수 있었는데 그러지 못했다는 분한 마음과 좀 더 잘 싸울 수 있었는데 모든 걸 쏟아내지 못했다는 아쉬움이 뒤섞인 눈물. 울지 않았다고 해서 분하고 억울했던 적이 없었던 건 아니다. 그럴 때면 그냥 현실을 있는 그대로 받아들였다. '오늘은 여기까지구나. 그래 오늘은……'

2014년 브라질 월드컵을 지켜보는 입장이 되자 처음엔 좀 어색했다. 프로 선수가 되고 난 뒤 한 번도 빠진 적이 없는 월드컵 무대인데 이제 관중이자 서포터의 한 사람으로 월드컵을 보고 있자니 기분이 묘했다. '내가 은퇴를 하긴 했구나.' 월드컵을 바라보는 어색함은 얼마 안 가 속상함으로 변했다. 어제까지 같이 뛰었던 후배들이 1승도 거두지 못하고 조별리그에서 탈락하는 걸 지켜볼 수밖에 없었다.

나는 이번 대표팀이 브라질 월드컵 본선에 진출했던 과정에 대해 잘 알지 못한다. 내가 지켜본 것은 대표팀이 16강 진출에 좌절한 결과뿐이다. 브라질 월드컵은 결국 실패로 끝났다. 위기의 순간에 팀을 붙잡아 줄 베테랑이 부족했다는 지적에는 나 역시 어느 정도 동의한다. 20대 초중반 선수들 위주로 대표팀이 구성되어 젊은 패기로 밀어붙이는 힘은 있었지만, 큰 대회를 치르다보면 한 번쯤 꼭 찾아오는 위기를 넘길 경험이 부족했다. 하지만 이것을 꼭 베테랑이 부족했기 때문이라고 단정 지을 수는 없다. 가진 능력을 다 쏟아 부어도 안 풀릴 때가 있고, 할 수 있는 건 뭐든 다 시도해도 생각처럼 잘 안 될 때가 분명히 있다.

선수 입장에서 내가 가장 속상했던 것은 상처를 받을 대로 받았을 후배들의 속마음이었다. 큰 좌절을 맛본 뒤에 후배들이 느꼈을 화나고, 분하고, 억울하고, 미안한 감정들이 뒤범벅된 상처받은 마음이 눈에 보였다. 멀리서 해줄 수 있는 게 없어 그저 미안하고 안쓰러웠다. 선수들이 흘리는 눈물을 보고는 미안한 마음이 더 커졌다. 옆에 있었다고 하더라도 딱히 힘이 됐을지는 모르지만 너무나 서럽게 우는 모습이 나를 더 안타깝게 했다. 그들이 그렇게 서럽게 운 건 단순히 16강에 오르지 못해서만은 아닐 것이다. 브라질 월드컵을 앞두고 많은 걸 준비했을 테고 또 좋은 결과를 국민들에게 보여주고 싶었을 텐데 제 기량을 다 쏟아내지 못한 분한 마음과 승부에 진 억울함이 그 눈물에 담겨 있었던 게 아닐까. 경기 결과가 좋지 않거나 플레이가 엉망이었을 때 선수가 느끼는 감정과 또 그에 따르는 책임과 비판이 어느 정도인지 잘 알고 있기에 마음이 더 좋지 않았다. 하지만 이런 실패와 좌절을 겪더라도 스스로 이겨낼 수 있어야 한 단계 성장할 수 있다고 생각한다. 이기고 지는 게 일상처럼 반복되는 축구라는 스포츠에서 몇 번의 패배와 실패를 받아들이지 못하면 버틸 수가 없다. 경기에 질 수도 있고, 16강에 오르는 데 실패할 수도 있다. 열성적인 관심과 성원을 보냈던 팬들도 당연히 비판할 수 있다. 그러나 거침없는 비난을 해대는 일부 팬들의 말은 선수들에게 꽤나 아픈 것도 사실이다. 그렇더라도 프로 선수라면 팬들의 어떤 비난이라도 받아들여야 하는 운명일 수밖에 없다.

중요한 건 그 패배와 실패와 비난을 받아들이는 선수 개개인의 자세다. 자신이 가진 기량을 쏟아 부어 준비하고 경기장에서 최선을 다한 후에 얻게 된 결과라면 현실을 있는 그대로 직시하고 받아들일 수 있어야 한다. 상대를 이길 수 있는 실력이 있는데도 그렇게 하지 못했다면, 실력 발휘를 못한 것 역시 우리의 잘못이기 때문에 분하고 억울한 감정에 사로잡히기보다는 '여기까지밖에 안 되는구나, 이게 우리의 실력이구나.' 그렇게 인정하고 다음에는 더 나은 결과를 얻기 위해 노력해야 할 것이다. 미리 안 된다고 겁먹을 필요도 없지만, 당장 안 되는 일을 가지고 머리 싸매고 드러누울 필요도 없다.

처음 유럽 축구를 경험하면서 여기 선수들은 너무 이상하다고 느낀 적이 있다. 한국에서 뛸 때는 경기에 지고 나면 라커룸이며 숙소 분위기가 며칠이고 얼음장처럼 차가울 때가 많았다. 근데 유럽 선수들은 달랐다. 경기에 지면 경기장 안에서는 표정이며 몸이 다들 축축 처지지만, 집으로 돌아가기 위해 팀 버스에 올라타거나 경기장을 나선 직후부터는 언제 그랬냐는 듯 평소처럼 웃고 떠들었다. 그때만 해도 경기에 지면 억울하고 분한 감정이 오래가는 게 당연하다고 생각했다. 그래서 처음엔 '얘들은 생각이 있는 거야 없는 거야? 경기에 지고도 웃음이 나오네.' 하고 생각했다. 하지만 오랫동안 이 친구들과 동료로 지내면서 그들의 문화와 사고방식을 이해할 수 있었다. 사실 경기에 져서 분하고 억울한 감정을 계속 가슴에 담아두어 봤자 좋을 게 없다. 그러면 다음 경기에도 집중력이 쉽게 흐트러져 어이없는 실수로 이어질 가능성만 높아진다. 그러므로 실수나 패배 같은 부정적인 생각은 빨리 잊는 게 좋다. 반대의 경우도 마찬가지다. 한 경기 이겼다고 승리감에 취해 자만한다면, 다음에 좋지 않은 결과를 얻고 쉽게 낙담할 수도 있다.

축구를 하다 보면 이길 때도 있고 질 때도 있다. 그렇기 때문에 승리건 패배건 어떠한 결과도 영원하지 않다는 걸 현명하게 받아들이는 자세가 필요하다. 그 순간을 있는 그대로 받아들이되 다음번에는 같은 실패를 반복하지 않도록 준비하면 된다. 브라질 월드컵은 아쉽게 끝이 났다. 그러나 한국 축구는 앞으로도 계속될 것이다. 지금부터 차근차근 잘 준비한다면 2002년 월드컵 4강 신화를 뛰어넘어 한국 축구의 역사를 다시 쓰는 그런 순간이 반드시 찾아올 것이다.

나는 강심장이 아니다

나는 미디어와 그다지 가깝게 지내는 선수가 아니었다. 사람들과 어울리는 성격이 아닌데 미디어와 가까이 하는 건 더 어려웠다. 어떤 기자들에겐 불편하고 못마땅한 선수로 비쳤을지도 모른다.

미디어와 거리를 두었지만, 프로 스포츠와 미디어의 관계를 부정할 순 없다. 요즘 유행하는 SNS처럼 팬들과 선수가 직접 소통할 수 있는 길도 많아졌지만 여전히 가장 큰 통로는 미디어다. 생각해보면 난 그냥 방관하는 스타일이었던 것 같다. 미디어를 통해 무언가를 보여주려고 애쓰지 않았고, 그렇다고 아예 멀리하면서 벽을 쌓으려고 하지도 않았다. 적당한 선에서 합의를 보았다고 해야 할까. 물론 나 혼자만의 일방적인 합의였다.

미디어의 역할과 활동이나 선수와 미디어의 관계는 세계 어디를 가나 크게 다르지 않다. 때로는 가깝게 지내다가도 때에 따라선 서로를 원망하기도 하는 묘한 사이가 바로 선수와 미디어의 관계다. 미디어를 자신에게 유리하게 잘 이용하는 선수도 있고, 반대로 자신에게 적대적인 미디어와 불편하게 지내며 으르렁대는 선수도 있다. 미디어를 어떻게 받아들이고 어떻게 대하느냐는 결국 선수 개개인의 선택이자 감당해야 할 몫이라 생각한다.

미디어가 나에게 붙여준 별명 중 '이건 진짜 아니다!' 하고 생각했던 게 있다. 바로 '강심장'이란 별명이다. '두 개의 심장'은 내가 경기장에서 많이 뛰는 스타일이니까 그렇게 붙일 수도 있다고 생각한다. '미친 개'라 불린 덴마크의 토마스 그라베센(Thomas Gravesen)에 비하면 얼마나 고상한 별명인가! 하지만 강심장이란 수식어는 내 실제 성격과 정말 달라서 너무 어색하게 들렸다. 강팀과의 경기에서 특히 잘했고, 큰 경기에서도 기죽지 않고 긴장하지 않는 것 같아 보여서 그렇게 불렀는지는 모르겠지만, 솔직히 나는 엄청 긴장하면서 경기에 나서는 스타일이었다. '설마?' 할지 모르지만 사실이다.

특히 경기장에 들어서면 사소한 것에 감정이 크게 휘둘리곤 했다. 예를 들어 경기 시작하고 공을 처음 잡아서 동료에게 패스했는데 실수로 잘못 연결되면 그날 경기는 90분 내내 꼬였다. 첫 패스를 놓치면 그걸 계속 마음에 담아 두는 바람에 다음 플레이도 매끄럽지 못했다. 한 번 꼬이기 시작한 플레이는 그렇게 경기 내내 계속 꼬였다. 그러다 보니 첫 번째 패스, 첫 번째 터치가 성공하느냐, 실패하느냐에 따라 그날 경기를 망치기도 하고 잘 풀리기도 하는 경우가 제법 생겼다. 골 넣을 기회를 놓치면 '아, 왜 넣지 못했을까?' 하는 자책과 후회를 하느라 머릿속이 복잡해져 다음 플레이가 엉망이 된 적도 많다. 부끄럽지만 학창시절부터 생긴 일종의 징크스 같은 거였다. 그래서 첫 패스는 늘 안전한 곳을 선택하곤 했다. 선수 시절 내내 첫 패스를 한동안 계속 마음에 두었을 정도로 어찌 보면 소심한 편에 가까웠다. 그런데 그런 나를 '강심장'이라고 부르다니.

그러던 어느 날 생각이 바뀌었다. 사소한 실수에 연연하지 않고 과감하게 플레이하는 유럽 선수들의 태도에 영향 받은 것도 있지만, 경기가 꼬이는 문제가 패스 실수 자체에 있지 않은 만큼 아예 생각을 바꾸는 게 맞다고 깨닫게 된 것이다. 처음엔 첫 패스를 잘하면 거기에서 조금씩 자신감을 얻어 플레이에 힘이 붙고 경기에 자연스럽게 융화되면서 그날 경기가 잘 풀릴 거라 막연하게 생각했다. 하지만 그런 게 아니었다.

중요한 건 내가 이 경기에 얼마나 집중하고 있느냐였다. 그것이 내가 경기를 잘하고 못하고를 결정짓는다는 걸 알게 되었다. '첫 패스는 잘해야 돼, 실수하면 안 돼, 다음 플레이는 어떻게 하지?' 경기 내내 끝없이 이어진 이러한 자잘한 고민들이 오히려 플레이를 방해했다. 패스를 한두 번 실수하더라도 90분 동안 집중력을 잃지 않으면서 경기에 완전히 몰입해 순간순간의 상황에 따라 즉흥적으로 판단하고, 지금까지 훈련했던 것, 경기를 하며 몸에 익힌 것들이 자연스럽게 나와야 경기가 잘 풀린다는 걸 나중에야 알게 되었다. 어떻게 보면 강팀들과의 경기에서 잘했던 것도 정말 절실하게 그 경기에 집중했었기 때문이 아니었나 하는 생각도 든다.

나는 여전히 강심장이 아니다. 사람들이 많은 자리에 가면 늘 긴장하는 건 여전하다. 하지만 몇 가지는 분명히 알게 되었다. 쓸데없는 걱정이나 집착은 자신에게 아무런 도움이 되지 않는다는 것을, 그리고 실패하지 않기 위해서는 자신이 가고자 하는 길에 몰입하고 집중하면서 그 흐름에 자연스레 반응할 수 있게 준비해두어야 한다는 사실을. 은퇴 이후 또 다른 삶의 출발선 위에 서 있는 내가 요즘에도 몇 번이고 되뇌는 생각이다.

선수가 답할 공간은 경기장뿐이다

내 인생에서 가장 중요했던 한 시기가 막을 내렸다. 솔직히 지금은 아무 생각이 없다. 우선은 영국에서 새로운 길을 준비하기 위해 공부하면서 시간을 보내겠지만, 당장은 좀 쉬고 싶다. 현역에서 은퇴한 뒤에 찾아올 새로운 인생이 두렵지는 않다. 그보다는 큰 짐 하나를 내려놓은 홀가분한 기분이 더 크다. 이제 나에 대한 관심이 좀 덜해지고 편해지겠구나, 그런 느낌. 이제는 새롭게 펼쳐질 인생을 천천히 설계하면서 잠시 쉬었다 다시 시작할 생각이다.

현역에서 은퇴하면 그동안 연결되었던 이런저런 인연들이 하나둘 정리되겠구나 하는 생각이 들었다. 선수로 뛸 때 자주 만나던 사람들, 미디어의 관심, 구단과의 관계 등이 현역 시절에 비하면 자연스럽게 줄어들 것이다. 다시 원래의 자리로 돌아가는 것이니 당연한 일이다.

선수 시절 감당하기 힘들 만큼 많은 관심과 사랑을 받았다. 사실 사람들에게 관심 받는 걸 좋아하는 성격이 아니었기 때문에 그동안 부담이 컸다. 세계 최고의 축구 클럽인 맨체스터 유나이티드에서 거친 경쟁을 뚫고 끊임없이 어떤 결과를 보여주어야 했고, 대표팀에서도 나에게 거는 기대에 맞는 모습을 매번 보여주어야 했다. 루이스 피구(Luis Figo), 알레산드로 델 피에로(Alessandro Del Piero), 잔루이지 부폰(Gianluigi Buffon), 이케르 카시야스(Iker Casillas), 티에리 앙리(Thierry Henry), 리오넬 메시, 루이스 수아레스(Luis Suarez) 같은 세계적인 선수들에 맞서 싸웠다. 그럴 때마다 나를 향했던 관심을 온전히 즐겼다고만 하면 거짓말일 것이다. 주위의 관심이나 분위기에 무딘 편이긴 하지만, 돌이켜보면 세상에 축구 선수 박지성이란 이름이 알려진 후부터는 끝없는 경쟁과 그 결과에 대한 혹독한 평가가 뒤따르는 무대에 늘 서 있었던 것 같다.

어릴 때는 팬들에게 관심 받는 선배 선수를 호기심 가득한 눈으로 동경하기도 했다. 대학에 입학해 처음 올림픽 대표로 뽑혔던 1999년만 해도 난 철저히 무명 선수였다. 당시 올림픽 대표팀에는 (이)동국이 형, (고)종수 형 같은 선배들이 팬들로부터 많은 사랑을 받고 있었다. 그때는 그저 '저 형들처럼 기자들과 팬들이 항상 쫓아다니면 어떤 기분이 들까?', '나도 저 형들처럼 관심 받는 선수가 될 수 있을까?' 궁금하고 부러웠다. '언젠가 나도 저 형들처럼 될 수 있을까?' 했는데 운 좋게 나도 그 자리에 오를 수 있었다. 하지만 마냥 좋았던 것만은 아니다. 주위의 관심은 나에게 많은 걸 가져다줬지만, 그만큼의 부담과 압박으로 돌아왔다. 경기장에서 실력으로 보여주지 못하면 꼭 보내준 관심만큼의 비판과 비난이 부메랑이 되어 다시 돌아왔다. 관심 갖지 말아달라고 피해 달아날 수도 없었다. 결국 선수가 대답할 공간은 경기장뿐이었다.

바라만 보던 것과 실제 겪는 일에는 차이가 클 수 있다는 걸 배우기도 했다. 곁에서 바라만 봤을 때는 느끼지 못했던 감정들을 정작 그 사람의 입장이 되고 나서야 깨닫게 되면서 내가 경험한 것만 옳다고 하거나 내가 해보지 못한 걸 섣불리 판단하면 안 되겠구나 하는 교훈을 얻을 수 있었다.

축구화에 새겨진 그녀의 이름

현역 마지막 시즌을 보냈던 네덜란드에서 뛸 때였다. 그녀의 생일에 뭔가 특별한 선물을 하고 싶었다. 비행기라도 타고 그녀가 있는 한국으로 날아가고 싶었지만 한창 시즌 중이라 그럴 수 없었다.

'가지도 못하는데 어떤 선물로 마음을 전해야 하나.' 한참을 고민하다 꽃과 함께 특별한 무언가를 선물 상자에 담기 시작했다. 축구화였다. 언젠가 여자 친구가 생기면 특별한 날에 꼭 선물해주고 싶었던 거였다. 선수 시절 내 전용 신발을 따로 만들어주던 이탈리아의 공방에 미리 얘기해서 축구화 오른쪽엔 내 이름, 왼쪽엔 그녀의 이름을 새겨 넣었다.

축구 선수에게 축구화는 그 무엇보다 각별하다. 축구를 시작하고 난 후로는 발에서 한시도 떨어지는 법이 없고, 프로 선수가 돼서 팀이 바뀌더라도 유니폼은 바뀌지만 오랜 시간 자기 발을 기억하고 있는 축구화는 쉽게 바꾸지 않는다. 축구용품 후원 계약도 유니폼은 모든 선수가 예외 없이 구단과 계약을 맺은 브랜드의 유니폼을 입어야 하지만, 축구화는 선수들이 신던 걸 자유롭게 신을 수 있도록 제한하지 않는다. 축구화는 그만큼 선수들에게 특별하다. 축구화는 발로 하는 스포츠라는 축구의 정체성을 가장 잘 표현해주는 상징이기도 하다. 그래서 축구 선수들이 사랑하는 사람이나 가족의 이름을 축구화에 새겨 넣는 건 자연스런 일이다. 자신의 상징에 자신의 마음을 새기는 일이기 때문이다.

그녀와 나의 이름을 새겨 넣은 축구화를 네덜란드에서 보낸 마지막 시즌 내내 신고 뛰었다. 하지만 어느 곳에도 공개되거나 알려지지 않았다. 특별히 감추려고 의도하진 않았지만 우리 둘만 아는 비밀 이벤트가 한 시즌 동안 이어진 셈이다.

그동안 많은 언론에서 나의 모든 것을 기사로 만들었는데, 이 축구화만큼은 그들의 눈을 피했다는 사실이 왠지 기분 좋다. 선수 생활의 마지막 시즌에 오직 그녀와 나만의 비밀스러운 추억을 만들 수 있어서 정말 다행이다.

오랫동안 혼자서 외롭게 축구만 바라보며 살았던 나에게 그녀는 참 고마운 존재다. 지치면 기댈 수 있고, 내가 놓치는 부분을 일일이 챙겨주며, 나와는 다른 관점에서 의견을 들려주어 내가 더 올바른 축구인이 될 수 있게 도와주는 사랑스러운 사람이다.

많은 사람들에게 뜻하지 않은 관심을 받아야 하고, 그동안 살아온 삶과는 다른 인생을 받아들여야 하는 부담스러운 내 옆자리를 마다하지 않고 기쁜 마음으로 허락해준 그녀가 정말 고맙다. 지금, 그리고 앞으로도 계속 내 곁을 지켜줄 그녀가 있어서 나는 정말 행복하다.

또 다른

승리를

위하여

2장

국가대표
박지성

남들과 달랐던 유년의 기억

어릴 적 우리집은 유복한 편이 아니었다. 부모님은 전남 고흥에서 올라와 고단한 서울 생활을 하셨다. 집안 형편이 넉넉하지 못해 야외로 바람을 쐬러 간다거나 멀리 가족 여행을 떠나는 일이 많지 않았다. 그래서 어린 시절 가족들과 놀러가서 찍은 사진이 몇 장 없다. 사실 가난해서 그런 것보다는 축구 선수가 되기로 마음먹으면서 남들과 다른 일상을 보냈기 때문이다.

초등학교 4학년 때부터 공을 찼는데 6학년에 올라가면서부터는 숙소에서 생활했다. 짧게는 일주일, 길게는 한 달 넘게 이어진 숙소 생활은 프로 팀에 입단하기 전인 대학생 때까지 계속됐다. 수업 받고 공 차고 숙소에서 생활하는 게 그 시절의 일상이었다. 가족들과 함께할 수 있는 시간은 잘 해야 주말 이틀이었다. 그마저도 전지훈련을 가거나 합숙 생활이 길어지면 부모님의 얼굴 보는 것도 힘들었다. 얼굴 보기가 힘드니 가족끼리 여행을 떠나는 건 아예 꿈도 꾸지 못했다. 프로가 되어서도 가족들과 함께하지 못하는 환경은 달라지지 않았다. 오히려 가족들과 더 멀리 떨어져 지내야 했다. 일본에서, 네덜란드에서, 잉글랜드에서 뛰면서 아예 집을 나와서 살아야 했기 때문이다. 국내 무대에서 뛰었다면 다를 수 있었지만, 해외에서만 프로 선수 생활을 하면서 가족들과 계속 떨어져서 지내야만 했다. 리그가 쉬거나 시즌이 끝났을 때도 대표팀 일정에 참가하느라 부모님과 시간을 보내기는 여전히 어려웠다. 그래도 부모님은 가끔 나를 찾아오셔서 볼 수 있었지만, 할아버지나 할머니, 친한 친구들은 자주 볼 수 없어서 사람에 대한 그리움은 늘 있었던 것 같다.

열 살 무렵부터 그랬으니까 햇수로 치면 20년 넘게 집을 나와서 살았다. 요즘은 운동선수들이 숙소에서 생활하지 않고 집에서 다니는 경우가 많아서 달라졌겠지만, 우리 어릴 때만 해도 합숙 생활은 운동선수들의 특별할 것 없는 일상이었다.

아주 어렸을 때 부모님과 한번 놀러갔던 기억이 난다. 유명한 유원지는 아니었지만 지금껏 기억 속에 남아 있는 걸 보면 마냥 행복했던 모양이다. 하지만 축구 선수가 되기 위해 축구부에 들어간 뒤로는 놀이동산에 가거나 가족과 여행을 함께 떠난 기억이 없다. 숙소 생활을 하다가 주말마다 집에 왔지만 운동에 지친 몸을 안고 곯아떨어지기 일쑤였다. 고단한 삶을 사느라 당신들의 몸도 무거웠을 부모님은 하나뿐인 아들에게 무엇이든 해주고 싶어 했지만 쉬게 놔두느라 쓰러져 자는 나를 일부러 깨우지 않았다.

학창 시절 누구나 한 번쯤 경주로 수학여행을 가곤 하는데 나는 수학여행을 간 적이 없어서 경주에 여태 가보지 못했다. 수학여행은커녕 매년 봄가을이면 가는 소풍도 빠지기 일쑤였다. 축구 선수로 뛰기 시작한 뒤로는 한두 번 정도밖에 소풍을 못 가본 것 같다.

어린 시절을 돌아보면 남들 같은 추억이 없는 것에 대한 아쉬움은 남지만, 그때는 당연한 거라 생각했다. 선수들끼리는 같이 학교에서 훈련하고 숙소 생활을 하니까 같은 반 친구들과 어울리는 시간이 부족한 게 이상하다고 생각하지 않았다. 주위 선수들 모두가 그랬으니까. 어린 나이에 꿈을 위해 친구들과의 추억쯤은 포기할 수 있다는 비장한 각오를 한 것은 아니었지만, 남들과 다른 길을 택했으니 좀 다를 수 있다고 받아들였다. 같은 반 친구들과의 추억은 쌓지 못했지만, 대신 축구부에서 합숙 생활을 하면서 남들은 갖지 못한 우리들만의 특별한 추억을 쌓을 수 있었다. 하루 종일 공을 차며 놀았고, 경기장에 나가기 전 긴장을 풀기 위해 얘기를 나눴고, 대회에 나가서 이기거나 질 때마다 함께 울고 웃었다. 훈련을 떠나 낯선 곳에서 홈스테이를 하면서 특별한 추억을 만들기도 했다.

그래도 지금 돌이켜보면 어린 시절에 그렇게 오랜 시간 숙소에서 지내며 합숙 훈련을 했어야 했나 싶긴 하다. 남들처럼 학창 시절의 평범한 추억을 갖지 못한 게 아쉬워서 그런 이유도 있지만, 그보다는 유럽에서 선수 생활을 하는 동안 그들의 자유로운 유소년 축구 환경이나 시스템에도 장점이 많다는 것을 직접 확인했기 때문이기도 하다. 소박한 생각일지도 모르지만, 한곳에 모아 놓고 운동을 오래 시킨다고 해서 꼭 뛰어난 선수가 되는 건 아닌 것 같다. 내 경험으로는 어릴 적부터 제대로 축구를 즐길 줄 아는 선수가 나중에 커서도 좋은 실력을 갖춘 선수로 성장할 가능성이 높아 보인다. 요즘은 내가 축구를 배울 때보다 더 나은 환경에서 자유롭게 축구를 즐기는 아이들이 많아졌으니 우리나라에서도 더 좋은 선수가 많이 나올 거라 기대해본다.

야구 선수가 될 뻔한 사연

내 고향은 서울 신림동이다. 하지만 대부분의 시간은 수원에서 보냈다. 어릴 적 수원으로 이사를 가서 고등학교 때까지 수원에서 살았다. 그래서 수원이 진짜 고향처럼 느껴진다.

축구를 처음 시작한 곳도 수원이다. 수원 산남초등학교 3학년 말부터 축구부 생활을 했다. 근데 이게 좀 사연이 있다. 맨 처음 운동선수가 되겠다고 마음먹고 찾아간 곳은 축구부가 아니라 야구부였다. 원래 다녔던 학교는 수원의 신곡초등학교였다. 꼬마 때부터 아버지가 나를 야구장이나 축구장에 많이 데리고 다니셨다. 자주 보고 다니니까 '아, 나도 야구나 축구를 직접해보고 싶다.' 하는 마음이 생겼다. 마침 다니던 학교에 야구부가 있어서 3학년이 되자 야구부에 찾아갔다. "야구부에 들어가고 싶습니다." 제법 씩씩하게 말한 것 같은데 퇴짜를 맞았다. 너무 어리다는 게 이유였다. 야구부 감독님은 나에게 1년 뒤에 다시 오라고 했다. 4학년이 되면 받아주겠다고 하셨지만 약속은 지켜지지 않았다. 내가 지키지 못한 약속이 됐다. 3학년 여름방학 때 집이 이사를 가면서 전학을 갈 수밖에 없었기 때문이다.

언젠가 생각해본 적이 있다. 만약 그때 야구부에 들어가 야구 선수가 됐더라면 내 인생은 어떻게 변했을까? 프로야구 선수가 될 수 있었을까? 솔직히 야구를 시작하지 않길 잘했다는 생각도 든다. 야구는 힘도 세고 덩치도 있어야 하는데 그것부터 나랑은 맞지 않는다. 나처럼 오래 뛰는 재능은 야구에서는 아무 짝에도 쓸모가 없지 않은가? 역시 축구 선수가 그냥 내 천직이라고 생각하기로 했다.

어쨌든 이사를 가면서 신곡초등학교에서 멀지 않은 수원 산남초등학교로 전학을 갔다. 산남초등학교는 동네에 아파트 단지가 들어서면서 새로 생긴 학교였다. 학교가 개교하면서 축구부도 생겼다. 전학을 가고 10월쯤 학교에 축구부가 생긴다는 이야기를 들었다. 처음에 지망했던 야구부는 아니었지만, 운동선수의 꿈을 가지고 있던 나는 망설임 없이 축구부에 지원했다.

처음 축구부에 가입했을 때는 별 말 없으시던 아버지는 내가 훈련 때문에 집에 늦게 오는 날이 많아지자 반대하기 시작하셨다. 아들과 축구나 야구 경기 보러 다니는 건 좋아하셨지만 정작 아들이 운동선수가 되겠다고 본격적으로 나서니 선뜻 받아들이지 못하셨다. 하나뿐인 아들이 고달픈 운동선수의 길을 걷겠다는 게 걱정이 되셨나 보다. 공부 잘해서 안정적인 직장에 다니길 바라는 여느 부모님들과 크게 다르지 않은 마음이기도 했다. 할아버지도 나중에 이런 사실을 알고는 심하게 반대하셨다. 어머니가 "사람은 자기가 하고 싶은 걸 하고 살아야 한다."면서 내 편이 돼주셨지만, 아버지와 할아버지의 반대는 계속됐다. 내가 할 수 있는 건 막무가내로 밀어붙이는 것뿐이었다. 며칠이고 밥도 안 먹고 울기만 하면서 떼를 썼다. 방에 들어가 문을 걸어 잠그고 내 딴엔 꽤나 처절하게 시위를 했다. 아들의 고약한 고집에 안 되겠다 싶었는지 아버지는 마지못해 축구부에 들어가는 걸 승낙하셨다. 단 조건이 있었다. 아무리 힘들어도 중간에 그만두지 않는다는 약속을 한 뒤에야 아버지의 승낙을 받을 수 있었다.

이제 모든 게 뜻대로 잘 되나 싶었는데 생각지도 못한 문제가 엉뚱한 곳에 터졌다. 어느 날 코치 선생님이 오시더니 축구부가 해체된다는 말을 꺼내셨다. 무슨 영문인지 몰라 어리둥절해 있는데 선생님은 사정을 천천히 설명해주셨다. 일부 학부모들이 축구부가 면학 분위기 조성에 좋지 않은 영향을 끼칠 수 있다며 학교에 계속 건의를 해서 1년 만에 전격적으로 축구부 해체가 결정되었다고 했다. 코치 선생님은 인근의 세류초등학교 축구부 코치로 옮기게 되었다면서 나를 포함해 다섯 명의 축구부 선수들에게 같이 가자는 제안을 하셨다. 5학년 네 명에 4학년은 나 혼자였는데, 축구를 계속하고 싶었던 나는 다른 생각할 겨를 없이 세류초등학교로 가기로 결정했다. 세류초등학교와의 인연은 내 축구 인생의 진정한 시작이기도 했다. 차범근 축구대상에서 상을 받으면서 세상에 조금씩 이름을 알리기 시작했던 것도 세류초등학교 6학년 때의 일이다.

세류초등학교와의 인연은
내 축구 인생의
진정한 시작이기도 했다.

왜 다들 똑같이만 되라고 하는 걸까?

초등학교 때는 스트라이커로 뛰었다. 최전방 스트라이커는 아니었고 섀
도 스트라이커(shadow striker)였다. 최전방 공격수 아래서 그림자처럼
숨어서 공격을 도와주는 역할이다. 중학교 때까지 섀도 스트라이커로 뛰
면서 경기도 대회에서 득점왕에 오른 적도 있다. 그렇다고 엄청나게 골을
잘 넣는 그런 선수는 아니었다. 학창 시절에는 골 잘 넣는 선수라는 말보
다 공 잘 차는 선수란 이야기를 많이 들었다. 그때도 지금처럼 많이 뛰고
패스 잘하는 체력 좋은 선수였다. 이러한 나의 특징 때문인지 안용중학교
를 거쳐 수원공고에 입학한 뒤로 섀도 스트라이커에서 미드필더로 위치
와 역할이 바뀌었다.

　수원공고의 이학종 감독님은 그동안 내가 알지 못했던 축구의 새로운
면을 일깨워주신 분이다. 당시 감독님은 프로 선수에서 막 은퇴하고 지도
자 생활을 시작하신지 얼마 안 되었을 때라 프로 선수들이 쓰는 생생한
실전 기술을 많이 알고 계셨다. 그때 우리가 기본에 충실한 다소 정직한

플레이를 했다면, 감독님은 수비수를 속이는 동작이나 위치 선정 방법, 이동해야 할 타이밍, 패스를 해야 할 때와 하지 않아야 할 때 같은 세세한 부분을 구체적으로 알려주시며, 경기 중에 벌어지는 상황에 따라 어떻게 플레이해야 하는지 가르쳐주셨다. 감독님의 지도로 공간을 만들거나 수비벽을 뚫는 다양한 방법을 배우면서 이전보다 플레이의 폭이 넓어졌다. 고등학교 시절 경기 흐름에 따른 플레이 요령이나 상대 선수의 움직임에 대처하는 방법을 습득한 후로 조금 더 생각하면서 경기를 풀어가는 축구에 눈뜰 수 있었다.

이 무렵부터 미드필더로서의 마인드가 나의 플레이를 지배하기 시작했다. 대부분의 스트라이커들이 골을 많이 넣어서 이겨야 한다는 생각을 먼저 한다면, 미드필더들은 자기가 골을 넣어서 승부를 결정짓는다는 생각보다는 어떻게 하면 우리 팀이 경기의 흐름을 주도할 수 있을지에 대해 더 관심을 갖는다. 나는 현역 시절에 골 찬스에서 욕심을 내지 않는다는 이야기를 많이 들었다. 다른 선수들보다 골 욕심이 없었던 것에 대해서는 나도 인정하는 사실이다. 내가 생각해도 슈팅에 욕심내는 스타일은 아니었던 것 같다. 어떻게 보면 슈팅 기술이 다른 선수에 비해 뛰어나지 않다고 느끼고 있었기 때문에 그런 장면이 많이 나오지 않았을까 생각해본다. 내가 만약 골잡이 스타일의 선수였다면 슈팅 찬스가 왔을 때 해결해야겠다는 마음이 강했을 텐데, 나는 저기 저 선수가 더 쉽게 결정지을 수 있을 거라 생각해서 패스를 하는 일이 많았다. 내가 기술적으로 정말 뛰어난 선수가 아니라는 걸 너무나 잘 알고 있었고, 그래서 굳이 내가 그럴 필요가 있을까 하는 생각이 앞섰다. 어떻게 보면 내 입장에서는 현명한 선택을 했던 거였다. 사실 PSV에서 뛰던 2004~5년에는 그런 마음이 덜했다. 그때는 워낙 자신감이 넘쳤고 몸 상태도 좋았다. 그런데 그렇게 자신감이 많았던 때에도 리그 골을 7골밖에 넣지 못했을 정도로 골을 많이 넣는 선수는 아니었다. 나는 말 그대로 수비와 미드필드 사이에서 움직임이 좋은 선수였고, 많이 뛰면서 경기를 풀어가는 선수였지 골을 결정짓는 선수는 아니었다. 내 상황에서는 그런 판단이 더 맞았기 때문에 그런 결정을 내렸던 것이다. 다시 그 순간으로 돌아간다고 해도 크게 다르지 않은 선택을 할 것 같다. 그런 이유로 욕심이 없는 선수라는 평가를 받았을지언정 후회하지는 않는다. 내가 골을 더 많이 넣어야 된다는 생각을 해본 적도 없고, 내가 골을 넣어서 팀을 승리로 이끌어야 된다는 생각을 가졌던 적도 없기 때문에 나는 분명 공격수 성향의 선수는 아니었다. 미드필더의 마인드를 많이 갖고 있었기에 그런 성향의 선수가 됐던 거지, 골을 넣기 싫어서 그런 선수가 되었던 건 아니다.

고등학교 시절 미드필더로 변신했고 축구에 대한 이해를 더할 수 있었지만, 한편으론 지독한 편견과 맞서 싸우기도 했다. 내 작은 체구가 문제였다. 전혀 문제될 게 없다고 생각했는데 주위의 시선은 달랐다. 나는 체구가 크지 않고 힘이 세지 않은 게 축구하면서 불편하다거나 힘에 부친다는 생각을 한 번도 한 적이 없다. 11명의 포지션과 역할이 제각각이듯 키가 크면 큰 대로 작으면 작은 대로 그 자리에서 축구를 잘하면 된다고 생각했다.

하지만 주위에선 내 체구가 작다며 걱정했다. 나는 그런 시선을 이해할 수 없었다. 내가 지금까지 해온 축구에 대한 생각과는 달랐기 때문이다. 키가 크고 힘이 센 사람이 잘할 수는 있지만, 그렇지 않더라도 다른 재능을 살려 얼마든지 잘할 수 있는 운동이 축구다. 왜 굳이 덩치가 크고 힘이 세야 축구를 잘할 수 있을 거라 생각하는 걸까? 모든 선수들의 특징이 똑같다면 좋은 팀이라 할 수 있을까? 왜 다들 똑같이만 되라고 하는 걸까? 나는 그렇게 생각했지만 지켜보는 부모님의 마음은 달랐던 것 같다. 내 키가 작은 게 당신들 탓이라는 생각에 속을 많이 태우셨다. 부모님은 내 일이

라면 만사를 제쳐놓고 챙기는 분들이었다. 특히 내가 중학교에 올라가면서 부터 다니던 회사를 그만두고 장사를 시작한 아버지는 시간이 날 때마다 나를 챙기느라 당신의 삶을 포기해야만 했다. 아버지는 내 키를 키우고 힘이 세지게 만들기 위해 전국 방방곡곡을 돌아다니며 몸에 좋다는 걸 죄다 구해 먹였다. 잉어나 장어 같은 평범한 보양식부터 개구리와 뱀 같은 특별한 보양식까지 안 먹어본 보양식이 없다. 중학교, 고등학교 시절을 거치며 6년 넘게 꾸준히 먹었다. 부모님은 아들의 체구가 작은 것이 당신들 탓이라 생각하며 미안해하셨지만, 더 자라지 못한 내가 오히려 더 죄송스러웠다. 또 한편으로 고맙기도 했다. 부모님은 누구에게도 뒤지지 않을 만큼 강한 심장을 내 가슴에 넣어주셨기 때문이다. 내가 생각해도 어린 시절부터 나는 잘 뛰어다니는 선수였다. 학창 시절 내내 잘 뛴다는 운동선수들 중에서도 오래달리기 1등은 언제나 내 차지였다. 2000년 시드니 올림픽 대표로 참가했을 때 태릉선수촌에서 올림픽에 나가는 거의 모든 종목 선수들과 불암산 트래킹을 한 적이 있다. 태릉선수촌을 끼고 있는 불암산 정상까지 빨리 올라가는 경주였다. 아무래도 평지가 아닌 산을 올라가야 하는 까닭에 지구력과 하체 힘이 뛰어난 레슬링이나 복싱 선수들이 유리했다. 하지만 나는 축구 선수 중에 1등, 전 종목 선수 중에 5등으로 들어오며 많은 사람들을 놀라게 했다. 이는 부모님이 물려주신 튼튼한 심장이 있었기에 가능한 일이었다. 유럽과 남미의 쟁쟁한 선수들과 맞서 싸울 때도 나의 튼튼한 심장은 다른 무엇과도 바꿀 수 없는 나만의 강력한 무기였다. 언젠가 심장 박동수를 체크한 적이 있는데 나는 다른 사람들에 비해 심장이 상당히 느리게 뛰는 편이었다. 심장 박동이 느리면 격한 운동을 할 때 숨이 많이 차지 않아 몸에 가해지는 고통과 부담을 최소화할 수 있다고 한다. 심박수는 운동을 통해 어느 정도 조절할 수 있지만 한계가 있는데 나의 경우는 부모님으로부터 타고난 것이었다. 내가 다른 선수에 비해 체격이 작다는 것 때문에 내내 마음고생 하신 부모님께 두 분이 물려주신 튼튼한 심장과 건강한 몸이 아니었다면 지금의 박지성은 없었을 거라며 늘 감사하는 마음을 갖고 있다.

대학에 갈 수 없다는 게 사실이에요?

축구 선수로 뛰면서 진학하고 싶었던 대학은 고려대였다. 축구 명문이기도 했지만 어릴 적 작은 만남이 만들어준 꿈이기도 했다. 인연의 주인공은 김대의 선배다. 대의 형은 K리그와 일본 J리그에서 선수 생활을 했고, 국가대표 선수를 거쳐 현재는 수원 삼성 유소년팀의 코치로 활동 중이다. 나와는 일곱 살 차이인 대의 형은 어린 시절 나에게 산처럼 커다란 존재였다. 축구를 잘해서 부러워한 것도 있지만, 초등학교와 중학교 시절에 몇 번 만났을 때마다 항상 따뜻하게 챙겨줘 나중에 크면 꼭 형 같은 선수가 되고 싶었다.

대의 형을 처음 만난 건 세류초등학교 6학년 때였다. 당시에 고등학생이었던 대의 형은 청소년 대표로 뛰고 있었는데, 형의 초등학교 시절 은사였던 감독 선생님을 만나기 위해 시간을 내서 우리 학교로 찾아왔었다. 대의 형은 내가 축구 선수가 되기로 마음먹은 뒤에 직접 만난 가장 유명한 축구 선수였다. 애들 틈에 섞여 정신없이 사인을 받고, 대의 형이 하는 말은 하나라도 놓치지 않으려고 눈을 크게 뜨고 지켜봤던 기억이 지금도 생생하다.

얼마 후 나는 초등학교를 졸업했고 대의 형은 대학생이 되었다. 또 만나긴 어렵겠지 했는데 인연은 묘했다. 초등학교를 졸업하고 수원의 수성중학교로 진학했다가 곧장 안용중학교로 전학을 갔는데 공교롭게도 대의 형이 안용중 출신이었다. 대의 형은 얼마 뒤 안용중을 찾았고 우린 그렇게 또 만날 수 있었다. 못 만날까 싶었는데 다시 만나서 그런지 더 반가

왔다. 대의 형도 예전에 한번 봤다는 인연 때문인지 나를 특별히 챙겨주었다. 축구 기술이나 대표팀 생활, 여자 친구 문제 등 이런저런 얘기를 숨기지 않고 다 해주었다. 얼마나 재밌게 수다를 떨었는지 시간 가는 줄 몰랐다. 그때 마음먹었던 것 같다. '나도 다음에 대의 형처럼 대표 선수가 되고, 형이랑 같은 대학교에 가야지.' 대의 형이 그때 다니던 학교가 바로 고려대였다. 어린 시절 영웅과의 만남은 그렇게 소년의 꿈을 구체화시켜 놓았다.

하지만 그 꿈은 곧 산산이 깨지고 말았다. 고등학교 3학년 때인 1998년, 나를 원하는 수도권 대학이 한 곳도 없다는 얘기를 전해 들었다. 잘못 들은 줄 알았다. 10년 가까이 간절히 바랐던 축구 선수의 꿈이 벽에 부딪히는 것 같았다. 분명히 문제없을 줄 알았는데 세상이 나를 바라보는 시선은 달랐다. 솔직히 가장 가고 싶었던 고려대학교 입학은 어렵겠다고 생각하고 있었다. 전국에서 가장 축구 잘하는 선수들이 뽑혀 들어가는 고려대 축구팀에 가려면 적어도 청소년 대표를 한두 번 정도는 했어야 하는데 난 그 아래 단계인 학생 대표도 한 번 해보지 못했다. 지원 자격 자체가 안됐다. 현실을 받아들이고 고려대학교에 들어가는 건 일찌감치 포기했다. 그래도 아예 대학에 들어가지 못할 거라는 생각은 꿈에도 하지 않았다. 딱히 실력에 대한 대단한 자부심이 있었던 것은 아니지만, 나 정도 실력이면 어디든 가지 않겠나 하는 막연한 기대가 있었다. 그러나 그런 기대조차 보기 좋게 깨졌다. 대학 감독들이 보기에 내 체격이 왜소하고 힘이 약해 보여서 선택하길 망설이고 있다는 이야기를 들었다. 그때는 정말 하소연이라도 하고 싶었다. "대체 공을 차는 데 덩치가 무슨 관계가 있는 거죠? 키가 작으면 축구를 못하나요?"

솔직히 나는 내 축구 실력에 자신이 있었다. 왜 그랬는지 몰라도 초등학교 때부터 항상 긍정적이었고 자신감에 차 있었다. 겉으로 표현하고 다니지는 않았지만, 속으로는 내가 다른 친구들보다 키가 작고 힘이 좀 떨어질지는 몰라도 공은 더 잘 찬다는 자신감이 있었다. 고등학교 때 학생 대표로 다녀온 친구도 있었고, 프로 지명을 받고 기다리던 친구도 있었지만, 내가 체격이나 힘은 그들에게 뒤질지 몰라도 실력이 많이 뒤떨어지거나 기술적으로 밀린다는 생각을 한 번도 해 본적이 없다. 다른 사람들은 내가 더 못하거나 기술적으로 훨씬 떨어진다고 봤을지도 모르지만, 그때 당시 내 스스로 판단하기에는 그렇지 않다고 생각했다. 그랬기 때문인지 실망감은 더 컸다.

거기다 은근히 기대하고 있던 K리그 연고 지명 소식마저 들리지 않자 답답한 마음이 더해졌다. 당시 K리그 팀들은 자신의 연고지 학교에 다니는 학생 선수 3명에 한해 드래프트를 거치지 않고 연고 지명 선수로 바로 뽑을 수 있었다. 내가 다니던 수원공고의 연고지 프로팀은 수원 삼성이었다. 하지만 당시 수원은 이상하게도 한 명만 연고 지명으로 선발했고, 나머지 2명을 선발할 수 있는 권리를 행사하지 않았다. 선발된 한 명의 선수는 수원이 연고 지명으로 데려가기 위해 다른 학교에서 수원공고로 전학시켰던 친구였다. 고등학교 1학년 때부터 수원의 볼 보이 생활을 하면서 바라보던 팀이었기에 속상함이 더했다.

대학 팀 진학은 물론 프로 팀에서도 주목하지 않자, 이학종 감독님은 나 못지않게 다급해졌다. 이학종 감독님은 잘만 키우면 물건이 될 수 있다는 말로 여러 학교에 나를 추천하기 시작했다. 그러다 운명적인 인연의 끈이 닿은 곳이 명지대였다. 이학종 감독님은 명지대가 신입생을 뽑는다는 소식을 듣고는 명지대 김희태 감독님에게 곧장 연락을 해서 나를 적극적으로 추천했다. 이학종 감독님의 집요한 추천으로 내가 뛰는 모습을 지켜본 김희태 감독님이 나의 잠재성을 높이 사면서 어렵사리 대학 진학의 꿈을 이룰 수 있었다.

이제와 돌이켜보면 나를 추천하고 받아주신 두 감독님의 선택이 잘못되지 않았다는 걸 증명할 수 있었다는 게 너무나 다행한 일이다. 대학교와 프로 팀에서 주저하던 선수였던 나에게 기회를 만들어주신 두 분께 너무도 고맙고 감사하다.

본격적인 축구 선수의 길로 들어서던 시기에 그런 일을 겪으면서도 기가 죽기는커녕 '나중에 내가 얼마나 잘하는지 보여줄 거야' 생각하며 마음을 다잡았다. 한편으로는 당시 대학교나 프로 팀에서 선수를 선발하는 기준에 아쉬운 마음이 들었던 것도 사실이다. 단지 체격이 왜소하고 몸이 약해 보인다는 이유 때문에 잘하는 선수라고 생각하면서도 나를 선택하지 않았다는 게 너무나 이상했다. 좀 더 넓은 시야에서 선수를 바라보고 발굴할 수는 없는 걸까, 누구나 좋다고 생각하는 선수보다는 개성 있는 선수를 뽑는 것도 좋은 선택이지 않을까, 그렇게 막연하게 생각했다.

나중에 내가 축구 유망주를 선발하는 오디션 프로그램에 직접 참여하면서 그때 느꼈던 선수 선발 기준에 대한 의문이 분명해졌다. 단적인 예일 수도 있지만, 당시 참여한 우리나라 지도자 거의 대부분이 내가 선택한 스타일의 선수보다는 우리나라에서 일반적으로 선호하는 스타일의 선수를 선택하는 걸 지켜보면서 어떻게 보면 그동안 우리 축구계가 선수를 평가하고 선발하는 기준이 너무 틀에 박혀 있는 건 아닐까 하는 생각이 들었다. 혹시 가능성 있는 유망주를 우리 지도자들이 놓치고 있는 건 아닌지 걱정도 들었다. 감독마다 나라마다 다양한 스타일의 축구를 구사하는 것처럼 선수들도 각자 다른 개성과 장단점이 있을 텐데 왜 우리는 여전히 모범 답안 같은 선수만 찾으려는 건지 조금 답답했다. 내가 선수 선발의 전문가는 아니기 때문에 이런 내 생각이 잘못된 것일 수도 있다. 하지만 앞으로는 좀 더 다양한 선수들에게 기회를 주는 분위기가 되었으면 하는 바람을 가져 본다.

들도 보도 못한 그 이름

"박지성이 대체 누구야?" 누구라고 할 것 없이 그때는 다들 그랬다. 말 그 대로 듣도 보도 못한 이름이었다. 들은 적이 있어야 가타부타 말이라도 할 텐데 처음 듣는 이름이었으니 다들 그게 누군지 궁금해했다. 17세, 19세 연령별 대표팀은커녕 단 한 차례도 학생 선발 대표에 뽑히지 않았던 이름이 올림픽 대표팀 명단에 올랐으니 이상할 것 없는 반응이었다. 나라고 다르지 않았다. 대표팀에 뽑혔다는 이야기를 처음 듣곤 뒤로 자빠질 뻔했다.

1999년 3월 26일. '올림픽 대표팀 등번호 2번 수비수 박지성', 그렇게 내 이름이 불렸다. 2000년 시드니 올림픽을 준비하던 대표팀 명단에 포함된 것이다. 올림픽 본선까지는 1년 넘게 남아 있어 사실상 평가 차원의 발탁이었지만, 그 자체로 놀라운 일이었다. 대표팀 명단에 뽑혔다는 소식을 처음 듣곤 믿지 않았다. 고등학교 때까지 한 번도 대표팀에 뽑히지 못했고 대학 진학 과정에서 우여곡절을 겪은지 얼마 지나지 않은 때였기 때문에 올림픽 대표팀에 발탁되었다는 소식은 스스로에게도 꽤나 충격적인 사건이었다.

막 대학에 입학한 새내기 시절이었다. 어렵게 대학 선수가 됐으니 남들보다 더 열심히 뛰어 따라잡자는 생각뿐이었다. 그런데 1학년 3월에 올림픽 대표팀에 선발되다니. 청소년 대표가 아니라 분명 올림픽 대표였다.

누구도 예상하지 못했던, 전격적인 대표팀 발탁을 두고 "누군데?" 하던 궁금증은 "뭔가 있는 거 아니야?" 하는 의구심으로 흘러가기도 했다. 나중에 들어서 안 일이지만, 당시 내가 대표팀에 뽑힌 것을 두고 올림픽 대표팀의 허정무 감독님이 명지대 김희태 감독님과 바둑을 두다가 그 친분으로 뽑아준 것이라는 이야기까지 나돌았다고 한다. 이른바 바둑 커넥션이다. 조금은 황당하기까지 한 이야기였지만, 한편으론 세상이 나를 향해 그렇게 수군대는 것도 이해할 만한 일이었다. 당시의 나는 뚜렷한 성적이 있는 것도, 이름값이 있었던 것도 아니었다. 내가 올림픽 대표로 뽑힌 1999년 3월은 한 달 뒤 나이지리아에서 열린 1999년 FIFA 20세 이하 월드컵(4월 3일~4월 24일)을 눈앞에 둔 시점이었다. 당시 20세 이하 월드컵 멤버는 (이)동국이 형, (김)은중이 형, (설)기현이 형, (김)용대 형, (박)동혁이 형, (송)종국이 형 등 1979년생들이 주축이었다. 나보다 두 살 많은 이 형들도 쉽게 들어가지 못한 올림픽 대표팀이었다. 올림픽 대표팀은 23세 이하라는 연령 제한이 있어 2000년 시드니 올림픽의 경우 1977년생들이 중심이 됐던 대회. 두 살 차이가 나다 보니 20세 이하 월드컵 대표팀에서 난다 긴다 하는 1979년생 형들도 올림픽 대표팀의 문턱을 쉽게 넘지 못했다. 1999년 FIFA 20세 이하 월드컵 멤버 중 1년 뒤 2000년 시드니 올림픽 본선 최종 명단에 포함된 선수 역시 김용대, 박동혁, 이동국 셋뿐이었다. 20세 이하 월드컵 대표팀 선수들도 거의 다 떨어진 올림픽 대표팀에 그간 한 번도 언급되지 않았던 선수의 이름이 올랐으니 세상이 나를 의심의 눈초리로 바라본 것도 당연한 일이었다. 하지만 그때 나는 대표팀에 처음 뽑혔다는 사실 자체로도 너무 기분 좋아서 무조건 열심히 뛰면서 선배들에게 많이 배워 가야겠다는 마음뿐이었다. 몇 주가 될지는 모르지만, 대표팀에 속해 있는 동안 많은 것을 보고 듣고 경험해서 더 좋은 선수가 되기 위해 노력하는 기회로 삼아야겠다고 생각했다.

명지대 김희태 감독님과의 인연은 대표팀 선수로 발탁될 수 있는 기회의 발판이 되었다. 이학종 감독님의 끈질긴 추천으로 받아들이긴 했지만 김희태 감독님은 날 좀 더 지켜봐야 한다고 생각하셨다. 김 감독님은 내가 합류한 11월부터 여러 포지션에서 뛰게 하면서 가능성을 본격적으로 점검하기 시작했다. 대학교에 들어가자마자 처음부터 주전으로 뛰었던 건 아니다. 1학년생이 3, 4학년 선배들이 주축이 된 대학 팀에서 주전으로 뛴다는 건 쉽지 않은 일이다. 처음에는 1학년 선수 중에 1순위로 대학에 입학한 선수 한 명만 주전으로 뛰었다. 그때만 해도 나는 대기조였다. 하지만 조급하게 생각하지 않았다. 성격 탓인지, 스스로에 대한 믿음이 지나친 것인지는 모르지만 준비하다 보면 기회가 찾아올 것이라 믿었다. 1학년이었고 1순위로 들어온 것도 아닌데 조급하게 생각할 이유가 없었다. 내 방식대로 준비하면서 내 차례를 기다리고 있었다.

기회는 생각보다 너무 빨리 찾아왔다. 대학교 입학하고 얼마 뒤 울산에서 전지훈련에 들어갔다. 연습 경기를 몇 차례 뛰었는데 얼마 안 있다 감독님이 나를 주전 팀에 포함시켰다. 처음엔 1학년 선수들에게 경험 쌓으라고 한 번씩 돌아가면서 넣어주는 자리인 줄 알았다. 그런데 아니었다. 한 번 선발로 들어가고 난 뒤로는 계속 주전으로 경기를 뛰었다. 언젠가 기회가 올 거라 믿었지만 이렇게 빨리 찾아올 줄은 몰랐다. 1학년 동기 중에 나보다 앞선 순위로 입학한 선수들은 물론 쟁쟁한 선배들도 모두 내 뒤로 밀렸다. 그것은 포지션의 변화와 함께 찾아온 기회였다. 원래 내 포지션은 미드필더였는데 몇 차례의 경기를 치르다 보니 어느새 윙백으로 자리가 바뀌어 있었다.

김희태 감독님은 내 체력과 포지션 전환 능력이 이상할 정도로 남다르다며 나에게 맞는 포지션과 역할을 찾기 위해 다양하게 점검했다. 그 중 하나가 미드필드에서 공격과 수비를 겸하는 윙백 포지션이었다. 공격할 때는 미드필더 역할을 하고, 수비할 땐 수비수로 내려와 뛰는 자리였다. 김희태 감독님이 나를 윙백 자리에 놓은 건 많이 뛸 수 있는 체력과 공격을 하면서도 수비에 가담하는 나의 강점을 극대화하기 위한 선택이었다. 나중에 맨체스터 유나이티드에서 뛸 때 '수비하는 윙어'라 불린 포지션이 시작된 시점이기도 했다.

그러다 일생일대의 기회가 찾아왔다. 올림픽 대표팀이 울산으로 전지 훈련을 내려온 것이다. 울산에서 훈련 중이던 명지대는 자연스럽게 올림픽 대표팀과 연습 경기를 치를 기회가 많아졌다. 자체 평가전이나 대학 팀간의 경기에선 주전으로 뛰었지만, (김)도균이 형, (김)남일이 형, (이)영표 형, (이)관우 형, (안)효연이 형, (박)진섭이 형 등 당시 K리그와 대학교에서 이름을 날리고 있었던 형들이 버티고 있던 올림픽 대표팀과의 연습 경기에서 뛸 거라고는 몇 달 전까지만 해도 꿈에도 생각하지 못한 일이었다.

수준 높은 선배 선수들과 경기를 하다 보면 자연스럽게 배울 수 있는 게 많을 거라고 생각하며 열심히 경기에 뛰었다. 당시에는 내가 대표팀에 뽑힐 거라는 생각은 전혀 하지 못했다. 그렇지만, 아무래도 연습 경기를 하면서 허정무 감독님의 눈에 자주 띄다 보니 다른 선수들보다 대표팀에 뽑힐 수 있는 확률이 높았고 그 덕분에 좋은 기회를 잡았던 것 같다.

국가대표에 발탁되다

올림픽 대표팀에 선발되어 첫 공식 경기를 치른 것은 1999년 5월 27일 동대문 운동장에서 열린 시드니 올림픽 지역예선 대만전이었다. 그 경기는 내 인생 모든 대표팀 경기를 통틀어 첫 번째로 치른 국가 대항전이자, 올림픽 대표팀에 발탁되고 두 달 만에 치른 공식 경기 데뷔전이었다. '내가 여기서 뛰어도 될까?', '잘 뛸 수 있을까?' 하는 걱정이 경기 전부터 얼마나 많이 들었는지 머릿속이 온통 뒤엉켜 있는 것만 같았다. 이틀 전에 벤치에서 지켜보았던 스리랑카와 치른 예선전 경기와는 완전히 다른 긴장감이었다. 아무래도 올림픽 대표팀 데뷔전이고 선발 출전이었으니 만 열여덟 살짜리 선수가 아무 일 아닌 것처럼 담담하게 경기에 임하기는 쉽지 않았다.

센 상대도 아니었는데 그날 나 혼자만 엄청 긴장했다. 대만은 우리가 A 매치 맞대결에서 1967년 이후로 한 번도 지지 않은 상대였다. 이날 경기가 23세 이하 경기이긴 했지만 대만은 우리의 상대가 되질 않았다. 실제 이날 경기도 (설)기현이 형, (최)철우 형, (이)영표 형, (안)효연이 형 등이 마구 골을 넣어 우리가 7-0으로 크게 이겼다. 대표팀 경험이 많은 형들은 대만을 상대로 차분하게 경기를 즐기면서 여유 있게 경기를 풀어나갔지만, 난 마치 다른 팀 선수처럼 바짝 졸아 경기를 치렀다. 누가 보더라도 딱 신입의 모습이었을 것이다. 그래도 못하지는 않았는지 90분 경기를 모두 뛰며 올림픽 대표팀 데뷔전을 무사히 마칠 수 있었다. 그때 내 나이는 만 18살 3개월이었다.

그날의 경험은 결코 잊을 수가 없다. 경기 전 라커룸에서 긴장을 풀기 위해 형들과 나누었던 이야기, 경기장으로 들어설 때 들었던 관중들의 환호와 웅장한 음악, 경기장 곳곳에 놓인 TV 중계 카메라, 경기를 앞두고 울려 퍼지던 애국가, 반드시 승리하겠다며 저마다 의지를 불사르는 선수들의 얼굴 등 어릴 적부터 간절히 꿈꿔오고 상상해왔던 그런 장면이 눈앞에서 펼쳐졌던 순간이었다. '어릴 적부터 TV로만 보던 장면을 직접 보는구나. 근데 내가 여기에 같이 서 있네.' 그런 생각을 하며 치른 잊지 못할 경기였다.

대만과의 데뷔전 이후 올림픽 대표팀에서 경기에 나서는 경우가 잦아졌다. 1999년 8월 18일 체코 올림픽 대표팀과의 평가전에서는 올림픽 대표로 첫 골을 넣기도 했다. 올림픽 대표 데뷔 이후 따라다녔던 바둑 커넥션의 꼬리표도 사라졌다. 무엇보다 대표팀 생활이 익숙해진 게 좋았다. 처음엔 모든 것이 낯설었던 게 사실이다. 형들과의 생활이며 대표팀 훈련 시설이며 모든 게 내 것이 아닌 것처럼 어색했다. 시간이 지나고 경기에도 몇 차례 출전하면서 차츰 대표팀 생활이 더 이상 낯설지 않게 되었다.

대표팀 생활에 별 탈 없이 적응할 수 있었던 데는 막내라는 타이틀도 한 몫했다.

대표팀 허드렛일도 곧잘 해서 형들의 인정과 사랑을 받을 수 있었다. 당시만 하더라도 대표팀엔 빨래나 장비 등을 챙겨주는 지원 스태프가 없었다. 대표팀 막내가 공에 바람 넣고, 조끼 챙기고, 훈련용 콘 놓고, 빨래하는 모든 자질구레한 일을 맡아서 해야 했다. 아주 오래 전처럼 손빨래를 하거나, 공에 일일이 손으로 바람을 넣지는 않았지만, 세탁실에 빨래 맡기고 챙겨와 선배들 방에 올려놓고 자동 펌프로 기압 맞춰 공에 바람 넣고 하는 일은 그래도 제법 신경 써야 했던 대표팀 막내의 '중요 업무'였다. 이런 일은 2002년 월드컵을 앞두고 거스 히딩크 감독이 대표팀을 맡기 전까지 이어졌다. 히딩크 감독이 2000년에 부임하셨으니 내가 장비 담당으로는 마지막 세대였던 셈이다. 당시 대표팀에서 빨래며 장비 점검 등의 일을 같이 했던 건 두 살 위 형들이었던 동국이 형, 동혁이 형, 용대 형이었다. 궂은일을 같이 하면서 자연스럽게 형들과 더 친해질 수 있었다. 낯을 가리는 성격 탓에 대표팀 생활이 어색하고 불편할 수도 있었지만, 일상에서 편하게 형들과 마주치면서 새로운 환경에 하나둘 녹아들었다.

선수로서의 팀내 역할도 선배들을 지원하는 일이었다. 당시 올림픽 대표팀의 좌우 윙백은 왼쪽 이영표, 오른쪽 박진섭이었다. 좌영표, 우진섭이란 신조어가 만들어졌을 만큼 부동의 라인업이었다. 명지대에서 뛰면서 왼쪽 윙백으로 포지션을 바꿔 영표 형의 위치와 겹쳤는데 원래 오른발잡이여서 진섭이 형의 백업 역할까지 맡았다. 영표 형, 진섭이 형 모두 대단한 실력을 갖춘 형들이었고, 그래서 형들을 넘어서겠다는 생각보다는 주어진 내 임무에 충실하자는 생각이 더 강했다.

선발과 백업의 경계선에 서 있던 나에게 또 한 번 찾아온 기회는 올림픽 대표팀이 아닌 명실상부한 국가대표로서의 A매치 데뷔였다. 2000년 시드니 올림픽 본선(9월 13일~30일)과 2000년 레바논 아시안컵 본선(10월12일~29일)이 한 달 간격으로 열렸다. 시드니 올림픽 지역예선 대표로 활동하던 나에게도 기회가 찾아왔다. 2000년 1월 1일 발표된 국가대표팀 상비군 명단에 이름이 올라간 것이다. 당시 국가대표팀 상비군을 2000년 새해 첫날에 발표한 이유는 당장은 2000년 아시안컵을 대비하기 위한 것이었지만, 궁극적으로는 우리나라에서 개최하는 2002년 월드컵을 준비하고 만들어가려는 상징성을 고려한 선택이었다.

어렵사리 대학교에 진학하고 올림픽 대표로 발탁된 것만도 꿈만 같은 일인데 국가대표, 그것도 월드컵을 대비한 국가대표팀 명단에 내 이름이 올라가다니 믿기지 않는 일이었다.

상비군 명단이었지만 국가대표팀 예비 엔트리에 이름을 올린 뒤로는 플레이에도 자신감이 더해졌다. 어릴 적 유일한 목표이기도 했던 국가대표팀에 이름을 올렸다는 사실 하나만으로도 하늘을 나는 듯 설레었고 자신감이 가득했다. 국가대표팀 상비군 명단에 포함된 이후로 2000년 1월 북중미 골드컵, 3월 아시안컵 지역예선 대표팀 명단에도 이름을 올렸다. 경기 데뷔는 미루어졌지만 올림픽 대표팀과는 또 다른 설렘과 긴장감으로 가득 차 있었다.

국가대표팀 데뷔전의 꿈을 이룬 건 2000년 4월 5일 동대문운동장에서 열린 2000년 아시안컵 지역예선 라오스전이다. 우리와 실력 차이가 많이 나는 팀이라 성인 국가대표가 아닌 올림픽 대표팀 멤버가 주축이 되었던 경기였다. 선발로 90분 풀타임을 뛰었는데 자주 호흡을 맞추던 멤버들과 경기를 해서인지 큰 부담 없이 치를 수 있었다. 이날 경기는 은중이 형, 기현이 형이 모두 해트트릭을 성공시키며 9-0으로 크게 이겼다. 영표 형과 진섭이 형이 좌우 윙백으로 나섰고, 나는 (김)도균이 형과 함께 공격과 수비를 연결하는 중앙 미드필더로 뛰었다. 공격형 미드필더는

(이)관우 형이 맡았다. 이날 중앙 미드필더로 뛴 경험은 이후 시드니 올림픽 본선에서의 포지션 이동으로 이어지며 수비수가 아닌 미드필더 박지성의 축구 인생을 연 시작이기도 했다.

날 인정해 주는 곳으로 가겠어

2000년은 내 축구 인생에 있어 폭풍과도 같은 변화와 일들이 한꺼번에 쏟아진 해이기도 했다. 국가대표 데뷔전을 치렀고, 시드니 올림픽(9월 13일~30일), 레바논 아시안컵(10월 12일~29일), 이란 U-19아시아청소년선수권(11월 12일~26일) 등 굵직한 국제 대회 본선을 세 차례나 연달아 뛰었다. 대학 진학 과정에서 어려움을 겪었던 게 고작 1년 전이었다는 사실을 떠올리면 정말이지 말도 안 되는 변화였다.

그해 5월 15일 일본 프로 축구팀인 교토 퍼플 상가와 입단 계약을 체결하며 프로 선수로도 데뷔했다. 국가대표팀에 데뷔한 지 꼭 한 달하고도 열흘이 지난 뒤였다. 당시만 하더라도 10대 선수가 일본 프로 축구 무대에 진출하는 것은 매우 이례적인 일이었다. 노정윤, 황선홍, 홍명보, 유상철, 최용수 등 K리그 무대나 국가대표로 많은 경험을 쌓은 쟁쟁한 선배 선수들이 진출하던 곳이 J리그였다.

당시 먼저 입단 제의를 해온 J리그 팀은 명문 시미즈 에스펄스였다. 나는 시미즈 에스펄스와 교토 퍼플 상가를 두고 고민을 해야만 했다. 팀만 놓고 보면 시미즈 에스펄스로 가는 게 맞았다. 시미즈는 전년도 J리그 준우승을 차지한 강팀이라서 시미즈로 가면 주목도나 팀 전력에 대한 고민을 크게 하지 않아도 됐다. 반면 교토는 사정이 달랐다. 전 시즌 성적 12위로 2부 리그 강등을 가까스로 피한 팀이었다. 하지만 나는 교토 퍼플 상가를 선택했다. 교토가 시미즈보다 경기를 더 많이 뛸 수 있는 팀이라고 생각했기 때문이다. 경기에서 많이 뛰는 게 얼마나 중요하고 소중한지 너무나 잘 알고 있었기에 조금이라도 경기에 뛸 확률이 높은 팀을 택하고 싶었다.

한국 대표팀 선수가 J리그 하위권 팀에 갔다는 걸 좋지 않게 보는 사람도 있었다는 얘기를 나중에 들었다. 하지만 나에게 중요한 건 남에게 보이기 위한 명분이 아니었기 때문에 여러 사정을 현실적으로 판단해 선택할 수밖에 없었다. 당시에는 학교 졸업 후 K리그에 진출하지 않고 해외리그로 진출한 국내 선수는 5년 간 국내 팀에 입단할 수 없다는 규정이 있었다. 해외 팀에서 잘못 되더라도 최소한 5년간은 K리그로 돌아올 수 있는 길이 막혀 있던 셈이다. 해외 무대 도전이 짧은 호흡이 아닌 긴 싸움이라면 당장의 이름값보다는 먼 미래를 바라보는 선택이 그만큼 중요할 수밖에 없었다.

나를 인정해주는 곳으로 가고 싶은 마음도 나를 교토로 향하게 했다. 시미즈 에스펄스는 나에게 C계약을 제시했다. J리그는 어린 선수와 계약을 맺을 때 바로 정식 계약에 해당하는 A계약이 아닌 가계약 형태의 C계약을 체결한다. C계약을 맺은 선수가 몇 경기를 뛰면서 좋은 활약을 보여주는 경우에 A계약으로 올려 계약하는 식이다. 교토는 시미즈와는 달리 A계약을 제시했다. 시미즈가 나에게 가계약을 제시했다면, 교토는 정식 계약 조건을 내밀었던 것이다. 내가 가서 당장 경기에 뛸 수 있고 또 나를 인정해주는 구단의 마음 씀씀이까지 고려하다 보니 결국 나의 선택은 교토일 수밖에 없었다.

교토 퍼플 상가 시절은 내 축구 인생에 있어 프로 선수로서의 자세와 실력을 쌓아 올릴 수 있는 더없는 발판이 되어주었다. 처음 일본 리그에 가기 전 내가 갖고 있던 생각은 조금 순진한 구석이 있긴 했다. 교토 입단 당시 팀은 2부 리그 추락의 위기에 놓여있었다. 처음엔 팀에 들어가서 조금만 치고 올라가면 1부 리그에 잔류할 수 있을 거라 생각했지만, 그것은 프로 경험이 없는 순진한 아마추어의 생각이었다. 학생 때는 팀이 흔들리다가도 선수가 한두 명 바뀐다든가 특정한 계기로 흐름을 타면 팀 분위기가 완전히 뒤바뀌는 걸 어렵지 않게 경험할 수 있었다. 하지만 일정 수준 이상의 팀 전력을 갖추고 있는 프로 무대에서 한 번 흔들린 팀 분위기를 다시 끌어올린다는 것은 생각처럼 쉬운 일이 아니었다. 더군다나 입단했을 당시 교토는 감독 교체기였다. 전반기 성적 부진의 책임을 지고 가모 슈(Kamo Shu) 감독이 6월에 물러나고, 독일 출신의 게르트 엥겔스(Gert Engels) 감독이 막 부임했을 때였다. 감독 교체는 팀을 추스르는 데 시간이 필요하다는 걸 뜻했다. 처음 생각과 달리 교토에서의 첫해는 쉽지 않았다.

교토는 결국 그해 2부 리그로 추락했다. 프로 2년차 생활을 2부 리그에서 보낸다는 게 결코 유쾌한 일은 아니었다. 보통 팀이 2부 리그로 추락하면 떠나는 선수들이 많아진다. 교토가 2부 리그로 떨어졌을 때도 미우라 가즈요시(Miura Kazuyoshi)와 엔도 야스히토(Endo Yasuhito)가 팀을 떠났다. 일본 축구의 영웅으로 불린 미우라는 내가 교토에 입단했을 때 일본 생활에 적응하는 데 많은 도움을 주었던 선수라 특히 아쉽기도 했다. 이 또한 냉정한 프로 세계의 현실이기도 했다. 팀이 2부 리그로 추락한 상황에서 더 좋은 환경을 찾아 선수가 떠나는 건 나무랄 수 없는 일이다. 그렇지만 나는 큰 고민 없이 교토에 그대로 남았다. J2리그는 1부 리그보다 경기수가 많기 때문에 실전에서 더 많이 뛰면서 경험을 쌓을 수 있을 거라 판단했기 때문이다.

프로 2년차에 2부 리그로 떨어진 교토에 남은 나는 팀을 다시 1부 리그로 끌어올리기 위해 모든 걸 쏟아 부었다. 그해 나는 한 시즌에 리그 경기만 38경기를 뛰었다. 내 프로 경력을 통틀어 한 시즌 동안 가장 많은 경기에 출전한 해였다. 2002년 월드컵에서 돌아온 이후로는 구로베 데

루아키(Kurobe Teruaki), 마츠이 다이스케(Matsui Daisuke)와 함께 스리톱(3-Top)을 이루며 본격적인 측면 공격수로 나서기도 했다. 그 결과 교토는 한 시즌 만에 1부 리그로 승격할 수 있었다. 또 승격 첫해 클럽 역사상 최초로 FA컵 우승 트로피를 들어 올리면서 극적인 반전을 만들어냈다. 1년 전까지만 해도 2부 리그였던 교토가 일본의 프로와 아마추어 팀 모두가 출전해 왕중왕을 가리는 FA컵에서 사상 최초로 우승을 차지한 놀라운 결과였다.

J리그의 FA컵 대회인 제82회 일왕배 대회는 개인적으로도 잊지 못할 대회다. 교토가 우승을 차지했던 2002년 FA컵 결승전은 2003년 1월 1일 열렸다. 교토는 전반 초반 실점을 내주고 내내 끌려가다 후반 5분 터진 나의 골로 동점을 만든 뒤 막판에 터진 구로베의 결승골로 2-1 역전 우승을 차지했다. 사실 이때는 이미 네덜란드 에인트호번 입단이 사실상 결정 나 있었고, 약간의 부상을 입고 있어서 경기에 나서지 않아도 되는 상황이었지만 팀이 한 발짝 성장하는 데 어떻게든 보탬이 되고 싶었다. 어쩌면 이때의 출전 결정이 아직까지 나와 교토를 연결시켜주는 끈이 아닐까 싶기도 하다.

독일 출신 엥겔스 감독과의 인연은 막연했던 외국인 지도자에 대한 거리감을 없애주며 나중에 유럽 무대에 도전할 때의 두려움을 줄여주는 역할을 하기도 했다. 결과적으로 교토 시절은 타국에서의 삶이라는 일상의 문제를 비롯해 프로 선수로서의 경험을 쌓으며 유럽 무대 진출의 발판이 되어주었던 내 축구 인생의 징검다리 같은 시기였다.

축구 인생의 은인, 히딩크 감독

2000년 12월 거스 히딩크 감독이 대한민국 국가대표팀의 감독을 맡게 되었다. 그 동안 허정무 감독 아래서 올림픽 대표와 국가대표로 뛰었던 선수들은 모든 걸 원점에서부터 다시 시작해야 했다.

2000년 한 해에만 시드니 올림픽, 레바논 아시안컵, 이란 청소년선수권 본선에 연달아 출전하면서 U-19 대표, 올림픽 대표, 국가대표 모두를 경험했지만 그때까지만 하더라도 내가 국가대표팀의 주전이라는 생각은 하지 않았다. 시드니 올림픽 때는 주전 중앙 미드필더로 뛰면서 스페인, 모로코, 칠레를 상대한 조별리그 3경기에 모두 풀타임 출전했다. 태어나서 처음 뛰어본 국제적 규모의 본선 대회라 많이 긴장했지만, 막상 경기를 뛰면서는 큰 부담 없이 자신 있게 플레이했던 대회였다. 결과적으로 첫 경기였던 스페인전을 망치는 바람에 2승 1패의 성적을 거두고도 골득실에서 뒤져 8강에 진출하지 못했다. 애초 목표했던 조별리그 통과를 이루지는 못했지만, 당시로는 올림픽 대표팀 역대 최고의 성적을 거둔 것이라 아쉬움 속에서도 희망을 엿본 대회였다. 개인적으로도 세계의 벽이 높다는 걸 실감한 동시에 유럽 무대에 진출하고 싶다는 꿈을 꾸게 된 의미 있는 대회이기도 했다.

그 후 시드니 올림픽 한 달 뒤에 열린 레바논 아시안컵에서는 한국이 치른 6경기 중 5경기에 출전(4경기 선발, 1경기 교체)했고, 11월 이란 청소년선수권에선 이천수, 최태욱, 조재진 등과 함께 뛰면서 열심히 경험을 쌓아가고 있었다.

이런 시기에 히딩크 감독이 대표팀 감독을 맡았다. 우리나라에서 열리는 월드컵이라 성적에 대한 압박이 엄청나게 올라간 상황에서 축구협회에서는 월드컵 같은 국제대회에서 좋은 성적을 올려 검증받은 세계적인 지도자를 물색했고, 그 적임자로 1998년 프랑스 월드컵에서 네덜란드를

4강으로 이끌었던 히딩크 감독이 낙점됐다. 한국 대표팀에게 완전히 새로운 판이 열린 것이었다. 네덜란드와 유럽 무대에서는 너무나 잘 알려진 히딩크 감독이었지만, 한국 축구와 한국 대표팀에 대해서는 아무것도 모르고 있었기에 하나부터 열까지 모든 걸 새로 파악해야만 했다. 한국 대표팀의 선수 선발 기준 역시 달라질 수밖에 없어 대표팀에 이름이 오르내리던 선수 모두가 바짝 긴장했다.

히딩크 감독이 현장에서 우리 선수들을 처음 지켜본 것은 2000년 12월 20일 일본 도쿄에서 열린 한·일 평가전이었다. 11월 말 축구협회와 한국 국가대표팀 감독 계약을 체결한 히딩크 감독은 촉박한 시간 탓에 감독석이 아닌 관중석에서 한·일전을 지켜보는 것으로 우리 선수들과의 첫 대면을 대신했다. 이날 경기 벤치에는 박항서 코치님이 앉았다. 난 이 경기에서 전반 40분 (최)용수 형을 대신해 교체 투입됐다. 전반 26분 (김)상식이 형이 퇴장 당해 생각보다 빨리 경기장에 들어간 것인데 일본을 상대로 그것도 선수 숫자까지 적어 쉽지 않은 경기 흐름이었는데도 맡겨진 임무에 최선을 다하며 정신없이 뛰었다.

히딩크 감독은 최고의 팀을 만들기 위해 후보군을 넓게 잡고 많은 선수들의 모습을 관찰하고 싶어 했다. 히딩크 감독이 한국 대표팀을 지휘하게 된 후 첫 번째 일정이었던 2001년 1월 울산 전지훈련 멤버에 내 이름도 포함이 되었다. 울산 첫 소집 훈련 때 대표팀은 A팀과 B팀으로 나눠 훈련을 했다. A팀은 주전, B팀은 비주전이었다. A팀엔 (황)선홍이 형과 (홍)명보 형 등이 포함돼 있었다. 나는 초기에 B팀에 속해 훈련과 자체 경기를 치렀다. 그러다가 한두 번씩 A팀으로 올라가 훈련하는 날이 잦아지더니 2001년 1월 홍콩 칼스버그컵과 2월 두바이컵, 5월 FIFA 컨페더레이션스컵을 치르면서 실전에서도 선발로 나서는 경기가 늘었다. 히딩크 감독은 한국 국가대표팀을 이끌면서 2002년 월드컵 본선 개막 전까지 32번의 A매치를 치렀는데 나는 그 가운데 18번의 경기에 나섰다. 부상 등의 이유로 어쩔 수 없이 빠졌던 때 외에는 히딩크 감독 체제에서 비교적 제외되는 경기 없이 기회를 잡을 수 있었다. '2002년 월드컵에서 주전으로 뛸 수 없을지는 몰라도 23명의 최종 엔트리에는 들 수 있겠구나.' 하는 생각이 들었던 건 바로 이런 이유 때문이었다.

그런데 미디어들의 반응은 전혀 달랐다. 2002년 월드컵을 앞두고 있었기 때문에 한국 국가대표 축구팀의 동향은 전 국민적인 관심사였다. 미디어들도 대표팀의 경기가 끝날 때마다 월드컵 본선 멤버로 들어가야 하는 선수, 빠져야 하는 선수의 이름을 가차 없이 논하기에 바빴다. 선수들 입장에선 집중력을 흔들어 놓는 고약한 일이었지만, 어차피 피할 수는 없는 일이었다. 살생부 같은 기사가 뜰 때마다 거의 빠짐없이 올라오던 이름이 바로 박지성이었다. 크게 마음 쓰지 않으려고 했지만, 전혀 신경 쓰지 않았다고 하면 거짓말일 것이다.

특히 월드컵 본선 개막을 석 달 정도 앞두고 실시했던 2002년 3월 스페인 라망가 전지훈련 이후에 쏟아진 기사는 정말 억울하다는 생각까지 들게 할 정도였다. 당시 대표팀은 스페인 라망가에 베이스캠프를 차려 놓고 각국을 돌아다니며 튀니지, 핀란드, 터키와 평가전을 치르고 있었다. 독일 보훔에서 치러진 터키와의 평가전이 유럽 전지훈련의 마지막 일정이었는데, 후반 64분 교체 투입된 터키전 경기 이후 미디어들은 일제히 월드컵 최종 엔트리에서 제외되어야 할 1순위로 내 이름을 꼽았다. 히딩크 감독이 스페인 라망가 전지훈련을 마치면 2002년 월드컵 최종 엔트리 23명 선수의 윤곽을 그리겠다고 밝힌 터라 미디어들의 반응은 더욱 폭발적이었다.

잘 뛰고 있던 나로서는 그런 기사가 자꾸 나오는 게 조금 억울했지만, 화려한 경기력을 가진 것도 아니었고, 눈에 띄는 플레이로 멋진 활약을 보인 것도 아니라서 지금껏 그래 왔던 것처럼 담담히 받아들이며 실력으로 경기장 위에서 증명해 보이는 수밖에 없었다.

하지만 히딩크 감독은 스페인 라망가 전지훈련 이후 바로 이어진 중국과의 A매치 평가전을 위한 대표팀 명단에 내 이름을 포함시켰다. 당시 중국과의 평가전은 사실상 2002년 월드컵 최종 엔트리에 포함될 선수들을 불러 모아 마지막으로 점검하는 경기였다. 중국전 명단에 포함되면 2002년 월드컵 최종 엔트리에 이름을 올릴 가능성이 매우 높았다. 실제로 중국전 선발에 이름을 올린 나를 비롯해 이운재, 김남일, 김태영, 홍명보, 최진철, 송종국, 윤정환, 이을용, 최용수, 설기현 전원이 2002년 월드컵 23명 최종 엔트리에 포함됐다. 나는 중국전에 선발로 출장해 90분 동안 경기장에서 뛰었다. 그날은 이전까지와는 다른 공격적인 플레이가 더해진 역할을 맡았다. 히딩크 감독님은 중국전에서 4-3-3 포메이션을 세웠는데 나를 오른쪽 날개 공격수로 뛰게 했다. 수비적인 역할이 강조된 미드필더 포지션에서 공격적인 역할로 전환한 것으로 히딩크 감독 부임 이후 처음으로 맡은 공격적인 포지션이었다. 주변에서는 깜짝 놀란 눈치였다. 최종 엔트리에서 제외할 1순위로 꼽혔던 선수가 90분 풀타임을 뛰고 공격적인 역할까지 맡았으니 이해할 수 없다는 반응이었다.

돌이켜 생각해보면 내가 만약 감독이었다 하더라도 선수 박지성을 2002년 월드컵에 데려가기 어려웠을 것 같다. 히딩크 감독이 부임해 촉박한 시간 속에 한참 팀을 만들던 2001년만 하더라도 난 J리그 중에서도 2부 리그에 속한 팀의 선수였다. 경력이 화려하지도 않았고, 대표팀에서 제외시키라는 압력도 심한 선수였다. 하지만 히딩크 감독은 내가 가진 잠재력을 인정해 나에게 기회를 주었다. 다들 아니라고 고개를 흔들 때 히딩크 감독은 개의치 않고 나에게 길을 열어주었다. 한국 축구를 잘 알지 못했고 한국적 풍토에 길들여 있지 않았던 히딩크 감독은 오로지 실력만

보고 선수를 뽑았고, 그런 선발 시스템이 나에게는 엄청난 기회였던 셈이다. 히딩크 감독은 필드에서 뛰는 모습을 제외하고는 다른 모든 걸 모조리 배제시켰다. 출신, 경력, 이름값 등은 히딩크 감독에겐 전혀 고려 대상이 되지 못했다. 특히 어느 리그, 어떤 팀에서 뛰고 있는지를 보지 않았다. 오로지 자기 눈으로 확인하고 검증한 경쟁력만으로 선수들을 평가했고 또 기회를 주었다. 만 스무 살에 찾아온 히딩크 감독과의 만남은 내 축구 인생의 모든 것을 뒤바꾸어 놓은 혁명 같은 사건이었다.

월드컵이라는 큰 무대에서

처음엔 그저 놀랐다. 숙소를 나서거나, 훈련장에 갈 때, 경기장으로 향하는 순간마다 어디에서든 마주친 붉은 인파는 정말이지 놀라움 그 자체였다. 우리 주위엔 어디나 사람들로 가득했다. 가는 곳마다 온몸으로 반기며 환호해주었다. TV를 틀어도 온통 우리들 이야기뿐이었다. 뉴스고 예능이고 할 것 없이 모두 축구 이야기뿐이었다. 세상은 온통 붉었다. 거리며 경기장 어느 한 곳 붉지 않은 곳이 없었다. 사람들은 모두들 빨간 옷을 입고 다녔고, 어디서 서로 마주치든 금세 익숙하게 '대한민국'을 외쳤다. 2002년 한·일 월드컵은 선수들에게도 역시 놀랍고 또 엄청난 경험이었다. 태어나서 처음으로 맞닥뜨린 감당하기 쉽지 않은 압도적인 에너지였다. 2002년 월드컵 전에 치렀던 수많은 경기와 대회들과는 그 차원이 달랐다. 나는 그때 이후로 단 한 번도 그런 광경을 본 적이 없다. 축구가 이렇게 큰 힘을 갖고 있구나 하는 걸 그때 처음 느꼈고, 내가 축구 선수라는 꿈을 꾸고, 그 꿈을 이룬 것이 스스로 너무나 자랑스러웠다. 그 전까지는 내가 축구 선수라는 걸 자랑스러워하게 될 일이 있을 거라고는 단 한 번도 생각해본 적이 없었다. 내가 좋아서 시작한 운동이었고, 내가 좋아서 축구 선수가 된 것뿐이었다. 그러나 그때 사람들이 축구에 열광하는 모습을 보면서 축구로 이렇게 많은 사람을 행복하게 해줄 수 있다는 걸 알게 되었다. 우리가 응원해주는 사람들을 행복하게 만들어줄 수 있고, 사람들에게 감정을 전달해줄 수 있다는 것을 말 그대로 실감할 수 있어서 충격이 컸다. 처음으로 축구를 택하고 축구 선수가 되었다는 사실이 정말 자랑스러웠다.

되짚어보면 2002년 월드컵은 나에게 한 편의 드라마와도 같았다. 우리는 월드컵 개막을 한 달여 앞두고 소집되어 5월 16일 스코틀랜드전(부산), 5월 21일 잉글랜드전(제주), 5월 26일 프랑스전(수원) 등 세 차례의 평가전을 치렀다. 이 세 경기는 2002년 월드컵 최종 엔트리를 확정해 FIFA에 제출했던 5월 27일 이전에 치러졌지만, 사실상 월드컵 본선 멤버로 가졌던 경기였기 때문에 선수들 개인적으로나 대표팀 모두에게나 마지막 실험 무대와도 같은 중요한 일정이었다. 그때까지만 하더라도 나는 형들을 도와 뒤를 받치면서 '사고'나 치지 말고 월드컵을 치렀으면 좋겠다는 생각을 하고 있었다. 그런데 월드컵 직전 치러진 세 차례의 평가전은 그런 나의 생각을 완전히 뒤바꾸어 놓는 결정적인 계기가 되었다.

앞선 4월의 중국전 이후 나의 대표팀 내 포지션은 오른쪽 공격수로 거의 굳혀졌다. 프랑스전에서는 중앙 미드필더로 뛰었지만 스코틀랜드, 잉글랜드와의 평가전에서는 측면 공격수로 모두 선발 출전했다. 우리 대표팀은 스코틀랜드에 4-1 승리, 잉글랜드와는 1-1 무승부, 프랑스엔 2-3으로 졌다. 유럽의 강호 세 팀을 상대로 내용 면에서 밀리지 않는 승부를 펼쳤다는 점에서 월드컵에 임하는 대표팀 선수들의 사기를 드높이고 자신감을 한껏 더할 수 있었다.

정말 중요했던 이 세 경기에 선발 출전하면서 나는 자연스레 '월드컵에서 주전으로 뛸 수도 있을 것 같다.'는 생각을 했다. 잉글랜드전과 프랑스전에서 넣은 두 골은 특히 나에게 엄청난 자신감을 심어주었다. 축구 종주국 잉글랜드와 전 대회 우승국 프랑스를 상대로 연속해서 골을 넣은 뒤로 '저런 세계적인 선수들과 어떻게 경기를 하지.' 하는 막연한 두려움과 잘 해낼 수 있을까에 대한 의구심을 탈탈 털어내며 '이번 월드컵 잘할 수 있겠구나' 하는 확신을 갖게 되었다.

평가전에서 넣은 그 두 골로 나는 어떤 의심도 받지 않고, 월드컵이라는 큰 무대에 발을 들여놓는 데 성공했다.

2002년 월드컵에 숨겨진 이야기

일을 낼 수 있을 거란 자신감을 갖고 돌입한 2002년 월드컵 본선 무대에서 우리 대표팀은 전무후무한 4강 신화를 이룩하며 한국 축구 역사에 새로운 전기를 마련했다.

2002년 월드컵에서 내가 터뜨렸던 골은 16강 진출이 걸려 있던 조별리그 마지막 상대 포르투갈전 결승골이었다. 0-0으로 흘러가던 후반 중반 (이)영표 형이 반대쪽에서 오른발 크로스를 올려주었다. 실제로는 되게 짧은 시간이었는데 당시는 공이 날아오고, 바라보고, 잡아놓고, 때리는 과정이 마치 슬로우 비디오처럼 상당히 길게 느껴졌다. 공이 날아오는 것을 보고는 '가슴으로 잡아 놓고 바로 때려야지.' 하고 생각했는데 앞에 포르투갈 수비수가 각을 잡기 위해 다가오고 있는 게 보였다. '어, 수비가 오네. 그럼 한 번 접고 차야겠다.' 그렇게 수비를 제치고 때려 넣은 그 골은 내가 넣은 골 중에 가장 멋진 골 중 하나였고, 월드컵에서 처음 넣은 골이라 잊을 수 없는 '인생 골'이라 할 만한 골이다.

그런데 골을 넣고 난 후가 문제였다. 골을 넣은 뒤 나는 오른손 집게손가락을 입에 대고 곧장 관중석 쪽으로 달려갔다. 그 전부터 TV를 볼 때 다른 선수들이 하는 게 멋져 보여 '나도 언젠가 골 넣으면 저렇게 해 봐야지.' 했던 게 그때 불쑥 튀어나온 것이었다. 하지만 나중에 유럽 리그에

2002년 월드컵에서 내가
터뜨렸던 골은 16강 진출이
걸려 있던 조별리그 마지막
상대 포르투갈전 결승골이었다.

진출해 뛰면서 그 골 세리머니가 상황에 맞지 않는다는 걸 알게 되었다. 골을 넣고 손가락을 입에 갖다 대고 '쉿!' 하는 자세를 취하는 건 보통 원정 팀 선수가 골을 넣은 뒤 경기장에 가득 모인 상대 홈팬들에게 '내가 골을 넣었으니 이제 좀 조용히 해 줄래.' 하는 조금은 도발적인 골 세리머니였다. 그때 난 어처구니없게도 우리 팬들을 향해 엉뚱한 골 세리머니를 한 것이었다. 천만다행으로 그 다음에 히딩크 감독에게 달려가 안긴 장면이 워낙 인상적이어서 모든 게 묻혔지만, 지금 생각해 보면 정말 엉뚱한 세리머니였다.

부끄러운 골 세리머니가 포르투갈전 골에 얽힌 해프닝이었다면 감추어진 비밀은 따로 있다. 사실 난 그날 포르투갈전에 뛰지 못할 수도 있었다. 나는 2002년 월드컵 당시 한국 대표팀이 치른 일곱 경기에 모두 선발 출전했다. 조별리그 두 번째 경기였던 미국전을 제외하고는 16강, 8강 연장전까지 모두 풀타임으로 뛰었다. 풀타임으로 뛰지 못한 건 6월 10일 미국전이 유일하다. 전반전에 당한 부상 때문이었다. 미국의 수비수 프랭키 헤이덕(Frankie Hejduk)과 부딪치면서 발목을 겹질리는 바람에 전반 38분만에 교체되어 나와야만 했다. 얼마 있다가 다친 발목이 부어오르기 시작했다. '아, 이거 포르투갈전 출전이 쉽지 않겠는걸.' 16강 진출을 놓고 싸울 포르투갈전까지는 3, 4일의 시간밖에 남지 않았는데 경기 전날까지 팀 훈련을 소화하지 못해서 속이 타들어 갔다. '나의 첫 월드컵 도전이 여기서 끝날 수도 있겠구나.' 팀 훈련에 전혀 함께 하지 못하고, 최주영 피지컬 트레이너와 네덜란드 출신으로 대표팀 스태프에 합류한 아노 필립 물리치료사에게 계속해서 치료를 받았다. 최 선생님과 아노는 어떻게든 포르투갈전까지는 낫게 하기 위해 밤낮을 가리지 않고 치료를 계속했다.

그러다 포르투갈전 결전의 날 아침이 되어서야 의무팀으로부터 일단 '오케이' 사인이 났다. 최 선생님과 아노는 치료 경과가 좋으니 경기에 뛸 수도 있을 것 같다는 소견을 히딩크 감독에게 전달했다. 히딩크 감독의 고민이 깊어졌다. 부상 이후 한 번도 팀 훈련에 참가하지 못한 선수를 경기에 내보낸다는 건 위험 부담이 너무 큰 결정이었다. 의무팀에서 보는 소견과 직접 잔디를 밟고 실전에서 뛰는 컨디션에는 차이가 날 수도 있었다. 모든 결정은 히딩크 감독에게 달려 있었다. 히딩크 감독은 고심 끝에 은밀한 작전을 하나 세웠다. 일명 인천 문학경기장 잠입 사건이다.

히딩크 감독은 그날 저녁 늦게 경기가 벌어지는 인천 문학경기장으로 아침 일찍 코치진과 나를 보내 경기장에서 밟고 뛰어도 발목에 무리가 가지 않는지를 현장에서 확인토록 했다. 사실 FIFA에서 허락하지 않으면 경기가 벌어지기 이전에 경기장을 이용하는 것은 어떤 팀이든 불가능한 일이었고, 특히 경기 당일 미리 경기장을 쓴다는 것은 생각조차 못할 일이었다. 하지만 당시엔 이 모든 걸 넘어설 수 있는 '홈그라운드'라는 이점과 히딩크 감독의 불같은 추진력이 있었다. 또 포르투갈전이 늦은 저녁인 8시 30분에 열렸기 때문에 가능했던 일이기도 했다.

나는 경기 당일 아침에 서둘러 아무도 눈치 채지 못하게 따로 준비해둔 위장 자동차를 타고 핌 베어백 코치와 최주영 선생님, 아노 등과 포르투갈전이 열릴 문학경기장으로 향했다. 경기장을 무사통과한 뒤엔 잔디를 밟고 차고 뛰고 전환하는 동작 등 실전에서 필요로 하는 움직임들을 테스트할 수 있었다. 테스트 결과 합격 판정을 받았고, 그날 밤 치러진 포르투갈과의 경기에 극적으로 나설 수 있었다.

사실 더욱 극적인 것은 당시에 내가 다친 발목이 왼쪽이었다는 점이다. 왼쪽 발목을 다치는 바람에 잠입 테스트까지 하면서 간신히 포르투갈전에 나섰던 것인데 그날 경기에서 다친 왼발로 결승골을 만들어 냈으니 마음 졸였던 잠입 팀에게는 드라마도 이런 드라마가 없었다. 당시에는 어디다 말도 못하는 드라마였지만.

2002년 월드컵에서 내가 넣은 또 한 골은 8강 스페인전 승부차기 골이다. 물론 공식적으로 승부차기 골은 개인 통산 골 기록에 포함되지 않는다. 우리는 스페인과 연장전까지 치렀지만 골 없이 비기며 승부차기를 해야만 했다. 연장전 종료 휘슬이 울리고 나서부터 난 초조해지기 시작했다. '설마 내가 차야 하는 건 아니겠지?' 불길한 예감은 잘 빗나가지 않는다. 코칭스태프가 오더니 "지성이 2번" 하고 말하고 갔다. 외면하고 싶었다. 피할 수만 있다면 어디로든 도망치고 싶었다. 부담감이 엄청났다. 그냥 대회도 아니고 월드컵이고, 그것도 4강에 오르느냐 주저앉느냐가 판가름 나는 경기라 내가 못 넣으면 모든 게 끝날 수도 있어서 정말이지 압박감이 어마어마했다. '형들도 많은데 왜 나한테…….' 떼라도 쓰고 싶었지만 그럴 순 없었다. 도망치고 싶을 만큼 승부차기가 하기 싫었던 건 4강에 대한 부담감 때문만은 아니었다. 내가 원래 승부차기를 정말 못 했다. 사실 못 한다기보다 찰 때마다 항상 막혀서 못 넣는 지독한 승부차기 징크스가 있었다. 승부차기 저주가 시작된 것은 중학교 3학년 때다. 중학생 시절 마지막 대회에서 경기에 비겨 승부차기를 하게 되었는데 운 나쁘게 넣지 못했다. 고등학교에 올라가서도 3년 동안 공식 경기에서만 세 번 찬 페널티킥을 한 번도 성공시키지 못했다. 대학교에서도 마찬가지였다. 페널티킥만 차면 번번이 막혔다. 햇수로 6년 동안 5번 연속 페널티킥에 실패했다. 그래서 페널티킥 하면 지긋지긋했다. 그런 나에게 승부차기를 차라고 하다니. 그것도 월드컵 8강전에서. '말도 안 돼.' 싶었지만 그때는 사람들이 내가 6년 동안 5번의 페널티킥을 연속해서 실패한 선수라는 걸 아무도 알지 못했다. 페널티킥을 실패한 것이 학생 때의 일이라 프로처럼 공식 기록으로 남아 있지 않았다. 내가 굳이 말하지 않는 이상 누구도 알 수 없는 일이었다. 근데 일이 꼬이려다 보니 평상시 훈련 때에는 아무런 문제없이 페널티킥을 곧잘 차곤 했다. 훈련 때 패널티킥을 잘 차는 그런 모습만 보고 히딩크 감독님이 경기에서 페널티킥 기회가 오면 나보고 1번 키커로 차라고 말하기까지 했다. 실제 조별리그 미국전에서 (이)을용이 형이 페널티킥을 찼다가 실패했는데 그것도 사실 전반 부상으로 교체돼 나오지 않았다면 내가 차야 하는 거였다.

스페인전 승부차기 2번 키커란 오더를 받고는 좀처럼 마음이 진정되지 않았다. 몇 번째로 차라고 했는지도 오락가락할 정도였다. 선홍이 형 1번, 나 2번, 기현이 형 3번, 정환이 형 4번, 명보 형 5번순이었다. 명보 형은 주장으로 마지막 키커라는 중책을 맡았고, 1번부터 4번까지 키커는 모두 이번 대회에서 골을 넣은 선수들이었다. 16강 이탈리아전에서 연장

전까지 치르는 험난한 승부 끝에 여기까지 올라 왔는데 만약 내가 여기서 승부차기를 성공시키지 못하면 모든 게 허물어지고 마는 것이었다. 수년 간 이 대회만을 바라보며 모든 걸 걸고 달려온 우리들의 도전과 아시아 축구 최초의 월드컵 4강 진출이란 꿈만 같은 일이 내 킥 하나에 모두 물거품이 될지 모르는 일생일대의 순간이었다. 속으로 계속 똑같은 말만 되풀이했다. 앞서도 말했지만 난 결코 강심장이 아니다. '큰일 났다, 큰일 났다. 어떡하지, 어떡하지.' 그런데 승부차기에 들어가자마자 또 한 번 눈앞이 캄캄해졌다. 선홍이 형이 첫 번째 키커로 나서서 내가 차려고 마음먹은 쪽으로 찼는데 스페인의 골키퍼 이케르 카시야스가 방향을 잡고 몸을 던져 공이 카시야스의 옆구리를 맞고 가까스로 들어간 것이었다. '어라, 이거 뭐지?' 16강, 8강 같은 단판 승부로 펼쳐지는 토너먼트에 들어가게 되면 승부차기에 대비해 페널티킥 차는 훈련도 하고 상대 골키퍼의 다이빙 방향과 버릇 같은 특징을 파악해 두는데 카시야스가 우리의 정보와 달리 잘 뛴다는 방향 반대쪽으로 몸을 던진 것이었다. 선홍이 형이 공을 때린 곳은 골대 오른쪽이었다. 카시야스는 왼쪽으로 잘 뛴다는 이야기를 분명히 들었기에 나도 오른쪽으로 찰 생각만 하고 있었다. 그러고 있는데 카시야스가 오른쪽으로 몸을 던져 선홍이 형 슈팅을 막아낼 뻔했으니 바로 두 번째 키커로 준비하고 있던 내 머릿속은 난리가 날 수밖에 없었다.

짧은 시간이었지만 엄청난 고민에 빠졌다. 슈팅 방향을 왼쪽으로 바꿔야 하나? 6년 동안 페널티킥 찰 때마다 막힌 쪽이 왼쪽인데 어쩌지? 그냥 처음 마음먹은 대로 오른쪽으로 가? 최종 선택은 처음 마음먹은 쪽이었다. 페널티 마크에 공을 갖다 놓고 슈팅을 하려고 뒤로 물러날 때도 카시야스를 쳐다보지 않았다. 골키퍼의 움직임을 보고 차면 어렵사리 결정한 선택이 또 흔들릴 수 있어서였다. 공만 보고는 마음먹은 대로 골대 오

른쪽 구석으로 냅다 공을 때렸다. '어라, 이거 이상한데.' 킥을 때리면 맞는 순간 이 공이 잘 맞았는지 어떻게 날아갈지에 대한 느낌이 온다. 때리는 순간 방향은 오른쪽이 맞는데 문제는 높이였다. 공이 날아가는 높이가 어정쩡했다. 골키퍼가 막기 힘들게 하기 위해서는 아예 높거나 아니면 땅에 깔리게 차야 하는데 내가 찬 공은 어중간한 높이로 날아갔다. '걸린 걸까?' 생각하며 그제야 골키퍼를 쳐다봤는데 어떻게 된 일인지 카시야스는 어느 방향으로도 몸을 던지지 않았다. 왼쪽으로 뛰려다 역동작에 걸린 것인지, 슈팅 타이밍을 잘못 읽은 건지는 모르겠지만 카시야스는 우두커니 선 채 골이 들어가는 걸 바라만 봤다. 이날 우리가 찬 다섯 개의 승부차기 슈팅 중 내가 찰 때만 카시야스가 몸을 던지지 않았는데 나로선 다행이지만, 지금 와서 생각해 봐도 왜 그랬는지는 모를 일이다.

프랑스를 상대로 넣은 극적인 동점골

2006년 독일 월드컵은 아쉬움이 크게 남은 대회다. 꼭 결과 때문만은 아니다. 준비부터 뭔가 어긋난 대회였다. 당시에는 유럽에서 생활할 때였지만 대회 분위기며 주변 환경이 2002년 월드컵하고는 많이 달랐다. 월드컵이 세계적인 규모의 대회라는 걸 비로소 온전히 체감했던 대회였다.

해외에서 치러지는 월드컵에 처음 참가하는 압박감 때문에 부담이 컸다. 2002년 월드컵은 첫 월드컵이긴 했지만 국내에서 열렸기 때문인지 아무래도 익숙하고 편했다. 세상은 2002년 홈에서 4강의 기적을 이룬 대한민국 대표팀이 유럽에서 벌어진 월드컵에서 얼마만큼의 실력을 발휘할 수 있을지 다시 한 번 확인하고 싶었던 것 같다. 그런 외부의 시선만큼이나 대표팀 내부에서 내가 맡게 된 역할 때문에 부담도 커졌다. 2002년에는 막내의 자리에서 형들을 따라다니며 월드컵을 치렀다면, 2006년엔 중간 세대로 후배들과 선배들을 위아래로 챙겨야 했다. 2002년 월드컵 때는 성적에 대한 큰 부담 없이 형들 따라서 열심히 뛰기만 하면 된다고 생각해서 상대적으로 마음이 가벼웠다. 하지만 2006년 월드컵에는 내가 4년 전 형들의 위치에 서 있었다.

가장 큰 부담감은 맨체스터 유나이티드에 입단하고 나서 치르는 첫 번째 월드컵이었다는 점이다. 맨체스터 유나이티드라는 세계적인 팀에서 활약하고 있어 주위의 기대가 더 컸다. 잉글랜드 무대에서 뛴 것은 한 시즌밖에 되지 않았지만, 프리미어리그를 향한 관심만큼이나 내가 보일 기량에 대한 기대가 컸다. 그 기대는 미디어의 관심과 열성적인 응원의 형태로 드러났지만 나에게는 커다란 압박감으로 다가왔다. 나는 다른 어떤 선수들보다 잘해야 했다. 어떻게든 부담과 압박을 이겨내야 했다. 그러나 문제는 생각지 못한 곳에서 터졌다. 부상과 치료에 따른 혼선이었다.

2005-06 시즌 프리미어리그 최종전 한 경기를 남겨 놓고 치른 5월 1일 미들즈브러전에서 다친 오른쪽 발목이 말썽이었다. 경기가 끝나고도 통증이 계속돼 5월 7일 열린 찰턴 애슬레틱과의 리그 마지막 홈경기에 뛰지 못했다. 2006년 독일 월드컵을 한 달여 남겨둔 시점이었는데, 치료를 서둘렀지만 부상이 좀체 낫지 않았다. 부상 여파 때문인지 몸이 자꾸 처지니까 월드컵이 다가올수록 부담감이 더해졌다. 빨리 나으려는 조급함은 몸과 마음을 더 괴롭혔다. 부상 당한 것을 알고는 처음에는 빠르게 대처했다. 치료를 받던 도중에 월드컵 대표팀에 합류하기 위해 서둘러 귀국했다. 당시 월드컵 대표팀 선수들의 부상 치료와 재활 담당은 최주영 선생님(의무팀장)과 딕 아드보카트 대표팀 감독이 네덜란드에서 데려온 재활 트레이너 존 랑겐도엔이 맡았다. 그런데 내 부상 치료를 두고 최주영 선생님과 네덜란드에서 온 친구의 의견이 갈리면서 문제가 빚어지고 말았다. 최 선생님은 "이렇게 치료해야 한다." 랑겐도엔은 "저렇게 치료해야 한다." 식으로 의견이 달랐던 것이다. 의견이 다르다 보니 치료하는

사람이나 치료받는 선수나 집중력이 떨어질 수밖에 없었다. 내 마음 같아서는 2002년 때부터 나를 너무나 잘 알고 있는 최주영 선생님에게 모든 치료와 재활을 맡기고 싶었다. 하지만 팀이다 보니 체계와 역할이라는 게 있었고, 내 마음대로 결정할 수 있는 일이 아니라고 생각했다. 결정과 실행에 혼선을 빚다 보니 결과적으로 회복 속도가 늦어질 수밖에 없었다. 지금 생각하면 내 몸이니까 내 의견을 분명히 말하고 어떻게든 한 방향으로 밀고 나갔어야 했는데 경험이 적었던 탓에 어중간하게 대처했던 나의 실수와 책임도 분명 있었다.

결과적으로 나는 발목 부상을 완전히 치료하지 못한 채 평가전과 월드컵을 치러야만 했다. 뛸 수 없을 정도는 아니었지만 뛰다 보면 통증이 느껴지곤 했다. 무리하지 않기 위해 독일 월드컵을 앞두고 치러진 네 번의 평가전 중 두 경기에 결장했다. 5월 23일 세네갈전과 6월 1일 노르웨이전은 뛰지 않았다. 그 사이에 있었던 5월 26일 보스니아 헤르체고비나전과 6월 4일 가나전은 90분 모두 뛰었는데 부상에 대한 염려가 머릿속에 여전히 남아 있었다. 부상 고민을 안고 월드컵 본선에 돌입했는데 힘든 상대라 여겼던 G조 조별리그 첫 경기 상대 토고전을 잡으면서 고비 하나를 넘길 수 있었다. 그날 경기에는 세계적인 공격수 에마뉘엘 아데바요르(Emmanuel Adebayor)가 토고 최전방 공격수로 뛰었다. 아데바요르는 당시 아스널에서 뛰던 선수로 이후 맨체스터 시티, 레알 마드리드, 토트넘 등을 오가며 활약했다. 전반에 먼저 토고의 모하메드 카데르(Mohamed Kader)에게 실점을 내줬을 때만 해도 만만치 않은 승부라 생각했었는데 후반 들어 (이)천수와 (안)정환이 형의 연속골이 터지면서 극적인 역전승을 거둘 수 있었다. 아프던 발목도 낫는 것 같았고 선수단 전체의 분위기도 잔뜩 올랐는데 진짜 문제는 그 다음이었다. 우리의 조별리그 두 번째 상대는 프랑스였다.

프랑스는 한국이 그 전까지 두 번 싸워 모두 패한 팀이었다. 2001년 컨페더레이션스컵에서는 0-5로 크게 무너졌고, 2002년 월드컵을 앞둔 평가전에서는 2-3으로 졌다. 난 이 두 경기에 모두 출전했는데 프랑스는 이름값만큼이나 축구를 잘하는 강팀이었다. 멤버 자체가 워낙 좋았다. 2006년 출전 선수를 살펴보면 맨체스터 유나이티드에서 나와 같이 뛰고 있던 루이 사하(Louis Saha)와 미카엘 실베스트르(Mikael Silvestre)를 비롯해 레알 마드리드 소속으로 출전한 주장 지네딘 지단(Zinedine Zidane), 아스널 소속이던 티에리 앙리(Thierry Henry), 첼시에서 뛰던 윌리엄 갈라스(William Gallas)와 클라우드 마켈렐레(Claude Makelele), 유벤투스의 패트릭 비에이라(Patrick Vieira), 그리고 당시 마르세유에서 뛰던 나이 어린 프랭크 리베리(Franck Ribery) 등 당시 난다 긴다 하는 세계적인 선수들이 대거 포함되어 있었다. 에인트호번과 맨체스터 유나이티드에서 뛰면서 유럽 챔피언스리그와 프리미어리그 경기에서 상대했던 선수가 여럿 있어 프랑스 선수 개개인에 대한 막연한 두려움은 없었지만, 상대할 팀으로선 위압감을 주기에 충분했던 구성이었다.

또 이때의 맞대결은 평가전 경기가 아닌 월드컵 본선에서 처음으로 한국과 프랑스가 싸운 A매치였다. 이전 싸웠던 두 경기와는 긴장감에서도 차원이 달랐다. 프랑스는 지단과 앙리, 마켈렐레, 비에이라, 갈라스 등 주전급 선수들을 모두 선발에 포함시켜 경기에 나섰다. 긴장한 탓도 있었지만 경기 시작과 함께 프랑스가 작심한 듯 강하게 밀고 나오면서 우린 9분 만에 앙리에게 선제골을 내주고 말았다. 여기서 밀리면 끝장이었다. 경기 초반 실점을 내주고 상대가 계속해서 몰아칠 때 무엇보다 중요한 건 우리 페이스를 유지하는 것이었다. 골을 내주더라도 우리 흐름을 지킬 수만 있다면 반격할 수 있는 기회가 한 번쯤 올 거라 생각했다. 실점 후 페이스가 흔들리면 결국 대량 실점하면서 무너질 수 있었다. 쉽지 않았지만 우린 그래도 잘 버텼다. 프랑스의 공세와 우리의 방어가 반복됐는데 나중에 기록을 보니 이날 우리가 프랑스를 상대로 성공시킨 유효 슈팅은 90분 경기 동안 단 두 개뿐이었다. 프랑스의 전면적인 공격 축구를 막아내느라 반격할 기회조차 잡는 게 쉽지 않았다.

끈질기게 몸을 던지고 수비하면서 추가 실점을 막았던 우리에게도 기회가 찾아왔다. 0-1로 뒤진 상황에서 경기 종료 10분을 남기고 있을 때였다. (설)기현이 형이 오른쪽 측면을 달려 든 뒤 공을 길게 넘겨주었고 반대편에 서 있던 (조)재진이 머리로 받아 그 공을 떨어뜨려 주었다. 달려들던 내 앞으로 공이 떨어졌고, 난 순간적으로 오른발을 뻗어 공의 방향을 돌려놓았다. 프랑스의 골키퍼 파비앵 바르테즈(Fabien Barthez)가 바로 앞에서 몸을 던졌지만 공은 바르테즈의 키를 넘겨 그대로 골대 안으로 들어갔다. 이날 경기에서 프랑스 골문 안으로 향했던 우리의 슈팅 두 개 중 하나가 프랑스의 골대를 가른 것이었다. 경기 내내 밀리기만 했던 강력한 우승 후보 프랑스를 상대로 월드컵 본선에서 넣은 골이자, 결과적으로 2006년 월드컵에서 준우승을 차지했던 프랑스를 상대로 넣은 극적인 동점골이었다. 프랑스 선수들은 모두 하늘이 무너진 듯한 표정들이었다. 특히 잔뜩 화가 난 표정으로 내가 넣은 공을 집어다 냅다 차버린 갈라스의 얼굴은 무섭기까지 했다. 프랑스 선수들이 하나 같이 고개를 숙였던 건 이날 우리와 비기면서 2전 2무로 조별리그 탈락 위기에 빠졌기 때문이다. 조별리그 최종전 결과 우린 너무나 안타깝게 16강 진출이 좌절됐고, 프랑스는 극적으로 조별리그를 통과해 결승까지 진출했다. 프랑스전에서 내가 넣은 골은 약간 빗맞은 골이긴 했다. 땅에 떨어진 공을 달려들면서 오른발을 빠르게 갖다 대다 보니 완벽하게 임팩트가 가해지지는 않았다. 하지만 아이러니하게도 빗맞았기 때문에 들어간 골이었다. 발에 제대로 맞았다면 각을 좁히며 내 코앞까지 덮쳤던 바르테즈 골키퍼에게 걸렸을 것이다. 공이 떨어지는 위치로 잘 따라 들어가긴 했지만 마지막엔 행운이 따랐다. 프랑스로선 꽤나 속이 쓰렸겠지만 어쩌겠는가. 우린 끝까지 열심히 싸웠고 그 결과로 당당히 한 골을 얻었다.

토고전 역전 승리와 프랑스전 극적인 무승부 등 환호했던 순간들도 있었지만, 2006년 독일 월드컵은 전체적으론 아쉬움이 많이 남은 대회였다. 개인적으로는 부상으로 컨디션이 완전하지 못한 가운데 대회를 치러 대표팀에 미안한 마음이 컸다. 대표팀 역시 지난 월드컵에 비해 준비를 잘 하지 못하고 치른 대회이기도 했다. 2002년 월드컵 4강 이후 히딩크 감독이 떠난 뒤 다음 월드컵 때까지 긴 안목으로 준비했어야 했지만, 도중에 너무나 많은 소중한 시간을 허비하고 말았다. 히딩크 감독이 떠난 뒤로 감독대행을 포함해 움베르투 코엘류(Humberto Coelho), 조 본프레레(Jo Bonfrere) 등 네 명의 감독이 교체될 정도로 대표팀은 안정적으로 굴러가지 못했다. 히딩크 감독 이후 다섯 번째 감독이던 아드보카트 감독이 2006년 월드컵 본선 개막을 9개월 앞두고 대표팀 감독직에 올랐을 만큼 혼란이 컸다. 조별리그 최종전 스위스전의 오프사이드 논란을 두고도 많은 이야기들이 오갔지만, 한편으론 우리가 본선에 오르는 과정에서 좀 더 안정적인 체제에서 준비했더라면 판정 논란에 휩싸이는 대신 온전한 우리들만의 힘으로 더 좋은 성적을 올릴 수 있지 않았을까 하는 아쉬움이 크게 남은 대회였다.

국가대표팀의 주장이 되다

2008년 10월 우즈베키스탄과의 평가전과 아랍에미리트와의 월드컵 지역예선전을 치르기 위해 대표팀 훈련이 있는 파주 트레이닝센터로 들어갔다. 갑자기 허정무 감독님이 베테랑 선수들을 모으더니 새로 대표팀 주장을 뽑아야 하는데 다들 생각이 어떠냐고 우리에게 의견을 물었다. 그

전까지 대표팀 주장은 (김)남일이 형이 맡았는데 형이 경고 누적 징계로 대표팀에 들어올 수 없게 되자 대신 주장을 맡을 선수가 필요했던 것이다. 이미 나를 염두에 두고 있었는지 아니면 다른 사람에게 먼저 물어봤었는지 누가 됐으면 좋겠냐고 하는데 다들 나를 찍었다. 형들도 있는데 못하겠다고 뺄 수도 없었다. 꼼짝없이 대표팀 주장 완장을 찼다. 2000년 4월 국가대표팀에 데뷔한 이후 7년 6개월만의 일이었다.

솔직히 주장을 맡고 싶지 않았다. 주장 자리를 좋아하지 않았다는 게 좀 더 솔직한 표현일 것이다. 어릴 적 좋지 않은 기억 때문이다. 초등학교 때 처음 축구팀 주장을 맡았다. 하지만 난 정말 인기 없고 욕만 먹는 주장이었다. 한마디로 융통성이 전혀 없었다. 지금이었다면 달랐겠지만 그때는 친구들 애만 먹이고 힘들게 하는 못된 주장이었다. 감독 선생님이 시키면 뭐든 친구들 생각은 하나도 묻지 않고 무작정 애들을 다그쳤다. 이거 해라, 저거 해라 닦달만 했다. 그때는 아무리 힘든 일도 위에서 시키면 뭐든 해야 한다고 생각했다. 그러니 애들이 날 얼마나 싫어했을까. 친구들이 모여 "너 왜 그러냐. 주장이면 다냐!"는 식으로 윽박질렀고, 그렇게 실컷 욕을 먹고 나니 어린 나이에 나도 꽤나 상처를 받았다. 그때부터 주장이라면 저절로 고개가 돌아갔다. 그 후로는 주장이 될 거라고 단 한 번도 생각해본 적이 없었는데 국가대표팀의 주장이 되었다.

부담이 안 될 수는 없었다. 내가 처음 대표팀 주장으로 지켜본 사람은 2002년 월드컵 때 숙소에서 같은 방을 쓰기도 했던 홍명보 형이었다. 처음엔 '명보 형'이란 호칭은커녕 얼굴조차 제대로 쳐다보지 못했다. 그때만 해도 주장은 카리스마가 있어야 한다고 생각했다. 특히 팀이 힘든 경기를 앞두고 있거나 어려운 상황에 빠지면 팀 분위기를 이끌어 반전시킬 수 있는 힘이 있어야 하는 자리가 주장이라고 생각했다. 내 성격과 스타일과는 전혀 다른 모습이었다. 하지만 나는 그런 카리스마 넘치는 주장이

2008년 10월 얼떨결에
대표팀 주장이 된 이후
대표팀에서 은퇴했던 2011년
아시안컵 때까지 주장을 맡게
되었다.

될 수 없다는 걸 너무나 잘 알고 있었다. 그래서 나만의 방식을 생각해야 했고, 내가 생각하는 주장이 되기 위해 노력했다.

2008년 10월 얼떨결에 대표팀 주장이 된 이후 대표팀에서 은퇴했던 2011년 아시안컵 때까지 주장을 맡았다. 주장으로서 나만의 특별한 노하우 같은 것은 없었다. 딱 하나 지킨 원칙이 있었는데 모든 문제를 결정할 때는 모든 선수들에게 의견을 묻는 일이었다.

대표팀 훈련 과정에서 주장이 가장 많이 하는 일은 코칭스태프의 지시사항을 선수들에게 전달하고 선수들의 요구사항을 코칭스태프에 건의하는 일이다. 특히 선수들 입장에서는 자신들의 이야기가 얼마 만큼 코칭스태프에게 잘 전달되느냐가 중요한 관심사였다. 초등학교 주장 시절의 나는 반대로 선수들의 이야기는 감독 선생님에게 전하지 않고, 감독님의 지시만을 애들한테 내렸으니 친구들의 원망을 산 건 당연했다. 어릴 적 기억 때문인지 대표팀 주장이 되고 나서 꼭 지키려고 했던 건 선수들의 의견을 한 명 한 명 모두에게 듣는 것이었다. 선수들을 모두 다 따로 만나 이야기를 들은 뒤 취합해 코칭스태프에게 그 의견을 전달했다. 선수들의 요구 사항이라는 게 뭐 거창한 것은 아니다. 훈련 강도가 너무 세다, 훈련 횟수를 조정했으면 좋겠다, 오늘 오전 훈련하고 오후에 쉴지 아니면 오전 오후 훈련 다하고 내일 아예 하루 쉴지 등의 사소하다면 사소한 문제다. 그러나 큰일은 아니지만 숙소에서 훈련하는 선수들에게는 민감할 수 있는 일이다. 선수들의 생각과 사정이 저마다 다를 수 있기 때문이다. 몸이 안 좋더라도 큰 부상이 아니면 이야기하기 전까진 모를 수 있다. 때문에 한 사람의 의견도 빠뜨리지 않도록 신경 썼다. 전에는 모여 있는 선수들에게 건의 사항이 있냐고 물어 나온 의견을 주장이 감독이나 코칭스태프에게 전달하는 방식이었다. 다수가 원하는 의견을 빠른 시간에 모을 수 있는 장점이 있었지만, 형식적인 면도 있었다. 의견이 다르더라도 전체

의견에 휩쓸릴 때가 있었고, 어린 후배 선수들이 나서서 말하기도 어려운 분위기였다. 나는 팀워크를 위해서라도 가능하면 많은 선수들의 목소리를 듣고 싶었다. 그래서 막내라도 서로 얼굴을 마주보면서 이야기를 듣고 의견을 모았다. 선수들의 다양한 생각과 의견을 일일이 듣고 나서 취합한 건의 사항을 코칭스태프에게 전달하다 보니 각자가 낸 의견에 책임감을 갖게 된다는 장점도 있었다. 개인적으로는 이렇게 해서라도 후배들과 이야기를 나누고 싶은 마음도 있었다. 주장을 맡기 전에는 내가 말을 먼저 거는 성격도 아니고, 맨체스터 유나이티드라는 팀에서 뛰고 하니까 후배들이 어려워하면서 어쩔 땐 대표팀 소집 기간 내내 말 한마디 못하고 헤어지는 친구도 있었다. 생각해보면 내가 막내 때도 그랬었는데, 좋은 선후배 관계로 이루어진 팀이 되기 위해서는 더 많은 대화가 필요하다고 생각했다. 내가 처음 주장을 맡았을 때만 하더라도 (이)청용이, (기)성용이가 막내였는데 이 친구들도 처음엔 말도 못 꺼내고 그랬다. 그땐 억지로 말을 시키고 했었는데 요즘 보니까 두 사람 모두 다 말 잘 하던데, 그때는 웬일인지 참 얌전했다.

대표팀 미팅이나 경기를 앞두고서는 주장으로서 선수들에게 나의 경험을 이야기하기도 했다. 대표팀 경기를 뛸 때마다 순간순간 드는 느낌, 내가 여태까지 대표 선수 생활을 하면서 겪었던 일들, 유럽에서 뛰면서 겪었던 경험들을 나누려고 했다. 남아공 월드컵 최종 엔트리 23명이 확정되었을 때는 대표 선수는 당연하게 얻어지는 게 아니라 누군가에게는 간절한 소망일 수 있다는 걸 특히 말해주고 싶었다. "23명이 모였지만 여기 오고 싶은 데 선발되지 못한 선수, 경쟁에서 밀린 선수, 부상 때문에 꿈이 좌절된 선수들이 얼마나 많은지 우리는 잊어서는 안 된다. 여기 오지 못한 선수들한테 부끄럽지 않은 경기를 보여주어야 한다. 그 선수들이 봐도 여기 있는 선수들이 월드컵에 나갈 만했구나 하는 걸 경기장에서 증명해보여야만 한다." 그런 식의 얘기를 했던 것 같다.

남아공 월드컵 때처럼 긴장이 극도로 고조되는 경기를 앞두고는 다그치기보다는 긴장을 풀어주려 했다. 코칭스태프와 상의해 이동하는 선수단 버스와 라커룸에 최신 가요를 틀어 놓기도 했다. 노래 선곡은 젊은 후배들에게 맡겼다. 경기 직전에는 선수들을 모아놓고 맨체스터 유나이티드 때의 경험을 이야기하면서 "싸워보면 별 거 아닌 상대"라고 호기를 부려보기도 했다. 남아공 월드컵 아르헨티나전을 앞두고는 라커룸에서 유럽 챔피언스리그에서의 기억을 떠올리며 "메시와 아르헨티나가 강하긴 하지만 포기하지 말고 자신감을 갖고 경기하자."고도 했다. 물론 경기의 결과는 좋지 못했지만 그날 밤 라커룸에서 각오를 다지던 분위기와 우리 선수들의 또렷한 눈빛만큼은 오랫동안 잊지 못할 것 같다.

나의 마지막 월드컵

2010년 남아공 월드컵을 20여 일 앞두고 일본으로 건너가 일본 대표팀과 사이타마에서 평가전을 치렀다. 한국과 일본 모두 월드컵을 앞둔 시점이라 여러 모로 관심이 컸기 때문에 6만 명 이상을 수용할 수 있는 사이타마 경기장은 양 팀의 팬들로 꽉 찼다. 물론 대부분이 일본 응원단이었다. 일본에서 프로 생활도 해봤고, 일본 대표팀과 싸운다고 해서 특별히 긴장감이 더하진 않았다. 그렇더라도 우리의 영원한 라이벌인 일본과의 경기라서 개인적으로 부담이 되고 신경 쓰이는 것도 사실이었다. 당시에는 일본 대표팀이 강하다는 생각도 하지 않았지만, 월드컵을 코앞에 두고 가진 이 경기에서 중요하게 생각했던 건 우리 팀의 컨디션이었기 때문에 한국 대표팀의 전력을 점검하고 추스르는 것이 무엇보다 우선이었다. 그런데 경기 전 사이타마 경기장에 내 이름이 소개되는데 야유 소리가 엄청났다. 원정 가면 어느 정도의 야유는 듣지만 이건 커도 너무 컸다. 그건 경기 전날 일본 언론과 가진 내 인터뷰 내용 때문에 벌어진 일이었다.

일본전을 하루 앞두고 나는 인터뷰를 통해 일본 대표팀이 예전 같지 않다는 의견을 밝혔다. 내가 이전에 겪었던 일본 대표팀보다는 전체적으로 전력이 약해진 것 같다고 솔직히 말했다. 그런 나의 발언이 일본 입장에선 상당히 언짢았던 모양이다. 난데없는 야유까지 받고 나니 더 신경이 쓰였다. 그래서 이 경기는 꼭 이겨야 되겠다는 생각으로 전력을 다해 열심히 뛰었다. 그런 마음가짐 덕분인지 경기 시작하고 6분 만에 골을 넣었다. 하프라인 위쪽에서 공을 잡아 10여 미터를 치고 간 뒤 일본 수비수들 사이에서 오른발로 슈팅을 때렸는데 이게 그대로 골문 반대쪽에 꽂혔다. 일본 대표팀을 상대로 넣은 내 커리어 첫 골이었다. 골을 넣고 그라운드를 뛰어가는데 일본 응원단 울트라 니폰이 바로 눈앞에 보였다. 그때 속으로 생각했다. '세리머니를 하지 말아야겠다. 그냥 쳐다만 보고 뛰어야지.' 나는 일본 응원단을 무표정하게 물끄러미 쳐다만 보며 지나쳤다. 사람들은 이런 나의 세리머니를 '산책 세리머니'라 불렀다. 상대팀의 입장에서는 건방지게 보였을 테지만, 내 마음도 크게 다르지 않았다. '봤지? 이게 내 대답이야.'

2-0으로 이긴 일본전을 시작으로 2010년 남아공 월드컵은 개인적으로나 팀으로서나 준비가 잘 됐던 대회였다. 부상도 없었고 심리적으로도 자신감에 차 있었다. 한 가지 부담이었다면 주장이라는 책임감이었다. 개인에게 주어진 일만 하면 됐던 지난 대회와 주장으로서 선수단 전체를 챙겨야 하는 남아공 월드컵의 무게감은 달랐다. 전에 내가 출전했던 월드컵에서 주장을 맡았던 (홍)명보 형, (이)운재 형이 새삼 대단하게 느껴졌다. 또 하나, 남아공 월드컵은 너무 추워 혼났던 대회이기도 했다. 아프리카인데 뭘 춥냐고 할 수 있지만 나도 그렇게 생각했다가 혼난 월드컵이었다. 남아공의 날씨는 생각보다 쌀쌀했는데 조별리그 두 번째 아르헨티

나전을 앞두고서는 숙소에서 자는데 방에 히터가 나오지 않아 얼마나 춥던지 무릎까지 내려오는 긴 점퍼를 입고 억지로 눈을 붙이기도 했다.

나의 남아공 월드컵을 두고 사람들이 세리머니로 시작해 세리머니로 끝난 대회라고 하는 건 본선 조별리그 첫 경기 그리스전의 골 세리머니 때문이다. 일본 사이타마에서의 골 세리머니 때문에 그렇지 않아도 말이 많았는데 남아공 월드컵 첫 경기 그리스전에서 또 한 번 특이한 세리머니로 골 자체보다 더 주목 받았던 것 같다. 물론 스스로는 그리스전의 골 세리머니는 이상하지 않다고 생각했다. 멋있는 것까지는 아니어도 봐줄 만은 하지 않았나?

전반 (이)정수 형의 선취골로 1-0으로 앞서 있던 후반 초반에 기회가 왔다. 그리스 수비수들이 자기 진영에서 공을 돌렸고 우린 그들을 위에서부터 압박했다. 그러다 그리스의 틈이 벌어졌다. 그리스의 수비수 루카스 빈트라(Loukas Vyntra)가 공을 잡아 놓는다는 게 압박하던 내게 걸렸고, 난 그대로 그리스 골문 쪽으로 밀고 들어가 왼발 슈팅으로 마무리했다. 그땐 내가 해냈구나 하는 생각은 없었다. 이 골이 아시아 최초의 월드컵 3회 연속 골 기록이란 것도 당시 내 머릿속에 아예 없었다. '우리가 이겼구나. 첫 경기를 잡았다.'란 생각뿐이었다. 언제나 그렇지만 첫 경기 결과는 조별리그 통과의 매우 중요한 잣대였다. 첫 경기를 잡았다는 확신이 들면서 긴장이 풀렸는지 골을 넣고 뛰어가는데 나도 모르게 어린아이처럼 양 팔이 저절로 돌아갔다. 어릴 적 기분 좋으면 나도 모르게 나오던 습관이었다. 양 팔을 돌리던 모습 때문에 풍차 돌리기, 봉산탈춤 세리머니라 불리며 사람들에게 즐거움을 주었다.

그리스전 승리로 자신감은 더해졌지만 아르헨티나는 역시 만만치 않은 상대였다. 남아공 월드컵 조별리그 두 번째 상대였던 아르헨티나는 리오넬 메시(Lionel Messi), 곤살로 이과인(Gonzalo Higuain), 카를로 테베스(Carlos Tevez), 앙헬 디 마리아(Angel Di Maria), 하비에르 마스체라노(Javier Mascherano) 등 쟁쟁한 선수들을 한국전 선발로 내세웠다. 하나 같이 세계적인 선수들이었지만, 당시 우리 선수들은 그렇게 위축되거나 상대가 안 될 거라는 생각은 하지 않았다. 실제 경기도 두 골을 먼저 내주기는 했지만 전반 추가 시간에 (이)청용이가 한 골을 넣으며 따라 붙고 후반 초반 몇 차례 기회를 잡으면서 아르헨티나를 꽤나 힘들게 했던 경기였다. 이 날 경기의 가장 큰 아쉬움은 우리 스스로 흐름을 놓쳐버리고 만 것이었다. 후반 초반에 기회가 잇달아 왔지만 거기서 골을 넣지 못하다 보니 조바심이 생겼다. 쫓기는 마음에서 서둘다 결국은 균형을 잃고 말았다. 아르헨티나 같은 강팀과의 경기일수록 게임의 페이스를 잃지 않고 집중력을 유지하는 게 중요한데 쫓기다 보니 후반 막판에 두 골을 추가로 내주면서 무너지고 말았다.

아르헨티나에게 1-4로 졌지만 16강에 오르지 못할 거란 생각은 하지 않았다. 대회를 치르다 보면 잘해도 안 될 때가 있고, 졌지만 하면 될 것 같단 느낌이 들 때가 있는데 남아공 월드컵이 바로 될 것 같다는 느낌이 강하게 들었던 대회였다. 그만큼 준비가 잘 됐고 개개인은 물론 팀 컨디션도 모두 좋았다. 우린 결국 나이지리아와의 조별리그 마지막 승부에서 2-2로 비기면서 조 2위로 16강에 오를 수 있었다. 한국 축구 역사상 최초로 원정에서 치러진 월드컵에서 16강에 오른 쾌거였다. 16강에 올라 토너먼트 대진표를 보고는 목표가 더해지기도 했다. 우리가 16강전에서 우루과이를 꺾고 8강에 오르면 가나와 미국전의 승자와 맞붙는 일정이었기 때문이다. 미국과 가나 모두 만만한 상대는 아니었지만 유럽과 남미의 강팀은 아니었기에 우루과이만 꺾으면 2002년 월드컵에 이어 다시 한 번 '큰 사고'를 칠 수도 있겠다는 생각을 했다. 16강 우루과이전 패배가 두고두고 아쉬운 건 이 때문이다.

아르헨티나 같은 강팀과의
경기일수록 게임의 페이스를
잃지 않고 집중력을 유지하는
게 중요한데 쫓기다 보니
후반 막판에 두 골을 추가로
내주면서 무너지고 말았다.

당시 우루과이에는 루이스 수아레스가 있었다. 수아레스는 2014년 여름 리버풀에서 바르셀로나로 옮기면서 천 억이 훌쩍 넘는 이적료를 기록한 세계적으로 유명한 공격수다. 그때만 하더라도 아약스에서 뛰던 20대 초반의 젊은 선수였던 수아레스는 공을 다루는 기술과 골에 대한 집념이 대단했다. 하지만 할리우드 액션 같은 동작을 자주 하며 얄밉게 경기를 했다. 결과적으로 그 수아레스에게 두 골을 내주면서 1-2로 지고 말았다. 그래도 내용적으로 우리가 그렇게 밀린 경기는 아니었다. 슈팅(15개 대 14개)과 볼 점유율(55% 대 45%)은 오히려 한국이 우루과이를 앞섰던 경기였고, 몇몇 장면에서 작은 실수만 없었다면 충분히 우루과이를 잡을 수 있는 경기였다.

아쉬움이 컸던 건 그날 우루과이전이 내 축구 인생의 마지막 월드컵 경기였기 때문이기도 하다. 남아공 월드컵 개막 전부터 생각하고 있었지만 16강 우루과이전이 끝나고서는 하나의 생각만이 머릿속을 채웠다. '나의 마지막 월드컵은 여기서 끝나는구나.' 우루과이전이 끝난 뒤 유독 하늘을 많이 올려다보았던 건 그래서였다. 2002년부터 세 차례에 걸친 월드컵 도전을 마무리하는 순간이었다. 2002년부터 2010년까지 한국 대표팀이 치른 14차례의 월드컵 본선 경기에서 모두 선발로 뛰었고, 한 경기 빼고는 전 경기를 풀타임 출전했다. 그리고 각 월드컵마다 한 골씩 모두 세 골을 넣었다. 돌이켜 보면 아쉬운 순간들도 있었지만 장면 하나하나가 내게는 결코 잊지 못할 시간들이었다.

숱한 추억을 뒤로 하고 대표팀 은퇴를 결심했던 가장 큰 이유는 무릎 때문이었다. 남아공 월드컵 때까지는 어떻게 버텼지만 2014년 브라질 월드컵 때까지 지탱할 자신이 도무지 없었다. 클럽과 대표팀 모두를 안고 가는 건 무리였다. 소속팀을 포기하고 대표팀에 전념할 순 없었다. 소속팀 없는 선수가 대표로 뛸 수는 없기 때문이다. 끝까지 놓기 싫었던 대표팀의 자리였지만, 내 무릎이 버틸 수 있는 최소한의 경기를 소화하기 위해서는 하나를 택해야 했다. 결국 나의 선택은 내 어릴 적 꿈이자 모든 것이었던 대표팀을 떠나는 거였다.

남아공 월드컵을 마무리하면서 언제 대표팀을 떠나는 게 좋을지 고민하기 시작했다. 후배들이 자연스럽게 대표팀을 끌고 갈 수 있는 시간적 여유가 필요했다. 그래서 2011년 1월 아시안컵 대회를 마지막 무대로 하자고 결심했다. 개인적으로는 한 번도 우승을 차지해 보지 못한 아시안컵에 대한 미련이 있었다. 한국 축구가 오랫동안 정상에 오르지 못한 아시안컵의 우승 트로피를 들어 올리면서 대표팀을 마무리하고 싶었다. 더 중요했던 건 2011년 아시안컵이 끝나면 2014년 브라질 월드컵 지역예선이 본격적으로 시작된다는 사실이었다. 2011년 아시안컵까지는 남아공 월드컵 멤버로 밀고 갈 수 있지만, 4년 뒤 브라질 월드컵 예선은 본선 무대에서 한국 대표팀을 책임지고 이끌 새로운 선수들의 자리가 되어야 했다.

국가대표 선수로 뛴 나의 마지막 경기는 2011년 1월 25일 치러진 아시안컵 4강 일본전이었다. 이날 경기는 나의 A매치 100번째 경기이기도 했다. 대표팀 은퇴 경기로 A매치 100번째 경기를 고른 것도 아니고 그 상대로 일본을 택한 것도 아니었지만, 마지막 순간은 그렇게 나에게 특별하게 다가왔다. 아시안컵 우승으로 마지막 무대를 마무리하고 싶었지만, 운이 따르지 않았는지 결국 일본전에서 2-2로 비긴 뒤 승부차기에서 패하고 말았다. 사실 아시안컵을 마지막으로 함께한 후배들에게 이날 내가 승부차기에 나서지 못해 결승에 오르지 못한 것은 아닌가 하는 생각에 미안한 마음이 크다. 후배들에게 큰 부담을 지워준 것 같아 개인적으로도 후회하고 있다. 승부차기에 자신이 없더라도 경험 많은 내가 했어야 하지 않나 하는 미안함과 후회가 여전히 남아 있다.

우즈베키스탄과 3, 4위전을 치러야 했지만, 일본전에서 연장전까지 120분을 뛴 뒤 무릎에 물이 차오르는 바람에 3, 4위 결정전에 나서지 못했다. 일본과의 4강전이 내 축구 인생의 마지막 A매치가 된 것이다. 아시안컵이 끝난 뒤 귀국한 나는 1월 31일 한국 대표팀을 상징하는 축구협회 회관에서 기자회견을 갖고 대표팀 은퇴를 선언했다. 2000년 4월 5일 라오스전에서 데뷔한지 꼭 10년 10개월 만의 일이었다.

또 다른

승리를

위하여

3장

유럽

리그에서

처음으로 축구가 싫었다

2002년 월드컵이 끝나고 일본의 교토 퍼플 상가에서 시즌 후반기를 뛰고 있는데 에이전트를 통해 중요하게 논의할 일이 있다는 이야기를 들었다. 이적 건이었다. 그것도 내심 바라던 유럽에서 온 이적 오퍼였다. 나에게 이적 제안을 보내온 팀은 아약스, 페예노르트와 함께 네덜란드에서 전통의 빅3로 불리는 명문 구단 PSV 에인트호번이었다. 하지만 무엇보다 먼저 눈에 들어온 건 에인트호번의 감독이었다. 2002년 월드컵이 끝난 뒤 히딩크 감독이 맡고 있던 팀이 바로 에인트호번이었다. 꼭 가고 싶은 유럽 리그였지만 머릿속이 복잡했다. 일본에 2년 넘게 있으면서 리그 스타일과 환경, 음식과 언어 등 이미 J리그에 익숙하게 적응한 상태였다. 2부 리그로 떨어졌던 소속팀을 다시 1부 리그로 끌어올렸고, 팀은 나중에 사상 최초로 FA컵 우승까지 했을 정도로 팀 분위기며 내 입지 모두 안정적이었다. 일본 생활이 익숙했고 교토도 나와의 계약을 연장하기 위해 여러 조건을 제안하고 있어 아무 일 없었다는 듯이 J리그를 뒤로하고 떠난다는 게 그렇게 쉽지만은 않은 선택이었다.

하지만 떠나기로 했다. 무엇보다 마음을 움직인 건 히딩크 감독이라는 존재였다. 언젠가 도전할 유럽 리그라면 유럽 지도자들 중에서 그나마 나를 가장 잘 알고 있는 히딩크 감독이 있는 팀에서 시작하는 게 최적의 선택이라는 생각이 들었다. 말도 통하지 않고 문화도 낯선 곳에서 축구를 해야 하는데 나에 대해 잘 알고 있는 히딩크 감독의 존재는 무엇보다 큰 버팀목이 될 것이라 생각했다. 히딩크 감독은 내가 어떤 포지션에 섰을 때 최대한 능력을 이끌어낼 수 있는지, 내가 팀에서 어떤 역할을 할 수 있는지 잘 알고 있었다. 나에게 측면 공격수로 활약할 계기를 마련해준 것도 히딩크 감독이었다. 히딩크 감독의 에인트호번 영입 제안을 받고는 '히딩크 감독이 벤치에 앉히기 위해 날 부르는 건 아닐 거잖아. 내가 네덜란드에서 통할 거란 확신이 없다면 부르지 않았을 거야.'라고 생각했다.

J리그에 남아달라는 요구를 뿌리치기 어려웠지만, 지금 여기서 안주하면 유럽 리그 진출은 물론 여기서 한 발짝 더 성장하지 못할 수도 있다는 생각이 들었다. 고민이 정리되자 머뭇거림 없이 곧장 에인트호번행을 결정했다.

2002년 12월, 에인트호번과 3년 6개월간의 입단 계약을 체결했다. 협상 과정에서 에인트호번 측이 배려를 해줘 역대 국내 해외 진출 선수 중 가장 좋은 조건으로 계약할 수 있었다. 2003년 1월 1일 일본 FA컵 우승 이후 한국으로 들어와 며칠 쉰 뒤 곧장 네덜란드로 날아갔다. 간단한 입단 절차를 마무리하고 팀 훈련에 곧바로 합류했다. 얼마 후에는 2002-03 시즌 겨울 휴식기(1월 한 달간 추위 등을 이유로 리그가 중단되는 기간) 동안 터키에서 열린 전지훈련에도 참가했다.

그런데 불길한 신호가 왔다. 터키 전지훈련 때부터 다리를 디디면 무릎에 통증이 느껴졌다. 사실 미세한 무릎 통증은 일본에서 뛸 때부터 있었다. 젊은 호기에 별것 아니겠거니 하는 마음으로 참고 넘겨왔다. 일본에서 MRI를 찍은 적도 있지만 이상이 없다는 결과가 나와서 대수롭지 않게 생각하고 있었다. 하지만 통증을 무시하고 참고 뛴 게 화근이었다. 심상치 않던 무릎 상태는 네덜란드 리그 경기에 들어가자 통증이 더 심해지기 시작했다.

네덜란드 리그 데뷔전을 치른 건 2003년 2월 8일 RKC 발베이크전이다. 원정에서 치러진 경기였는데, 나는 후반 20여 분을 남기고 교체 출전했다. 데뷔전을 무난히 마친 뒤로도 훈련하면서 뛸 때마다 무릎이 아프니까 많은 시간 경기에 나설 수 없었다. 네덜란드에서 다시 MRI를 찍었는데 여기서도 이상이 발견되지 않았다. 네덜란드 데뷔전 이후 중간에 두 경기를 건너뛰고 무릎 통증을 참으면서 세 경기를 교체로 더 뛰었는데 이제는 참고 뛸 수 있는 통증의 정도를 넘어서 있었다. 아무래도 큰 탈이 난 것 같았다.

새로운 리그 환경에 빨리 적응해야 하는데 몸이 말을 듣지 않으니까 불안해지기 시작했다. 문제가 더 커지기 전에 조치를 취해야 했다. 에인트호번 팀 닥터와 상의해 결정을 내렸다. MRI 상으로는 이상이 발견되지 않지만 이 정도로 아픈 것은 분명 원인이 있을 거라고 판단해 무릎을 열어보기로 했다. 수술 받기로 결정하고 무릎 안을 들여다봤는데 연골이 찢어져 있었다. 의사 말로는 이 상태를 참고 뛴 게 신기할 정도라고 했다. 찢어진 무릎 연골을 제거하고 회복한 뒤 재활을 거쳐 복귀하기까지 두 달이나 걸렸다. 2003년 3월 15일 비테세전 이후에 수술을 받았고, 복귀전을 치른 것은 5월 10일 엑셀시오르전이었다. 부상을 치료하고 돌아왔지만 문제가 해결된 것은 아니었다.

2002년 월드컵을 시작으로 J리그 한 시즌을 다 치른 뒤 휴식 없이 유럽 무대로 이적해 뛰면서 체력이 거의 바닥난 상태였는데 수술과 지루한 재활까지 겪고 나니 몸 상태가 말이 아니었다. 유럽 경기장의 잔디와 땅

은 물을 많이 머금고 있어서 그동안 뛰던 환경과는 많이 달랐다. 그라운드에 적응하기 위해서는 많이 뛰면서 익숙해져야 하는데 그러지 못했다. 몸 상태도 좋은 편이 아니었고 환경 적응도 늦다 보니 자신감은 물론 경기력마저 모두 바닥까지 떨어지고 말았다. 결국 시즌 도중 이적한 2002-2003 시즌에 나는 리그 경기만 8경기를 뛰었고, 이 중 선발 출전은 두 번밖에 하지 못했다. 개인적으로도 매우 만족스럽지 못한 유럽 무대 데뷔 시즌이었다.

에인트호번에서의 두 번째 시즌이던 2003-04 시즌에는 전 시즌보다 나아질 거라 기대했다. 시즌을 앞두고 국내에서 치러진 2003년 피스컵에서 골도 넣고 해서 컨디션이 좀 오를 거라 생각했다. 시즌 초반 분위기는 나쁘지 않았다. 2003년 8월 23일 시즌 2라운드 빌렘II 경기에 선발 출전해 네덜란드 리그 데뷔 골을 넣었고, 이 경기에서만 1골 1도움으로 2개의 공격 포인트를 올렸다. 전 시즌보다 선발 출전 횟수도 늘었다. 그렇다고 슬럼프에서 완전히 벗어난 것은 아니었다. 포지션을 섀도 스트라이커로 바꿔보기도 하면서 애를 썼지만 내 스스로 성에 차지 않는 경기가 계속됐다. 부상 여파로 인해 한참 좋았을 때의 경기력이 도무지 나오지 않자 내 플레이에 스스로 실망하며 자신감이 갈수록 떨어졌다. 이런 나를 지켜보던 팬들도 기대를 저버리기 시작했다. 부진한 플레이를 거듭한 나를 향한 비난이 거세지고 있었다.

나의 챔피언스리그 첫 무대는 2003년 9월 17일 벌어진 AS 모나코와의 32강 조별리그 홈경기였다. 하지만 에인트호번은 챔피언스리그 16강 진출에 실패했고, 리그에서도 아약스에 챔피언 자리를 내주었다. 팀 성적이 좋지 않자 팬들의 불만은 큰 기대를 하며 적지 않은 돈을 투자해 데려온 나를 향해 쏟아졌다. 선수 생활을 하는 동안 홈팬들이 상대팀과 선수에게 고함을 지르고 야유하는 건 봤지만, 자기 팀 선수에게 이렇게까지 야유를 보내는 건 난생 처음 겪는 일이었다. 내가 경기 도중 교체 투입되기 위해 경기장 라인 밖에서 몸만 풀고 있어도 야유가 쏟아졌다. 교체돼 들어가면 나오는 선수에게 박수를 치다가도 내가 경기장 잔디만 밟으면 "우-우-우" 하고 굉음을 쏟아냈다. 수만 명이 오로지 나를 향해 쏟아내는 야유를 들으며 경기를 뛰어야 하는 상황이 정말 힘들었다. 경기장에 들어가서도 야유는 멈추지 않았다. 동료가 나한테 패스를 하려고 자세만 잡아도 야유가 쏟아졌다. 패스한 공이 나한테 굴러올 때까지 야유는 계속됐다. 공이 떼굴떼굴 굴러오는 동안 계속해서 야유를 보내다가도 내 발에서 공이 떠나면 야유가 딱 멈췄다. 내로라하는 강심장이라도 참기 힘든 비난이었다. 더군다나 나는 강심장도 아니었다. 점점 현실을 피하고 싶었다. 공이 나한테 오는 게 싫었다. 나에게 패스를 하지 않으면 좋겠다고 생각했다. 그러니 축구가 제대로 될 리 없었다. 축구를 시작한 이후 처음으로 축구가 싫었다. 축구가 무섭고 공이 무서웠다. 한동안 외출도 못하고 집과 경기장만 오갈 정도로 세상이 두려워지기 시작했다.

홈팬들의 야유도 버거운 일이었지만 동료 선수의 공개적인 비난은 나를 더 고립시켰다. 팀 주장 판 봄멜(Mark van Bommel)이 나를 공개적으로 지칭하며 언론을 통해 "기대에 한참 못 미치는 활약이다. 외국인 선수로서 팀 공헌도가 떨어진다. 네덜란드에 온 지 1년이 됐지만, 언어 소통이 되질 않아 말로 주고받으면 될 것을 고치지 못하고 같은 실수를 반복하고 있다."고 쓴 소리를 내뱉었다. 시간이 지나고 나서는 그것이 감독이건 동료이건 간에 자신의 생각과 의견을 거침없이 표현하는 그들의 문화라는 것을 이해했지만, 당시엔 홈팬들의 거센 야유에 이은 또 하나의 문화적 충격이었다. 같은 편끼리 비난이라니. 우리 정서로는 이해할 수 없는 일이었다.

히딩크 감독은 힘들어하는 내가 안쓰러웠는지 야유가 심한 홈경기엔 나를 교체로 뛰게 하고, 대신 홈팬들이 적은 원정경기에 선발 투입했다. 그러다 2003-04 시즌 겨울 휴식기를 맞았다. 유럽 챔피언스리그 조별리그에서 탈락한 에인트호번은 후반기 분위기 반전을 위해 터키로 전지훈련을 떠났다. 전지훈련에서는 감독이 선수들을 한 명씩 따로 불러 미팅을 하곤 했다. 내 차례가 되어서 히딩크 감독과 만났는데 감독님의 표정이 보통 때와 다르게 무거웠다. "일본의 2,3개 팀에서 너를 영입하고 싶다는 제안을 해 왔다. 전적으로 너의 선택이다. 하지만 난 네가 떠나지 않았으면 좋겠다." 히딩크 감독의 얼굴은 단호했지만 어둡지는 않았다. 날 믿고 있다는 분명한 메시지를 주고 싶은 것 같았다. 히딩크 감독은 과거에도 야유를 받았던 선수들이 있다며 당시 주전으로 뛰고 있던 마테야 케즈만(Mateja Kezman)과 데니스 롬메달(Dennis Rommedahl)의 얘기를 들려주었다. 케즈만과 롬메달도 처음 에인트호번에 와서 적응할 때는 홈팬들의 거친 야유에 시달렸지만 그 순간을 이겨내고 지금은 팀의 주축으로 자리 잡고 있다고 했다. 자기표현에 거리낌 없는 네덜란드에서는 큰일이 아니라며 마음에 담아두지 말라고 했다. 히딩크 감독의 말을 듣고는 악도 바쳤고 오기도 생겼다. '그래 여기서 일본으로 돌아갈 순 없잖아. 어떻게 되든 다시 한 번 부딪쳐 보는 거야.' 속으로 몇 마디 곱씹고는 곧바로 히딩크 감독에게 대답했다. "감독님, 일본으로 돌아가지 않겠습니다. 여기서 어떻게 되든 승부를 보겠습니다."

히딩크 감독과의 면담 이후 모든 것을 새로운 마음가짐에서 바라보기로 했다. 아주 작은 것부터 바꿔가기 시작했다. 가장 먼저 버렸던 것은 실패에 대한 두려움이었다. 네덜란드 리그로 건너와 적응에 애를 먹었던 건 부상 여파도 있었지만, 실수와 실패에 대한 강박에 가까운 두려움이 가장 컸다. 훈련 때고 실전 때고 실수할까봐 머뭇거리다 보니 어떤 플레이도 마음먹은 대로 되질 않았다. 실패에 대한 강박 때문에 몸이 굳어졌고 결국은 플레이를 망쳤다. 예전 모습을 되찾기 위해서는 먼저 실수와 실패의 두려움을 던져버려야 했다. 연습할 때부터 실수한 것은 잊어버리고 잘한 것만 마음에 담아두는 의식적인 행동을 반복했다. 아주 쉬운 패스, 가까운 거리의 패스라도 안 끊기고 연결되면 잘했다는 암시를 자신에게 계속 주었다. 실수의 강박에 얽매이지 않고 떨어진 자신감을 올리기 위한 나만의 훈련법이었다. '볼 안 뺏기고 잘 줬어, 수비수 한 명 잘 제쳤어, 이번엔 두 명 제쳤네. 거봐, 잘 되잖아.' 하는 식으로 아주 사소한 것부터 스스로를 칭찬하고 긍정적으로 바라보려고 노력했다. 남들이 그런 나를 보면 어린아이 같다고 했을지 모르지만, 바닥까지 떨어졌던 나로서는 그렇게 즐겁고 자신 있게 공을 차는 것부터 다시 시작할 필요가 있었다. 작지만 잘한 것만 생각하고 기억하다 보니 조금씩 자신감이 쌓이기 시작했다. 자신감이 쌓이면서 두려움이 차츰 사라졌다. 더 이상 공을 차는 게 무섭지 않았다. 패스를 하거나 패스를 받는 게 더 이상 두렵지 않았다. 너무나 당연한 걸 되찾기까지 그렇게 1년여의 시간이 걸렸다. 2003년 1월 네덜란드로 건너온 뒤 1년 만에 되찾은 자신감이었다.

네덜란드에서 보낸 최고의 시즌

간신히 되찾은 자신감은 실전을 통해 확인할 수 있었다. 터키로 전지훈련을 갔다 온 뒤 1월말과 2월 중순 사이에 리그 두 경기와 국가대표팀 두 경기 모두 네 경기를 치렀는데 몸도 마음도 제 궤도로 올라온 것이 느껴졌다. 확실한 터닝 포인트는 2004년 2월 26일 이탈리아 원정 경기로 치러진 페루자와의 UEFA컵(현 유로파리그의 전신) 32강 1차전이었다. 이날 경기에 오른쪽 공격수로 선발 출전해 90분 동안 뛰었다. 케즈만, 판 봄멜 등과 함께 선발로 나서 플레이 했는데 '아, 이제 됐다.'란 생각이 들 정도로 몸도 마음도 가벼웠고 자신감에 차 있었다. 패스를 주고받거나, 공간을 찾아 움직이거나, 슈팅을 때리는 데 두려움이 완전히 사라진 것을 알 수 있었다. 동료들도 자신감을 찾은 내 모습을 읽었는지 믿고 보내는 패스가 많았다. 나는 90분 내내 하고 싶은 것들을 거침없이 플레이하면서 경기장을 누볐다.

에인트호번은 이날 원정 경기에서 0-0으로 비기면서 16강에 오를 수 있는 발판을 마련했다. 경기가 끝난 뒤 히딩크 감독은 "원정 와서 상대에게 골을 내주지 않은 게 소득이지만 오늘 우리 팀의 최고 소득은 박지성이 돌아 왔다는 것"이라며 격려해주기도 했다.

에인트호번 팬들을 포함한 주위의 평가도 호의적으로 변하기 시작했다. "박지성이 달라졌다."는 소리가 이곳저곳에서 들려왔다. 경기장 안에서 되찾은 자신감은 경기장 밖에서도 이어졌다. 홈팬들이 더 이상 무섭지 않게 된 것이다. 엄청난 변화였다.

한참 홈팬들에게 야유를 받을 때는 팀 훈련장에 가는 것도 싫었다. 그때 살던 집 바로 앞에 에인트호번의 홈구장이 있었는데 그 가까운 경기장도 경기 하는 날 아니면 근처에도 가지 않았었다. 경기장이나 훈련장은 커녕 집 앞 가게도 가지 않았다. 사야 할 게 있으면 아는 사람에게 부탁했을 정도로 사람들과 마주치는 게 싫었다. 에인트호번은 작은 도시라 사람끼리 서로 얼굴을 마주칠 일이 많았는데 그게 싫었다. 사람이 싫기도 했고 무섭기도 했다. 낙천적인 성격 탓에 우울증까지는 걸리지 않았지만 꽤나 마음 고생했던 시절이었다.

페루자와의 원정 경기 3일 뒤인 2월 29일 로다 JC와의 홈경기에 90분 풀타임으로 뛰었는데 홈팬들의 반응은 완전히 달라져 있었다. 야유는 더이상 들리지 않았다. 이어진 3월 7일 위트레흐트 원정 경기에서 골을 넣은 뒤로는 야유가 어느샌가 응원 구호로 바뀌어 있었다. 에인트호번 팬들이 날 위해 외쳐주었던 '위숭빠레'의 시작이었다. 에인트호번이 후반기에 치른 9번의 홈경기 중 8경기에 선발 출전했다. 슬럼프에 빠졌을 때 홈팬들의 야유를 피해 원정 경기 위주로 뛰었던 전반기의 흐름과는 딴판이었다. 홈에서 선발로 뛴 8경기 모두 90분 경기를 모두 소화했을 만큼 무릎 부상의 여파에서도 완전히 벗어난 시기였다.

후반기에 극적으로 회복세를 타면서 보낸 2003-04 시즌을 뒤로 하고 맞은 2004-05 시즌은 팀에게나 개인적으로나 매우 중요한 시즌이었다. 에인트호번은 주전 공격수 케즈만과 롬메달이 시즌을 앞두고 각각 잉글랜드 첼시와 찰턴으로 이적하면서 팀을 새롭게 추슬러야 하는 시기를 맞았다. 팀의 변화는 선수 개인과도 무관할 수 없다. 개인적으로는 케즈만과 롬메달의 빈자리를 메우는 것과 동시에 지난 시즌 후반기부터 좋았던 흐름을 이어가야 하는 중요한 시즌이었다. 출발은 좋았다. 2004-05 시즌 첫 경기로 열린 2004년 8월 11일 세르비아의 츠르베나 즈베즈다와의 유럽 챔피언스리그 예선 라운드 경기에 선발 출전해 전반 8분 만에 골을 넣었다. 2003년 9월 17일 AS 모나코를 상대로 챔피언스리그 데뷔전을 치른 뒤 1년 만에 터진 대회 첫 골이었다. 리그에서도 2라운드 AZ 알크마르전에서 골을 넣으며 일찌감치 공격 포인트를 쌓기 시작했다. 전 시즌의 터닝 포인트를 상승세로 이어가면서 가볍게 시즌을 출발하는 동시에 네덜란드 리그 진출 이후 최고의 한 해를 가능하게 한 경기였다.

2004-05 시즌의 하이라이트이자 내 축구 인생을 뒤바꾸어 놓은 사건은 유럽 챔피언스리그 4강 진출이었다. 난 그해 에인트호번이 치른 유럽 챔피언스리그 14경기 중 13경기를 연장전 포함 모두 풀타임으로 뛰었다. 조별리그 4차전 노르웨이의 로젠보리와의 홈경기에만 결장했는데 앞선 경기에서 경고 누적으로 퇴장당하면서 어쩔 수 없이 뛸 수 없었던 경기였다. 2004년 10월 20일 로젠보리와의 챔피언스리그 원정 경기 경고 누적 퇴장은 내 프로 선수 이력에 있어 유일한 퇴장이기도 했다. 퇴장 징계

를 이유로 빠진 1경기 빼놓고는 전 경기에 풀타임으로 뛰면서 이룬 4강이었기에 나에게는 좀 더 특별한 대회였다. 케즈만과 롬메달이 팀을 나간 뒤에 거둔 성적이라 성취감도 더했다. 에인트호번 역시 1987-88 시즌 우승 이후 챔피언스리그에서 최고 성적을 거둔 굉장한 시즌이었다. 이 중에서도 최고의 경험은 4강 AC 밀란과의 2차전이었다.

2005년 4월 26일 이탈리아 원정 경기에서 AC 밀란에게 0-2로 패한 에인트호번은 일주일 뒤인 5월 4일 홈구장인 필립스 스타디움에서 4강 2차전을 치렀다. 1차전 패배로 에인트호번은 2-0으로 이겨 연장 승부로 가거나 3골 차 이상으로 이기는 것을 바라야 했던 경기였다.

당시 AC 밀란에는 안드리 셰브첸코(Andriy Shevchenko), 안드레아 피를로 (Andrea Pirlo), 카카(Kaka), 젠나로 가투소(Gennaro Gattuso), 파올로 말디니(Paolo Maldini), 카푸(Cafu) 등 세계적인 선수들이 뛰고 있었다. AC 밀란은 두 시즌 전 유럽 챔피언스리그에서 우승한 팀이기도 했다. 그런 강팀을 상대로 3골 이상을 뽑아내면서 승리한다는 건 말처럼 쉬운 일이 아니었다. 몇몇 언론은 사실상 에인트호번의 역전 결승 진출은 불가능한 미션이라며 AC 밀란의 결승행을 단정 짓기까지 했다. 그렇다고 우리가 포기할 수는 없었다. 우린 홈 경기에서 공격적인 전형으로 팀을 짜기로 했다. 영표 형과 나를 포함해 제페르손 파르판(Jefferson Farfan), 얀 베네호르 오프 헤셀링크(Jan Vennegoor of Hesselink), 필립 코쿠와 판 봄멜 등이 선발로 나섰다. 최소 2골 차 승리가 필요했던 경기였기 때문에 우린 초반부터 공격적으로 나섰다. 나 또한 공격적으로 전진해 플레이했다. 그런데 그렇게 빨리 골이 터질 줄은 몰랐다. 경기 시작하고 얼마 지나지 않아 하프라인 위에서 공을 잡고 두세 번 치다 페널티박스 안으로 들어가던 헤셀링크에게 패스를 넣었다. 헤셀링크는 슈팅 각도를 만들기 위해 방향을 한 번 접었는데 AC 밀란의 중앙 수비수 야프 스탐(Jaap Stam)에 막혀 공이 흘렀다. 리턴 패스를 받기 위해 뛰어 들어가던 나에게 공이 걸렸고 난 본능적으로 왼발을 갖다 댔다. AC 밀란의 골키퍼 디다(DIDA)가 손을 뻗었지만 공은 골대 상단에 그대로 꽂혔다. 전반 9분의 일이었다.

전반 초반 이른 시간에 골이 터지면서 경기는 엄청난 열기 속으로 빠져들었고, 에인트호번은 결국 3-1로 승리했다. 4강 1, 2차전 합계 3-3으로 균형을 맞췄지만 원정 골 우선 원칙에 따라 우리 홈에서 골을 넣은 AC 밀란이 가까스로 4강에 올랐다. 에인트호번은 결과적으로 결승 진출에 실패했지만, 막판까지 AC 밀란을 추격한 뒷심 때문에 또 다른 의미의 승자로 찬사를 받았다. AC 밀란전은 개인적으로도 만족스러웠던 최고의 경기였다. 또 그해 챔피언스리그에서 아스널, 올림피크 리옹, AS 모나코, AC 밀란 같은 유럽의 강팀들과 대등하게 맞서면서 어떤 팀과 싸우더라도 강하게 맞설 수 있겠다는 자신감을 얻을 수 있었다. 경기력이 밀리면 밀렸지 주눅 들거나 두려워 피할 상대는 없었다.

결국 2004-05 시즌은 네덜란드 진출 이후 한 시즌 리그 최다 출전(28경기)과 최다 골(7골), 유럽 클럽 대항전 최다 출전(13경기)과 최다 골(2골)을 기록한 최고의 시즌이었다. 그러면서 에인트호번 팬들에게도 팀의 주축 선수로 인정받을 수 있었다. 내가 공을 잡거나 골을 넣을 때마다 경기장을 쩌렁쩌렁 울려대던 '위숭빠레'는 정말 평생 잊지 못할 환상적인 경험이었다. 근데 사실 이 응원가 가사가 좀 오글거리기는 했다. 노래 들어가기 전에 나를 소개하는 멘트가 네덜란드어로 나오는데 우리말로 하자면 '한국에서 온 골 머신 미드필더'였다. 골 머신이라니. 이건 아무래도 좀.

2004-05 시즌은 에인트호번에게도 최고의 한 해였다. 리그에서는 전 시즌 아약스에 내주었던 챔피언 자리를 다시 찾았다. 2위 아약스와의 승점 차가 10점이나 벌어졌을 만큼 압도적인 시즌이었다. FA컵에서는

1995-96 시즌 이후 9년 만에 정상을 차지했다. 유럽 챔피언스리그에서는 1987-88 시즌 우승 이후 최고 성적인 4강에 오르면서 최고의 시즌을 보냈다. 케즈만과 롬메달 같은 주축 선수들이 빠진 가운데서 일군 결과라 그 의미가 더 컸다.

퍼거슨 감독에게서 걸려온 전화

에인트호번은 2005년 5월 29일 FA컵 결승전을 치렀다. 챔피언스리그와 리그 경기를 모두 끝낸 뒤 치른 시즌 마지막 일정이었다. 에인트호번은 빌렘Ⅱ와 치른 결승전에서 4-0으로 승리하면서 FA컵 우승 트로피를 들어올렸다. 난 이날 결승전에서 팀의 세 번째 골을 넣으며 네덜란드 리그 최고 시즌의 마지막을 기분 좋게 마무리할 수 있었다.

결승전을 치른 도시 로테르담을 빠져 나와 집이 있던 에인트호번으로 차를 타고 가고 있는데 옆에 타고 있던 에이전트가 휴대전화를 만지작거리며 말을 건넸다. 퍼거슨(Alex Ferguson) 감독이 나와 통화를 하고 싶다는 거였다. 뭐 누구? 퍼거슨! 내가 잘못 들었나? 세상에! 내가 아는 그 퍼거슨 감독이 맞았다. 맨체스터 유나이티드의 그 알렉스 퍼거슨 감독 말이다.

경기 전에 전화를 걸어왔었는데 오늘 FA컵 결승전이 있다고 하자 경기 끝나고 편한 시간에 전화해달라는 얘기였다. 친구한테 전화 온 거 말해주듯 쉽게 건네는 말이었지만 어디 그런가. 세상에서 가장 유명한 축구 감독 퍼거슨 감독의 전화 아닌가. 에이전트가 퍼거슨 감독에게 전화를 걸어 나를 바꿔주었다. "할로!" 영국 특유의 악센트가 강하게 들려왔다. 퍼거슨 감독은 내가 영어에 능숙하지 않다는 걸 알고 또박또박 아주 느리게 내게 전화를 건 이유를 설명해주었다. 네덜란드로 건너가 2년 반 동안 영어를 배워 퍼거슨 감독이 무슨 말을 하고 싶어하는 지는 띄엄띄엄 알아들을 수 있었다. 판 니스텔루이가 에인트호번에서 뛰다 건너가 지금 맨체스터 유나이티드에서 주전 공격수로 뛰고 있다는 이야기, 나와 포지션이 겹치는 라이언 긱스의 나이가 적지 않아 다음 세대가 필요하다는 이야기, 내가 오른쪽과 왼쪽 윙으로 모두 뛸 수 있으니 당장 맨체스터 유나이티드의 전력에 큰 도움이 될 거라는 이야기를 하면서 맨체스터로 넘어오는 게 어떻겠느냐고 이적 의사를 물었다.

생각해보겠다고 답하고 전화를 끊고는 한동안 멍하니 있었다. '내가 지금 누구랑 통화한 거지?' 방금 직접 통화를 하고도 장난전화가 아닌가 싶었다. 다른 팀도 아니고 맨체스터 유나이티드였다. 레알 마드리드, FC 바르셀로나, AC 밀란, 유벤투스, 리버풀, 아스널 같은 세계적인 축구 클럽 맨체스터 유나이티드였다. 그것도 세상에서 가장 유명한 감독인 퍼거슨 감독이 직접 전화를 걸어와 이적 제안을 했으니 쉽게 믿을 수 없었던 게 당연했다.

사실 2004-05 시즌 끝날 즈음에 에이전트로부터 몇몇 클럽에서 이적 제의가 왔다는 이야기를 들었다. 프리미어리그 팀도 있었는데 이 중에선 에버턴이 가장 적극적이었다. 하지만 웬만해선 팀을 옮기고 싶지 않았다. 에인트호벤에서 자리 잡고 뛴 게 한 시즌하고 반년 정도 밖에 되지 않았다. 이제 막 자리를 잡았는데 또 다시 새로운 환경의 팀으로 옮기는 건 쉽지 않은 선택이었다. 에인트호번이 매 시즌 네덜란드 리그 우승을 다투는 팀이라 유럽 챔피언스리그에 안정적으로 나설 수 있다는 것도 큰 장점이었다. 개인적으로는 부상과 슬럼프로 1년이란 시간을 날려 먹은 것에 대해 에인트호번에게도 미안한 감정이 있었다. 에인트호번에 좀 더 남아 마음의 빚을 갚고 싶었다.

히딩크 감독은 처음에 나의 맨체스터 유나이티드행을 반대했다. 에인트호번에 같이 남아 좀 더 많은 걸 이루고 떠나도 늦지 않다며 만류했다. 필립 코쿠도 나에게 직접 잔류를 요청했다. 외부 칼럼을 통해 내 플레이에 대해 공개적으로 찬사를 보내기도 했던 코쿠는 나를 따로 만나 "한 시즌만 더 뛰다 가면 어떠냐? 내가 이전에 뛰었던 팀이 바르셀로나고 현재 바르셀로나의 감독이 같은 네덜란드 출신의 레이카르트(Franklin Edmundo Rijkaard)인데 널 유심히 보고 있다."며 팀에 남아 한 시즌 정도 같이 뛰고 바르셀로나 이적을 추진해보자고 구체적으로 말하기도 했다. 당시 바르셀로나의 오른쪽 측면 공격수는 프랑스 출신의 루도빅 지울리(Ludovic Giuly)였는데 나이가 서른으로 대체 선수가 필요했던 상황이었다.

나를 인정해주는 사람들과 함께할 수 있다는 건 언제나 기분 좋은 일이다. 내 가치를 인정해주고 미래에 대한 제안까지 해주는 사람들이 곁에 있다는 사실 자체가 너무나 고마웠다. 하지만 고민을 거듭하다 맨체스터로 가는 것으로 최종 결정을 내렸다. 그렇게 선택한 가장 큰 이유는 한 단계 더 높은 리그로 도전하고 싶어서였다. 맨체스터 유나이티드 같은 빅클럽에서 감독까지 나서서 나에게 이적 제안을 하는 기회는 자주 오는 것이 아니었다. 이적할 기회는 또 오겠지만 이 같은 좋은 기회는 언제 또 올지 몰랐다. 그런 드문 기회인 만큼 위험도 따랐다. 맨체스터 유나이티드 같은 세계적인 팀에는 워낙 잘하는 선수들이 많아 자칫 주전 경쟁에서 밀릴 위험이 상존했다. 하지만 앞만 바라보고 가기로 했다. 모든 기회는 위험을 안고 있지만 도전하지 않으면 그게 위험한지 기회인지 알 수 없다. 일단 가봐야 안다.

새로운 환경에서의 도전을 두려워하거나 머뭇거린 적은 없었다. 가보지 않은 길에 대한 두려움 때문에 갈 길을 돌아갔던 적도 없었다. 일본 프로 무대에 진출할 때도, 네덜란드 리그로 갈 때도 매번 우려가 있었지만 내가 언제나 선택한 건 걱정이나 두려움보다는 새로운 길에 대한 호기심과 도전이었다. 생각해보면 난 어릴 적부터 도전하고 싸우면서 성장했다.

학생 때는 체구가 작다는 편견과 맞서 싸웠고 올림픽 대표가 돼서는 1학년 나이로 4학년 형들과 경쟁했다. 일본 교토에 입단해서는 막 대학을 거친 아마추어 신분으로 프로 선수들과 싸워 주전이 됐다. 네덜란드로 건너왔을 때도 초반엔 고생했지만 쟁쟁한 선수들과 맞서 싸우면서 유럽 최고 무대인 챔피언스리그 4강에 올라 골까지 넣는 활약을 할 수 있었다. 도전하는 걸 두려워했다면 경험조차 못했을 자리들이었다.

유럽 클럽 최강자들이 맞붙는 챔피언스리그에서 뛰면서 더 센 팀, 더 강한 리그에 대한 욕망이 커졌다. 좀 더 강한 선수들과 부딪치면서 내가 그들과 얼마만큼 대등하게 맞서 싸울 수 있을지 얼마나 더 성장할 수 있을지 스스로 검증해보고 싶었다.

실패에 대한 두려움은 없었다. 정확하게 말하자면 실패에 대한 두려움보다는 실패를 받아들이는 것에 대한 두려움이 없었다. 실패하면 또 다시 도전하면 된다고 생각했다. 맨체스터 유나이티드에서 입단 제안이 왔던 2005년은 만 스물네 살 때였다. 맨체스터 유나이티드로 이적해서 실패하더라도 충분히 다시 도전할 수 있는 나이라는 생각이 들었다. 내가 무언가 판단을 내릴 때마다 스스로에게 묻는 말이 하나 있다. '이 판단을 내려서 만약 최악의 상황까지 간다면 이렇게 될 수도 있겠구나. 그래도 괜찮겠어?' 자신에게 이렇게 묻고 그 최악의 상황까지도 감당할 수 있다고 생각하면 주저 없이 결정을 내리고 생각한 바대로 밀고 나갔다.

맨체스터 유나이티드로 가겠다고 마음먹고는 히딩크 감독에게 면담을 요청했다. 히딩크 감독은 내 표정을 읽었는지 하나만 묻고 싶다고 했다. "너의 판단이냐, 에이전트의 판단이냐?" 나는 바로 답했다. "제가 진심으로 원해서 선택한 것입니다. 가서 도전해보고 싶습니다." 히딩크 감독은 더는 말리지 않았다. 떠나는 걸 아쉬워했지만 지금껏 그랬듯 모든 걸 싸워 이겨내라고 했다. 그렇게 더 큰 무대를 향한 도전이 시작되었다.

맨체스터 유나이티드와 입단 계약을 체결한 건 2005년 6월 22일이었다. 6월 초에 있었던 우즈베키스탄, 쿠웨이트와의 2006년 독일 월드컵 지역 예선 기간 동안 협상이 진척되면서 입단 계약을 마무리했다. 계약 기간은 4년이었다. 7월 14일엔 맨체스터 유나이티드의 홈구장인 올드 트래퍼드에서 공식 입단식을 갖고 등번호 13번을 받았다. 이적 논의 과정에서는 얼떨떨해 실감이 나지 않았지만, 13번이 새겨진 붉은색 유니폼을 입고 올드 트래퍼드에 막상 서고 나니 맨체스터 유나이티드에 입단했다는 사실이 꿈은 아니었다. 1878년 창단한 맨체스터 유나이티드의 첫 한국인 선수이자 최초의 프리미어리거가 되는 순간이었다. 개인적으로는 처음이나 최초라는 수식어에 큰 의미를 두진 않지만 나에게도 한국 축구계에도 굉장한 도전임에는 분명한 일이었다.

맨체스터가 2005-06 시즌을 앞두고 전력 보강을 위해 새롭게 영입한 선수는 나와 에드윈 판 데 사르(Edwin Van der Sar) 둘 뿐이었다. 판 데 사르는 골키퍼였으니 필드 플레이어로 영입한 선수는 나 하나였다는 얘기다. 사실 2004-05 시즌 맨유는 첼시와 아스널에 밀려 3위로 내려앉으며 전력 보강이 필요하다는 이야기를 듣고 있었다. 2005-06 시즌 겨울 시장에서 파트리스 에브라와 네마냐 비디치(Nemanja Vidic)를 추가로 영입하긴 했지만, 시즌을 앞두고 데려온 필드 플레이어가 나 혼자뿐이었다는 건 나를 즉시 전력감으로 생각하고 뽑았다는 증거였다. 네덜란드 리그보다 주전으로 자리 잡는데 조금 더 시간이 걸릴 거라고 내다보고 여유 있게 프리미어리그에 적응해 나가려고 했던 당초 예상은 혼자만의 생각이었다. 퍼거슨 감독은 맨 처음 전화로 이적 의사를 물으며 이야기했던 것처럼 시즌 시작과 동시에 나를 곧장 주전으로 경기에 출전시켰다. 부담이 컸지만 즐겨야 하는 일이었다. 시즌을 앞두고 맨체스터 유나이티드가 진행한 아시아 투어에 합류해 선수단과 급하게 발을 맞췄다.

데뷔전의 기회는 빠르게 찾아왔다. 입단식을 가진 뒤 한 달도 되지 않은 2005년 8월 9일, 유럽 챔피언스리그 플레이오프를 통해 맨체스터 유나이티드 공식 경기 데뷔전을 치렀다. 그것도 꿈의 극장이라 불리는 올드 트래퍼드에서였다. 상대는 헝가리의 데브레첸이었고, 후반 67분 로이 킨(Roy Keane)을 대신해 교체 투입돼 측면 공격수로 뛰었다. 실제 경기에 뛰기 위해 밟은 올드 트래퍼드는 밖에서 보는 것보다 더 거대하고 압도적인 곳이었다. 땅을 파내서 건설한 곳이라 선수들이 뛰는 필드에 서서 관중석을 보면 거대한 건축물을 올려다보는 듯한 느낌을 주었다. 7만 5천 석에서 뿜어져 나오는 장엄하면서도 웅장한 에너지가 정말 환상적이었다. 데브레첸전 데뷔 경기는 어떻게 시간이 흘러갔는지 모르게 이리저리 뛰어다니다 끝났다. 곧장 다음 기회가 이어졌다. 일주일 뒤 8월 13일 치러진 2005-06 시즌 프리미어리그 개막전 에버턴과의 원정 경기에서 선발 출전 지시를 받았다. 챔피언스리그 플레이오프 경기와는 느낌이 또 달랐다. 에버턴이 리버풀을 연고로 하는 팀이라 라이벌 의식이 있는 데다 프리미어리그 특유의 빠른 템포와 거친 플레이를 처음 제대로 맛볼 수 있었다. 판 니스텔루이, 웨인 루니(Wayne Rooney), 폴 스콜스(Paul Scholes), 대런 플레처(Darren Fletcher), 게리 네빌(Gary Neville), 리오 퍼디난드(Rio Ferdinand), 로이 킨, 판 데 사르 등과 함께 선발로 뛰었던 이날 에버턴전은 나의 프리미어리그 공식 데뷔 경기이기도 했다.

8월 20일 2라운드 애스턴 빌라전은 올드 트래퍼드에서 치른 프리미어리그 홈 데뷔전이었다. 이날 경기에서도 왼쪽 공격수로 선발 출전했다. 전반에 상대 골키퍼에 걸려 골대 맞고 나온 슈팅이 골로 연결됐더라면 일찌감치 프리미어리그 첫 골을 넣으면서 좀 더 마음 편하게 시즌을 소화할 수도 있었던 아쉬운 경기였다.

이적 첫 해였던 2005-06 시즌은 맨체스터 유나이티드에서 뛰면서 부상 없이 가장 많은 경기를 뛰었던 시즌이었다. 프리미어리그 한 시즌 38경기 중 33경기에서 뛰었다. 챔피언스리그 조별리그 비야레알, 릴, 벤피카전을 치러야 해서 선발로 돌아가면서 뛰었던 로테이션 시스템을 감안하면 사실상 시즌을 거의 풀로 뛰었던 해이기도 했다. 2005-06 시즌 공격수와 미드필더 중 나보다 많은 리그 경기를 뛰었던 선수는 웨인 루니와 판 니스텔루이 둘 뿐이었다. 크리스티아누 호날두는 나와 같은 33경기를 뛰었고, 라이언 긱스는 27경기, 폴 스콜스는 20경기에 출전했다. 부상을 달고 살았던 올레 군나르 솔샤르는 3경기만 뛰었고, 프랑스 출신 공격수 루이 사하(Louis Saha)는 19경기를 뛴 시즌이었다.

공격 포인트에 대한 욕심이나 고민이 크진 않았다. 맨체스터 유나이티드에서 내가 맡은 역할은 팀이 골을 넣거나 경기를 풀어가는데 도움을 주는 일이었다. 내가 모든 걸 결정할 수도 없지만 그럴 필요도 없었다. 우리 팀엔 나 말고도 판 니스텔루이나 루니 같은 얼마든지 골을 넣을 수 있는 뛰어난 공격수가 있었다. 하지만 주위의 시선, 그 중에서도 공격 포인트에 집착하는 국내 미디어들의 시선이 부담되었다.

프리미어리그 경기에서 첫 번째 공격 포인트를 기록한 경기는 2005년 10월 1일 풀럼과의 원정 경기였다. 난 이날 경기에서 왼쪽이 아닌 오른쪽 공격수로 뛰었는데 루니와 판 니스텔루이에게 연속해서 어시스트를 넣어주었다. 또 페널티 지역에서 반칙을 얻어내 판 니스텔루이의 페널티킥 골을 이끌어냈다. 결과적으로 이날 우리 팀이 넣은 3골에 모두 관여한 경기였다. 많은 사람들이 나의 맨체스터 유나이티드 첫 시즌 베스트 경기로 꼽는 경기다. 하지만 개인적으로는 만족하지 못한 경기였다. 2개의 어시스트와 페널티킥 유도로 임팩트 면에서는 강렬했지만 눈에 보이지 않았던 실수들이 적지 않았던 경기였기 때문이다.

사실 첫 시즌부터 많은 경기에 출전했고 리그 컵 우승도 했지만 내 성에 찼던 경기는 없었다. 내 기준에는 꼭 조금씩 부족했다. 그래서 내 자신에게 화가 났던 것 같다. 더 집중하고 더 잘해야 했는데 경기에 뛰고 나면 언제나 아쉬움이 남았다.

프리미어리그 진출 이후 첫 골이 터진 건 반년이 지난 12월 20일 버밍엄과의 리그 컵 경기였다. 이날 경기에서 90분 동안 뛰면서 팀의 두 번째 골을 넣었다. 8월 9일 맨체스터 유나이티드 데뷔전을 치른 이후 넉 달 만에 들어간 골이었다. 골이 들어가서 기뻤지만 한편으로는 후련하다는 생각이 강했다. 그동안 골이 없어 불안하다거나 팀에서 살아남기 힘들다거나 했던 미디어들의 걱정 아닌 걱정을 듣지 않아도 됐기 때문이다. 국내 미디어들은 공격 포인트 하나하나에 너무 예민하게 반응했다. 맨체스터 유나이티드라는 세계적인 팀에서 뛰고 있기에 내 능력 이상의 스포트라이트를 받고 있어 부담스럽기도 했지만, 축구는 수치로만 표현할 수는 없는 스포츠이다. 맨체스터 유나이티드에서 맡은 내 역할을 볼 때 골이라고 하는 결과물이 내 입지를 좌우할 만큼 중요한 문제였는지 모르겠다. 나의 역할과 가치는 내가 골을 넣기보다 우리 팀이 골을 넣어 승리하는 데 어느 정도 도움이 되느냐에 있었다.

버밍엄전에서 골을 넣은 뒤로 미디어들의 골에 대한 갈증이 좀 가시는 듯했지만, 아무래도 리그 컵 골이다 보니 프리미어리그 데뷔 골의 기다림이 이어졌다. 그런 점에서 2006년 2월 4일 터진 풀럼전 골은 좀 아쉬운 골이었다. 경기 시작하고 얼마 안 돼 게리 네빌에게서 연결된 공을 슈팅으로 연결했는데 이 공이 풀럼 수비수 카를로스 보카네그라(Carlos Bocanegra)에게 맞고 굴절돼 풀럼 골대 안으로 들어갔다. 처음엔 골로 인정되면서 프리미어리그 데뷔 골로 기록됐다. 이제 됐지 싶었다. 그러나 얼마 후 보카네그라의 자책골로 기록이 바뀌었다. 슈팅 방향이 굴절됐다

는 게 이유였다. 보통 이런 장면에서는 슈팅을 때린 공격수의 골로 인정하는데 내가 뭐 밉보였나 싶었다. 다시 봐도 골 같은데 아쉬운 한 골을 허공에 날렸다.

풀럼전 골이 자책골 처리되면서 졸지에 아스널이 프리미어리그 데뷔 골의 상대가 됐다. 2006년 4월 9일 33라운드 아스널 경기에서 후반 78분 루니의 크로스를 이어받아 골문 앞에서 뛰어들며 골을 넣었다. 아스널은 프리미어리그 데뷔 골을 넣은 인연 때문인지 이후에도 챔피언스리그 경기 등 나에게만 모두 다섯 골을 허용했다. 아스널을 상대로 넣은 다섯 골은 프리미어리그에서 뛰면서 한 팀을 상대로 가장 많이 넣은 골 기록이기도 하다.

프리미어리그 첫 시즌에 빼놓을 수 없는 공격 포인트는 영표 형을 상대로 얻어낸 어시스트다. 그것도 영표 형한테 뺏어낸 공격 포인트였다. 잘 알려진 일이고 다 지난 일이니 지금은 웃으며 이야기할 수 있지만, 그 순간만큼은 영표 형이 나를 야속해 했을지도 모른다. 에인트호번에서 함께 뛰던 영표 형도 2005-06 시즌에 프리미어리그 토트넘으로 이적했는데 2006년 4월 17일 런던에서 열린 토트넘과 맨체스터 유나이티드전은 형과 내가 잉글랜드에서 맞붙은 두 번째 경기였다. 그날 경기에서 내가 오른쪽 공격수, 영표 형이 왼쪽 수비수로 출전해 경기 도중 자주 부딪칠 수밖에 없었다. 그러다 전반 36분에 영표 형이 공을 가지고 있을 때 내가 바로 따라 붙어 공을 뺏었다. 그 공이 흐르면서 루니의 골로 이어졌고, 결국 우린 2-1로 승리할 수 있었다. 내가 기록한 시즌 7번째 어시스트였다. 홈에서 패한 토트넘과 나에게 공을 뺏겼던 영표 형 입장에서는 꽤나 속이 쓰렸을 패배였다.

슬픈 우승, 슬픈 모스크바

2006년 독일 월드컵을 치르고 나서 아무래도 탈이 난 것 같았다. 2002년 월드컵을 시작으로 일본, 네덜란드, 잉글랜드, 2006년 월드컵까지 쉬지 않고 달려온 게 몸에 말썽을 일으킨 듯했다. 프리미어리그 두 번째 시즌이었던 2006-07 시즌은 부상과의 끊임없는 싸움이었다. 시즌 초반 4경기를 뛰고는 왼쪽 발목 인대가 끊어져 수술을 받고 3개월을 쉬었다. 2006년 9월 9일 토트넘전 이후 결장했다가 그해 12월 17일 웨스트햄전에서 돌아왔다. 복귀해 석 달 정도 뛰다 이번엔 오른쪽 무릎이 망가졌다. 그것도 크게 망가졌다. 2007년 3월 31일 블랙번전에서 시즌 5호 골을 넣은 직후의 일이었다. 미국까지 건너가 큰 수술을 받고 재활해 복귀하는데 9개월이란 시간이 걸렸다. 이미 한 시즌이 끝났고 또 한 시즌도 절반이 훌쩍 지난 시간이었다. 두 차례나 큰 수술을 받았던 2006-07 시즌 내가 뛴 프리미어리그는 14경기였다. 이적 첫 해였던 전 시즌에 큰 어려움 없이 주전으로 뛰면서 팀에 자리를 잡았고 그 때문에 의욕이 넘쳤던 2006-07 시즌이었기에 연이은 부상과 수술이 더 가슴 아팠다. 뛴 경기 수는 적었지만 부상에서 복귀해 잠시 뛰었던 1월과 3월 사이 프리미어리그 6경기에서 5골을 넣었을 만큼 심리적으로도, 경기력 측면에서도 자신이 있었기에 아쉬움이 큰 시즌이었다.

끔찍했던 부상으로 많은 경기에 뛰지 못했던 2006-07 시즌 맨체스터 유나이티드는 4시즌 만에 프리미어리그 우승을 차지했다. 기대주로만 머물렀던 크리스티아누 호날두가 말 그대로 터진 시즌이었다. 호날두는 맨체스터 유나이티드에서 뛴 지 4시즌 만에 처음으로 두 자릿수 골을 넣었다. 17골로 팀에서는 득점 1위, 프리미어리그 전체에서는 득점 3위의 기록이었다. 나에게도 전 시즌 리그 컵 우승에 이은 맨체스터 유나이티드에서의 두 번째 챔피언 경험이었다. 하지만 마냥 우승 기분을 만끽할 수

는 없었다. 전 시즌에 리그 컵 우승할 때는 위건과의 결승전에서 90분 내내 뛰면서 팀 승리에 힘을 보탰고, 우승 축하 현장에도 함께했다. 하지만 2006-07 시즌 프리미어리그 우승 때는 출전 경기도 많지 않았고 우승 축하 행사에도 치료 때문에 현장에 함께하지 못했다. 나중에 따로 목발을 짚고 우승 메달을 받았는데 처음엔 출전 경기수가 적어서 우승 메달을 받는지 못 받는지도 잘 알지 못했다. 다행히 시즌 38경기 중 10경기 이상 출전한 선수에게는 리그 우승 메달을 준다는 프리미어리그 규정 덕분에 메달을 받을 수 있었다. 아시아 선수로는 처음으로 프리미어리그 우승 메달을 받은 것이었다. 목발을 짚고 받은 슬픈 우승 메달이었기 때문에 마냥 좋아할 수만 없었다.

오른쪽 무릎 수술 이후 9개월간의 재활 끝에 복귀한 경기는 2007-08 시즌 19라운드 선덜랜드 경기였다. 2007년 12월 26일 벌어진 경기로 후반 도중에 교체 선수로 복귀전을 치렀다. 2007-08 시즌 후반기를 앞두고 복귀한 것인데 당시 맨체스터 유나이티드의 최대 이슈는 챔피언스리그 우승 달성 여부였다. 맨체스터 유나이티드는 챔피언스리그 조별리그에서 이탈리아의 AS 로마, 포르투갈의 스포르팅, 우크라이나의 디나모 키예프를 상대로 무패의 성적을 거두고 16강에 올랐다. 맨체스터 유나이티드는 16강에서 프랑스의 올림피크 리옹, 8강에서 AS 로마, 4강에서 스페인의 바르셀로나를 꺾고 결승에서 첼시와 만났다. 부상에서 복귀해 몸을 끌어올린 나는 AS 로마와의 8강전부터 뛸 수 있었다. 2008년 4월 1일과 9일에 치러진 AS 로마와의 8강 1,2차전, 4월 23일과 29일 벌어진 바르셀로나와의 4강 1,2차전에 모두 90분 풀타임 출전했다. 특히 4강전 상대 바르셀로나는 리오넬 메시(Lionel Messi), 야야 투레(Yaya Toure), 티에리 앙리(Thierry Henry), 안드레스 이니에스타(Andres Iniesta) 사비 에르난데스(Xavi Hernandez), 카를레스 푸욜(Carles Puyol) 같은 세계적인 선수들이 모여 있는 유럽 최강 팀 중 하나였다. 그런 팀과의 경기에서 승리를 거두자 챔피언스리그 우승이 목전에 와 있는 기분이었다. 이제 챔피언스리그 결승전만을 남기고 있었다. 개인적으로도 유럽 무대에 진출한 후 축구 선수들의 꿈의 무대라는 챔피언스리그 결승전에서 처음으로 뛸 수 있을 거란 기대가 컸다. 만약 내가 결승전에 출전한다면 아시아 선수로는 최초로 유럽 챔피언스리그 결승전에 나서게 되는 것이었다.

2008년 5월 21일 러시아 모스크바에서 맨체스터 유나이티드와 첼시의 2007-08 시즌 유럽 챔피언스리그 결승전이 열렸다. 맨체스터 유나이티드는 1967-68 시즌과 1998-99 시즌 이후 통산 3번째 우승을, 첼시는 사상 처음으로 챔피언스리그 정상을 노리는 맞대결이었다. 잉글랜드 프리미어리그 팀 간의 대결로 결승전이 열리면서 관심이 더했던 경기이기도 했다. 한국에서도 부모님과 많은 미디어에서 모스크바를 찾았을 만큼 주위의 기대도 컸다. 결승전 전날 팀 훈련을 하면서도 경기 출전을 의심하지 않았다. 8강과 4강 전 경기를 빠짐없이 풀타임으로 뛰었고, 부상 같은 변수도 없었기 때문에 결승전 엔트리에 드는 건 어렵지 않을 것이라 생각했다. 문제라면 선발이냐, 교체냐 정도로 생각했다.

그런데 결승전 당일 거짓말 같은 이야기를 전해 들었다. 퍼거슨 감독은 결승전이 있던 아침 나를 자기 방으로 따로 불러 어두운 표정으로 말을 꺼냈다. "지, 미안한데 넌 오늘 경기에 뛰지 않는다. 전체 엔트리에서도 빠질 거다." 순간 생각이 멈췄다. 뭐가 뭔지 머릿속이 뒤죽박죽이 됐다. '뭐지? 내가 대체 무슨 말을 들은 거지?' 내가 오늘 경기에 뛰지 못한다는 말만 계속 머릿속을 맴돌았다. '못 뛴다, 못 뛴다……' 머릿속이 하얘지니까 퍼거슨 감독이 무슨 말을 했는지도 제대로 이해하지 못했다. 퍼거슨 감독의 방을 나와서도 한참을 생각했다. "나 오늘 경기에 못 뛰는 건가? 잠깐, 그러면 교체로는 뛸 수 있는 건가?" 충격 때문인지, 미련 때문인지 직접 눈으로 확인하고 싶었다. 챔피언스리그 결승전이 열린 루즈니키 경기장을 찾아 우리 팀 라커룸에 갔다. 내 이름이 새겨진 유니폼은 걸려 있지 않았다. 선발은 물론 교체로도 오늘 경기에 뛸 수 없다는 걸 뜻했다. '왜지, 대체 왜?' 경기장으로 오면서도 오늘 경기에 뛰지 않는다는 사실을 부모님께 알리지 못했다. 러시아까지 날아오셨는데 엔트리에조차 들지 못했다는 말을 꺼낼 용기가 없었다. 그러다 경기장에 도착해 내 눈으로 확인하고는 부모님께 전화를 걸었다. "오늘 저 안 뛰어요. 너무 걱정하진 마세요. 전 괜찮아요." 괜찮다고 말한 건 괜찮지 않기 때문이었다. 그렇게 해서라도 부모님의 걱정을 덜어드리고 싶었다.

맨체스터 유나이티드는 승부차기까지 가는 접전 끝에 첼시를 꺾고 9년 만에 유럽 챔피언 자리에 올랐다. 나는 경기장 관중석에서 그 경기를 지켜보았다. 팀의 승리는 기뻤지만 내가 축구 선수 생활을 하면서 경험한 가장 슬픈 우승이기도 했다.

이탈리아 로마에서의 반격

모스크바에서의 슬픈 우승 이후 고민했다. 나는 과연 이 팀에 필요한 존재인가? 맨체스터 유나이티드에서 없어서는 안 될 전력인가? 누구를 원망하진 않았다. 결승전 경기에 나서지 못한다는 이야기를 듣고는 한동안 충격에서 헤어나지 못했지만, 결국은 나의 문제라고 생각했기 때문이다. 모스크바에서 퍼거슨 감독이 나 대신 오언 하그리브스(Owen Hargreaves)를 선택한 이유는 그가 바이에른 뮌헨 시절 챔피언스리그 결승전에서 뛰었던 경험이 있기 때문이었다. 경험의 문제건, 기량의 문제건 교체 명단에도 이름을 못 올린 건 결국 나의 문제였다. 그래서 누굴 탓하기보단 나에게 어떤 문제가 있는지에 집중했다. 내 부족한 면으로 인해 챔피언스리그 결승전에서 뛰지 못했지만, 한편으로는 AS 로마나 바르셀로나 같은 강팀과의 경기에서 퍼거슨 감독의 선택을 받은 이유도 분명히 있을 거라 생각했다. '그래 한 번 더 도전해보자.' 하며 마음을 다잡았다.

2008-09 시즌은 수술 재활과 모스크바의 충격에서 벗어나 맨체스터 유나이티드의 중심 전력으로 돌아온 시즌이었다. 프리미어리그 개막 이전 일정이었던 러시아 제니트와의 유럽 슈퍼컵을 시작으로 시즌 초반부터 팀의 많은 경기에 나설 수 있었다. 시즌 초였던 2008년 9월 21일 첼시와의 원정 경기에서 골을 넣으며 일찌감치 공격 포인트에 대한 부담을 줄이기도 했다. 2008-09 시즌 맨체스터 유나이티드의 최대 이슈는 프리미어리그 3연패와 유럽 챔피언스리그 2연패였다. 그 전 시즌 리그 2연패와 유럽 챔피언스리그 우승을 차지한 맨체스터 유나이티드가 다시 한 번 두 대회에서 우승한다면 프리미어리그와 유럽 챔피언스리그를 연달아 우승하는 최초의 시즌이 될 수 있었다. 맨체스터 유나이티드는 2008-09 시즌 리그 컵과 FIFA 클럽 월드컵에서 우승을 차지하면서 최고의 시즌을 보내고 있기도 했다. 팀의 호조 속에서 나 역시 프리미어리그 25경기 출전을 비롯해 FIFA 클럽 월드컵, FA컵, 리그 컵, 챔피언스리그 등 맨체스터 유나이티드가 출전했던 대회에 빠짐없이 나서고 있었다.

맨체스터 유나이티드가 2008-09 시즌에 출전한 여러 대회 중에서도 사람들이 가장 주목했던 것은 유럽 챔피언스리그 2연패 달성 여부였다. 맨체스터 유나이티드에게 챔피언스리그 우승컵은 특히 각별했다. 맨체스터 유나이티드가 챔피언스리그에서 처음으로 우승한 건 1967-68 시즌이다. 맨체스터 유나이티드의 당시 우승이 의미를 더했던 건 구단 역사에서 결코 빼놓을 수 없는 뮌헨 비행기 추락 사고가 있었던 1958년 이후 꼭 10년이 되는 해 모든 것이 무너졌던 팀을 재건해 유럽 챔피언에 올랐기 때문이다. 1958년 뮌헨 비행기 참사는 유고슬라비아 클럽인 츠르베나 즈베즈다와 유러피언컵(유럽 챔피언스리그 전신) 원정 경기를 치르고 맨체스터로 돌아오던 맨체스터 유나이티드 선수단을 태운 비행기가 경유지였던 독일 뮌헨 공항에서 추락해 탑승객 44명 중 23명이 사망했던 사건이다. 맨체스터 유나이티드의 홈구장인 올드 트래퍼드에는 당시 사고 시간에 멈춰진 시계와 안타깝게 세상을 떠난 선수들의 기념비가 새겨져 있다. 당시 참사에서 기적적으로 살아남은 매트 버스비(Matthew Busby) 감독과 보비 찰턴(Bobby Charlton)이 나이 어린 조지 베스트(George Best)와 함께 1967-68 시즌의 우승을 일궜으니 맨체스터 유나이티드 팬들에겐 더욱 더 각별할 수밖에 없는 기억이다. 맨체스터 유나이티드의 두 번째 챔피언스리그 우승이었던 1998-99 시즌은 더는 극적일 수 없을 만큼 드라마틱한 승부였다. 0-1로 끌려가다 경기 추가 시간에 테디 셰링엄(Teddy Sheringham)과 올레 군나르 솔샤르의 믿기지 않는 연속골로 2-1로 역전승을 거둔, 챔피언스리그 결승전 역사상 가장 극적인 승부였다. 맨체스터 유나이티드 팬들에게 챔피언스리그 우승컵은 그렇게 드라마틱한 역사와 함께하고 있었다.

맨체스터 유나이티드는 클럽 역사에서 언제나 극적이었고 팀의 운명을 바꾸어 놓았던 유럽 챔피언스리그에서의 또 한 번의 우승을 위해 전력을 집중했다. 2008-09 시즌 맨체스터 유나이티드는 조별리그에서 스페인의 비야레알, 덴마크의 올보르, 스코틀랜드의 셀틱과 경합해 1위를 차지했다. 16강에서는 이탈리아의 인터밀란, 8강에선 포르투갈의 포르투, 4강에선 잉글랜드의 아스널과 싸워 결승에 올랐다. 나 또한 이들과 벌인 챔피언스리그 경기에 꾸준히 출전하면서 지난 시즌 챔피언스리그 결승전의 트라우마에서 벗어날 수 있었다.

특히 2009년 5월 5일 원정 경기로 치러진 아스널과의 4강 2차전은 전반 시작하자마자 8분만에 기분 좋은 골을 넣었던 경기다. 호날두가 페널티 지역 왼쪽에서 올려준 공을 키어런 깁스(Kieran Gibbs)와 경합하다 넘어지면서 오른발로 때려 골을 넣었다. 이후에 호날두가 두 골을 넣으며 3-1 완승을 거두고 챔피언스리그 결승전에 진출했다. 호날두의 쐐기 골은 당시 맨체스터 유나이티드 공격의 특징이었던 전형적인 속공에 의한 골이었는데 호날두-나-루니-호날두로 이어진 골이었다. 개인적으로도, 팀으로서도 한껏 자신감이 오른 뒤에 맞은 결승전이었다.

결승에 오른 우리의 상대는 FC 바르셀로나로 1년 전 챔피언스리그 4강에서 싸웠던 팀이었다. 하지만 우리가 결승전에서 만난 바르셀로나는 1년 전의 바르셀로나와는 완전히 다른 팀이었다. 1년 전 바르셀로나는 스페인 리그에서 3위에 머물며 좋지 않은 시즌을 보낼 때였다. 하지만 1년이 지나 우리와 다시 만났을 때에는 리그에서만 72골이라는 엄청난 골을 만들어낸 리오넬 메시, 티에리 앙리, 사무엘 에투(Samuel Eto'o)로 이어진 공격 라인업을 앞세워 시즌이 끝나기도 전에 일찌감치 리그 우승을 확정한 상태였다.

맨체스터 유나이티드와 FC 바르셀로나의 2008-09 시즌 챔피언스리그 결승전은 2009년 5월 27일 이탈리아의 로마에서 열렸다. 경기를 하루 앞두고 해프닝 하나가 있었다. 내일 결승전에 내가 뛰지 못할 것이라는 이야기가 한국 팬들 사이에서 돈 것이다. 문제의 발단은 사진 한 장 때문이었다. 경기 전날 팀 훈련을 하다 퍼거슨 감독이 나를 따로 불러 이야기하는 모습의 사진이 찍혔는데, 이 사진이 언론을 통해 보도되면서 1년 전처럼 퍼거슨 감독이 나에게 결승전에 나설 수 없다는 말을 한 것이 아니냐는 루머가 퍼진 것이었다. 사진을 확인해보니 내가 봐도 두 사람의 표정이 심각하고 진지해 보여 그렇게 오해할 만했다. 하지만 그때 그 문제의 사진은 퍼거슨 감독이 나를 불러 내일 결승전에서 선발로 나가게 될 텐데 공격과 수비는 이렇게 저렇게 하라는 식의 전술 지시를 내리는 장면이 찍힌 거였다. 그러니까 그 사진은 경기의 결장이 아닌 선발의 확정을 뜻하는 것이었다. 선발 여부를 두고 이렇게 오해를 하거나 궁금해하더라도 선수의 출전 상황은 팀 내 절대 보안 사항이기 때문에 당시에는 밝힐 수가 없었다.

사실 선수 생활을 돌아봤을 때 가장 긴장감이 최고였던 경기가 바로 이날 바르셀로나 전이었다. 왜냐하면 전 시즌에 챔피언스리그 결승에서 뛴 경험이 없다는 이유로 명단에서 제외된 적이 있어서 정말 결승전에 뛸 수 있게 되길 간절히 원했었는데 1년 후 곧바로 기회가 찾아와서 긴장할 수밖에 없었던 것 같다. 우습게도 처음 대표팀에 뽑혀 첫 경기 할 때만큼이나 긴장했다. 경기 초반에는 생각한 대로 움직이지 않는 느낌이 들만큼 몸이 무거웠다. 조금 지나 정신을 차린 뒤에야 경기에 집중할 수 있었다. 그때는 월드컵이나 챔피언스리그 경기는 물론 수많은 큰 경기에서 뛰었던 경험이 있었는데도 불구하고 그렇게 부담이 컸던 건 작년에 못뛰었으니까 이번에 나가면 더 잘 해야 한다는 압박감이 더해졌기 때문이었던 것 같다. 만약 내가 이 경기에서 못하기라도 하면 작년에 결승전 명단에 들지 못한 이유가 확연히 증명되는 거라서 더더욱 그러했다. 챔피언스리그에서 뛰는 분위기를 너무나 잘 알고 있는데도 내가 긴장하고 부담스러워한다는 사실 자체가 놀랍기도 했다.

어쨌거나 퍼거슨 감독의 예고대로 나는 바르셀로나와의 결승전에 선발 출전했다. 아시아 선수로는 최초로 챔피언스리그 결승전에 나선 것이었지만, 경기에 들어가서는 개인의 기록은 잊고 경기에 집중하기 위해 노력했다. 우린 호날두와 루니, 긱스, 캐릭 등으로 선발을 꾸렸다. 바르셀로나는 에투(Samuel Etoo), 앙리, 메시, 이니에스타, 사비, 부스케츠(Sergio Busquets)로 라인업을 짰다. 우린 모든 힘을 집중해 싸웠지만 당시 유럽 최강 팀으로 군림하던 바르셀로나를 상대하는 게 쉽지 않았다. 결국 우린 에투와 메시에게 연속골을 내주며 0-2로 패했다. 맨체스터 유나이티드의 챔피언스리그 연속 우승의 꿈은 나중으로 미뤄야 했다. 개인적으로는 경기가 시작하자마자 호날두의 먼 거리 프리킥 장면에서 얻었던 골 기회가 너무나도 아쉬웠다. 호날두가 찬 프리킥이 바르셀로나 골키퍼 빅토르 발데스(Victor Valdes)에게 맞고 튕겨 나왔는데 뛰어들어가던 나에게 공이 걸렸다. 몸을 던지면서 슈팅을 시도했는데 아쉽게 골로 연결되지는 못했다. 결승전이 끝나고 나서 두고두고 기억에 남았던 장면이다. 우승하지 못한 아쉬움이 컸지만, 개인적으로는 지난 시즌에 못 이뤘던 챔피언스리그 결승전 출전의 꿈을 불과 1년 만에 이룰 수 있었다는 것에 감사했다. 열심히 노력해서 마침내 이 자리에 섰구나 하는 만족감이었다. 경기에 이겨 챔피언스리그 우승컵을 당당히 들어 올렸다면 더 좋았을 텐데 다소 서운하기도 했지만, 이번 결승전 출전을 좋은 경험으로 삼아 다음에는 반드시 챔피언스리그 우승컵을 들어 올리겠다는 새로운 목표를 세우고 더욱더 노력하기로 마음먹었다.

퍼거슨 감독과 피를로

알렉스 퍼거슨 감독은 맨체스터 유나이티드에서 단순한 감독 그 이상의 특별한 존재였다. 감독 고유 권한인 선수단의 관리와 전술 구상에서부터 구단 사무국 업무인 클럽의 경영과 미래 전략에 이르기까지 맨체스터 유나이티드와 관련한 것 중 퍼거슨 감독의 손을 거치지 않은 일은 아무것도 없었다. 퍼거슨 감독이 은퇴한 뒤 맨체스터 유나이티드의 성적이 급격히 흔들리고 있는 것만 봐도 퍼거슨 감독의 존재감과 능력을 알 수 있다. 퍼거슨 감독은 선수단을 관리하는 데 있어서도 탁월한 수완을 가지고 있었다. 어쩔 땐 어찌나 그 수완이 교묘한지 얄미울 때도 있었다.

　퍼거슨 감독은 내가 맨체스터 유나이티드에 있던 7년 동안 선수단 미팅을 빠짐없이 챙겼다. 선수단 미팅을 웬만해서는 코치나 다른 사람에게 맡기지 않았다. 그만큼 선수들과의 미팅과 대화는 퍼거슨 리더십의 핵심이었다. 퍼거슨 감독처럼 세계적으로 이름을 얻은 지도자들은 사실 전술적으로는 큰 차이가 나지 않는다. 그 정도 위치까지 오른 감독이라면 경험이 상당할 뿐만 아니라 축구에 대한 이해와 전술 운용에는 도가 튼 사람들이다. 감독마다 차이가 있다면 다양한 개성을 가진 선수들을 어떻게 동기 부여할 것인지에 따른 스타일의 차이일 것이다. 일정한 수준 이상의 실력을 갖춘 프로 선수들에게 감독이 일일이 기본기나 기술을 알려줄 일은 없다. 다들 그만한 능력은 기본으로 갖추고 있기 때문에 개인 기술의 연마는 알아서 해야 할 일이다. 감독이 하는 일은 전술적인 틀에서 각자의 움직임과 플레이의 포인트를 잡아주는 것이다. 선수들을 경기장에서 움직이게 하는 게 감독의 일인데 이때 선수들을 감독의 작전대로 뛰게 하려면 왜 그렇게 뛰어야 하는지 타당한 동기와 이유로 설득해야 한다. 그것이 바로 동기 부여다.

그런데 선수들에게 동기를 부여하는 일은 생각처럼 쉽지 않다. 맨체스터 유나이티드처럼 규모가 큰 클럽에서 뛰는 선수들이라면 더더욱 동기 부여하기가 힘들다. 일정 수준 이상의 실력을 갖춘 선수들이고 저마다 스타 의식이 강하기 때문에 이들을 한 팀으로 뭉칠 수 있게 관리하고, 정체되거나 타성에 빠지지 않도록 끊임없이 새로운 목표를 제시하는 일은 매우 어렵다. 프리미어리그 한 시즌을 치르기 위해선 보통 25명 정도의 선수가 필요하다. 하지만 한 경기를 치르기 위해선 선발 11명과 교체 선수를 포함해 최대 14명만이 필요하다. 여기에 포함되지 못하고 남은 절반 가까운 선수들은 다음 경기에 감독에게 선택되기를 기다려야 한다. 어떤 식으로든 이에 대한 합당한 설명이 없거나 설득하지 못한다면 선수단을 통제할 수 없고 팀의 화합도 깨질 위험이 높아지는 것이다. 그렇다고 14명만으로 한 시즌을 치를 수는 없다. 선수들을 다 뛰게 한다고 경기마다 기량이나 상대팀의 전력에 상관없이 무작정 로테이션을 돌릴 수도 없는 일이다. 이 사이에서 절묘한 균형을 찾아야 하는 게 바로 감독의 일이다.

경기에 뛰었던 선수들은 선수들대로, 경기에 뛰지 않았던 나머지 선수들은 그들대로 다음 경기까지 100퍼센트 최고의 몸 상태와 긴장을 유지하도록 만드는 게 감독의 능력이다. 이런 점에서 볼 때 퍼거슨 감독은 대단한 감독이었다.

퍼거슨 감독은 언제나 훈련장에 나와 선수들과 이야기하는 걸 즐겼다. 툭툭 던지는 이야기처럼 들리지만 한 마디 한 마디가 철저하게 계산된 이야기였다. "몸은 좀 어때?", "컨디션 좋아 보이네.", "지난번 경기 정말 잘 뛰던데.", "지난 경기에는 못 뛰었지만 내가 다음 경기에 너 출전시킬 생각하고 있는 거 알지?", "내 생각엔 다음 경기에선 네가 정말 해줄 수 있을 거 같아." 그렇게 선수들에게 쉬지 않고 말을 던지는데 무서운 건 그 말이 선수에 따라, 때에 따라 달라진다는 것이다. 그것도 선수들 각자의 상황에 딱딱 맞아 떨어지는 송곳 같은 말들이었다.

물론 퍼거슨 감독이 온화한 표정으로 당근만 던지는 건 아니다. 퍼거슨 감독의 별명 중 하나가 헤어드라이어라는 것은 잘 알려진 사실이다. 퍼거슨 감독이 선수들 얼굴 바로 앞까지 다가가 뜨거운 입김을 토해내며 고래고래 고함을 지른다고 해서 붙여진 별명이다. 연세도 많으신데 저러다 쓰러지지나 않을까 걱정이 들 정도로 흥분해서 소리 지르는 걸 7년 동안 수없이 지켜봤다. 선수 코앞까지 와서 고함지르는 걸 지켜보다 보면 직접 당하지 않더라도 얼른 자리를 피하고 싶을 정도였다. 천만 다행히도 퍼거슨 감독의 헤어드라이어에 당한 적은 없었지만, 내가 지켜본 바로는 나니(Luis Nani)가 좀 많이 당했고 루니나 하파엘(Rafael Pereira da Silva)도 퍼거슨 감독의 헤어드라이어를 피하지 못했다. 대개 선수들은 퍼거슨 감독의 헤어드라이어를 맞을 때면 고개 숙이고 당하는 게 보통이었는데 유독 루니는 몇 번인가 대들곤 했다. 물론 언제나 최종 승자는 퍼거슨 감독이었다.

맨체스터 유나이티드에 있는 동안은 매 순간이 경쟁이었다. 프로 선수로 뛰면서 어느 팀에 있더라도 경쟁을 피할 수는 없는 노릇이지만 세계적인 선수들이 모여 있는 맨체스터 유나이티드에서는 특히 그 경쟁이 일상적일 정도로 심했다. 빅 클럽에 속한 선수의 숙명이기도 했고 퍼거슨 감독 특유의 경쟁 시스템이 낳은 혹독한 환경에 가까운 것이기도 했다. 2009-10 시즌은 특히 선수단의 변화가 요동쳤던 시기였다. 2008-09 시즌을 끝으로 핵심 공격수였던 호날두와 카를로스 테베스(Carlos Tevez)가 팀을 떠나면서 일어난 변화였다. 호날두와 테베스가 떠난 자리에는 마이클 오언과 안토니오 발렌시아(Antonio Valencia), 가브리엘 오베르탕(Gabriel Obertan), 마메 비람 디우프(Mame Biram Diouf) 등을 영입해 메웠다. 새로 들어온 선수들은 나와는 직, 간접적으로 포지션 경쟁을 펼쳐야 하는 선수들이었다.

2009-10 시즌뿐만 아니라 포지션 경쟁을 해야 하는 선수들의 영입과 이적은 이후로도 매 시즌 이어졌다. 축구 선수로 생활하면서 경쟁을 피하거나 경쟁이 필요 없다고 생각한 적은 없다. 퍼거슨 감독 아래에서는 일상적으로 벌어지는 일이기도 했다. 하지만 이렇게 새로운 선수들이 들어올 때마다 머릿속이 복잡해졌던 것도 사실이다. 측면 공격수를 영입해 내 포지션에 선수가 많아지면 '로테이션 돌리면 얼마 만에 한 번씩 경기에 뛰겠구나.' 하는 식으로 계산이 저절로 되었을 정도였다. 퍼거슨 감독의 맨체스터 유나이티드에서 뛰면서 로테이션을 피해 갔던 선수는 극히 드물었다. 호날두의 경우도 맨체스터 유나이티드 초창기 때는 선발과 교체를 오갔다. 루니와 에브라 정도가 꾸준히 뛰었던 것 같다. 이처럼 로테이션과 경쟁이 자연스러운 일이었다고 말은 하지만, 그런 상황에서 스트

레스를 받지 않았다고 하면 거짓말일 것이다. 시간이 지나면서 내가 갖고 있는 경기력을 경기장에서 마음껏 발휘하는 모습을 보여주는 게 중요하다고 생각하게 되었다. 팀이 나에 대해 너무나 잘 알고 있고, 나를 어떻게 써야 할지 알고 있기 때문에 포지션 경쟁을 벌이는 선수가 아무리 많더라도 팀이 나를 필요로 하는 경기가 있다면 나를 쓸 것이고, 나는 그 기회를 놓치지 않고 팀에 공헌하는 좋은 플레이를 많이 보여주면 그걸 토대로 계속 경기에 나갈 수 있을 거라 생각했다.

퍼거슨 감독의 로테이션과 경쟁 시스템으로 인해 맨체스터 유나이티드가 프리미어리그 최강자의 자리는 물론 세계적인 클럽으로 최고의 전성기를 누린 것도 사실이다. 그는 선수들에게 끊임없는 자극을 주면서 도전과 성장이 멈추지 않도록 했다. 경쟁을 통해 오른 주전급 선수들에게는 매너리즘에 빠지지 않도록 했고, 기회를 엿보는 선수들에게는 최고의 자리에 오를 수 있다는 동기를 부여했다.

내가 로테이션에 힘들어 할 때마다 퍼거슨 감독은 분명한 메시지를 던져주곤 했다. 바로 강팀과의 경기나 중요한 승부처에서 나를 기용했던 일이다. 내가 갖고 있는 능력을 최대치로 끌어올리기 위한 퍼거슨 감독의 선택이었다. 맨체스터 유나이티드에 있는 동안 부상 때문에 절대적인 경기 출전 횟수가 많지는 않았지만, 기억에 남는 장면이나 팬들에게 임팩트가 강렬하게 남았던 건 강팀과의 경기나 중요한 승부처에서 뛰었던 경기가 많았기 때문이다.

시즌 초반 무릎 부상으로 고생했던 2009-10 시즌에도 유럽 챔피언스리그 결선 토너먼트에 오른 뒤 AC 밀란, 바이에른 뮌헨과의 중요한 경기에 계속 나섰다. 특히 AC 밀란과의 챔피언스리그 16강전은 잊지 못할 승부였다. AC 밀란은 에인트호번 시절 4강에서 만난 팀으로 결과적으로 나를 맨체스터 유나이티드로 이끈 상대팀이기도 했다. 나는 AC 밀란과

붙은 16강 1, 2차전 모두 풀타임으로 뛰었다. 그때 내가 맡은 역할 중 하나는 AC 밀란의 플레이메이커이자 에이스였던 안드레아 피를로를 막는 것이었다. 결과적으로 내가 피를로를 효과적으로 방어하면서 AC 밀란은 맨체스터 유나이티드에게 1, 2차전을 모두 패하며 힘없이 무너졌다. 나중에 피를로가 자서전을 통해 그 경기에서 나 때문에 혼났다고 밝힌 것이 화제가 되면서 사람들은 2차전에서 내가 넣었던 골보다 두 경기에서 피를로를 완벽하게 방어한 것을 더 많이 칭찬했다. 나로서는 공수 양면에서 팀의 승리에 도움이 되었던 의미 있는 경기였기에 충분히 되새겨볼 만한 좋은 기억으로 남았다.

프리미어리그 최고의 경기

맨체스터 유나이티드에서 뛰었던 7시즌 중 베스트 시즌 하나를 꼽으라면 단연 2010-11 시즌이라 할 수 있다. 그 정도로 좋은 기억이 많았던 시즌이다. 프리미어리그에서는 리버풀을 뛰어넘으며 최다 우승 팀이 되었고, 챔피언스리그에서는 다시 한 번 결승에 오른 시즌이었다. 개인적으로는 맨체스터 유나이티드에서 뛰면서 모든 대회를 통틀어 가장 많은 골을 넣었던 시즌이기도 했다. 시즌 출전 수치로만 보면 이적 첫 해였던 2005-06 시즌이나 맨체스터 유나이티드가 리그 3연패를 했던 2008-09 시즌이 앞서지만, 스스로 만족하면서 치렀던 시즌은 2010-11 시즌이었다. 전체적인 활약이나 자신감, 팀의 성적 등 모든 면에서 나의 맨체스터 유나이티드 시절 최고의 시즌이라고 자신있게 말할 수 있다.

2010-11 시즌에는 내가 맨체스터 유나이티드에서 뛰면서 손에 꼽는 베스트 경기가 2경기나 있다. 사람들은 시즌 첫 해였던 2005-06 시즌에 2개의 도움과 하나의 페널티킥을 얻어냈던 풀럼전이나 2009-10 시즌에 대런 플레처의 크로스를 받아 헤딩골을 넣으며 맨체스터 유나이티드의 엠

블럼이 박힌 가슴을 치던 리버풀 경기를 많이 떠올리지만, 내가 생각하는 맨체스터 유나이티드 시절 베스트 경기는 바로 2010-11 시즌에 있다.

다이빙 헤딩 골을 넣었던 2009-10 시즌 리버풀전은 골 자체로만 보면 최고의 명장면이었다고 생각한다. 리버풀과 맨체스터는 엄청난 라이벌 의식으로도 유명하다. 나도 두 팀 간의 엄청난 지역감정을 엉뚱하게 실감하기도 했다. 리버풀에 있는 가구점에서 가구를 하나 배달시켰는데 우리 집 주소지가 맨체스터라는 이유로 한참 나중에야 받을 수 있었던 것이다. 그런 경험을 하다 보니 내가 리버풀전에서 넣은 골이 맨체스터 팬들에게 얼마나 통쾌했을지 짐작이 간다.

하지만 경기 전체 결과를 책임졌던 영향력 면에서 보자면 2010년 11월 6일 울버햄튼전을 빼놓을 수 없다. 그날 나는 경기 전반전 말미에 첫 번째 골을 넣었고, 1-1 무승부로 끝날 것 같았던 추가 시간에 두 번째 골을 넣으며 승부를 결정지었다. 페널티박스 오른쪽에서 크로스를 올릴 위치였는데 순간 돌파해야 할 상황이라고 판단해 곧장 페널티 지역 안쪽으로 접고 들어갔고, 상대 수비를 제치며 결국 왼발로 슈팅까지 때렸다. 그 공은 울버햄튼 골키퍼의 옆을 통과해 그대로 골이 됐다. 경기 막바지 추가 시간에 터진 극적인 결승골이었다. 이 골로 그날 맨체스터 유나이티드는 2-1로 승리할 수 있었다. 프리미어리그 한 경기에서 2골을 넣은 건 2007년 3월 17일 볼튼전 이후 두 번째였다. 혼자 2골을 모두 넣은 데다 그것도 추가 시간에 극적인 결승골을 넣으며 승리로 이끌었던 공격 면에서 가장 만족스러운 경기였다.

만약 프리미어리그 전 시즌을 통틀어 내가 치른 최고의 한 경기를 꼽으라면 2011년 5월 8일 홈에서 벌어진 36라운드 첼시와의 경기가 아니었나 생각한다. 그날 경기는 첼시라는 상위 클래스 팀과 벌인 경기였는데도 내가 가진 모든 기량을 경기장에 온전히 쏟아 부었다는 생각이 든다.

특히 전반전만큼은 내 스스로 평가하더라도 공격과 수비를 가리지 않고 어떤 플레이든 머릿속에서 생각했던 그대로 다 잘 이루어졌을 정도로 내가 보여줄 수 있는 모든 걸 선보이기도 했다. 90분 동안 보여준 경기력과 팀 승리를 이끈 구체적인 공격 포인트, 상대의 클래스와 경기의 중요성 등 개인적인 플레이의 만족도와 팀 공헌도, 그리고 결과에 이르기까지 맨체스터 유나이티드 시절 치른 수많은 경기 가운데 단연 최고로 꼽을 수 있는 경기였다.

이날 경기는 맨체스터 유나이티드와 첼시 모두에게 너무나 중요했던 경기였다. 시즌을 3경기 남겨 놓고 만난 두 팀은 승점 3점 차로 1, 2위에 올라 있었다. 맨체스터 유나이티드가 73점으로 1위, 첼시가 70점으로 2위였다. 맨체스터 유나이티드가 이날 경기에서 첼시를 잡으면 승점 차를 6점으로 벌려 남은 2경기에서 1경기만 무승부를 거두면 우승할 수 있었다. 반대로 첼시가 이기면 맨체스터 유나이티드와 승점이 같아져 남은 2경기 결과에 따라 프리미어리그 우승이 갈릴 수 있는 피 말리는 상황을 앞둔 승부였다. 영국 현지에서도 시즌 우승이 걸린 사실상의 결승전이자, 승점 6점짜리가 걸린 슈퍼 매치라며 엄청난 관심을 쏟아냈다.

아시안컵 부상 이후 4월 2일 웨스트햄을 상대로 복귀전을 치른 뒤 이어 선발 출전한 경기 역시 유럽 챔피언스리그 8강 첼시전이었다. 4월 6일과 12일 열린 8강 1,2차전에 모두 선발 출전했었고, 올드 트래퍼드에서 열린 2차전에서 결승골을 넣으며 맨체스터 유나이티드의 4강을 이끌었다. 전반에 눈 주위를 다쳐 피를 흘리기도 했지만, 그날의 첼시전 이후 부상 후유증은 물론 자신감과 컨디션을 부쩍 끌어올릴 수 있었다. 때문에 20여 일 뒤 다시 만난 프리미어리그 36라운드 첼시전은 어떤 경기보다 자신감에 차 있었다. 우승이 갈릴 수 있는 대단히 중요한 일전이었기 때문에 승부욕이 넘쳤던 것도 사실이다.

난 하비에르 에르난데스(Javier Hernandez), 루니, 긱스, 캐릭, 발렌시아 등과 함께 4-4-2 포메이션의 왼쪽 날개로 출전했다. 첼시에선 디디에 드로그바(Didier Drogba), 살로몬 칼루(Salomon Kalou), 플로랑 말루다(Florent Malouda), 프랭크 램파드(Frank Lampard), 마이클 에시엔(Michael Essien) 등이 나섰다. 만만치 않은 첼시 선수들과 맞서 겨뤘는데도 내가 경기장에서 보여줄 수 있는 축구의 모든 걸 보여준 경기였다. 나를 상대했던 첼시의 미드필더 에시엔이 경기 도중 나에게 다가와 "제발 그만 좀 뛰어라."라고 했을 정도였다.

전반 시작하자마자 나는 하프라인에서 공을 잡고 앞으로 친 뒤 오른발로 치차리토(하비에르 에르난데스의 애칭)에게 전진 패스를 넣어줬다. 치차리토는 골키퍼와 1대1 상황에서 기회를 놓치지 않고 골을 넣었다. 경기 시작 40초만에 기록한 어시스트였다. 전반 23분엔 비디치가 헤딩골을 넣었다. 이 골을 넣는 장면에서도 나는 코너킥을 차려던 긱스와 측면에서 패스를 주고받았고 긱스가 올린 공은 비디치의 머리에 맞고 골로 들어갔다. 골은 되지 않았지만, 첼시 오른쪽 수비수 브라니슬라프 이바노비치(Branislav Ivanovic)를 앞에 두고 때렸던 오른발 슈팅이나, 하프라인에서 압박해 태클로 공을 뺏은 뒤 루니에게 슈팅 기회를 만들어주었던 플레이, 페널티박스 반대편에서 빠져 들어가던 치차리토를 보면서 논스톱으로 연결했던 왼발 패스 등등 상대를 압박하고, 공격하고, 수비하고, 팀플레이에 결합하고, 공격 포인트를 올리며 팀 승리에 공헌했던 최고로 손꼽기에 주저함이 없는 경기였다.

이날 첼시전 승리로 맨체스터 유나이티드는 2010-11 시즌 우승을 사실상 확정지었다. 맨체스터 유나이티드가 리버풀의 18회 우승을 뛰어 넘어 잉글랜드 1부 리그 최다 우승인 통산 19번째 챔피언에 오르는 대기록을 세운 것이다. 맨체스터 유나이티드에서 뛰면서 모두 4차례의 프리미어리그 우승을 경험했는데 첼시전 승리에 한몫을 하며 우승을 이끌었다는 생각 때문인지 2010-11 시즌 리그 우승이 내 기억에 가장 강하게 남아 있다.

2011년 5월 28일 런던 웸블리에서 치러진 FC 바르셀로나와의 유럽 챔피언스리그 결승전도 이 시즌의 잊지 못할 기억이다. 2008-09 시즌에 이어 이날 결승전에도 선발 출전하며 2년 만에 바르셀로나에 설욕할 수 있는 기회를 잡았지만, 1-3으로 패하며 준우승에 머물러 너무나 아쉽고 속상했다. 그렇다 하더라도 리그 우승에 공헌했고 챔피언스리그 결승전에 다시 뛸 수 있었으며, 개인적으로도 시즌 최다 골을 기록하며 최고의 활약을 펼쳤던 여러 모로 잊지 못할 2010-11 시즌이었다.

퍼거슨 감독 방을 찾아가다

퍼거슨 감독의 집무실은 맨체스터 유나이티드의 훈련장인 캐링턴 파크 건물 2층 왼쪽 구석에 있다. 2층 식당이 있는 쪽으로 선수들이 훈련하는 운동장이 훤히 내려다보이는 맨 왼쪽 방이 퍼거슨 감독의 집무실이다. 퍼거슨 감독의 방은 훈련장 쪽 창 전체가 통유리로 되어 있어 선수들이 훈련하는 모습을 방에서도 하나하나 지켜볼 수 있게 해놓았다. 그래서 퍼거슨 감독 방에 들어가면 왠지 서늘한 기분이 들곤 했다.

맨체스터 유나이티드에서 지낸 7년 동안 퍼거슨 감독 방을 내 발로 찾은 건 세 번 정도였던 것 같다. 7년이란 시간을 생각하면 무심할 정도로 찾아가지 않았다. 사실 웬만하면 감독 방에 가지 않으려고 했다. 선수가 감독을 찾아가 뭔가 이야기한다는 게 일단 마음 편한 일이 아니었다. 감독과 선수의 위계가 확실한 한국 정서에 익숙하기도 했고, 선수가 감독을 찾아가 뭔가 요구하고 협상하며 기회를 얻는 건 부당하거나 부담스러운 일이라고 생각했다. 다른 선수들에게 돌아갈 기회를 기량이 아닌 다른 방

법으로 얻는 것일 수 있다고 생각했기 때문이다. 그렇게 기회를 얻더라도 고스란히 선수가 가진 것 이상을 보여줘야 하는 부담으로 되돌아온다. 그래서 경기에서 잘하면 따로 말하지 않아도 인정해줄 거라 생각했다. 사실 그냥 귀찮기도 했다. 성격상 감독에게 찾아가 이렇다 저렇다 말하는 것도 그랬고, 감독도 선수 앞에서는 이렇게 저렇게 둘러댈 수밖에 없는 뻔한 풍경이 마음에 들지 않아서 내 할 일만 잘하면 된다고 생각했다.

그러나 유럽 선수들은 나와는 달랐다. 유럽 선수들은 자신의 생각이나 요구를 감독에게 말하는 데 거리낌이 없었다. 의욕이 넘쳐서도 그랬겠지만 같은 팀 선수들끼리 훈련하다가도 자주 다퉜고, 사소한 언쟁이 몸싸움으로 번지는 일도 자주 지켜봤다. 그렇게 남 눈치 잘 안 보는 유럽 선수들이 감독 방을 찾는 건 그래서 더 특별한 일이 아니었다. 수시로 감독 방을 찾아가 자기 생각을 얘기했고, 출전 기회 같은 요구 조건을 서슴없이 말했다. 이건 맞고 틀리고의 문제는 아니었다. 서로의 정서가 다르고 또 생각이 달랐을 뿐이다.

내가 퍼거슨 감독 방을 처음 찾은 건 맨체스터 유나이티드에 입단하고 5년이 지난 2011년 무렵이었다. 에이전트가 이탈리아 출신의 루카라는 친구로 바뀌었을 때였다. 그 전까지는 퍼거슨 감독의 방을 찾는다는 건 꿈에도 생각해보지 않은 일이었는데 루카는 그런 나를 설득했다. 유럽에서는 상대가 감독이라도 의견이 다르면 솔직히 자기 생각을 밝히고 불만이 있으면 말해야 한다고 했다. 그렇게 하는 것이 부당한 일이나 잘못된 행동이 아니라고 했다. 압력을 부당하게 가한다면 문제가 되겠지만, 서로 모르거나 잘못 알고 있거나 이해하는 정도에 차이가 있다면 대화로 푸는 게 어떤 방식보다 현명한 방법이라면서 할 말이 있으면 언제든 퍼거슨 감독 방을 찾으라고 조언했다.

그래서 퍼거슨 감독의 방을 찾았다. 똑똑똑. "컴 인." 방문을 두드리면 퍼거슨 감독은 언제나 똑같은 말로 대답했다. 그날 퍼거슨 감독 방을 처음 찾은 건 불만이나 요구 사항이 있어서 갔던 게 아니었다. 재계약을 앞두고 나를 어떻게 생각하고 있는지를 묻기 위해서였다. 팀에 중요한 선수인지, 퍼거슨 감독의 다음 시즌 구상에 내가 포함돼 있는지를 물었다. 퍼거슨 감독은 팀과 개인 모두에게 중요한 선수라며 재계약에 강한 신뢰를 보여주었다.

다시 퍼거슨 감독 방을 찾은 건 한참이 지난 2011-12 시즌으로 내가 맨체스터 유나이티드에서 뛰었던 마지막 시즌이었다. 맨체스터 유나이티드에서의 마지막 시즌에 나는 퍼거슨 감독의 방을 두 번이나 찾았다. 앞선 6년 동안 딱 한 번 찾았던 감독 방을 두 번이나 찾았을 만큼 나를 둘러싼 상황은 급하게 돌아가고 있었다.

2011-12 시즌은 나에게 너무나 중요한 시즌이었다. 전 시즌이었던 2010-11 시즌을 잘 치렀고 대표팀에서 은퇴한 뒤 맞은 첫 시즌이었기 때문에 의욕에 차 있었고 자신감도 있었다. 시즌을 준비하면서 몸 상태가 좋았기 때문에 기회만 주어진다면 최고의 시즌으로 생각했던 2010-11 시즌의 흐름을 이어갈 수 있을 거라 생각했다. 하지만 시즌 흐름은 내 예상처럼 흘러가지 않았다. 특히 시즌 초반에 경기 리듬을 타지 못한 게 결정적이었다. 2011년 8월 14일 웨스트브롬과의 프리미어리그 개막 경기에 뛰지 못했다. 엔트리에는 이름을 올렸지만 경기 도중 비디치와 퍼디난드가 갑작스런 부상을 당하며 수비수들이 교체 투입되는 바람에 기회를 잡지 못했다. 개막을 일주일 앞두고 치러진 맨체스터 시티와의 커뮤니티 실드 경기에 이은 2경기 결장으로 시즌 워밍업을 제대로 할 수가 없었다. 이어진 2, 3라운드 토트넘과 아스널전에는 교체 투입됐는데 출전한 시간이 적다 보니 프리 시즌 때의 좋았던 리듬감이 흔들리고 말았다. 맨체스터 유나이티드가 8-2로 승리했던 3라운드 아스널전에서 골을 넣긴 했

지만, 시즌 전체적으로는 리그 초반 6경기에서 선발로 뛰지 못한 것이 스텝을 엉키게 하고 말았다. 2011-12 시즌 프리미어리그 경기에 처음으로 선발 출전한 것은 2011년 10월 1일 7라운드 노리치 시티전이었다.

시즌 전에 워낙 몸 상태가 좋았기 때문에 기회만 주어진다면 잘할 수 있을 거라 자신했는데 생각과 다르게 경기에 뛰지 못하는 일이 잦아져서인지 조바심이 생겼고 컨디션도 엉망이 되고 말았다. 더군다나 맨체스터 유나이티드가 챔피언스리그 조별리그에서 탈락하는 일이 벌어질 정도로 팀의 침체가 겹치면서 상황을 역전할 기회조차 잡는 게 쉽지 않았다. 개인적으로 이 상황이 더 심각하게 생각됐던 건 납득할 만한 이유 없이 한 달 넘게 리그 경기에 출전하지 못하고 있었기 때문이다. 시즌 전반기에는 프리미어리그 3경기와 4경기를 연속으로 뛰지 못했고, 후반기에는 8경기 연속 경기에 나서지 못했다. 맨체스터 유나이티드에 입단한 이후 부상이나 국가대표팀 일정 같은 이유 없이 리그에서 3경기 이상 뛰지 못한 것은 이때가 처음이었다. 퍼거슨 감독의 방을 굳은 마음을 먹고 찾았던 것은 이런 이유 때문이었다. 나를 경기에 넣지 않는 이유라도 듣고 싶었다. 스스로를 납득시켜야 했다.

퍼거슨 감독은 달라진 게 없었다. 여전히 나를 신뢰한다는 말을 했고 앞으로의 전력 구상에 내가 포함돼 있다고 말했다. 그러면서 퍼거슨 감독은 시즌 우승의 운명이 갈릴 2012년 4월 30일 36라운드 맨체스터 시티와의 경기에 선발로 뛰게 할 계획을 가지고 있다는 뜻을 내비쳤다. 퍼거슨 감독은 맨체스터 더비를 위해 몸을 만들어 놓으라고 했다. 그때 나는 3월 4일 토트넘전 이후 유로파리그 두 경기만 치르고 두 달 가까이 리그 경기에 뛰지 못한 상태였다. 끊임없이 자극을 주고 경쟁을 유도하는 퍼거슨 감독 특유의 용병술이었겠지만, 우승을 결정 지을 수 있는 중요한 경기에 날 중용하겠다는 건 어떤 말보다도 강력한 신뢰의 표현이기도 했다.

하지만 결과적으로는 최악의 패착이 되고 말았다. 두 달 가까이 리그 경기에 나서지 못한 몸이 정상일 리 없었다. 실전 감각은 무뎌져 있었고 몸과 머리가 따로 움직였다. 이날 나는 측면 자원으로 선발 출전했고, 중앙은 경험 많은 라이언 긱스가 섰다. 경기가 잘 풀리지 않자 퍼거슨 감독은 나를 중앙으로 돌렸다. 하지만 몸이 무거웠던 나는 제 기량을 발휘하지 못하고 후반 57분에 교체돼 나왔고, 맨체스터 유나이티드는 맨체스터 시티에 패하고 말았다. 결국 그 시즌의 챔피언 트로피는 맨체스터 시티의 것이 됐다. 이제 맨체스터 유나이티드를 떠나야 할 때가 가까워졌다는 걸 직감할 수 있었다.

2011-12 시즌 마무리는 좋지 못했지만 맨체스터 유나이티드에서 보낸 7년의 시간은 정말이지 환상적이었다. 프리미어리그 우승을 네 차례나 경험했고, 유럽 축구 최고의 무대인 챔피언스리그 결승전에도 두 차례나 올라 봤다. 루니, 호날두, 긱스, 에브라, 퍼디난드, 판 데 사르와 같은 최고의 동료들과 함께 뛸 수 있었고 앙리, 제라드, 메시, 드로그바, 피를로처럼 멋진 상대와 겨룰 수도 있었다. 분명 내 생애 가장 찬란했던 순간들이었다. 하지만 이제 내가 맨체스터 유나이티드에서 이룰 수 있는 게 그렇게 많지 않다고 생각했다. 쓰러져도 다시 일어나 쉼 없이 달리고, 넘지 못할 벽이라 해도 못할 거 없다며 맨몸으로 부딪친 7년이었지만, 이젠 모든 미련과 아쉬움을 뒤로하고 새로운 길을 떠나야 할 때였다. 내가 못다 한, 가지 못한 길은 또 다른 누군가 해줄 거라 생각했다. 내가 욕심낸다고, 손에서 놓지 않는다고 가질 수 있는 것이 아니었다. 그렇게 아쉽지만 내 축구 인생의 또 다른 이름 맨체스터 유나이티드와의 마지막을 준비했다.

퍼거슨 감독은 나의 결정을 듣고 만류했지만, 붙잡는다고 돌아올 일이 아니라는 걸 알고 있었다. 그렇게 나는 7년 동안 내 모든 것을 걸고 뛰었던 맨체스터 유나이티드와 작별 인사를 했다.

QPR 이적과 에인트호번 복귀

퀸즈 파크 레인저스(QPR)의 토니 페르난데스 구단주는 멋진 사람이다. 말레이시아 출신인 토니는 비행기 두 대로 시작한 에어아시아 항공사를 국제적인 기업으로 만든 유명한 사업가다. 토니와 처음 만났던 2012년 여름 어느 날이 생각난다. 그는 그날 돈이나 성적에 대해 이야기하지 않았다. 그는 나에게 꿈과 미래에 대해 말했다. 세상이 알아주는 억만장자였던 토니는 자신이 갖고 있는 엄청난 재력으로 프리미어리그의 중견 클럽을 인수할 수도 있었다. 하지만 토니는 2011년 8월, 막 프리미어리그로 승격한 QPR을 인수해 구단주가 됐다. 그는 나에게 이렇게 말했다. 엄청난 돈을 투자해 하루아침에 리그 최고의 팀으로 만들 수도 있다. 하지만 나는 QPR을 그런 벼락부자 같은 팀으로 만들고 싶지 않다. 비행기 두 대로 시작해 지금의 에어아시아를 만든 것처럼 오래오래 커나갈 수 있는 명문 팀으로 만들고 싶다고. 그리고 나에게 자신과 함께 QPR을 만들어보자고 했다. 실로 멋진 제안이었다. 나에겐 또 다른 의미에서 도전할 가치가 충분하다고 생각했다.

맨체스터 유나이티드를 떠나 이적을 준비하고 있을 때 스페인과 독일, 이탈리아의 여러 클럽에서 이적 제의가 왔다. 고민에 빠졌다. 네덜란드리그를 거쳐 잉글랜드 무대에서 뛰었기 때문에 맨체스터 유나이티드를 떠난다면 경험해보지 못한 다른 리그에서 뛰어보고 싶다는 생각이 있었다. 한편으로 나이와 몸 상태를 고려했을 때 이름값보다는 안정적으로 뛸 수 있는 팀이면 좋겠다는 생각도 했다. 그러다 보니 다른 리그로 넘어가는 것은 아무래도 부담이 컸다. 나이가 있는 데다 무릎이 언제 또 말썽을 일으킬지 모르는 상황에서 낯선 환경에 새롭게 적응하면서 도전하는 건 아무래도 무리라고 판단했다. 리그를 옮기는 도전이 쉽지 않다면 프리미어리그에서 이적 팀을 고르는 게 당시로서는 현실적인 선택이었다.

QPR로 가야겠다고 마음을 굳히게 된 결정적인 계기는 당시 QPR을 이끌었던 마크 휴즈 감독이 한국 집에 머물고 있던 나에게 직접 찾아와 런던행을 제안했기 때문이다. 감독이 선수를 찾아와 이야기 나누는 것은 유럽에서도 흔히 있는 일은 아니다. 오직 나를 만나겠다는 목적으로 유럽에서 아시아 대륙까지 10시간 가까이 비행기를 타고 온 감독의 모습을 보고 QPR이 얼마나 나를 필요로 하는지 짐작할 수 있었다. 구단주의 미래 구상과 감독의 강한 신뢰, 프리미어리그 팀으로의 이적을 염두에 두고 있던 상황을 두루 감안하여 나의 다음 팀은 QPR로 급격히 기울었다. 모든 절차를 마무리하고 2012년 7월 9일 영국 런던에서 QPR 입단식을 가졌다.

QPR에 입단하자마자 나는 팀의 주장으로 선임됐다. 그런 결정이 내려진 데는 마크 휴즈 감독의 의지가 컸다. 국가대표팀의 주장으로 활동한 적은 있지만 프로 팀에서 풀 시즌 주장을 맡은 건 이때가 처음이었다. 맨체스터 유나이티드 시절 두 번 정도 주장 완장을 찼지만, 그건 선수 교체 상황이나 한 경기에 국한된 특별한 경우였다. 프리미어리그에서 주장을 맡아 팀을 이끌어보고 싶다는 생각을 해본 적은 없었다. 주장은 원래 내 성격하고 안 맞기도 해서 새로운 팀에 빨리 적응하는 게 먼저라고 생각했다. QPR에 처음 들어왔을 때는 2부 리그에서 승격한 지 두 시즌밖에 안 된 팀이니까 그동안의 내 경험이나 플레이가 팀의 발전에 조금이라도 보탬이 됐으면 좋겠다고 막연히 생각하고 있었다. 그래서 되도록 많은 경기에서 뛰면서 팀 승리에 도움을 주는 선수가 되고 싶었다. 막상 주장 완장을 차고 나니 스스로도 그런 결심에 동기 부여가 되긴 했다.

내가 QPR의 주장을 맡기 전까지는 아시아 출신 선수가 프리미어리그 팀에서 주장을 맡은 적이 한 번도 없었다. 결과가 어떻게 될지는 모르지만 그 문을 한번 여는 것도 나쁘지 않다고 생각했다. 만약 유럽 리그에서 아시아 출신 선수가 주장이 되는 것에 대한 편견이 있다면 깨고 싶었다. 국가대표팀 주장과 프리미어리그 주장은 다를 수밖에 없다. 대표팀에서 주장으로 뛸 때는 언어 장벽이 없어 그리 큰 부담이 없었다. 또 유럽 리그에서 뛴다는 것 때문에 동료들의 신뢰도 높았고 후배들도 고분고분 말을 잘 들었다. 하지만 QPR에서의 상황은 완전히 달랐다. 영어로 의사소통은 되지만 아무래도 그들 입장에서는 어색한 말투를 쓰는 외국인이고 선후배가 아닌 대등한 선수 입장에서 바라보게 된다. 그런 전혀 다른 상황에서 주장을 맡았을 때 어떻게 될까 하는 호기심도 있었다. 결국 시즌 중간에 부상을 당해 경기에 계속 출장하지 못하면서 주장으로서 뚜렷한 인상을 주지는 못했다. 아쉽기는 하지만 유럽 무대에서 뛰는 아시아 선수가 쉽게 하기 힘든 특별한 경험이었다고만 기억하고 싶다.

토니 구단주의 비전과 마크 휴즈 감독의 기대는 컸지만 QPR의 시즌 출발은 최악이었다. QPR은 10경기를 치르고도 단 한 경기도 이기지 못했고, 결국 2012년 11월 23일 시즌을 다 치르지도 못한 상태에서 감독이 성적 부진의 책임을 지고 물러났다. 프리미어리그 초반 12경기에서 4무 8패를 기록한 직후였다.

내가 팀에 들어간 2012-13 시즌, QPR은 많은 선수들을 보강하며 대폭적인 투자를 했다. 브라질 대표팀의 주전 골키퍼였던 줄리우 세자르(Julio Cesar)를 비롯해 에스테반 그라네로(Esteban Granero), 조세 보싱와(Jose Bosingwa), 스테판 음비아(Stephane Mbia), 주니어 호일렛(Junior Hoilett) 등을 영입했다. 시즌 도중인 겨울 이적 시장 때는 후배 윤석영과 로익 레미(Loic Remy), 크리스토퍼 삼바(Christopher Samba) 등 각국의 대표급 선수들을 영입했다. 하지만 선수 구성에 큰 폭으로 변화를 주자 오히려 팀의 조직력이 흔들렸고 감독 교체마저도 별다른 성과를 내지 못했다. QPR의 프리미어리그 시즌 첫 승은 해리 레드냅 감독으로 교체된 후 연말이 눈앞으로 다가왔던 2012년 12월 15일 풀럼과의 홈 경기에서야 나왔다. 하지만 끝내 QPR은 강등권을 벗어나지 못하며 2부 리그로 다시 떨어지고 말았다. 팀이 2부로 강등되었고, 래드냅 감독으로 교체된 이후로 경기 출장도 많지 않다 보니 팀을 옮겨야겠다는 결정을 내리게 됐다.

팀을 떠나기로 마음먹은 뒤 몇몇 클럽과 접촉이 있었는데 이미 내 마음은 에인트호번으로 향하고 있었다. 에인트호번은 유럽 리그에서 처음 프로 생활을 시작한 팀이었고, 시련을 딛고 일어나 프리미어리그로 진출하는 발판을 마련해준 팀이었다. 한창 좋을 때 아쉽게 떠나서인지 그곳에 다시 돌아가서 그때 진 마음의 빚을 갚고 싶었다. 그런데 에인트호번으로 완전 이적을 하기는 어려운 상황이었다. 에인트호번이 높은 이적료를 부담하기 어려웠고, QPR 입장에서도 2년 계약 중 1년이 남은 상황에서 1년 임대를 보내는 건 이적이나 다름없기에 그것도 불가능했다. 그래서 토니 구단주와의 대화를 통해서 QPR과 계약을 1년 연장하고 에인트호번으로 1년 임대를 가는 방법으로 합의했다. 그렇게 되면 1년 뒤 다시 QPR로 돌아가 뛸 수 있으니 토니도 만족할 수 있었다. 세부적인 사항인 임대료와 연봉 문제가 남아 있었는데 그 부분은 내가 원래 QPR에서 받는 연봉에서 에인트호번에서 받을 연봉을 뺀 금액을 다시 QPR로 돌아왔을 때 받는 조건으로 하기로 했다. 그렇게 임대료 없이 에인트호번으로 1년 임대를 갈 수 있게 되었다. 나로서는 1년에 받을 수 있는 연봉을 2년에 걸쳐 나눠 받게 되었지만, 돈보다는 다시 에인트호번으로 돌아갈 수 있게 된 것에 행복감을 느꼈다. 그렇게 프리미어리그에서 8년의 시간을 보내고 다시 에인트호번의 필립스 스타디움에 섰다.

에인트호번에서 젊은 후배들과 함께 한 시즌 동안 최선을 다해 뛰면서 프로 선수 생활을 나름 의미 있게 마무리할 수 있었다. 2014년 5월 3일

에인트호번에서 젊은 후배들과 함께 한 시즌 동안 최선을 다해 뛰면서 프로 선수 생활을 나름 의미 있게 마무리할 수 있었다.

필립스 스타디움에서 마지막 경기를 마치고 나오는 순간 관중석을 올려다보는데 경기장을 가득 메운 에인트호번 홈팬들이 모두 다 일어나서 나에게 박수를 보내주었다. 그러다 어디선가 시작된 울림과 함께 응원가 하나가 경기장을 메우기 시작했다. 위숭빠레였다. 8년 전 바로 이곳에서 처음 들었던 그 노래. "따따따 따 위숭빠레." 이곳에서 나는 과분할 만큼 많은 사랑을 받았다. 돌아와서도 멋진 모습을 자주 보여주진 못했지만, 행복한 기억을 남기며 보내주는 그들이 정말 고마웠다.

또 다른

승리를

위하여

4장

축구인 박지성의 길

어떻게 은퇴할 것인가

몇 번인가 백지수표를 받았다. 필요한 금액을 써내기만 하면 적힌 돈을 다 준다는 수표다. 2002년 월드컵이 끝나고 일본 교토에 있을 때 처음 받았다. 이적의 대가로 건넨 그 백지수표는 K리그의 어떤 팀에서 보낸 거였다. 국내 선수의 해외 진출 규정을 따지자면 당장 국내 리그에 복귀할 수 없는 처지였지만, 몇 년을 기다려서라도 나를 데려가겠다고 했을 만큼 월드컵 4강 신화를 이룬 후의 내 주가는 상상할 수 없을 정도로 수직 상승해 있었다. 하지만 나에겐 당장의 돈이 중요하지 않았다. 그때는 세계에서 가장 실력 있는 선수들이 겨룬다는 유럽 리그에서 뛰고 싶었다.

PSV 에인트호번을 거쳐 프리미어리그 맨체스터 유나이티드로 진출한 이후에는 중동 구단과 중국 쪽에서도 잊을만하면 한 번씩 백지수표를 보내왔다. 그래도 그들의 제안은 나에게 전혀 고려 대상이 되지 못했다. 눈 딱 감고 돈을 벌려고 마음먹었다면 1, 2년만 뛰어도 큰돈을 벌 수 있었겠지만 나는 더 큰 걸 놓치고 싶지 않았다.

축구를 시작한 이래로 프로 선수가 되고 또 더 큰 무대에 도전할 때마다 돈 때문에 이적을 결정하거나, 돈을 벌기 위해 무언가를 하지는 않았다. 결정의 순간마다 내가 가장 중요하게 생각한 판단 기준은 '선수로서 성장할 수 있는 선택인가'였다. 나는 축구가 너무 좋았고 그래서 축구를 더 잘하고 싶었다. 어떤 팀에서 어떤 역할을 맡아 뛰더라도 좋아하는 축구를 더 잘할 수 있는 길을 찾았다. 당장 손해를 보더라도 길게 봐서 선수로서 좋은 경험이 되겠다 싶은 생각이 들면 그 길을 택했다. 일본 프로 팀 중에서도 하위권에 속했던 교토 퍼플 상가를 선택했을 때부터 지켜온 내 나름의 기준이었다. 성장이 더는 힘든 나이가 되어서도 돈 때문에 내가 가장 중요하게 생각했던 이 가치를 저버린다면 선수 시절 내내 품었던 원칙과 지금까지 걸어온 길을 모두 부정하는 것만 같았다. 돈을 얻고 지난 삶을 잃고 싶진 않았다.

하지만 몸이 허락한다면 선수 생활의 마지막을 아시아에서 보내고 싶은 마음은 있었다. 중동 리그로 갈 마음은 전혀 없었기에 아시아에서 선수 생활을 마무리한다면 대상은 한국과 일본, 중국 중 한 곳이었다. 일본을 택한다면 프로 선수 생활을 시작한 교토 상가로 갔을 것이다. 시작에 대한 향수 같은 거였다. 중국 리그에 대해서는 약간의 고민이 있었다. 중국 리그는 아시아는 물론 세계적으로도 주목하지 않을 수 없는 곳이다. 세계 경제에서 중국이 차지하는 비중이 커진 것처럼 세계 축구계에 있어서도 중국 시장의 영향력은 커질 수밖에 없다. 중국 축구를 이해하고 시장을 직접 경험하는 것은 의미 있는 일이라고 생각했고, 축구 경영과 행정 전반의 스포츠 매니지먼트를 공부할 계획을 세워두고 있던 나에게 중국의 축구 시장은 호기심 가는 곳이기도 했다. 중국 쪽에서도 여러 차례 제안이 있었지만 결국은 가지 않는 것으로 결정 내렸다. 중국 축구 시장에 대한 경험은 선수가 아니어도 얼마든지 가능하다고 판단했기 때문이다.

선수로서의 은퇴 무대를 아시아 리그로 삼았다면 당연히 가장 가능성

이 높았던 곳은 K리그였다. 실제로 QPR을 떠나기로 한 이후 K리그 몇몇 팀에서 영입 제안을 보내오기도 했다. 하지만 그때는 이미 에인트호번과의 입단 협상이 상당 부분 진행되어 있던 터라 선회할 수 있는 상황이 아니었다. 에인트호번을 정리하면서도 K리그행에 대한 고민을 했었다. 어릴 적 볼 보이의 눈으로 바라본 K리그는 언젠가 내가 서 있어야 할 로망 같은 무대였고, 꼭 한번 뛰고 싶은 곳이었다. K리그에서 프로 선수로 성장해 국가대표가 되는 게 어릴 적 꿈이었다. 하지만 K리거로 뛰는 꿈은 이루지 못했다. 현역 시절 막판 무릎이 너무 좋지 않았기 때문에 어디서건 더 뛰는 건 불가능한 일이었다.

무릎이 덜 아팠을 때 K리그에 오는 걸 생각해본 적이 있다. 하지만 이마저도 쉬운 일이 아니었다. 한두 번의 통증은 참고 뛸 수 있겠지만, 한국 경기장의 딱딱한 잔디에서 계속 뛰면서 버텨낼 자신이 도저히 없었다. 한국의 경기장 잔디는 유럽의 것에 비해 딱딱하다. 유럽은 흙도 무르고 잔디에다 워낙 물을 많이 뿌리기 때문에 물렁물렁하다. 영국 쪽은 비가 많이 내려 더 물렁거린다. 영국 잔디에 익숙해져 있는 내 무릎은 한국의 딱딱한 잔디에서 뛸 때마다 어김없이 부어오르는 이상 신호를 보냈다. 맨체스터에서 뛸 때도 대표팀 경기를 치르고 무릎이 부어 돌아가면 구단의 의료팀 담당자가 경기장의 잔디 상태에 대해 꼭 물어보곤 했다. 어디가 좋고 나쁘고의 문제가 아니라 단지 땅 무르기의 차이다. 내 무릎이 그 차이를 견디어 내기에는 너무 망가져 있었다.

누군가는 경기에 많이 뛰지 못하더라도 내가 K리그 팀에 소속되어 있는 것만으로도 흥행이나 관객몰이에 도움이 될 수 있으니 K리그행을 추진하는 게 어떠냐고도 했다. 그럴 수는 없었다. 은퇴하기 전까지는 현역 선수고, 선수라면 어떤 팀에 가더라도 경기에 뛰는 것으로 평가받아야 한다. 잘 뛰지 못해도 괜찮은 선수란 없다. 그래서 선수로서 잘할 수 없다면 군이 선수로 갈 필요가 없다고 생각했다. K리그에 보탬이 되고 싶다면 선수가 아닌 다른 역할로 도우면 되는 일이었다. 내가 만약 K리그에 갔다면 아마도 많은 연봉을 받았을 것이다. 물론 연봉을 사회 환원이나 후진 양성, 기부 등의 방식으로 돌릴 순 있었겠지만, 주목받고 대우받는 만큼 경기에서 보여주지 못한다면 그건 선수로서 비판받아야 하는 일이다. 선수 본연의 우선순위는 경기력이다. 전성기 때만큼의 기량을 못 보이더라도 내가 가는 게 정말로 K리그에 보탬이 되는지에 대한 고민도 했다. 내가 가게 되면 화제가 되고 흥행에 도움이 될 순 있겠지만 이것은 본질적으로 단기 처방일 수밖에 없다. 당장은 관심이 쏠리겠지만 반짝일 뿐 오래갈 수 있는 일은 아니었다.

K리그는 과거에도 2002년 월드컵이 끝난 뒤 많은 사랑을 받았었지만, 외부의 자극에 의한 관심이라 결국 잠깐 주목받는 정도에 그치고 말았다. 더디더라도 K리그의 내부 역량을 키워 나가는 게 맞다. 한두 번의 바람이 자극이 될 순 있지만, 그 때문에 K리그 안에서 키워야 할 많은 일들을 놓쳤던 것도 사실이다. 바람의 유혹은 잠깐일 뿐, 그런 도움은 더 이상 바람직하지 않다고 생각한다.

결과적으로 나는 유럽에서 현역 선수 생활을 마무리했다. 유럽에서 선수 경력을 마무리하는 게 훨씬 의미 있는 일이라 생각했다. 일본을 거치기는 했지만, 선수 시절 대부분을 보낸 유럽에서 은퇴까지 경험해 보고 싶었다. 아시아 선수가 유럽에서 은퇴할 수 있다는 것, 그들의 환호와 아쉬움 속에 은퇴하는 모습을 보여주고 싶었다.

결국은 본질로 평가 받는다

"좋은 선수 있으면 소개해 주게나." 유럽에서 선수로 뛰면서 자주 들었던 이야기다. 재능 있는 한국 선수를 소개해 달라는 청탁 아닌 청탁을 이따금 받곤 했다. 한국의 특정 선수 이름을 대면서 내 생각을 묻곤 했다. 현역에서 은퇴한 지금도 듣는 이야기이다.

맨체스터 유나이티드에 입단한 지 얼마 되지 않아서였다. 2006년쯤으로 기억된다. 맨체스터 유나이티드와 포츠머스의 경기가 홈구장인 올드 트래퍼드에서 열렸다. 경기가 끝나고 경기장 한쪽에 있는 선수단 통로로 빠져나가려고 하는데 포츠머스의 당시 감독이었던 해리 레드냅 감독이 날 불러 세웠다. "리, 어떤 선수인가?" 레드냅 감독은 나에게 이천수에 관해 물었다. 천수가 스페인 레알 소시에다드와 누만시아를 거쳐 K리그 울산에서 뛰고 있을 때였다. 원정팀 감독이 경기장에서 상대 선수를 붙잡아놓고 다른 선수에 관해 물어보는 게 당시로선 낯설었지만, 한국 선수에 관심을 보여서 그런지 기분 나쁘지는 않았다.

레드냅 감독에게 천수의 장점을 말해주었다. 상당히 빠르고, 킥이 날카롭고 프리미어리그에서 충분히 통할 선수라고 이야기했다. 이후 포츠머스가 천수의 영입을 추진했다는 언론 보도를 보았는데 무슨 이유인지는 모르겠지만, 이적이 성사되지는 못했다. 이때의 인연 때문인지 레드냅 감독이 포츠머스를 떠나 토트넘의 지휘봉을 잡았을 때 맨체스터 유나이티드에서 뛰고 있던 나에게 이적 제안을 하기도 했다. 그때는 거절했었는데 나중에 QPR에서 다시 만날 줄은 몰랐다. 인연은 참 묘하다.

퍼거슨 감독이 직접 (박)주영이랑 (기)성용이에 관해 묻기도 했다. 주영이에 대해선 내가 맨체스터 유나이티드에 입단하고 얼마 안 돼 물어봤던 것 같다. 주영이가 2005년 네덜란드에서 열린 20세 이하 월드컵(6월 10일~7월 2일)에 출전하고 난 뒤 안팎에서 엄청난 주목을 받고 있을 때였다. 난 퍼거슨 감독에게 "지금 한국에서 가장 핫한 선수다. 공격적인 능력이 탁월한 선수"라고 추천했다. 성용이에 관해 물어봤던 건 2007년 캐나다 20세 이하 월드컵(6월 30일~7월 22일) 직후였다. 그해 7월 20일 맨체스터 유나이티드와 FC 서울의 친선 경기가 서울 월드컵경기장에서 예정돼 있었는데 퍼거슨 감독은 "기성용은 어떤 선수인가? 이번 우리 팀과의 친선 경기에도 뛰나?"라고 물으며 깊은 관심을 보였다. "원래는 미드필더를 보는데 수비수가 부족해 20세 이하 월드컵에서는 중앙 수비수로 뛰었다. 영어도 잘하고 가진 재능이 많은 선수다." 그렇게 퍼거슨 감독에게 성용이의 장점을 열심히 설명했다. 마침 성용이가 친선 경기에서 뛸 수 있어서 퍼거슨 감독이 성용이를 유심히 지켜보기도 했다. 당시 퍼거슨 감독이 최종적으로 성용이를 선택하지 않은 이유는 모른다. 하지만 지금 성용이가 프리미어리그에서 뛰는 모습을 본다면 퍼거슨 감독이 꽤 속 아파할 것 같다.

2013년 2월 6일 한국과 크로아티아의 국가대표팀 경기가 런던의 크레이븐 코티지에서 열렸다. QPR에서 뛸 때였는데 이날 나는 QPR의 케빈 본드 코치와 함께 경기장을 찾았다. 케빈 본드 코치와 경기장을 함께 간 건 우리 선수들의 플레이를 나와 함께 보고 싶다고 한 본드 코치의 제안 때문이었다. 그날 나의 역할은 스카우트 같은 거였다. 당시 한국팀 선발로 손흥민, 이청용, 기성용, 구자철 등이 나섰는데, 본드 코치가 경기를 보면서 한국 선수들의 특징과 이력에 관해 쉴 새 없이 물어보는 통에 경기를 제대로 볼 수가 없었다.

최근 유럽에서 한국 선수를 포함한 아시아 선수들에 대한 관심이 높아지고 있는 것은 사실이다. 많은 아시아 선수들이 유럽 무대에 진출했고 또 좋은 모습을 보여주면서 아시아 축구에 대한 편견이 상당 부분 옅어졌다. 아시아 선수 영입은 사실 마케팅 측면에서 아시아의 축구 시장을 확대하려는 움직임이기도 하다. 유럽 축구 시장은 이미 포화 상태라서 아시아와 북미 시장에 주목하고 있다. 시장을 확대하는 여러 방법 중 하나가 선수 영입이다. 하지만 이러한 마케팅적인 접근은 어디까지나 선수 영입에 있어 부차적인 이유일 뿐이다. 마케팅 목적이 선수 영입의 첫 번째 이유가 될 수는 없다. 선수가 실력 못지않은 마케팅적인 가치를 갖고 있다면 그건 그 선수의 가치를 높이는 일이다. 만약 같은 실력을 갖추고 있는 선수 두 명이 있고 이 중 한 명만 골라야 한다면, 구단은 실력 외의 다른 가치, 예를 들어 팬들에게 더 많이 주목받을 수 있는 마케팅적인 가치가 높은 선수를 택할 것이다. 하지만 이는 어디까지나 평균 이상의 실력이 전제됐을 때의 일이다. 실력도 안 되는 선수를 마케팅적인 가치가 높다는 이유만으로 영입할 수는 없는 일이다. 선수는 경기장에서 자신의 가치를 증명해야 하고 또 계속 좋은 경기를 보여주면서 가치를 높여야 한다. 경기에 뛰어야 좋아하거나 미워하거나 할 텐데 경기에 뛰는 모습을 볼 수 없다면 팀 전력은 물론 구단의 마케팅에도 아무런 도움이 되지 않을 것이다.

또한 우리 선수들이 유럽 무대에 도전할 때는 이름값이나 시장성 같은 고려보다는 자신의 경기력을 키울 수 있는 팀인가에 초점을 맞춰야 한다고 생각한다. 자주 뛸 수 있고 나아가 다음 단계로 차근차근 성장할 수 있는 곳을 먼저 선택해야 한다. 나 역시 유럽 리그의 등용문이라 할 수 있는 네덜란드 리그에서 유럽의 여러 팀과 맞붙으며 좋은 경험을 쌓을 수 있었고, 그 결과 맨체스터 유나이티드와 계약해 오랫동안 프리미어리그에서 활약할 수 있었다. 솔직히 유럽의 빅 리그나 유명 팀에 가더라도 그곳에서 빨리 적응하며 제 실력을 발휘하는 것은 쉽지 않은 일이다. 뛰어난 실력을 갖추고 있더라도 여러 사정으로 출전 기회를 기다려야 할 수도 있고, 말도 잘 통하지 않는 낯선 환경에서 이래저래 스트레스를 받다 보면 자신이 가진 기량을 마음껏 펼치기가 어려운 게 사실이다. 그런 면에서 볼 때 아무래도 작은 리그에 속한 팀에서 뛸 경우에는 수준이 좀 더 낮기 때문에 경기에 편하게 나설 수 있고, 그만큼 적응하기가 더 수월하다. 축구 하면서 받는 스트레스도 있지만, 낯선 곳에서 생활하는 스트레스가 의외로 크기 때문에 스트레스를 조금 덜 받는 환경에서 조금씩 적응하는 게 제 실력을 좀 더 빨리 발휘하게 될 가능성이 높다. 그렇게 한 리그에 적응하고 나면, 좀 더 수준이 높은 다른 리그로 옮기더라도 적응하는 게 어렵지 않다. 나라별로 조금씩 차이는 있지만 유럽은 어차피 비슷한 환경이기 때문에 한번 경험한 만큼 큰 어려움 없이 더 빨리 적응할 수 있기 때문이다. 무엇보다 자신의 실력과 수준, 그리고 리그의 스타일, 감독의 성향 등을 두루 고려해서 자신이 경기에 많이 나설 수 있는 리그와 팀을 골라서 가는 게 유럽 무대에서 성공할 가능성을 높이는 길이 아닐까 생각해본다.

낯선 유럽에서 맺은 인연

유럽 생활은 외로움과의 싸움이기도 했다. 물론 워낙 혼자 있는 걸 좋아하는 성격이라서 외로움을 타거나 향수병에 걸린 적은 없다. 그렇지만 유럽에서 뛴다는 건 혼자만의 시간을 무던히 견뎌 내야 하는 걸 뜻하기도 했다.

맨체스터에 있을 때 나는 의사로부터 특별한 진단 하나를 받았다. 연습하다 다쳐서 문제가 생긴 게 아니었다. 몸의 이상 신호에 대한 뜻밖의 진단이었다. 축구는 운동장에서 뛰고 달리는 야외 스포츠다. 햇볕에 노출되는 시간이 많을 수밖에 없는 운동이다. 그런데 나를 진찰한 의사가 내놓은 진단은 비타민D 부족이었다. 세상에 축구 선수가 비타민D가 부족하다는 진단을 받다니. 비타민D는 햇볕을 쬐면 자연적으로 몸에 쌓인다고 한다. 그런데 나는 매일 오전 야외 훈련장에서 운동을 했는데도 비타민D가 부족한 상태였다. 영국의 우중충한 날씨 탓이라고 우길 수도 있지만 축구하는 동료 중에 비타민D가 부족하다는 이야기는 들어본 적이 없다.

평소에는 거의 집 밖을 돌아다니지 않은 내 성격 탓이 컸다. 경기가 있거나 훈련장에 운동하러 나가는 날 외에는 집 밖에 잘 나오지 않았다. 돌아다니는 걸 좋아하지도 않았고 밖에서 만날 사람이 많지도 않았다. 자연스럽게 하루 대부분을 집 안에서만 보냈다. 축구 선수에게는 말도 되지 않는 비타민D 부족이란 진단을 듣게 된 이유였다. 결국, 부족한 비타민D를 보충하기 위해 매일 5분씩 태닝 기구의 힘을 빌려야 했다. 집 밖으로 돌아다니기 싫어했던 내 성격 때문에 벌어진 해프닝이었다.

사실 유럽에서 생활하는 한국 선수 대부분의 일상은 나와 크게 다르지 않다. 한국이 그립고 사람들이 보고 싶은 외로움과의 싸움에서 태연하기가 어렵다. 그래서 집을 떠나 외국에서 뛰고 있는 선수들은 경기장에서는 공과 싸우고 경기장 밖에선 외로움과 싸우곤 한다.

나 같은 경우에는 집에 있는 걸 좋아하다 보니 쉬는 날에는 주로 한국 예능 프로그램을 봤다. 드라마는 중간에 못 보는 경우도 생기고, 끝까지 봐야 해서 잘 안 봤다. 그래서 다음 회를 놓친다고 해도 전혀 상관없는 예능 프로그램들을 많이 봤고, 남은 시간에는 책을 읽거나 영어 공부를 했다. 그렇게 시간을 보내다 보면 하루가 금세 지나갔다.

훈련이 있는 날의 일과는 더 단순했다. 오전에 훈련 갔다가 거기서 점심 먹고 집에 돌아오면 오후 3시쯤 되는데, 과외 2시간 정도 하고 나면 저녁 준비를 해야 했다. 저녁을 차려 먹고 치우고 조금 쉬다 보면 어느새 잘 시간이 됐다. 시간이 남을 때는 TV를 보거나 책을 읽었고, 밖에는 거의 돌아다니지 않았다. 네덜란드 시절 나를 취재하러 왔던 어떤 기자는 축구 경기나 훈련 말고는 다른 일에 거의 신경 쓰지 않는 내 생활을 보고는 마치 축구 교도소에 사는 것 같다고 기사에 쓰기도 했다. 따지고 보면 그 말이 맞는 것 같다. 만약 내가 집에 있는 걸 못 견디는 성격이었다면 이런 반복되는 생활을 견디기 힘들었을지도 모른다.

그렇지만 확실히 이런 내 성격이 경기력에 영향을 끼친 면도 있는 것 같다. 나는 혼자 있는 걸 좋아하는 성격이라서 낯선 해외에서 오랫동안 생활하면서도 외로움을 많이 타지 않았다. 만약 내가 누군가 옆에 있거나 사람들과 어울리면서 안정을 찾는 성격이었다면 정신적으로 힘들었을 것이고, 그런 불안한 마음이 경기장에서도 드러났을 것이다.

사람마다 성향이 다르기 때문에 이렇다 저렇다 말하기는 어려운 문제이긴 하지만, 낯설고 외로운 해외 생활에 빨리 적응하지 못하거나 이런 문제가 해결이 안 된다면 자기가 가진 실력을 떠나 성공할 수 없을 것이다. 그게 그 선수의 자질 문제는 아니겠지만, 낯선 환경에 잘 적응하는 성격도 중요한 성공의 요건이 아닐까 생각한다.

그렇다고 내가 사람들과 만나는 걸 극도로 싫어하는 성향은 아니다. 그저 마음 나눌 친구가 곁에 한 명이라도 있다면 그것만으로도 안심이 되었다. 에브라와의 인연을 더욱 특별하게 생각하는 것도 이 때문인지 모른다. 내가 지치고 힘들 때마다 곁에서 가까이 챙겨줬던 가족 같은 단 한 명의 친구가 에브라였다. 에브라와의 인연은 참 묘한 구석이 있다. 에브라와 처음 만난 건 일본 교토에서 뛰다 에인트호번으로 건너간 뒤 치른 유럽 챔피언스리그 AS 모나코전에서 상대 팀 선수로 맞설 때였다. 에인트호번에서 주로 오른쪽 공격수로 출전하다 보니 AS 모나코의 왼쪽 수비를 보던 에브라와 경기 도중에 자주 부딪쳤다. 그래서 경기가 끝난 뒤에 자연스럽게 유니폼을 바꿔 입었다. 그때만 하더라도 에브라와 내가 맨체스터 유나이티드라는 팀에서 함께 뛸 거라는 생각은 전혀 하지 못했다. 맨체스터 유나이티드에 먼저 입단한 건 나였다. 나는 2005-06 시즌을 앞둔 여름에 입단했고, 에브라는 시즌 도중인 겨울에 올드 트래퍼드에 왔다.

맨체스터 유나이티드에 입단해 처음 친하게 지낸 건 판 니스텔루이와 판 데 사르로 두 사람 다 네덜란드 친구들이었다. 판 니스텔루이는 에인

트호번에서 뛰다 2001년 맨체스터 유나이티드로 이적해 줄곧 주전 공격수로 뛰고 있었는데 친정 팀인 에인트호번에서 건너온 나를 많이 챙겨주었다. 나와 같은 해 입단한 판 데 사르 골키퍼도 판 니스텔루이와 함께 어울리면서 친구가 됐다. 판 니스텔루이는 내가 나중에 QPR를 떠나 에인트호번으로 돌아갔을 때 에인트호번의 유소년팀에서 코치 생활을 하고 있어 시간이 날 때마다 만났고, 은퇴 이후의 생활에 대해 의견을 듣기도 했다.

에브라와 친하게 지낸 건 판 니스텔루이가 퍼거슨 감독과 싸우고 팀을 떠난 다음부터였다. 같은 나이라 부담이 없었고, 경기나 훈련이 없는 날에 서로 집을 오가며 축구 게임을 하다가 친해졌다. 얼마나 친했던지 맨체스터에서 있을 때는 늘 붙어 다녔던 거 같다. 경기장에 가서도 마찬가지였다. 경기 전 몸을 풀 때도 둘이 패스도 주고받고 몸도 부딪치며 꼭 같이 워밍업을 했다. 내가 이적한 뒤로 에브라가 어떻게 워밍업을 하나 궁금했었는데 QPR 이적 후 처음 올드 트래퍼드를 찾은 날 그 실상을 확인할 수 있었다. 나는 그날 부상 때문에 경기에 나서지 못했다. 경기 전 관중석에서 에브라가 어떻게 몸을 푸는지 궁금해 지켜봤는데 혼자서 대시하는 연습만 열심히 하다가 일찍 라커룸으로 들어가 버리는 거였다. 순간적으로 웃음이 터졌다. 나중에 이 이야기를 하면서 서로 한참 웃었던 기억이 난다. 그렇게 서로 기대고 의지하면서 나중에는 속 이야기까지 털어놓는 사이가 되었다. 이적이나 은퇴 고민을 할 때도 에브라와는 아무런 거리낌 없이 얘기를 나누었다.

에브라의 에이전트였던 이탈리아 출신의 루카는 나의 에이전트까지 맡으며 친구로 지내게 되었다. 루카는 내 결혼식에도 먼 길을 마다하지 않고 찾아와 줄 정도로 에이전트와 선수 관계를 넘어 내 인생에서 손꼽을 만한 친구 사이가 되었다. 신혼여행으로 갔던 이탈리아도 루카가 추천했던 곳으로 잘 다녀올 수 있었다.

유럽에서 선수 생활을 하면서 과분할 정도로 소중한 인연을 많이 맺을 수 있었다. 에인트호번에서 선수이자 감독으로 만난 필립 코쿠 역시 계속 인연을 이어가고 있다. 코쿠는 선수로 에인트호번에서 같이 뛸 때부터 나를 인정해주었고 또 아껴주었다. 그는 내가 에인트호번에서 맨체스터 유나이티드로 떠날 때도 크게 아쉬워하며 빅 클럽에서도 충분히 통할 수 있을 거라며 응원의 메시지를 잊지 않았다. 다시 에인트호번에 돌아온 뒤로도 감독으로서 은퇴 순간까지 배려를 아끼지 않았고, 이전보다 더 가까운 사이가 되어 돈독한 우정을 쌓아가고 있다.

믿을 수 없는 놀라운 제안

맨체스터 유나이티드의 클럽 앰배서더(Club Ambassador)로 선정된 것은 개인적으로도 놀라운 일이었다. QPR로 떠나면서 맨체스터 유나이티드 구단과의 인연이 끝난 줄로만 알았다. 그런데 다른 역할도 아니고, 구단의 전설적인 인물들과 이름을 나란히 올리는 맨체스터 유나이티드의 앰배서더가 됐다. 나 역시 맨체스터 유나이티드를 거쳐 간 수많은 선수 중 한 명일 뿐이라 생각했다. 그렇기 때문에 창단 136년 역사의 맨체스터 유나이티드를 전 세계 팬들에게 알리는 앰배서더가 되어달라는 제안을 받은 것은 쉽게 믿을 수 없는 일이었다.

2014년 10월 5일 맨체스터 유나이티드의 앰배서더 임명식이 있던 날, 올드 트래퍼드에 가득 모인 팬들이 잊지 않고 보내준 열정과 환호는 평생 잊지 못할 또 하나의 추억으로 남았다. 퍼거슨 감독은 감독 은퇴 이후 공식 행사로는 처음으로 올드 트래퍼드 경기장 아래까지 내려와 앰배서더로 임명된 나를 환영해주었다. 맨체스터 유나이티드에 있는 동안 멋진 목소리로 경기장을 뜨겁게 달구었던 장내 아나운서 앨런 키건은 특유의 쩌렁쩌렁한 목소리로 나를 경기장에 모인 팬들에게 소개했다. 내가 맨체스터 유나이티드에서 뛰었던 지난 7년의 모습 그대로 올드 트래퍼드의 관중들은 나를 반겨주었다.

맨체스터 유나이티드는 세계적인 축구 클럽이다. 100년이 넘는 역사는 물론, 최강의 전력으로 꾸준히 좋은 성적을 거둔 면에서도 전 세계에서 첫손에 꼽히는 명문 구단이다. 퍼거슨 감독 은퇴 이후 잠시 흔들리고는 있지만, 맨체스터 유나이티드 같은 전통의 클럽은 다시 상위권에 오를 저력을 갖추고 있다. 아시아 선수로는 처음으로 맨체스터 유나이티드 앰배서더로 임명된 나는 앞으로 전 세계를 돌면서 맨체스터 유나이티드 구단의 역사와 영광의 순간을 사람들에게 전하는 의미 있는 일을 수행할 것이다. 맨체스터 유나이티드에서 선수 생활을 하면서 쌓았던 경험을 전 세계 팬들과 나누고 공유하는 활동이다. 맨체스터 유나이티드의 이름이 아니더라도 축구가 담고 있는 메시지를 전 세계 축구팬들과 나눌 것이다.

맨체스터 유나이티드의 앰배서더 활동은 선수 은퇴 이후 스포츠 매니지먼트 전반에 대한 공부를 계획하고 있는 나에게도 많은 도움이 될 것 같다. 직접 출퇴근하면서 맨체스터 유나이티드 구단에서 일하는 것은 아니지만 가까운 거리에서 구단의 다양한 활동을 보고 배울 수 있는 소중한 기회이기 때문이다. 앰배서더 활동을 통해 그동안 내가 보지 못하고 느끼지 못했던 또 다른 세상과 만나게 되길 바란다. 그리고 그런 만남이 새로운 삶을 설계하는 나에게 또 하나의 길을 열어주었으면 한다.

지금 나는 런던에서 선수 은퇴 이후의 삶을 준비 중이다. 내가 공부할 스포츠 매니지먼트 분야는 스포츠 경영, 정치, 행정, 국제 업무, 미디어 등을 망라한 개념이다. 그 안으로 들어가 세분화한 영역을 공부할 수 있겠지만, 공부의 시작은 스포츠 매니지먼트 전반으로 할 생각이다. 차근차근 배우면서 관심이 가거나 깊숙이 파고들고 싶은 분야가 생기면 방향을 정

해 전문적으로 공부할 계획을 세워두고 있다.

　에인트호번을 시작으로 맨체스터 유나이티드와 QPR 시절까지 합치면 유럽에서만 12시즌을 뛰었다. 일본 교토 시절을 포함하면 프로 선수로 15시즌을 보냈다. 월드컵 본선은 3번이나 경험했다. 일본과 네덜란드, 잉글랜드 리그를 거쳤기에 선수로서의 현장 경험은 부족하지 않다고 생각한다. 하지만 경기 외적으로 구단이 어떻게 움직이고 또 리그가 어떻게 돌아가는지에 대해서는 모르는 게 많다. 이 모든 것들을 포괄하는 축구 시장과 축구 산업이 어떠한 동력으로 돌아가고 운영되고 있는지 정확한

2014년 10월 5일 맨체스터 유나이티드의 앰배서더 임명식이 있던 날, 올드 트래퍼드에 가득 모인 팬들이 잊지 않고 보내준 열정과 환호는 평생 잊지 못할 또 하나의 추억이 되었다.

메커니즘을 알지 못한다. 예를 들어 유럽은 축구를 좋아하는 오랜 문화가 있는데 관중이 많던 시절부터 축구 리그를 프로화시켜 일정한 관중 숫자를 지금까지 유지하면서 세계적인 산업으로 만들어냈다. 우리나라도 과거 이회택, 차범근 선배들이 현역 선수일 때는 축구가 엄청난 인기를 끌었는데 세월이 흐르고 점차 여가 문화가 다양해지면서 예전 같은 인기는 사그라졌다. 경쟁력을 잃은 K리그의 열기를 복원시키기 위해서는 축구만의 확실한 매력으로 차별화할 필요가 있다. 경기장에 찾아와 축구를 관전하는 경험이 영화 관람이나 다른 스포츠 관람과는 다른 장점이 있다는 걸 많은 사람들에게 알려야 한다. 그렇다면 먼저 사람들에게 알려야 할 축구의 '매력'이 과연 무엇이며, '어떻게 사람들을 경기장에 오게끔 만들 것인가?'에 대한 문제를 해결해야 한다. 선수 시절에 현장에서 경험한 감은 있지만, 이론적으로 이 문제를 어떻게 풀어서 현실에 대입할 것인지에 대해서는 공부가 필요하다. 현실에 대해 모르면서 이렇다 저렇다 말하기는 쉽다. 하지만 중요한 건 이론과 실제를 어떻게 조화롭게 결합시킬 것이냐의 문제다.

나는 이러한 갈증을 풀기 위해 영국 런던을 택했다. 스포츠 매니지먼트, 그중에서도 축구와 관련한 교육 기관이 많은 영국에서 스포츠의 생리와 운용, 산업적 가치와 시장 원리 등을 전반적으로 공부할 계획이다. 현장에 대해 잘 아는 선수가 굳이 이론을 공부할 필요가 있느냐는 의견도 있지만, 가급적이면 전문적인 이론도 배우면서 보다 풍부한 경험을 쌓아가고 싶은 게 지금 내 생각이다.

공부할 기간은 정해 놓지 않았다. 공부하면서 부족하고 더 파고들 게 있다고 판단하면 생각보다 공부하는 기간이 길어질 수도 있다. 학위에 연연하지는 않지만 필요하다면 박사까지도 도전할 수 있다. 하지만 공부를 하다가 이 정도면 충분하다고 생각하면 학위에 미련 두지 않고 공부를 접을 것이다. 그리고 선수 시절의 경험과 학교에서 배운 이론을 실제로 활동하며 펼칠 수 있는 '소속'을 구할 수도 있다. 행정과 경영의 실무를 배우며 생산적인 일을 할 수 있는 기회가 있다면 참여하고 싶다. 그리고 그런 기회를 만들기 위해 계속 노력하고 있다.

맨체스터 유나이티드의 앰배서더 활동은 이론 공부를 하면서 실무를 경험하고 접목할 수 있는 좋은 기회가 될 것이다. 구체적인 계획을 상의하지는 않았지만, 유소년 체계라든지 축구 시스템적으로 상당한 노하우를 가지고 있는 에인트호번에서 많은 것을 배울 수도 있다.

이처럼 맨체스터 유나이티드와 에인트호번은 내가 두 번째 축구 인생을 준비하는 과정에서도 여전히 소중한 현재 진행형의 인연으로 이어지고 있다.

감독은 안 될 거야

여러 차례 밝힌 것처럼 나는 앞으로도 축구 감독이 되는 길을 걸을 생각이 없다. 아니 되지 않을 것이다. 나랑은 도무지 맞지 않는 일이기 때문이다. 감독은 애당초 내가 감당할 수 있는 자리가 아니다. 감독은 온종일 선수와 팀을 생각하느라 늘 매여 있어야 하는, 자기만의 시간을 갖기가 매우 어려운 직업이다. 선수는 열심히 훈련하고 경기에 나가서 실력을 최대한 발휘하면 되지만, 감독은 훈련과 경기 말고도 하루 종일 축구 생각만 해야 한다. 선수들의 훈련 스케줄을 짜고, 상대 팀의 전력을 분석하고, 선수들의 다양한 상황과 고민을 일일이 점검하며 때로는 해결도 해줘야 하고, 구단 수뇌부나 프런트, 기자들과도 상대해야 한다. 가장 중요한 경기의 승부와 팀 성적에 대한 부담까지 떠맡으며 극한의 스트레스를 받을 수밖에 없는 게 바로 감독이란 자리다. 아무리 생각해도 복잡한 걸 싫어하는 내 성격과는 맞지 않는 것 같다.

축구 전술이나 전략에 대해서는 관심이 많다. 선수로 뛰면서 자연스럽게 가진 관심이었다. 하지만 감독이란 자리는 전술이나 전략만 고민하는 자리가 아니다. 전술과 전략도 중요하지만 실제로는 이를 실행할 선수들을 다루는 게 더 중요하다. 선수들에게 어떻게 동기를 부여해서 선수들이 가진 능력을 경기장 안에서 100퍼센트 보여줄 수 있게 만드느냐의 문제다. 경기에 잘 뛴 선수는 선수대로, 못 뛴 선수는 선수대로 자만에 빠지거나 좌절하지 않도록 끊임없이 밀고 당기며 자극을 줘야 한다. 그렇지만 이런 일은 내가 도저히 할 수 있는 일이 아니다. 능력 밖의 일이기도 하지만 성격적으로도 부딪쳐 헤쳐나갈 일이 아닌 것 같다.

내가 만약 지도자가 된다면 감독보다는 코치 역할이 더 맞을 것 같다. 작전판에 그림 그리면서 전술이나 전략을 짜는 코치가 내가 할 수 있는 지도자로서의 최대치가 아닐까 싶다. 운동선수가 은퇴하면 지도자의 길을 걷는 경우가 많지만, 나는 지도자의 길 말고도 다른 길이 있다는 걸 보여주고 싶은 마음도 있다. 한국 축구 사상 가장 빛나는 영광의 순간을 함께 했던 2002년 월드컵의 주역들은 여전히 많은 관심을 받으며 각자의 분야에서 열심히 활동하고 있다. 지도자 역할을 훌륭히 잘하는 분도 많지만, 나는 지도자가 아닌 분야에서의 역할도 필요하다고 생각한다. 다음 세대를 위해서라도 현재 지도자로서 잘하고 있는 모습을 다른 분야에서도 이어갈 필요가 있다.

내가 하고 싶다고 해서 시켜주는 건 아니지만, 기회가 주어진다면 FIFA(국제축구연맹)나 AFC(아시아축구연맹) 쪽에서도 일하고 싶다. 영국에서 스포츠 매니지먼트를 공부한 다음에 적당한 시점에 조직 안에서 축구 행정 업무를 맡아서 경험을 쌓으며 일하면 좋겠다. 축구 행정의 집합체라 할 수 있는 FIFA나 AFC에서 선수로서의 현장 경험과 앞으로 공부할 스포츠 매니지먼트 이론을 접목해 실무를 경험하는 건 축구 산업의 구체적인 시스템을 이해하는 데 커다란 도움이 될 것이다. 한국 사람이 이런 큰 기관의 주요 직책에 있느냐 없느냐에 따라 우리 축구의 외교적인 힘에도 분명한 차이가 있다는 걸 많은 사람들에게 들었고, 충분히 그럴 수 있다고 생각했다. 그런 부분을 맡아줄 사람이 우리 축구계를 위해서도 필요하다고 느꼈기 때문에 큰 틀에서 내가 할 수 있는 일 중 하나로 생각하고 있다. 유럽축구연맹(UEFA) 회장인 프랑스 출신의 미셸 플라티니(Michel Platini)는 1983년~1985년 3회 연속 유럽 올해의 선수상을 받은 프랑스의 전설적인 선수 출신이다. 플라티니는 선수로서의 현장 경험과 은퇴 이후 쌓은 체계적 이론을 바탕으로 FIFA 산하 기구 중 최대 조직인 유럽축구연맹을 오랫동안 잘 이끌어왔다. 이제 아시아에서도 플라티니처럼 선수로서의 경험과 이론적 체계를 갖춘 행정가가 필요하고 또 나올 때도 됐다. 그렇기에 나도 그런 역할을 하고 싶은 마음에 FIFA와 AFC 어디건 직책을 떠나 기회가 된다면 도전해보고 싶다.

대한축구협회(KFA)에서 일하는 것도 물론 생각하고 있다. 한국 축구는 늘 나의 가장 중요한 관심사이다. 한국 축구의 미래를 만들어가는 데 조금이나마 보탬이 될 수 있는 일이 있다면 감사히 받아들일 것이다.

한국 축구가 한 걸음 더 성장하기 위해서는 어떤 일이 필요할까 떠올려본 적이 있다. 결국 지금 우리 축구계가 처한 현실과 수준을 제대로 인식하고 그 안에서 우리가 할 수 있는 최고의 목표치가 어느 정도인지 고민할 필요가 있다고 생각했다. 지금 우리 축구의 수준이 과거에 비해 많이 높아졌지만 여전히 월드컵 16강에 진출하고 8강을 노리는 강팀은 아니라는 게 현실이다. 그렇게 본다면, 언젠가 그 목표를 이룰 수 있도록 확실한 기준에 근거한 장기적인 계획을 세우고 차근차근 실행하는 우리만의 체계를 만들어가려는 노력이 필요한 것은 아닐까.

사실 한국 축구의 현실을 인지하고 있는 사람이 적은 것도 문제라고 생각한다. 월드컵이나 국가대표 대항전에는 관심을 갖지만, K리그에 대한 관심이 적은 것만 봐도 알 수 있다. 결국 축구를 좋아하는 사람이 지금보다 더 많아져야 우리나라 축구의 현실에 대해 잘 알게 될 거라 본다면, 축구에 대한 관심을 불러일으키기 위한 다양한 노력이 필요할 것이다.

어떻게 보면 예전보다 축구를 즐기는 사람이 많아진 것처럼 보인다. 해외 축구를 쉽게 볼 수 있는 환경이 되었고, 직접 축구를 하거나 게임 같은 다양한 경로로 즐기는 사람이 많아지다 보니 정작 K리그에 대한 관심이 줄어든 면도 있다. K리그에서 뛰어보지 않았기 때문에 정확히 어떤 문제 때문에 사람들이 해외 리그나 프로야구만큼 관심을 갖지 않는지 자세히는 알지 못한다. 만약 나에게 전지전능한 능력이 주어진다면 K리그 활성화를 위해 전 경기를 TV로 중계하고 싶은 소망도 있다. 사람들이 채널을 돌리다 한 번쯤 축구 중계를 보고 관심을 갖게 되어 경기장에 직접 찾게 만드는 계기를 만들어주고 싶다. 구체적으로 어디에서부터 시작해야 할지 우선 축구 시장의 현실부터 공부하면서 K리그가 다시 인기를 얻는 데 도움이 될 수 있는 일을 찾기 위해 노력하고 싶다.

결국 어디에서 무슨 일을 하든 한국 축구의 성장과 더 나은 미래를 위해 뛰는 일이 나의 길이 될 거라 생각한다. 그 길이 뚜렷해지고 내게 어떤 일이 주어진다면 나의 소임을 다하기 위해 힘껏 노력할 것이다.

그때로 다시 돌아간다면

초등학교 시절, 부모님께 나중에 커서 축구 선수가 되지 못하면 치킨 가게를 하겠다고 말한 적이 있다. 실력이 부족해 프로 선수가 되지 못하거나, 부상 때문에 선수 생활을 중간에 포기하게 된다면 어떻게 살아야 할까 고민하다 떠오른 생각이었다. 직장에 출근하면 축구 할 시간이 주말밖에 없지만, 치킨 가게를 하면 오전에는 축구를 하고, 오후부터 밤까지는 일하면서 돈을 벌 수 있을 것 같았다. 어린 마음에 품었던 철부지 같은 꿈이었지만 어린 시절의 나는 그만큼 축구에 빠져 있었다. 공을 찰 때면 세상 그 무엇도 부럽지 않을 정도로 행복했다.

경기도 수원에서 2010년부터 시작한 제이에스 축구센터에는 처음엔 선수반이 없었다. 애초에 축구 선수를 키우는 걸 목표로 하지 않고 시작했기 때문에 취미반만 운영하고 싶었다. 아이들이 축구를 통해 친구와 사귀고 축구 자체의 재미를 알게 해주는 게 우리 축구센터의 목표였다. 어렸을 때부터 아이들이 공을 차면서 마냥 웃고 행복한 시간을 보내다 보면 축구가 좋은 운동이란 걸 나이 들어서도 잊지 않을 거라 생각했다. 우리가 할 수 있는, 우리가 해야 할 최소한의 일이었다. 취미반 아이들의 기량이 오르길 바라는 주변의 요구들이 많아지면서 결국 선수반을 만들기는 했지만, 여전히 축구센터 축구팀의 첫 번째 목표는 축구를 즐기는 일이다.

어쩌면 아이들은 그저 공을 차는 게 좋아서 축구를 시작했는데 우리 어른들이 축구의 재미를 빼앗아가고 있는 건지도 모른다. 초등학생 나이의 아이들에게 경쟁을 말하고 누군가 밟고 오르는 걸 이야기하는 건 내 경험상 도움이 되지 않는 것 같다. 나는 아이들이 축구를 통해 경쟁을 배우기보다는 동료들과 함께 즐기는 놀이라는 걸 몸으로 기억해주길 바란다. 경쟁에 싸워서 이기는 것은 더 큰 다음에 배워도 충분하다고 생각한다. 아이들은 그저 공을 차는 재미를 온몸으로 느끼면서 자신이 가진 재능을 발견하고 끄집어낼 수 있어야 한다. 학생 시절 나와 함께 공을 찼던 수없이 많은 재능 있는 아이들이 중간에 축구를 그만두거나 축구로부터 도망친 것은 어쩌면 어려서부터 축구를 그 자체로 즐기지 못하고 다른 사람들과 경쟁하는 데 싫증을 느꼈기 때문이 아닐까. 자기 스스로 원해서 하는 축구의 재미와 누군가 시켜서 할 수 없이 하는 축구에서 느끼는 재미는 다를 수밖에 없다. 아이가 축구를 잘하고 싶다는 생각을 갖고 스스로 노력하지 않는다면 얼마 안 가 흥미를 잃을 수밖에 없을 것이다. 재미없는 축구를 억지로 하면서 더 좋은 선수가 되길 바라는 것보다 축구의 재미를 스스로 깨닫고 노력하게 만드는 교육이 필요하지 않을까 생각한다.

내가 처음 축구를 배울 때를 생각해보면 "그건 하지 마. 그건 하면 안 되는 거야."만 배웠지 왜 하면 안 되는지는 듣지 못했고 묻지 못했다. "수비한테 공을 뺏기면 안 돼."라는 지시는 들었는데 어떨 때 공을 뺏기고 어떨 때 공을 지킬 수 있는지 스스로 이유를 찾는 훈련을 하지 못했다. 그냥 하면 안 되는 거였다. 그 실수가 반복되지 않도록 외우면 됐다. 그러니 그 상황과 조금이라도 달라지면 다시 어쩔 줄 모르고 허둥대다가 혼나는 일을 반복했다. 왜 그런지를 모르니 배운 것을 응용하거나 새로운 생각 따위를 할 엄두를 내지 못했다. "네가 스스로 한번 생각해보고 다시 해봐. 왜 안 되는 건지?"라고 물어보지 않은 탓이 크다.

왜 안 되는지 선수 스스로 생각할 수 있어야 한다. 그래야 이렇게 하면 안 되겠구나 스스로 깨닫고 다른 방법이 없을까 적극적으로 찾을 수 있다. 하지만 우리는 이걸 왜 하면 안 되는지, 왜 해도 되는지 그 이유도 모른 채 로봇처럼 입력한 대로만 움직였다. 그런 훈련 외에는 생각하지 못했고 다른 건 틀리다고 배웠다. 프로 선수 정도가 되면 다들 공을 다루는 수준이 높아 상대방이 전혀 예상하지 못한 플레이를 펼쳐야 상대와 싸워 이길 수 있다. 하지만 어릴 적부터 특정한 장면에서 일정한 플레이만을 반복하도록 훈련돼 있으면 그 반응이 아무리 즉각적이고 능숙하다 하더라도 일정 수준 이상의 레벨에 가면 그 선수는 도태될 수밖에 없다. 플레이가 빤하기 때문이다. 그제야 창의적인 플레이를 하라고 주문하지만 굳어진 몸과 머리로 갑자기 생각하는 축구를 할 수는 없는 일이다. 아쉽지만 우리들의 지난 자화상이었다.

제이에스 축구센터의 선생님들에게 부탁한 건 딱 하나였다. "안 된다고 하지 마라. 이렇다 저렇다 단정 짓지 말자."였다. 축구 경기에는 하나의 답만 있는 게 아니다. 경기의 흐름과 상대에 따라 수없이 많은 답이 있을 수 있는 게 축구다. 선수들의 플레이도 다르지 않다. 축구센터 선생님들에게 아이들을 가르칠 때 단정하지 말고 여러 가지 답을 스스로 찾을 수 있도록 도와주는 안내자가 되었으면 했던 것도 이 때문이었다. 유럽 축구팀에서 어린아이들을 가르치는 것을 보면서 가장 눈여겨본 것 역시 지도자의 교육 방법이었다. 아이들이 축구를 계속 좋아할 수 있도록 도와주고 챙겨주며 꾸준하게 동기를 부여해 주는 지도자의 역할이 무엇보다 중요하다. 내가 어렸을 때 좋은 것만 배운 것은 아닌 것 같다. 굳이 배우지 말아야 할 것도 배운 게 있었다. 우리 아이들에게는 똑같은 일이 반복되지 않았으면 좋겠다.

축구 선수를 꿈꾸는 아이들의 미래를 곁에서 지켜주어야 할 부모님이 도리어 망치는 경우도 있다. 과도한 기대와 개입 때문이다. 축구는 아이의 꿈이 되어야 하는데 누군가에겐 부모님의 야망이 되곤 한다. 결국 중요한 건 부모가 원해서 축구를 하는 것인지 아이가 원해서 축구를 하는 것인지의 문제다. 부모가 원해서 축구를 한다면 어느 정도까지는 올라갈 수 있겠지만, 그 이상은 오를 수 없다. 프로 선수가 될 수 있느냐 없느냐, 대표 선수가 될 수 있느냐 없느냐의 마지막 문턱은 온전히 선수 자신의 열망과 노력의 힘으로 넘을 수 있다. 누가 시킨다고 해서 되는 일이 아니다. 넘으려고 하는 자기 의지가 있어야 가능한 일이다. 부모의 과도한 기대와 개입이 더 문제인 것은 아이가 프로가 되고 대표팀에 오를 수 있는 재능을 갖고 있는데도 지나친 간섭과 과욕으로 잘못된 길로 엇나가게 할 수도 있기 때문이다. 주위에서 너무 몰아치면 좋아하는 축구도, 축구를 즐기던 열정도 도리어 사라져 버리는 역효과가 벌어질 가능성도 있다.

나는 우리 아이들이 즐겁고 신나게 공을 찼으면 좋겠다. 축구가 우리 아이들을 행복하게 해 주었으면 좋겠다. 거기에 내가 생각하는 축구의 모든 것이 담겨 있기 때문이다.

이 글을 쓰면서 다시 한 번 제가 은퇴했다는 것을 실감합니다.

저는 참 행복한 축구 선수였습니다.

제가 꿨던 꿈보다 더 큰 꿈들이 현실이 됐고, 너무나 큰 사랑을 여러분께 받았기 때문입니다. 선수 생활을 하는 동안 저에게 보내주신 많은 관심이 감당하기 힘든 부담으로 다가온 적도 있었습니다. 하지만 결국엔 그런 애정이 담긴 채찍질이 저를 안주하기보다는 도전하도록, 만족하기보다는 더 큰 꿈을 꾸도록 이끄는 원동력이었던 것 같습니다. 많은 분들의 바람과 응원이 모여 '박지성'이라는 사람을 만들었고, 꾸준히 앞으로 나아가게 한 것이라는 생각이 듭니다.

제가 지금까지 받았던 큰 사랑에 보답하는 길은 오직 축구를 열심히 하는 것이라고 생각했습니다. 냉정한 승부의 세계에서 한계를 극복하기 위해 죽을힘을 다해 달리며, 부딪히고 깨질지언정 최선을 다하는 저의 모습을 보고 많은 분들이 위로받으며 응원을 보내주셨으리라 생각합니다.

이제 더 이상 제가 그렇게 할 수 없다는 사실이 무척 아쉽게 느껴집니다.

앞으로 제가 할 수 있는 일은 축구 선수 박지성에게 보내주셨던 기대와 사랑이 무색하지 않도록 여러분 앞에 부끄럽지 않은 축구인 박지성이 되는 것이라 생각합니다. 제가 이뤄질 거라 생각지도 못했던 커다란 꿈이 많은 분들의 성원으로 현실이 되었듯이 또다시 새로운 꿈을 꾸고 그 꿈을 이루기 위해 열심히 노력하며 살아가겠습니다.

같은 곳을 바라보며 함께 인생을 살아갈 제 아내와 제가 축구에 집중할 수 있도록 당신들의 삶마저 희생하신 부모님, 저를 위해 애써주신 주위의 많은 분들께 감사드립니다. 혼자만의 힘이 아닌 수많은 좋은 분들과의 인연이 지금의 박지성을 있게 했듯 저 역시도 다른 누군가에게 도움이 되는 좋은 축구인이 되겠습니다.

그동안 축구 선수 박지성을 성원해주신 분들께 진심으로 감사드립니다.

2부

박지성의

모든 것

박지성의

모든 것

2000
2014

프로 리그

데뷔부터

은퇴까지

2000~2002 교토 퍼플 상가 85경기 12골

2002~2005 PSV 에인트호번 92경기 17골

2005~2012 맨체스터 유나이티드 205경기 27골

2012~2013 퀸즈 파크 레인저스 25경기

2013~2014 PSV 에인트호번 27경기 2골

통산 434경기 58골

2000

교토 퍼플 상가

16경기 1골

리그 13경기 1골

일왕배 1경기

나비스코컵 2경기

2000 교토 퍼플 상가
BEST11 formation
4-4-2

② 노구치 히로시

㉑ 히라이 나오토

④ 오오타케 나오토
(사토 진)

⑧ 모치즈키 시게요시
(아츠다 마코토)

⑫ 박지성

⑤ 에딩요 바이아노
(테시마 카즈키)

③ 나카무라 타다시
(사토 카즈키)

⑭ 엔도 야스히로

⑩ 헤지스

⑪ 미우라 가즈요시

㉟ 히라노 타카시
(마쓰이 다이스케)

박지성의 데뷔 시즌은 화려했다. 고작 반 시즌을 뛰었을 뿐이지만 1년 5000만 엔이라는 파격적인 금액이 아깝지 않은 선수라는 점을 증명하기에 충분했다. 박지성이 합류하자 팀 성적이 확연히 달라진 점이 이를 증명한다. '박지성 효과'가 있었다는 걸 기록이 보여주는 셈이다. 물론 팀이 강등한 건 아쉬움으로 남는다.

2000년 5월 15일 19세의 박지성은 서울 명지대 본관에서 일본 J리그 교토 퍼플 상가 입단식을 가졌다. 박지성의 J리그 데뷔는 나름 파격적인 사건이었다. 요즘에야 프로에 데뷔하지 않은 고교 선수나 대학 선수가 일본 J리그에 진출하는 게 흔한 일이 됐지만, 당시에는 홍명보, 황선홍(이하 가시와 레이솔), 김현석(베르디 가와사키), 유상철(요코하마 마리노스) 등 대표 선수로 검증된 이들만이 J리그에 진출했기 때문이다.

박지성의 연봉은 5000만 엔으로 10대 대학 선수로서는 꽤 파격적인 금액이었다. 당시 교토는 브라질 선수를 3명이나 활용했지만, 팀 순위가 최하위로 떨어지자 새로운 외국인 선수를 수혈해야 했다. 교토 측은 무명의 대학 선수인 박지성의 잠재력을 높게 평가했다. 당시 교토의 강화부장이었던 기무라 분지는 박지성을 영입한 배경에 대해 "연습 경기에서 명지대의 어떤 선수가 부상을 입었는데도 좋은 활약을 펼치는 게 아닌가. 박지성은 20분 정도밖에 뛰지 않았으나 센스와 체력, 그리고 가능성이 보여 영입을 결정했다. 아우라가 느껴졌다."라고 밝혔다.

"꿈만 같았다. 드디어 내가 프로 선수가 되는 것이다."라고 소감을 밝힌 박지성은 팀의 후반기 리그 15경기 중 13경기에 출전했다. 프로에 데뷔하자마자 주전 자리를 꿰찬 것이다. 박지성은 2000년 6월 24일 이치하라 제프 유나이티드전에서 데뷔했다. 등번호 12번을 달고 경기장을 누빈 박지성은 90분 풀타임을 소화하며 특유의 활동량과 성실함으로 일본 팬들의 머리에 확실히 각인됐다. 그는 데뷔전 후 "첫 경기를 뛰어보니 자신감이 생겼다."며 "거친 한국 축구와는 달리 좀 편안한 느낌이 든다."고 말하기도 했다.

시간이 갈수록 박지성의 입지는 강화됐다. 그해 7월로 예정된 한국과 중국의 올림픽 대표 정기전에 합류하기로 했지만, 교토 측에서 "핵심 선수를 보내줄 수 없다."며 입장을 번복했을 정도다. 당시 소속팀의 반대로 올림픽 대표팀 합류가 불발된 선수는 박지성과 홍명보뿐이었다.

당시 교토에는 2015 시즌에도 48세의 나이에 소속팀과 재계약을 발표한 '일본 축구의 전설' 미우라 가즈요시가 있었다. 19세의 박지성은 일본 대표 선수인 미우라를 보며 '이런 선수를 보고 배운다면 나도 좋은 선수가 될 수 있겠지.'라는 마음을 품으며 컸다. 대표팀에서는 홍명보, 황선홍 같은 선배들을 보며 배웠고 클럽에서는 미우라를 보며 프로선수로서의 자세를 익혀나갔다.

박지성의 첫 골은 프로 데뷔 후 약 5개월 차에 접어들던 11월 11일 가시마 앤틀러스전에서 터졌다. 홈에서 0-2로 뒤지던 후반 4분 만회 골을 넣으며 프로 통산 첫 골을 기록했다.

전반기에 최악이었던 교토의 성적은 박지성의 합류로 급속히 좋아졌다. 전반기 교토는 15경기에서 단 2승에 그치며 리그 최다실점 팀(36실점)의 불명예를 안았다. 박지성이 합류하자 전기 리그 16위였던 성적은 12위로 껑충 뛰었다. 후기리그 15경기 중 13경기에 출전한 박지성보다 많은 경기를 출전한 선수는 교토에서 단 6명뿐이었다. 이처럼 박지성은 이적하자마자 완벽하게 주전으로 활약하며 팀의 선전을 이끌었다.

하지만 교토는 전기 리그 부진의 여파를 이기지 못하고 결국 최종 순위 15위로 14위 이치하라 제프 유나이티드에 승점 3점 뒤진 채 강등당하고 말았다. 교토로선 J리그 참가(1996년) 후 7년 만에 처음으로 겪은 충격적인 사건이었다. 박지성은 팀이 강등하면 이적할 수 있다는 계약서에 사인한 상황이었다. 박지성은 이적이냐 잔류냐를 두고 깊은 시름에 빠지며 프로 데뷔 시즌을 마쳤다.

2000년 5월 15일 19세의 박지성은 서울 명지대 본관에서 일본 J리그 교토 퍼플 상가 입단식을 가졌다.

2000 교토 퍼플 상가

J리그

박지성 후기리그

*당시 J리그는 연장 골든골 제도 있어서 연장 승리시 승점 2

	선발	교체	골	승	연장승	무	패	승점
홈	6	0	1	3	0	0	3	9
원정	6	1	0	1	1	2	3	7
합계	12	1	1	4	1	2	6	16

전기리그

순위	팀	경기	승/연장승	무	패/연장패	득점	실점	승점
1	요코하마 F. 마리노스	15	10/0	0	4/1	32	21	30
2	세레소 오사카	15	9/1	0	4/1	34	25	29
3	시미즈 에스펄스	15	8/2	0	4/1	21	17	28
4	가시와 레이솔	15	6/4	0	4/1	25	22	26
5	주빌로 이와타	15	7/2	0	3/3	32	25	25
6	FC 도쿄	15	7/1	0	6/1	24	22	23
7	비셀 고베	15	7/0	1	6/1	21	17	22
8	가시마 앤틀러스	15	6/2	0	7/0	20	17	22
9	베르디 가와사키	15	5/2	1	4/3	26	23	20
10	산프레체 히로시마	15	4/3	1	6/1	17	15	19
11	JEF 유나이티드 이시하라	15	6/0	1	6/2	22	22	19
12	나고야 그램퍼스 에이트	15	4/3	1	5/2	17	18	19
13	감바 오사카	15	5/0	2	6/2	20	23	17
14	아비스파 후쿠오카	15	3/3	0	8/1	19	28	15
15	가와사키 프론탈레	15	2/1	2	10/0	14	29	10
16	교토 퍼플 상가	15	2/0	1	8/4	16	36	7

전기리그 16위

후기리그

순위	팀	경기	승/연장승	무	패/연장패	득점	실점	승점
1	가시마 앤틀러스	15	9/1	4	0/1	28	10	33
2	가시와 레이솔	15	9/2	1	3/0	23	10	32
3	주빌로 이와타	15	10/0	0	4/1	35	17	30
4	감바 오사카	15	8/2	0	4/1	27	20	28
5	요코하마 F. 마리노스	15	7/1	1	5/1	24	24	24
6	아비스파 후쿠오카	15	6/1	2	2/4	22	20	22
7	나고야 그램퍼스 에이트	15	7/0	1	5/2	25	27	22
8	FC 도쿄	15	6/1	1	6/1	23	19	20
9	세레소 오사카	15	5/2	0	7/1	20	24	19
10	베르디 가와사키	15	5/0	3	6/1	20	21	18
11	산프레체 히로시마	15	5/1	1	5/3	23	25	18
12	교토 퍼플 상가	15	5/1	1	7/1	23	30	18
13	시미즈 에스펄스	15	2/3	2	8/0	13	19	14
14	비셀 고베	15	3/1	0	10/1	19	32	11
15	가와사키 프론탈레	15	1/3	2	9/0	12	27	11
16	JEF 유나이티드 이시하라	15	2/1	1	8/3	15	27	9

후기리그 12위

결승전 산토리 챔피언십

2000. 12. 3. 　요코하마 F. 마리노스 0-0 가시마 앤틀러스

2000. 12. 10. 　가시마 앤틀러스 3-0 요코하마 F. 마리노스

우승: 가시마 앤틀러스

최종순위

순위	팀	경기	승/연장승	무	패/연장패	득점	실점	승점
1	가시마 앤틀러스	30	15/3	4	7/1	48	27	55
2	요코하마 F. 마리노스	30	17/1	1	9/2	56	45	54
3	가시와 레이솔	30	15/6	1	7/1	48	32	58
4	주빌로 이와타	30	17/2	0	7/4	67	42	55
5	세레소 오사카	30	14/3	0	11/2	54	49	48
6	감바 오사카	30	13/2	2	10/3	47	43	45
7	FC 도쿄	30	12/3	1	12/2	47	41	43
8	시미즈 에스펄스	30	10/5	2	12/1	34	36	42
9	나고야 그램퍼스 에이트	30	11/3	2	10/4	42	45	41
10	베르디 가와사키	30	10/2	4	10/4	46	44	38
11	산프레체 히로시마	30	9/4	2	11/4	40	40	37
12	아비스파 후쿠오카	30	9/4	2	10/5	41	48	37
13	비셀 고베	30	10/1	1	16/2	40	49	33
14	JEF 유나이티드 이시하라	30	8/1	2	14/5	37	49	28
15	교토 퍼플 상가	30	7/1	2	15/5	39	66	25
16	가와사키 프론탈레	30	3/4	4	19/0	26	56	21

최종순위 15위, 2부 리그 강등

야마자키 나비스코 컵(리그 컵)

박지성

2경기 0골

2라운드: vs FC 도쿄 2경기

교토 퍼플 상가

1라운드: vs 알비렉스 니가타 1차전(원정) 1-0승,

　2차전(홈) 2-1승, 합계 4-1승

2라운드: vs FC 도쿄 1차전(홈) 1-1무,

　2차전(원정) 1-0승, 합계 2-1승

8강: vs 주빌로 이와타 1차전(원정) 1-1무,

　2차전(홈) 2-1승, 합계 3-2승

4강: vs 가와사키 프론탈레 1차전(홈) 0-2패,

　2차전(원정) 2-1승, 합계 2-3패

4강 탈락: 가시마 앤틀러스, 가와사키 프론탈레 2-0 꺾고 우승

일왕배(FA컵)

박지성

1경기 0골

3라운드: vs 콘사도레 삿포로 출전

교토 퍼플 상가

1,2라운드: 자동 진출

3라운드: vs 콘사도레 삿포로 0-1 패

3라운드 탈락: 가시마 앤틀러스, 시미즈 S펄스 3-2 꺾고 우승

2001

교토 퍼플 상가

40경기 3골

리그 38경기 3골

일왕배 1경기

나비스코컵 1경기

2001 교토 퍼플 상가
BEST11 formation
3-4-3

⑥ 사토 진
(오오타케 나오토)

⑫ 나카가와 마사히코
(히라이 나오토)

⑧ 아츠다 마코토

⑦ 박지성

⑤ 테시마 카즈키

⑨ 쿠로베 테루아키

⑩ 마쓰이 다이스케
(이시마루 키요 타카)

⑮ 마츠카와 토모아키

㉕ 스즈키 카즈히로
(나카무라 타다시)

⑪ 우에노 유사쿠
(안효연)

② 노구치 히로시

비록 2부 리그에서 뛰었지만 많은 경기에 출전하며 기량이 급성장했다. 선수로서 성장하려면 다양한 실전 경험을 쌓는 게 최고라는 걸 '표본'처럼 증명한 시즌이라고 할 수 있다. 이 시절이 있었기에 박지성은 훗날 2002년 한·일 월드컵에서도 활약할 수 있었다. 2부 리그로 강등된 팀에 남아 팀을 다시 승격시킴으로써 일본 팬들에게 큰 호감을 산 시기이자 교토를 떠났음에도 좋은 관계를 유지하는 결정적 계기를 만든 시기다.

이적이냐 잔류냐를 두고 고민하던 박지성은 '아직 가진 걸 다 보여주지
못했다'는 아쉬움과 'J리그에서 완벽하게 적응하지 못한 상황에서 다른
팀으로 옮겨 새로운 시작을 하는 건 바람직하지 않다'는 현실적 이유로
잔류를 결정한다. J2리그(44경기)에서는 J리그(30경기)보다 14경기를
더 치러야 한다. 기량 향상이 절실한 스무 살의 박지성으로서는 J2리그가
도리어 '기회의 장'이나 다름없었다. 외국인 선수들은 일반적으로 팀이
강등하면 새로운 팀을 찾아 떠난다. 그럼에도 팀 잔류를 결정한 박지성의

박지성은 특히 38경기에서
3,395분을 뛰어 골키퍼를
포함하더라도 팀에서 두 번째로
많은 출전시간을 기록했다.

결정에 감동한 교토는 에이스의 상징인 등번호 7번을 부여하며 감사를 표했다.

박지성의 영입이 보기 좋게 성공하자 교토는 한국 선수에 대한 확신을 갖고 또다시 한국의 대학 선수를 영입했다. 통역도 없이 혼자 생활하던 박지성은 2001 시즌을 앞두고 동국대 출신의 공격수 안효연이 합류하자 외로움을 덜 수 있었다. 이후 교토는 최용수(2003~2004), 고종수(2003), 곽태휘(2009~2010), 이정수(2009), 김남일(2015~), 황진성(2015~)을 영입하며 꾸준히 한국 선수와 인연을 이어갔다.

박지성은 2001년 거스 히딩크 감독이 월드컵 대표팀 감독으로 부임한 뒤 꾸준히 대표팀에 소집됐다. 동시에 J2리그에서 44경기 중 38경기에 출전하며 자신의 첫 프로 풀타임 시즌을 성공리에 마친다. 2부 리그 개막 전부터 골을 넣으며 팀이 승점을 따내는 데(2-2 무) 기여한 박지성은 특히 38경기에서 3,395분을 뛰어 골키퍼를 포함하더라도 팀에서 두 번째로 많은 출전시간을 기록했다. 1위 테시마 카즈키(3,986분)가 활동량이 많지 않은 중앙 수비수라는 점을 감안하면 가장 많이 뛰는 미드필더 포지션에서 팀내 2위의 출전 시간을 기록한 것은 그만큼 많은 경기에서 경험을 쌓겠다는 박지성의 의욕과 계산이 빚어낸 결과였던 셈이다. 리그에서 세 골을 넣었고 리그 컵 대회와 일왕배(FA컵)에도 출전하며 다양한 경험을 쌓았다.

박지성은 교토가 다시 1부 리그로 올라갈 수 있는 팀이라는 걸 믿어 의심치 않았다. 결국 교토는 승점 84를 거두며 J2리그에서 우승했다. 박지성은 팀이 강등됐음에도 끝까지 남아 다시 승격하는 데 혁혁한 공을 세웠다.

2001 교토 퍼플 상가

J2리그(2부 리그)

박지성

	선발	교체	골	승	연장승	무	패	승점
홈	15	1	3	10	2	2	2	36
원정	22	0	0	11	3	2	6	41
합계	37	1	3	21	5	4	8	77

교토 퍼플 상가

순위	팀	경기	승/연장승	무	패/연장패	득점	실점	승점
1	교토 퍼플 상가	44	23/5	5	11/0	79	48	84
2	베갈타 센다이	44	24/3	5	9/3	78	56	83
3	몬테디오 야마가타	44	20/7	6	7/4	61	39	80
4	알비렉스 니가타	44	22/4	4	7/7	79	47	78
5	오미야 아르디자	44	20/6	6	11/1	79	43	78
6	오이타 트리니타	44	24/1	4	9/6	75	52	78
7	가와사키 프론탈레	44	17/3	3	17/4	69	60	60
8	쇼난 벨마레	44	16/4	4	18/2	64	61	60
9	요코하마	44	12/3	1	25/3	58	81	43
10	사간 도스	44	8/2	4	28/2	45	82	32
11	미토 홀리호크	44	5/3	4	26/6	41	93	25
12	반포레 고후	44	7/1	2	31/3	38	98	25

– 우승, J리그 승격

야마자키 나비스코 컵(리그 컵)

박지성

1경기 0골

1라운드: vs 감바 오사카 1차전(홈) 출전

교토 퍼플 상가

1라운드: vs 감바 오사카 1차전(홈) 0-2 패, 2차전(원정) 0-2패, 합계 0-4 패

1라운드 탈락: 요코하마 마리노스, 주빌로 이와타 0-0무승부 후 승부차기 3-1꺾고 우승

일왕배(FA컵)

박지성

1경기 0골

4라운드: vs 제프 유나이티드 출전

교토 퍼플 상가

1라운드: vs 니라사키 애스트로스 4-0 승

2라운드: vs 군마FC(현 아르테 다카사키) 1-0 승

3라운드: vs 요코하마 마리노스 1-0 승

4라운드: vs 제프 유나이티드 0-4 패

4라운드 탈락: 시미즈 S펄스, 세레소 오사카 3-2 꺾고 우승

2002

교토 퍼플 상가

29경기 8골

리그 25경기 7골

일왕배 4경기 1골

2002 교토 퍼플 상가
BEST11 formation
3-4-3

④ 스즈키 카즈히로

③ 나카무라 타다시

① 히라이 나오토

⑤ 테시마 카즈키

⑦ 박지성

㉑ 사이토 다이스케

㉗ 카쿠타 마코토
(츠지모토 시게키)

⑪ 이시마루 키요타카

⑨ 쿠로베 테루아키

⑭ 스즈키 신고

⑩ 마쓰이 다이스케
(나카하라이 다이스케)

이미 시즌 전부터 '7번'이 아깝지 않은 선수였던 입지는 월드컵 후 교토를 '박지성의 팀'이라고 불러도 무방할 정도로 바뀌었다. 특히 윙으로 뛰기 시작한 때부터 득점력이 폭발하며 자신의 프로 시즌 중 두 번째로 많은 골을 넣은 시즌(8골, 리그 7골, 일왕배 1골 – 최다골 11골 2004~2005 시즌)으로 만들었다. 이후 자신의 커리어 내내 주 포지션으로 활약한 윙으로 변신에 성공한 것도 잊지 말아야 할 포인트다. 또한 이후 얻게 되는 수많은 트로피 진열장의 가장 앞쪽에 전시하게 되는 첫 우승 트로피를 따낸 것도 큰 의미가 있다. 일왕배 결승전에서의 동점 골과 부상을 이기고 출전을 감행했던 일은 지금까지도 교토의 전설로 남을 정도로 큰 인상을 줬고 이를 통해 교토 역사상 최고의 선수로 인정받을 수 있었다.

박지성의 기량은 급격하게 향상됐다. 2부 리그에서 풍부한 경험을 쌓은 데다 국가대표팀에서 거스 히딩크 감독으로부터 꾸준하게 조련을 받은 덕분이었다. 기량과 인성을 두루 갖추었기 때문일까. 교토 선수들이 박지성을 대하는 분위기는 남달랐다. 박지성을 믿고 따르는 분위기가 팀에 조성됐다. '에이스의 상징'인 등번호 7번이 아깝지 않은 선수로 성장한 것이다. 특유의 성실함도 기량이 만개하는 데 일조했다. 다른 선수들을 압도하는 엄청난 훈련 양은 기본이었다. 경기 후 자신의 경기를 복기하며 상대 선수에 대한 대처법을 연구하는 습관은 이때부터 맨체스터 유나이티드 시절까지 이어졌다.

박지성이 1부 리그에서도 맹활약을 이어가자 그를 대하는 일본 축구계의 시선이 달라졌다. 스카우터들도 그에게 눈독을 들이기 시작했다.

1부 리그로 복귀해 치른 첫 번째 경기는 당시 최용수(현 FC서울 감독)가 뛰던 제프 이치하라와의 원정전이었다. 첫 경기에서 교토는 최용수에게 전반 초반과 후반전 두 골을 허용하며 1-2로 석패했다. 교토는 승격 후 처음 치른 경기를 포함해 네 경기에서 모조리 패하고 말았다. '승격 팀은 역시 안 돼'라는 비아냥이 여기저기에서 들렸다.

그러나 4월부터 반전이 시작됐다. 박지성은 꾸준히 풀타임을 소화하며 팀의 반등을 도왔다. 첫 네 경기에서 패한 교토는 나머지 전기 리그 11경기에서 9승 1무 1패를 기록하는 기적을 일궜다. 그리고 기적의 중심에는 단연 박지성이 있었다.

꿈 같았던 2002년 한·일 월드컵을 끝내고 7월 중순 다시 일본으로 돌아온 박지성은 2개월 만에 전혀 다른 선수가 돼 있었다. 그는 월드컵 후 치러진 리그 7경기에서 무려 4골을 넣으며 팀의 돌풍을 이끌었다. 박지성이 골을 넣은 네 경기에서 모두 팀이 이겼을 정도니 월드컵 경험이 그를 새로운 선수로 만들었다고 봐도 무방하다.

박지성은 가시마 앤틀러스와의
결승에서 팀이 0-1로 뒤지고
있던 후반 7분 스즈키 신고가
띄워준 프리킥을 문전에서
수비 2명을 뚫고 전광석화처럼
방향을 틀며 헤딩 동점 골로
연결하며 팀을 패배의 수렁에서
구해냈다.

박지성은 거스 히딩크 감독의 지도로 수비형 미드필더에서 측면 공격수로 완벽하게 변신했다. 당시 교토 감독인 게르트 엥겔스는 "몸이 완전히 커졌다. 오른쪽 사이드에서 상대 몸싸움을 견디며 공을 다룰 수 있었고 근력도 붙었다."고 말한 바 있다. 당시 교토는 한국 대표팀과 같은 3-4-3 포메이션을 가동했다. 월드컵에서의 활약을 그대로 이어가기에 딱 좋은 환경이었던 셈이다.

박지성과 함께 기적을 쓴 교토는 후반기에서도 돌풍을 일으키며 전·후반기 합산 리그 5위로 시즌을 마치는 기염을 토했다. 승격 팀이 곧바로 리그 5위라는 성적을 거둔 건 당시까지 1994 시즌의 쇼난 벨마레 외에 처음 있는 일이었다. 또한, 이 순위는 현재까지도 팀 역사상 가장 높은 J리그 순위로 기억되고 있다. 잠재력이 폭발한 박지성 덕분에 교토는 새로운 역사를 쓸 수 있었다.

박지성에 대한 관심은 이제 일본을 넘어 전 세계로 뻗어 나갔다. 잉글랜드와 네덜란드의 몇몇 유럽 명문팀이 그에게 눈독을 들였다. 특히 한국에서 월드컵 4강 신화를 달성하고 네덜란드 PSV로 돌아간 히딩크 감독이 강력한 러브콜을 보냈다. 11월부터 본격적으로 알려진 이 영입설은 결국 12월 21일 공식 확정됐다. 계약 조건은 3년 6개월간 계약금 100만 달러, 연봉 100만 달러 등 총 450만 달러(약 54억 원)였다.

이적을 앞둔 박지성에겐 마지막 과제가 있었다. 2003년 1월 1일 열린 일왕배(FA컵) 결승이었다. 계약 기간 외(박지성은 교토와 2002년 12월 31일까지 계약이 돼있었다.)의 활동인 데다 이미 유럽 진출을 확정한 상황에서 가벼운 무릎 부상까지 있었지만, 박지성은 스스럼없이 결승전 출전을 강행했다. 교토에 주는 마지막 선물이었다.

박지성은 가시마 앤틀러스와의 결승에서 팀이 0-1로 뒤지고 있던 후반 7분 스즈키 신고가 떠워준 프리킥을 문전에서 수비 2명을 뚫고 전광석화처럼 방향을 틀며 헤딩 동점 골로 연결하며 팀을 패배의 수렁에서 구해냈다.

이후 교토가 후반 35분 역전 골까지 성공시키며 2-1로 앞서자 엥겔스 감독은 경기 종료 3분을 남기고 박지성을 교체하며 팬들에게 마지막 인사를 할 수 있게 해줬다. 팬들은 기립박수를 보내며 유럽으로 떠나는 한국 선수를 아쉬워하며 극적인 우승을 가능케 한 그에게 고마움을 표했다.

박지성과 함께 따낸 이 트로피는 현재까지도 교토 퍼플 상가의 처음이 자 마지막 트로피로 남아 있다(2부 리그 우승 제외). 교토 측은 현재까지 도 박지성을 팀의 레전드 선수로 언급하며 '자신들이 키운 아시아의 별' 이라며 자랑스러워하고 있다. 2년 6개월을 뛰었을 뿐이지만 2부 리그에 강등당했을 때도 함께하고 계약기간이 종료됐음에도 무릎 부상을 안고 경기에 나와 골까지 터뜨리며 팀의 처음이자 마지막 우승 트로피를 안긴 일을 잊지 못하는 것이다.

박지성은 시즌 종료 후 일본프로축구연맹이 선정한 올해의 우수선수 35명에 선정된 것은 물론 J리그 MVP 투표에서 나카타 히데토시(당시 세리에A 파르마 이적)와 함께 공동 3위(7표)에 올랐다(1위 다카하라 나 오히로 170표, 2위 이나모토 준이치 24표).

또한, 교토 팬들이 뽑은 올해의 선수에도 뽑히며 명실상부 J리그 최고 선수의 입지를 구축한 채 네덜란드로 떠났다.

교토 퍼플 상가가 박지성을 아직까지도 '레전드'로 대우하는 까닭은 박 지성이 역사상 유일한 일왕배 우승컵을 안기는 데 기여한 핵심 선수이기 도 하지만, 2부 리그로 강등됐음에도 팀을 위해 헌신한 걸 기억하기 때문 이다. 박지성은 여전히 교토와 좋은 인연을 이어가고 있다. 박지성은 은 퇴를 확정한 2014년 6월, 교토의 창단 20주년 이벤트 경기인 레전드 매 치에 초대되어 교토 팬들과 마지막 인사를 나누기도 했다.

2002 교토 퍼플 상가

J리그

박지성 전기리그

	선발	교체	골	승	연장승	무	패	승점
홈	5	0	0	1	1	1	2	6
원정	7	1	4	3	3	0	2	15
합계	12	1	4	4	4	1	4	21

전기리그

순위	팀	경기	승/연장승	무	패	득점	실점	승점
1	주빌로 이와타	15	9/4	1	1	39	17	36
2	요코하마 F. 마리노스	15	8/3	3	1	28	11	33
3	나고야 그램퍼스 에이트	15	9/1	0	5	28	18	29
4	감바 오사카	15	8/1	1	5	35	19	27
5	가시마 앤틀러스	15	9/0	0	6	21	18	27
6	교토 퍼플 상가	15	5/4	1	5	26	18	24
7	시미즈 에스펄스	15	5/3	3	4	17	19	24
8	JEF 유나이티드 이시하라	15	6/1	3	5	22	23	23
9	베갈타 센다이	15	6/1	0	8	23	27	20
10	FC 도쿄	15	5/0	2	8	23	27	17
11	우라와 레드 다이아몬즈	15	3/2	1	9	21	24	14
12	도쿄 베르디 1969	15	2/3	1	9	15	24	13
13	비셀 고베	15	3/1	1	10	12	22	12
14	가시와 레이솔	15	3/1	0	11	20	31	11
15	산프레제 히로시마	15	3/0	1	11	14	26	10
16	콘사도레 삿포로	15	2/0	0	13	15	35	6

– 전기리그 6위

박지성 후기리그

	선발	교체	골	승	연장승	무	패	승점
홈	5	0	2	2	2	0	1	10
원정	7	0	1	3	0	0	4	9
합계	12	0	3	7	0	0	5	19

후기리그

순위	팀	경기	승/연장승	무	패	득점	실점	승점
1	주빌로 이와타	15	9/4	0	2	33	13	35
2	감바 오사카	15	7/3	0	5	24	13	27
3	가시마 앤틀러스	15	8/1	0	6	25	21	26
4	도쿄 베르디 1969	15	6/2	2	5	26	19	24
5	FC 도쿄	15	6/2	0	7	20	19	22
6	요코하마 F. 마리노스	15	5/3	1	6	16	16	22
7	교토 퍼플 상가	15	6/2	0	7	18	24	22
8	우라와 레드 다이아몬즈	15	4/4	1	6	20	14	21
9	가시와 레이솔	15	6/0	3	6	28	17	21
10	비셀 고베	15	5/1	2	7	21	22	19
11	JEF 유나이티드 이시하라	15	6/0	0	9	16	19	18
12	시미즈 에스펄스	15	5/1	0	9	16	24	17
13	나고야 그램퍼스 에이트	15	5/0	1	9	21	23	16
14	산프레제 히로시마	15	4/1	2	8	18	21	16
15	베갈타 센다이	15	3/1	1	10	17	30	12
16	콘사도레 삿포로	15	2/1	1	11	15	29	9

– 후기리그 7위

박지성 시즌 최종

	선발	교체	골	승	연장승	무	패	승점
홈	10	0	2	3	3	1	3	16
원정	14	1	5	6	3	0	6	24
합계	24	1	7	9	6	1	9	40

최종 순위

순위	팀	경기	승/연장승	무	패	득점	실점	승점
1	주빌로 이와타	30	18/8	1	3	72	30	71
2	요코하마 F. 마리노스	30	13/6	4	7	44	27	55
3	감바 오사카	30	15/4	1	10	59	32	54
4	가시마 앤틀러스	30	17/1	0	12	46	39	53
5	교토 퍼플 상가	30	11/6	1	12	44	42	46
6	나고야 그램퍼스 에이트	30	14/1	1	14	49	41	45
7	JEF 유나이티드 이시하라	30	12/1	3	14	38	42	41
8	시미즈 에스펄스	30	10/4	3	13	33	43	41
9	FC 도쿄	30	11/2	2	15	43	46	39
10	도쿄 베르디 1969	30	8/5	3	14	41	43	37
11	우라와 레드 다이아몬즈	30	7/6	2	15	41	38	35
12	가시와 레이솔	30	9/1	3	17	38	48	32
13	베갈타 센다이	30	9/2	1	18	40	57	32
14	비셀 고베	30	8/2	3	17	33	44	31
15	산프레제 히로시마	30	7/1	3	19	32	47	26
16	콘사도레 삿포로	30	4/1	1	24	30	64	15

– 종합 5위, 전기-후기 모두 주빌로 이와타 우승해 결승전 열지 않음

야마자키 나비스코 컵(리그 컵)

박지성

출전기록 없음

교토 퍼플 상가

C조

순위	팀	경기	승	무	패	득점	실점	승점
1	JEF 유나이티드 이시하라	6	3	2	1	14	10	11
2	감바 오사카	6	2	2	2	12	12	8
3	요코하마 F. 마리노스	6	2	1	3	5	8	7
4	교토 퍼플 상가	6	1	3	2	7	8	6

조 4위 탈락: 가시마 앤틀러스, 우라와 레즈 1-0 꺾고 우승

일왕배(FA컵)

박지성

4경기 1골

교토 퍼플 상가

1,2라운드: 자동진출/3라운드: vs 요코하마 4-0 승/4라운드: vs 아비스파 후쿠오가 1-0 승

8강: vs 나고야 그램퍼스 1-0 승/4강: vs 산프레체 히로시마 2-1 승

결승: vs 가시마 앤틀러스 2-1 승 (박지성 골)/우승: 교토 퍼플 상가, 가시마 앤틀러스 2-1 꺾고 우승

2002
2003

PSV
에인트호번

리그 8경기

2002~2003 PSV 에인트호번
BEST11 formation
4-2-3-1

30 보겔룬트
23 로날드 바테르스
2 오이에르(파베르)
6 판 봄멜
19 롬메달(박지성)
22 보우마
29 이영표
14 보겔(판 더 샤프)
10 브루힝크
9 케즈만(하셀링크)
11 로번

박지성의 유럽 진출 첫 시즌. 반년만 뛴 2002~2003 시즌 후반기에 박지성은 대부분 교체로만 출전하며 유럽 축구의 감을 익혔다. 박지성은 2002~2003 시즌에 6개월간 8경기(2경기 선발, 6경기 교체)에서 뛴 뒤 우승 트로피를 들어 올렸다. 2003년 1월 1일 일왕배에서 우승한 뒤 6개월 만에 네덜란드에서 우승컵을 드는 진기록을 낳은 셈이다.

일왕배 우승컵을 치켜든 뒤 네덜란드로 향한 박지성에게 반가운 소식이 들려왔다. K리그 안양 치타스(현 FC서울)의 이영표가 2003년 1월 8일 PSV행을 확정한 것이다. 2002년 한·일 월드컵 신화의 주역인 두 선수는 나란히 네덜란드에서 거스 히딩크 감독과 만났다.

당시 PSV는 리그 득점왕 출신의 마테야 케즈만, 네덜란드 최고의 유망주 아르연 로번, 빠른 스피드를 자랑하는 데니스 롬메달, 천재 공격수로 불리던 아놀드 브루힝크 등 유명 선수가 포진한 네덜란드 최강팀이었다. 케즈만을 제외하곤 모두 포지션 경쟁자였다. 일본에서만 뛰던 박지성으로선 만만치 않은 상대였던 셈이다.

겨울 휴식기간 동안 연습 경기에 출전하며 감을 쌓은 박지성의 유럽 무대 데뷔전은 2003년 2월 8일 열린 RKC 발베이크전이었다. 박지성은 후반 19분 장신 공격수 얀 페네호르 오프 하셀링크를 대신해 교체 투입됐다. 박지성은 추가시간을 포함해 약 30분가량 오른쪽 윙으로서 활발하게 움직이며 PSV 팬들에게 강한 인상을 남겼다.

박지성은 2월 15일 FC 즈볼레와의 리그 경기에서 후반 시작과 동시에 이영표와 함께 교체 투입되며 PSV의 홈인 필립스 스타디움 데뷔전을 치렀다. 박지성은 이영표와는 달리 쉽사리 주전 멤버로서 입지를 다지지 못했다. 후반 중반쯤 교체 선수로 투입되는 등 적응기를 가져야 했다. 무릎 부상으로 인해 4월에는 아예 출전을 못 하기도 했다. 2002년 초부터 리그, 월드컵, 일왕배 등 많은 경기에 출전한 데다 휴식기 없이 곧바로 네덜란드 리그에 진출하는 바람에 체력이 고갈되며 자연스레 무릎 상태가 안 좋아졌다. 움베르토 코엘류 당시 한국 대표팀 감독과 히딩크 감독이 박지성의 무릎 상태와 차출 여부를 놓고 신경전을 벌일 정도였다.

매번 교체로만 출전하던 박지성은 5월 25일 FC 위트레흐트전에서 첫 선발 출전 기회를 잡았다. 시즌 막바지가 돼서야 주어진 첫 선발 출전에

겨울 휴식기간 동안 연습
경기에 출전하며 감을 쌓은
박지성의 유럽 무대 데뷔전은
2003년 2월 8일 열린 RKC
발베이크전이었다.

일부 팬은 히딩크 감독이 당시 박지성의
기량을 높이 사지 않았던 걸로 오해할
수도 있다. 하지만 히딩크 감독은 "지난
3년간 박지성이 너무 무리했으니 교체
요원으로 뛰며 컨디션을 회복할 수 있도
록 기다리겠다."고 했다. 히딩크 감독은
시즌 중 찢어진 무릎 연골을 제거하는
관절경 수술까지 허락했다.

난생 첫 수술을 받은 박지성은 4월을
통째로 쉰 뒤 특별 재활 훈련을 거쳐 다
행히 빠르게 복귀할 수 있었다. 히딩크
감독의 신뢰 속에서 박지성은 리그 마
지막 두 경기를 남겨놓고서야 유럽 진출
후 처음으로 선발로 출전했다. 사실 박
지성을 선발로 내보낸 건 히딩크 감독에
겐 도박과도 같았다. 당시 PSV는 아약
스와 승점 1 차이로 우승 경쟁을 벌이고
있었다. 반드시 이겨야 하는 막바지 경기에 유럽에서 선발 출전이 처음인
선수를 투입한 건 박지성에 대한 히딩크 감독의 신뢰가 얼마나 깊은지를
잘 보여준다. 박지성은 리그 우승을 결정하는 최종전에도 역시 선발 출전
하며 팀이 아약스를 승점 1 차이(PSV 승점 84, 아약스 83)로 꺾고 우승
하는 데 기여한다.

2002 — 2003 PSV 에인트호번

네덜란드 에레디비지

박지성

	선발	교체	골	승	무	패	승점
홈	1	3	0	4	0	0	12
원정	1	3	0	2	1	1	7
합계	2	6	0	6	1	1	19

PSV 에인트호번

순위	팀	경기	승	무	패	득점	실점	승점	비고
1	PSV 에인트호번	34	26	6	2	87	20	84	챔피언스리그
2	AFC 아약스	34	26	5	3	96	32	83	챔피언스리그 3차 예선
3	페예노르트	34	25	5	4	89	39	80	UEFA 컵
4	NAC 브레다	34	13	13	8	42	31	52	UEFA 컵
5	NEC 네이메헌	34	14	9	11	41	40	51	UEFA 컵
6	로다 JC	34	14	8	12	58	54	50	
7	SC 헤이렌베인	34	13	8	13	61	55	47	인터토토 컵 3라운드
8	FC 위트레흐트	34	12	11	11	49	49	47	UEFA 컵
9	RKC 발베이크	34	14	4	16	44	51	46	
10	AZ 알크마르	34	12	8	14	50	69	44	
11	빌렘 II	34	11	9	14	48	51	42	인터토토 컵 2라운드
12	FC 트벤테	34	10	11	13	36	45	41	
13	RBC 루젠달	34	10	6	18	33	54	36	
14	비테세	34	8	9	17	37	51	33	
15	FC 흐로닝언	34	7	11	16	28	44	32	
16	FC 즈볼레	34	8	8	18	31	62	32	강등 플레이오프
17	엑셀시오르	34	5	8	21	38	72	23	강등 플레이오프
18	데 그라프샤프	34	6	5	23	35	34	23	강등

요한 크루이프 실드(슈퍼컵)

vs 아약스 1-3 패, 준우승(박지성 합류 전)

암스텔컵(KNVB컵)

박지성

출전기록 없음

PSV 에인트호번

1,2,3라운드: 자동진출

16강: vs ADO 덴 하그 3-0 승

8강: vs SC 헤이렌베인 2-1 승

4강: vs 위트레흐트 1-2 패

8강 탈락: 위트레흐트, 페예노르트 4-1 꺾고 우승

챔피언스리그

박지성

합류 전

PSV 에인트호번

본선 A조

팀	경기	승	무	패	득점	실점	승점
아스널 FC(잉글랜드)	6	3	1	2	9	4	10
보루시아 도르트문트(독일)	6	3	1	2	8	7	10
AJ 오세르(프랑스)	6	2	1	3	4	7	7
PSV 에인트호번(네덜란드)	6	1	3	2	5	8	6

조 4위, 탈락 : AC 밀란, 유벤투스(이하 이탈리아) 0-0 무승부 후 승부차기 3-2 꺾고 우승

2003

2004

PSV
에인트호번

40경기 6골

리그 28경기 6골

암스텔컵 1경기

챔피언스리그 5경기

UEFA컵 5경기

기타 대회 1경기

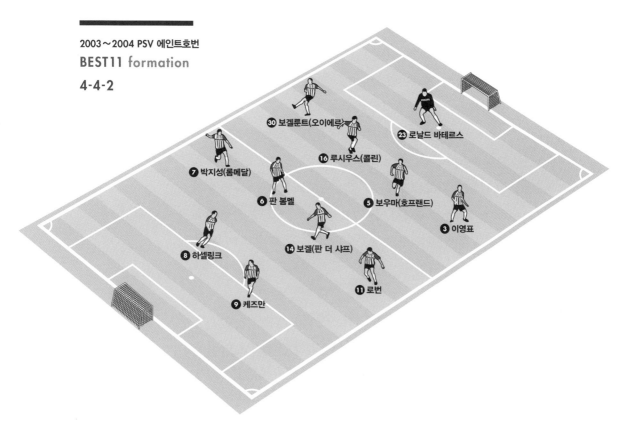

2003~2004 PSV 에인트호번
BEST11 formation
4-4-2

③ 보겔룬트(오이에루)

㉚ 로날드 바테르스

⑦ 박지성(롬메달)

⑯ 루시우스(콜린)

⑥ 판 봄멜

⑤ 보우마(호프랜드)

⑧ 하셀링크

⑭ 보겔(판 더 샤프)

③ 이영표

⑨ 케즈만

⑪ 로번

2003~2004 시즌을 앞두고 등번호 7번을 부여받고 피스컵에서 MVP를 수상하는 등 프리시즌 기간은 행복했다. 그러나 리그에서 부진을 거듭해 홈팬들에게 야유를 받을 정도로 힘든 전반기를 보냈다. 박지성은 당시 심각하게 J리그 복귀를 고민했지만 결국 네덜란드에 남기로 했다. 이후 10년간 유럽에서 뛰었다는 걸 상기하면 당시 그의 선택은 축구 인생을 통틀어 가장 결정적인 선택 중 하나였다. 가장 인상적인 경기는 스스로 부활의 신호탄으로 여긴 UEFA컵 페루자전이다. 이 경기를 통해 박지성은 부진의 터널에서 빠져나왔다. 물론 프로 통산 첫 멀티 골을 뽑은 경기(NEC 브라다전)도 인상적인 경기였다.

2002년 월드컵을 통해 병역 혜택을 받은 박지성은 휴식기 동안 훈련소에 입소해 훈련을 받으며 유럽에서 맞는 첫 풀타임 시즌이 될 2003~2004 에레디비지를 준비했다.

한국에서 열린 2003년 피스컵에서 PSV 소속으로 두 골을 넣으며 대회 MVP까지 차지한 박지성에게 히딩크 감독은 에이스 등번호인 7번을 부여했다. 박지성에 대한 신뢰가 어느 정도인지 가늠할 수 있는 순간이었다. 2003~2004 시즌 팀의 두 번째 경기였던 빌렘Ⅱ전에서 여섯 번째 골이자 유럽 무대 데뷔 골을 뽑아낼 때까지만 해도 그의 앞길은 온통 장밋빛이었다. 그러나 박지성은 이후 두 달간 9경기에서 단 한 골도 뽑아내지 못했다. 박지성 자신도 '불만족스럽다'고 언급할 정도로 쉽지 않은 시즌이었다.

물론 11월 1일 열린 NEC 브레다전에서 결승골을 포함해 두 골을 넣으며 프로 통산 첫 멀티 골을 기록하는 감격을 누리기도 했지만, 이 같은 기쁨은 잠시였다. 또다시 12경기 무득점이라는 부진에 빠졌다. 급기야 PSV 팬들은 박지성이 기회를 놓치거나 벤치에서 몸을 풀 때면 야유를 보내기에 이르렀다. 히딩크 감독이 잠시나마 원정 경기에만 출전시키며 홈팬들의 야유에서 벗어나게 배려했을 정도다. 박지성은 유럽 챔피언스리그와 네덜란드 리그를 병행하는 데 익숙하지 않았다. 거칠고 빠른 유럽 축구 스타일에도 아직 적응하지 못했다. 박지성은 훈련이 끝나면 방에 틀어박혀 어떻게 하면 잘할 수 있을지, 어떤 방식으로 돌아나가야 수비수에게 걸리지 않을지 고민에 고민을 거듭했다고 회고한다. 고민이 깊어지자 동료들이 자기 실력을 속으로 비하하는 건 아닌지 걱정하는 자괴감에도 빠졌다. 오죽했으면 경기장에서 자신에게 공이 오는 게 두렵고 무서웠을 정도로 축구가 하기 싫다고 느낀 게 처음이었다는 고백을 하기도 했다.

챔피언스리그는 박지성을 더 깊은 수렁에 빠지게 했다. 그는 AS 모나코, 데포르티보 등과 겨루며 유럽 축구의 힘을 뼈저리게 체험해야 했다. '고난의 행군'이 길어지자 J리그 3개 구단이 그에게 러브콜을 보내기도 했다. 하지만 박지성은 좌절하지 않고 유럽 축구에 맞게 자신의 스타일을 가다듬는 데 집중했다. 그리고 2004년 2월 26일 열린 이탈리아 페루자와의 UEFA컵(현 유로파리그의 전신) 1차전 원정 경기에서 드디어 돌파구를 찾았다. 경기는 0-0으로 끝났지만 이날 경기에서 박지성은 마음먹은 대로 플레이할 수 있다는 자신감을 회복했다. 자신감이라는 무기를 확보하자 박지성의 기량은 만개했다. 그는 남은 경기에서 대부분 풀타임을 소화하며 확연히 달라진 모습을 과시했다. 어느덧 그는 필요할 때면 한 방을 터뜨리는 선수가 됐다. 박지성의 전매특허인 '많은 활동량'과 '공간을 찾아가는 플레이'를 유럽 축구에도 완벽하게 접목한 덕분에 동료들에게도 신뢰를 얻기 시작한다. PSV는 아약스에게 리그 우승을 내주며 아쉽게 준우승을 기록했다. 당시로선 히딩크 감독도 박지성도 몰랐겠지만, PSV 최근 10여 년간 가장 화려했던 2004~2005 시즌이 다가오고 있었다.

2003 — 2004 PSV 에인트호번

네덜란드 에레디비지

박지성

	선발	교체	골	승	무	패	승점
홈	9	4	2	7	3	3	24
원정	10	5	4	11	2	2	35
합계	19	9	6	18	5	5	59

PSV 에인트호번

순위	팀	경기	승	무	패	득점	실점	승점	비고
1	AFC 아약스	34	25	5	4	79	31	80	챔피언스리그
2	PSV 에인트호번	34	23	5	6	92	30	74	챔피언스리그 3차 예선
3	페예노르트	34	20	8	6	71	38	68	UEFA 컵
4	SC 헤이렌베인	34	17	7	10	45	35	58	UEFA 컵
5	AZ 알크마르	34	17	6	11	65	42	57	UEFA 컵
6	로다 JC	34	14	11	9	60	41	53	인터토토 컵 3라운드
7	빌렘 II	34	13	10	11	47	54	49	
8	FC 트벤테	34	15	3	16	56	53	48	
9	NAC 브레다	34	12	10	12	58	55	46	
10	FC 위트레흐트	34	13	7	14	42	52	46	UEFA 컵
11	RKC 발베이크	34	10	10	14	47	55	40	
12	RBC 루젠달	34	10	10	14	34	47	40	
13	FC 흐로닝언	34	9	10	15	38	53	37	
14	NEC 네이메헌	34	10	4	20	44	62	34	인터토토 컵 2라운드
15	ADO 덴 하그	34	9	7	18	36	61	34	
16	비테세	34	4	16	14	39	56	28	강등 플레이오프
17	FC 폴렌담	34	7	6	21	31	79	27	강등 플레이오프
18	FC 즈볼레	34	5	11	18	27	67	26	강등

요한 크루이프 실드(슈퍼컵)

vs 위트레흐트 3-1승, 우승(박지성 출전)

암스텔컵(KNVB컵)

박지성

1경기 0골

16강: vs 빌렘 II

PSV 에인트호번

1,2,3라운드: 자동진출

16강: vs 빌렘 II 2-0 승

8강: vs NAC 브라다 0-1 패

8강 탈락: 위트레흐트, 트벤테 1-0 꺾고 우승

챔피언스리그

박지성

	선발	교체	골	승	무	패
홈	3	0	0	2	0	1
원정	2	0	0	0	1	1
합계	5	0	0	2	1	2

PSV 에인트호번

본선 C조

팀	경기	승	무	패	득점	실점	승점
AS 모나코(프랑스)	6	3	2	1	15	6	11
데포르티보 라 코루냐(스페인)	6	3	1	2	12	12	10
PSV 에인트호번(네덜란드)	6	3	1	2	8	7	10
AEK 아테네(그리스)	6	0	2	4	1	11	2

데포르티보에 다득점으로 뒤져 조 3위, UEFA컵 진출: FC 포르투(포르투갈), AS 모나코(프랑스) 3-0 꺾고 우승

UEFA컵

박지성

	선발	교체	골	승	무	패
홈	2	0	0	1	1	0
원정	2	1	0	0	2	1
합계	4	1	0	1	3	1

PSV 에인트호번

32강: vs 페루자(이탈리아) 1차전(원정) 0-0무, 2차전(홈) 3-1승, 합계 3-1 승

16강: vs 옥세르(프랑스) 1차전(원정) 1-1무, 2차전(홈) 3-0승, 합계 4-1 승

8강: vs 뉴캐슬(잉글랜드) 1차전(홈) 1-1무, 2차전(원정) 1-2패, 합계 2-3 패

8강 탈락: 발렌시아(스페인), 마르세유(프랑스) 2-0 꺾고 우승

2004
2005

PSV
에인트호번

44경기 11골

리그 **28경기 7골**

암스텔컵 **3경기 2골**

챔피언스리그 **13경기 2골**

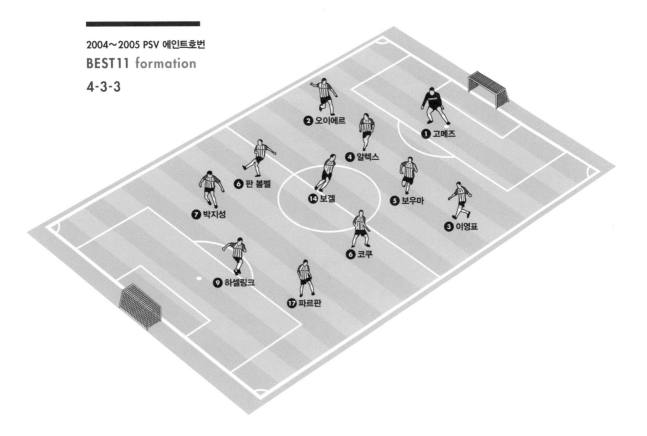

2 오이에르

1 고메즈

4 알렉스

6 판 봄멜

14 보겔

5 보우마

7 박지성

3 이영표

6 코쿠

9 하셀링크

17 파르판

박지성의 축구사에서 가장 인상적인 시즌. 시즌 초반 골을 오랫동안 넣지 못하긴 했지만, 팀에선 주전으로 확실하게 자리매김했다. 2005년 초부터 박지성은 전 유럽을 매혹시키는 환상적인 기량으로 퍼거슨 감독의 마음을 사로잡았다. 한국인 최초의 유럽 챔피언스리그 본선 골(예선 최초 골은 설기현)을 넣은 것은 물론 박지성의 축구 역사에서 처음이자 마지막으로 한 시즌 10골 이상(리그 7골, FA컵 2골, 챔피언스리그 2골)을 넣은 시즌이다. 박지성의 축구 인생에서 가장 공격적으로 빛난 시즌인 셈이다.

2004~2005 시즌은 PSV 역사의 한 페이지를 장식할 정도로 환상적이었다. 초반 상황은 좋지 않았다. 시즌 시작 전에 네덜란드 리그에서 4년간 세 번이나 득점왕을 차지한 마테야 케즈만과 '황금 왼발' 아르연 로번이 잉글랜드 프리미어리그 첼시로, 박지성의 포지션 경쟁자인 데니스 롬메달이 역시 프리미어리그 찰턴으로 떠났기 때문이다. PSV는 다마커스 비즐리(미국)와 헤페르손 파르판(페루)을 영입하고 노장 필립 코쿠를 바르셀로나에서 데려와 중원을 강화했다.

이때부터 본격적인 4-3-3 시스템을 가동한 히딩크 감독은 박지성에게 오른쪽 윙포워드 주전 자리를 맡기는 동시에 파르판과 스위치 플레이(서로 포지션을 바꾸며 상대에 교란을 주는 전략)를 구사해 유럽에서도 손꼽히는 측면 라인을 구축했다. 핵심 공격수들이 빠져나가자 박지성은 자연스레 팀 공격을 이끌게 됐다. 당시 PSV가 박지성의 2004 아테네 올림픽 차출을 완강하게 거절한 건 PSV에서 박지성이 차지하는 위상이 어땠는지를 단적으로 보여주는 사례다.

박지성은 시즌 초반부터 질주했다. 2004년 8월 11일 시즌 첫 공식경기였던 챔피언스리그 예선 3라운드 츠르베나 즈베즈다(세르비아)와의 원정 1차전에서 전반 8분 만에 골을 작렬했다. 팀의 2004~2005 시즌 첫 골이었다. 팀은 비록 2-3으로 패했지만, 박지성은 자신의 기량이 일취월장했다는 걸 만천하에 과시했다. 물론 유럽 축구는 녹록하지 않았다. 발목 부상을 입기도 했고 2004 아시안컵에 차출되는 등 강행군이 이어졌다. 챔피언스리그와 리그 경기를 병행하는 것도 만만치 않았다. 그는 첫 두 경기에서 두 골을 넣은 이후 22경기 동안(2004년 8월 22일~2005년 2월 18일) 골 맛을 보지 못했다. 그렇더라도 박지성이 부진했던 건 아니다. 우리가 아는 박지성의 모습 그대로 활약하며 팀 공격을 이끌었다. '산소 탱크', '두 개의 심장'이라는 별명에 걸맞은 활동량과 뛰어난 공격 기여도로 축구 팬들에게 강렬한 인상을 심었다. 부진했던 지난 시즌의 모습은 온데간데없었다.

당시 박지성의 활약은 2005년 한 네덜란드 축구 전문지에 실린 히딩크 감독의 2004년 송년 인터뷰에서도 확인할 수 있다. 히딩크 감독은 "박지성은 지난 3년간 공백 없이 계속 출전했다. 지난 시즌 후반기엔 부상으로 부진했지만 적절하게 공수에 가담하고 있는 데다 볼 배급도 잘해 이제는 완전히 적응했다."고 박지성을 평가했다.

당시 PSV의 전력은 리그 최강이었다. 2005년 12월까지 그해 리그 17경기에서 단 한 번도 패배하지 않을 정도로 압도적인 전력을 자랑했다. 12월 12일 시즌 16라운드 페예노르트전에서 골을 허용하기 전까지 '1,159분 무실점' 기록을 세웠을 정도다. 이는 1970~1971 시즌 아약스가 세운 '1,082분 무실점' 기록을 깬 네덜란드 신기록이었다.

리그에서 승승장구하던 PSV는 챔피언스리그에서도 기세를 이어갔다. 32강 E조 예선에서 티에리 앙리가 버티던 아스널(잉글랜드)에만 패했을 뿐 그리스의 파나티나이코스, 노르웨이의 로젠보리와의 나머지 경기에서 3승 1무라는 놀라운 성적을 거두며 한 경기를 남겨두고도 이미 16강 행을 확정했을 정도다. 당시 PSV는 박지성이 굳이 골을 넣지 않아도 크게 문제 될 게 없을 정도로 공격과 수비가 조화를 이룬 완벽한 팀이었다.

박지성은 이 시기에 유럽에 이름을 날렸다. 그는 2004년 9월 14일 역사와 전통이 서린 런던 하이버리 스타디움에서 챔피언스리그 아스널을 상대로 원정 경기를 가졌다. 쟁쟁한 팀을 만난 때문일까. 다른 PSV 선수들은 얼어붙은 데 반해 박지성은 홀로 고군분투하며 '아스널의 왕'인 앙리를 비롯해 데니스 베르캄프, 로베르트 피레, 패트릭 비에이라 등 당대 최고의 스타들과 맞섰다. 박지성은 풀타임을 뛰며 무시무시한 활동량과 공격력으로 경기를 지켜보던 유럽 스카우터들에게 눈도장을 찍었다.

겨울 휴식기를 보내고 2005년이 시작하면서 박지성의 축구 역사에서도 특별한 후반기 시즌이 찾아온다. 그 시작은 후반기 리그 첫 경기였던 2005년 1월 22일 NAC 브레다 경기(4-0 승)였다. 골은 넣지 못했지만, 자책골과 쐐기골을 유도한 박지성은 네덜란드의 각종 축구 전문지에서 뽑은 베스트 11에 선정될 정도로 맹활약했다.

박지성은 당시 남아시아 지진·해일 이재민을 돕기 위한 세계 올스타 자선경기에도 나서면서 국제적 명성을 높였다. 2월 15일 열린 이 올스타전의 비유럽 선수팀 '호나우지뉴 11'에는 한국의 박지성, 차두리와 아프리카 올해의 선수상을 받았던 사무엘 에투, 최전성기를 구가하던 호나우지뉴 등이 포함됐다. 상대 팀 '세브첸코 11'에는 유럽 선수들인 데이비드 베컴, 지네딘 지단 등이 포진했다. 면면만 확인해도 가슴이 두근거리는 '별들의 명단'에 당당히 박지성이라는 이름을 올린 것이다.

올스타전을 통해 국제적 명성을 확인한 박지성은 챔피언스리그 16강전부터 본격적으로 활약하기 시작했다. 그는 2003~2004 시즌 준우승팀인 AS 모나코(프랑스)와 맞붙은 16강전에서 무르익을 대로 익은 기량을 과시했다. 박지성이 이 경기에서 얼마나 대단했는지는 둘도 없는 '절친'인 패트릭 에브라의 인터뷰에서도 확인할 수 있다. 당시 모나코의 왼쪽 풀백으로 뛰면서 오른쪽 윙포워드였던 박지성을 상대했던 에브라는 "박지성에게 너무 당해 그와 친해지고 싶지 않았다."고 회상했다.

박지성은 당시만 해도 프랑스 최강팀이었던 리옹과의 8강전에서도 펄펄 날았다. 리옹전에서 박지성은 경기장을 찾은 뜻밖의 인물에게 눈도장을 받았다. 세계 최고의 클럽인 맨체스터 유나이티드의 감독이었던 알렉스 퍼거슨이다. 당시 퍼거슨은 박지성의 기량을 확인하기 위해 친히 리옹전을 관람했다. 퍼거슨 감독은 훗날 그때를 회상하며 "당시 네덜란드에 있던 맨유 스카우터가 박지성을 예의주시하라고 했다. 그래서 직접 보러

갔다. 직접 보니 욕심이 났다. 열정과 공간 이해력이 너무 훌륭했다."고 말했다. 박지성을 보자마자 반했다는 고백인 셈이다. 유럽 구단들은 본격적으로 박지성에게 깊은 관심을 드러내기 시작했다. 그의 경기를 보려고 각 구단의 스카우터가 경기장을 찾는 일이 잦아졌다.

유수 클럽의 스카우터들이 박지성을 주목했던 이유는 기록으로도 확인할 수 있다. 박지성은 2월 19일부터 5월 4일까지 자신이 출전한 13경기에서 7골을 몰아칠 정도로 절정의 감각을 뽐냈다. 믿기 어려운 대활약이 이어지자 PSV 팬들은 '위숭빠레'라는 응원가를 만들어 박지성의 활약에 환호했다. 박지성은 "정말 좋으면서 서운하기도 했다. 이전부터 팀에 있었는데 지금에서야 이렇게 모른 척 노래를 불러주나 했다."고 당시를 회상했다.

팬들뿐만 아니라 선수들도 박지성의 활약에 놀라기는 마찬가지였다. PSV의 주장인 판 봄멜은 박지성의 플레이를 비난한 데 대해 공개 사과하기도 했다. 팀의 중심으로 완전히 거듭나는 데 성공한 것이다. 박지성이 5월 4일까지 기록한 7골 중에서 가장 인상적인 골은 챔피언스리그 4강 2차전 AC 밀란과의 경기에서 터뜨린 골이다. 당시 골은 박지성의 축구 인생에서 가장 인상적인 골이라고 해도 과언이 아니다.

박지성은 AC 밀란의 '철의 포백'(파올로 말디니-알레산드로 네스타-야프 스탐-카푸) 사이를 헤집고 다니다 전반 10분 자신이 투입한 스루 패스가 수비 경합 중 흘러나오자 지체없는 왼발 슈팅으로 '브라질 대표팀 수문장' 디다 골키퍼를 뚫고 선제골을 뽑아냈다. 한국 선수가 최초로 뽑아낸 유럽 챔피언스리그 본선 골이자 당대 최강인 AC 밀란을 상대로 유럽 중소클럽 PSV가 만들어낸 뜻깊은 골이었다.

PSV는 3-1로 밀란을 제압했지만 1차전 0-2 패배를 만회하지 못하고 원정 다득점 원칙에 따라 아쉽게도 결승 진출에 실패했다. 그러나 당시의 조직력과 끝까지 포기하지 않았던 열정은 아직까지 PSV 팬들 사이에서 회자될 정도로 역사적인 승부였다.

1, 2차전에서 박지성에게 호되게 당한 AC 밀란의 미드필더 젠나로 가투소는 인터뷰에서 "헌신이라는 말의 진짜 의미를 이해하고 있는 얼마 안 되는 선수"라며 박지성을 극찬했다. 다른 팀 선수마저 인정할 수밖에 없게 만드는 절정의 실력을 자랑한 셈이다.

박지성은 22경기 동안 단 한 골도 넣지 못하다 시즌 막판 들어 13경기에서 7골을 몰아쳤다. 리그 우승 길목과 챔피언스리그에서 터뜨린 골이기에 더없이 귀중한 골이었다. '중요한 순간에 믿을 수 있는 선수'로 각인된 박지성의 이미지가 이때부터 굳어졌다고 봐도 될 것이다.

박지성은 리그에선 줄곧 오른쪽 윙포워드로 뛰었지만, 챔피언스리그에선 파르판과 자리를 바꿔 왼쪽에서 뛰는 모습도 보였다. 덕분에 '오른쪽과 왼쪽 모두를 가리지 않는 선수'라는 인상도 심어주었다. 이는 훗날 맨유에서 팀 사정에 따라 왼쪽과 오른쪽 모두를 뛰며 크리스티아누 호날두, 라이언 긱스 등과의 경쟁에서도 살아남을 수 있었던 발판이 되기도 한다.

챔피언스리그에서는 아쉽게 4강에서 탈락했지만, 리그와 암스텔컵(현 KNVB컵)이 남아 있었다. PSV는 이미 4월 23일 리그 네 경기를 남겨두고 우승을 확정할 정도로 압도적인 시즌을 보냈다. 이때 획득한 승점 87은 1986~1987 시즌 기록한 팀 최다 승점과 같은 기록이다. 또 당시 기록한 '원정 17경기 무패'는 팀 역사상 신기록이다.

승점 87로 우승한 PSV는 네덜란드 리그 역사상 다섯 번째로 많은 승점(1위 1971~72 아약스 승점 93)으로 우승한 팀이었고, 이 우승을 시작으로 2007~08 시즌까지 리그 4연패에 성공하며 현재까지 네덜란드 리그 최고 연속 우승 기록을 보유할 수 있었다(2014년까지 기록, 공동 1위

1985~86 - 1988~1989 PSV, 2010~2011 - 2013~2014 아약스).

자신감에 불이 붙은 박지성은 시즌 막판에는 그야말로 '네덜란드 리그에서 뛰기 아까운 선수'라는 인상을 줄 정도로 PSV의 중심으로 거듭났다.

맨유 진출 전 마지막 경기가 된 5월 29일 암스텔컵 빌렘 Ⅱ와의 결승전에서도 박지성은 세 번째 골을 넣으며 4-0 완승을 이끌었고 PSV는 더블(리그+FA컵 우승)의 위엄을 달성했다.

세계 축구계도 박지성에게 환호했다. FIFA는 홈페이지에서 "박지성이 네덜란드로 간 후 전성기를 맞았다."며 대서특필했고, 아시아축구연맹 홈페이지는 "2005 아시아 올해의 선수가 유력하다."며 극찬했다. 실제로 박지성은 유럽에서 활약하는 내내 '아시아 올해의 선수상' 수상이 유력했지만 시상식에 참가해야만 상을 줄 수 있다는 방침 때문에 단 한 번도 상을 받지 못했다. 항상 시상식 날짜가 유럽 리그 일정과 겹쳤기 때문이다.

전성기를 구가하던 박지성은 이즈음 인생에서 가장 큰 고민에 빠지게 된다. 잉글랜드의 맨체스터 유나이티드에서 이적을 제의한 것이다. PSV와 재계약을 하느냐, 다른 유럽팀으로 이적하느냐를 두고 갈등하던 박지성은 고민 끝에 맨체스터 유나이티드 이적을 결정한다. 2년 반 동안의 네덜란드 생활이 그렇게 마무리됐다.

2004 — 2005 PSV 에인트호번

네덜란드 에레디비지

박지성

	선발	교체	골	승	무	패	승점
홈	14	0	6	13	0	1	39
원정	13	1	1	9	5	0	32
합계	27	1	7	22	5	1	71

PSV 에인트호번

순위	팀	경기	승	무	패	득점	실점	승점	비고
1	PSV 에인트호번	34	27	6	1	89	18	87	챔피언스리그
2	AFC 아약스	34	24	5	5	74	33	77	챔피언스리그 3라운드
3	AZ 알크마르	34	19	7	8	71	41	64	UEFA 컵
4	페예노르트	34	19	5	10	90	51	62	UEFA 컵
5	SC 헤이렌베인	34	18	6	10	64	52	60	UEFA 컵
6	FC 트벤테	34	15	9	10	48	38	54	
7	비테세	34	16	6	12	53	49	54	
8	로다 JC	34	13	8	13	60	55	47	
9	RKC 발베이크	34	13	8	13	44	51	47	
10	빌렘 II	34	13	6	15	44	56	45	UEFA 컵
11	FC 위트레흐트	34	12	8	14	40	43	44	
12	FC 흐로닝언	34	11	7	16	50	58	40	
13	NEC 네이메헌	34	9	10	15	41	47	37	
14	ADO 덴 하그	34	10	6	18	44	59	36	
15	NAC 브레다	34	9	8	17	43	67	35	
16	RBC 루젠달	34	10	2	22	38	77	32	강등 플레이오프
17	데 그라프샤프	34	4	7	23	32	78	19	강등 플레이오프
18	덴 보쉬	34	5	4	25	23	75	19	강등

암스텔컵(KNVB컵)

KNVB beker

박지성

3경기 2골

PSV 에인트호번

1,2,3라운드: 자동진출

16강: vs FC 볼렌담 4-0 승(박지성 골)

8강: vs FC 오스 6-1 승

4강: vs 페예노르트 1-1 무승부 후 승부차기 4-2승

결승: vs 빌럼II 4-0 승(박지성 골)

우승: PSV, 빌럼II 4-0 꺾고 우승

챔피언스리그

박지성

	선발	교체	골	승	무	패
홈	6	0	1	4	2	0
원정	7	0	1	2	1	4
합계	13	0	2	6	3	4

PSV 에인트호번

3차 예선: vs 츠르베나 즈베즈다(세르비아)

1차전(원정) 2-3패(박지성 골),

2차전(홈) 5-0승, 합계 7-3 승, 본선 조별예선 진출

본선 E조

팀	경기	승	무	패	득점	실점	승점
아스널 FC(잉글랜드)	6	2	4	0	11	6	10
PSV 에인트호번(네덜란드)	6	3	1	2	6	7	10
파나시나이코스 FC(그리스)	6	2	3	1	11	8	9
로젠보리 트론하임(노르웨이)	6	0	2	4	6	13	2

조 2위, 16강 진출

16강: vs AS 모나코(프랑스) 1차전(홈) 1-0승, 2차전(원정) 2-0승, 합계 3-0 승

8강: vs 올림피크 리옹(프랑스) 1차전(원정) 1-1무, 2차전(홈) 1-1무, 합계 2-2, 승부차기 4-2승

4강: vs AC 밀란(이탈리아) 1차전(원정) 2-0승, 2차전(홈) 3-1승(박지성 골), 합계 3-3, 원정 다득점 원칙으로 AC 밀란 승

4강 탈락: 리버풀(잉글랜드), AC 밀란 3-3 무승부 후 승부차기 3-2꺾고 우승

2005
2006

맨체스터
유나이티드

45경기 2골

34경기 1골

FA컵 2경기

리그 컵 3경기 1골

챔피언스리그 6경기

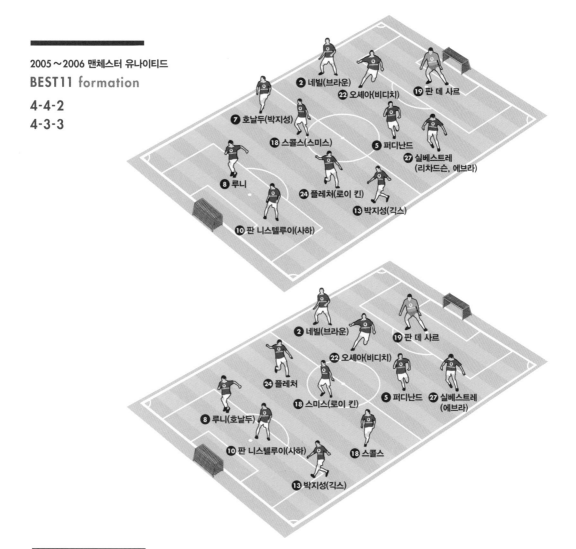

2005~2006 맨체스터 유나이티드
BEST11 formation
4-4-2
4-3-3

잉글랜드 무대 데뷔 시즌. 첫 시즌임에도 그는 세계 최고의 클럽에서 무려 45경기에 출전하는 엄청난 기록을 세웠다. 박지성의 축구 인생에서 가장 많은 경기를 뛴 시즌이다. 그는 첫 시즌부터 '아시아 마케팅용'이라는 조롱을 한 방에 날려버렸다. 호날두, 루니, 긱스 등 이름만 들어도 설레는 선수들과 경쟁하며 도움을 7개나 기록한 것만으로도 그의 기량이 얼마나 만개했는지 설명하기에 충분하다. 축구 선수에겐 새로운 팀으로 옮긴 뒤 첫 시즌을 어떻게 보내느냐가 중요한데, 박지성은 첫 시즌부터 자신의 특기를 유감없이 발휘하며 연착륙에 성공했다. 그는 너무도 빨리 '맨유에 있어도 전혀 어색하지 않은 선수'가 됐다.

2004~2005 시즌 종료를 앞두고 유수의 유럽 팀으로부터 러브콜이 물밀 듯이 들어오자 박지성은 PSV와 재계약하느냐, 다른 유럽 팀으로 이적하느냐를 놓고 큰 고민을 하게 된다. 박지성은 내심 팀을 옮기길 원하지 않았다. 네덜란드에서 2년 반을 보내긴 했지만 제대로 풀타임을 뛴 건 2004~2005 시즌이 전부라고 생각했기 때문이다. 사실 PSV에 잔류하는 게 박지성에게 여러모로 유리했다. 그것도 그럴 것이 히딩크 감독은 놀랍도록 기량이 향상한 박지성을 위주로 다음 시즌을 꾸리려고 했다. 팬들로부터 열광적인 지지를 받기 시작한 시즌이었다는 점도 박지성을 고민하게 만든 부분이다. '어떻게 얻은 팬들의 사랑인데…….' 재계약을 하면 연봉도 크게 뛸 가능성이 높았다는 점, PSV에 남으면 챔피언스리그에 계속해서 참가할 수 있다는 점도 팀을 옮기고 싶지 않은 이유였다. 한마디로 PSV에 잔류하는 게 박지성에게 무조건 유리했다. 박지성 자신도 '네덜란드에서 좀 더 보여줘야겠다.'고 생각한 것도 사실이다.

주위 사람들도 잔류를 권유했다. FC 바르셀로나에서 고향팀으로 돌아온 필립 코쿠는 "넌 언제든 빅클럽에서 뛸 수 있는 선수이니 조금 있다가도 된다."라고 말했다. 박지성의 축구 인생에 결정적인 영향을 끼친 히딩크 감독까지 나서서 이적을 만류하자 잔류에 무게가 실렸다.

그런데 놀라운 반전이 기다리고 있었다. 시즌 마지막 경기였던 암스텔컵이 끝나자마자 집에 돌아온 박지성에게 에이전트가 "맨체스터 유나이티드가 이적을 제의해왔다."고 말한 것이다. 어안이 벙벙한 상황에서 박지성은 전화 한 통을 받았다. '맨유의 전설' 알렉스 퍼거슨 감독이었다. "루드 판 니스텔루이(맨유 진출 전 PSV 출신)가 그랬듯 너도 맨유에서 잘 적응할 수 있을 거야. 여기 와서 잘할 것이라고 믿어. 윙어로서 네가 왼쪽에서도 뛸 수 있고 오른쪽에서도 뛸 수 있기 때문에 여기 와서 잘했으면 좋겠어. 좋은 기회니까 놓치지 말길 바라. 궁금한 거 있으면 이번

호로 연락해." 퍼거슨은 혹시라도 박지성이 자신의 말을 못 알아들을까 봐 최대한 천천히 말했다. 세계 축구사를 통틀어 최고의 명장으로 칭송받는 퍼거슨이 직접 전화를 걸어 구애하자 박지성의 마음이 흔들렸다. 상황이 급변하자 히딩크 감독도 다급해졌다. 히딩크는 "에이전트가 보내려는 게 아니라 네가 가고 싶다면 허락할 것"이라면서도 "맨유행은 분명 좋은 기회다. 하지만 PSV처럼 매 경기 주전으로 나서기 힘들 수도 있고 벤치에만 앉아 있다 계약 기간이 끝날 수도 있다."고 말했다. 사실상 박지성을 붙든 셈이다. 박지성은 그러나 도전하고 싶었다. 어쩌면 자신이 도전할 마지막 관문일 세계 최고의 클럽에서 축구 선수로서의 한계가 어디까지인지 확인하고 싶었다. 결국 박지성은 2년 반 동안의 네덜란드 생활을 마무리하고 맨유로 가기로 결정했다. 한국인 첫 맨유 선수이자 최초의 프리미어리거가 탄생하는 순간이었다.

당시 맨유는 개리 네빌, 로이 킨, 폴 스콜스, 라이언 긱스 등 일명 '퍼기의 아이들'이 건재함은 물론 전성기를 구가하던 판 니스텔루이, '잉글랜드의 현재이자 미래'로 불리던 웨인 루니, 아직 만개하지 않은 크리스티아누 호날두 등을 보유하고 있었다. 하지만 2002~2003 시즌 리그 우승후 2003~2004 시즌에는 무패 우승을 달성한 아스널에, 2004~2005 시즌에는 첼시에 우승컵을 내주며 고전했다. 맨유는 박지성과 골키퍼 판 데 사르를 영입하며 다시 한 번 대권 도전에 나섰다.

스타 선수가 득실한 맨유에서 박지성이 선수들에게 자신의 진면목을 보여준 건 홍콩과 중국, 일본을 방문한 아시안 투어에서였다. 당시 박지성은 오랜만에 찾은 일본에서 가시마 앤틀러스를 상대하던 중 튕겨 나오는 공을 잡기 위해 돌진하다 상대 수비수와 부딪쳐 눈두덩이 찢어지는 부상을 당했다. 순한 줄만 알았던 작은 아시아 선수가 저돌적인 모습을 보이자 맨유 선수들은 박지성을 다시 보기 시작했다. 이후 서서히 박지성은 '맨유 맨'으로서 선수들과 동화되기 시작했다.

맨유의 2005~2006 시즌 공식 개막전은 챔피언스리그 3차 예선 데브 레첸(헝가리)전이었다. 박지성은 이 경기를 통해 데뷔전을 치렀다. 홈에서 열린 1차전. 후반 22분 주장 로이 킨을 대신해 교체 출전한 박지성은 '꿈의 구장'으로 불리는 올드 트래퍼드에 선다. 약 25분여를 뛴 박지성은 4일 후인 8월 13일 열린 프리미어리그 개막전에서 선발로 출전한다. 그 누구도 예상치 못한 선발이었다. 판 니스텔루이와 루니의 선발은 예상됐지만, 박지성이 개막전부터 그들과 스리톱을 이룰 것이라 예상하는 건 쉽지 않았다. 긱스야 부상으로 빠지더라도 호날두가 있었기 때문에 박지성 자신도 깜짝 놀란 선발 출전이었다. 리그 데뷔전에서 박지성은 자신의 장점을 유감없이 보여줬다. 왼쪽 윙포워드로 선발 출전했지만, 오른쪽은 물론 중앙을 가리지 않고 경기장 곳곳을 누볐다. 다소 투박하지만 저돌적인 드리블 돌파로 반칙을 유도하고 넘어지더라도 곧바로 일어나는 강인한 모습이 현지 팬들에게 강인한 인상을 남겼다. 후반 15분에는 중앙선에서 한 번에 넘어온 패스를 머리로 트래핑한 뒤 골키퍼와 일대일 기회를 맞았지만 왼발 슛이 빗맞으며 데뷔 골 기회를 놓치기도 했다.

2-0으로 앞선 후반 40분까지 뛰다 키에런 리처드슨과 교체 아웃되며 데뷔전을 마친 박지성에게 영국의 스카이스포츠는 팀에서 세 번째로 높은 평점 7을 부여했다. 그만큼 박지성의 활약은 현지에서도 인상적이었다.

박지성은 꾸준히 경기에 나서며 첫 시즌부터 주전 멤버로 연착륙하는 데 성공했다. 직접적인 포지션 경쟁자가 호날두와 긱스, 리차드슨이고 스리톱을 이용할 땐 루니, 솔샤르까지 잠재적인 경쟁자였다는 점을 감안하면 당시 박지성의 활약이 얼마나 대단했는지 쉽게 이해할 수 있다. 그야말로 기라성과도 같은 선수들과 주전 경쟁을 벌이며 리그 총 38경기 중 34경기에 나섰으니 그야말로 충격적인 데뷔 시즌이었다고밖에 할 수 없다. 직전 시즌 PSV에서 총 44경기에 출전한 게 박지성의 종전 최고 출전 기록이었다. 그런데 맨유에서는 리그 34경기와 나머지 대회(챔스+리그컵+FA컵)를 포함해 총 45경기에 출전했을 정도로 자신의 축구 인생에서 가장 많은 경기에 출전한 시즌이었다.

데뷔 시즌에서 가장 인상적인 경기 중 하나는 10월 1일 열린 풀럼전이다. 본인은 만족한 경기가 아니었다고 회상하지만, 그는 전반 15분 중앙선 오른쪽에서부터 '폭풍 질주'를 하며 수비 세 명 사이를 헤집고 들어가 페널티킥을 얻어 팀에 선제골을 안겼다. 또 전반 18분 긱스의 패스를 이어받아 원터치 스루패스로 루니의 발 앞에 정확하게 떨구며 어시스트를 기록했다. 골을 넣은 루니는 박지성에게 가장 먼저 달려와 감사를 표했다. 전반 45분에는 중앙에서부터 한 번에 온 스루패스를 판 니스텔루이에게 내주는 침착하고 이타적인 플레이로 결승골에 도움을 기록한다.

박지성의 잉글랜드 무대 데뷔 골은 리그 컵 경기에서 나왔다. 12월 20일 열린 버밍엄과의 리그 컵 경기에 출전한 박지성은 후반 5분 자신의 헤딩 패스가 공격수 루이 사하에게 맞고 튕겨 나오자 얼른 달려 들어가 드리블에 이은 왼발 슈팅으로 골문을 갈랐다. 이 골은 이날 경기의 결승골(3-1승)이자 시원하고 통쾌한 데뷔 골이었다.

박지성이 승승장구하는 것과는 반대로 당시 맨유의 상황은 그다지 좋지 않았다. 무려 10년 만에 챔피언스리그 16강 진출이 무산되었기 때문이다. 조별리그에서 비야레알(스페인), 릴 OSC(프랑스), 벤피카(포르투갈)와 같은 조에 속할 때만 해도 손쉽게 본선 토너먼트에 오르는가 했지만 1승 3무 2패를 기록해 리그 최하위로 탈락하고 말았다.

2006년 2월 리버풀과의 FA컵 경기에서마저 패하며 리그와 리그 컵밖에 남지 않은 우울한 시즌이 됐다. 다행히 2006년 2월 26일 열린 위건 에슬레틱과의 리그 컵 결승에서 루니가 두 골, 호날두와 사하가 각각 한

골을 넣어 4-0으로 승리하며 그나마 체면치레를 할 수 있었다. 박지성은 이 경기에서 풀타임으로 활약하며 직접 우승컵을 들었다.

프리미어리그 데뷔 골은 다소 늦게 터졌다. 시즌 종료를 한 달 정도 남겨둔 2006년 4월 9일 아스널과의 경기에 선발 출전한 박지성은 후반 33분 오른쪽에서 루니의 낮은 크로스가 올라오자 넘어지면서 오른발로 밀어 넣었다. 1-0으로 아슬아슬하게 이기고 있던 라이벌전에서 승부에 쐐기를 박는 골을 만들어낸 박지성은 이후 아스널과 만나면 강한 모습을 보였다. 영국 무대에서 터뜨린 27골 중 아스널을 상대로만 5골을 넣을 정도였다.

한국 팬들에게 가장 인상적이었던 경기는 이영표와 맞대결을 펼친 4월 17일 토트넘전이었다. 원정팀으로 토트넘의 홈구장을 찾은 박지성은 오른쪽 윙으로 출전해 토트넘의 왼쪽 풀백을 맡은 이영표와 맞섰다. 당시 이영표는 마틴 욜 감독으로부터 절대적인 신임을 받으며 토트넘의 리그 돌풍(해당 시즌 5위)을 이끌고 있었다. 박지성과 이영표는 이날 경기에서 계속 충돌했다. 전반 36분 박지성은 수비진에 있던 이영표의 공을 빼앗아 루니에게 패스했고 루니는 침착한 슈팅으로 골망을 갈랐다. 이 골은 2-1로 끝난 이날 경기의 결승골이었다. 지난 시즌까지만 해도 함께 PSV에서 뛰던 동료이자 가장 친한 선배인 이영표의 실책을 유도하며 도움을 올린 데 대해 미안한 마음이 들었을까. 박지성은 골세리머니 후 살짝 이영표의 옆으로 가 손을 내밀었다. 이영표가 그 손을 잡았다. 말하지 않아도 두 사람의 마음속 대화가 들리는 듯했다.

박지성은 총 45경기 2골로 시즌을 마쳤다. 리그 34경기에서 1골을 터뜨렸고 그 밖의 대회에서 11경기에 출전해 1골을 기록했다. 출전 경기수에서 드러나듯 영국 무대 데뷔 시즌에서 주전급 선수로 발돋움한 점이 인상적이었다. 이후 6년 동안 맨유에서 활약할 수 있는 기반을 마련했던 시즌이나 다름없었다. 아직 만개하지 않은 호날두와 장기 부상으로 힘들어하던 솔샤르 등 팀 내 경쟁자에게 여러 사정이 생기며 박지성에게 많은 기회가 돌아간 측면도 있지만 '벤치에만 앉아 있다 올 수도 있다.'고 걱정했던 사람들의 예상을 깼던 시즌이었다.

리그 34경기에서 도움 7개를 기록한 건 득점력이 다소 부족한 게 아니냐는 비난을 상쇄하고도 남았다. 도움 7개는 2013~2014 시즌 환상적인 활약을 펼친 첼시의 에당 아자르나 리버풀의 조던 헨더슨이 기록한 도움 개수와 같다. 이들은 대부분 선발 출전해 풀타임을 뛰었지만, 박지성은 리그 34경기 중 11경기에서 교체로 뛰었다. 박지성의 프리미어리그 데뷔 시즌이 얼마나 대단했는지 새삼 알 수 있는 대목이다.

유럽축구연맹(UEFA)도 박지성의 활약에 반했다. 2005 올해의 팀(베스트 11) 후보로 박지성을 선정할 정도였다. 비록 베스트 11에 들지는 못했지만 파벨 네드베드(유벤투스), 플로랑 말루다(올림피크 리옹), 아르연 로번(첼시)과 왼쪽 미드필더 부문에서 경쟁했다(수상은 네드베드).

그해 맨유는 리그 38경기에서 고작 22실점(경기당 0.57실점)만을 기록한 첼시에 밀려 최종 2위로 시즌을 마쳤다. 챔피언스리그와 FA컵에선 조기 탈락했지만, 리그 컵 우승을 들어 올리며 그나마 체면치레했다.

맨유에 무슨 일이 있었나?

1993년부터 맨유에서 활약한 로이 킨이 9월 리버풀전 이후 퍼거슨과 갈라서며, 11월에 셀틱으로 이적했다(1997년부터 주장). 이후 게리 네빌로 주장이 바뀌었다. 로이 킨의 이적에 따라 공격수 앨런 스미스가 수비형 미드필더로 변신했지만, 결과적으로 실패하고 말았다. 겨울 이적 시장에서 훗날 주장이 되는 네마냐 비디치와 박지성의 절친이 된 에브라가 합류했다.

2005 — 2006 맨체스터 유나이티드

잉글랜드 프리미어리그

박지성

	선발	교체	골	도움	승	무	패	승점
홈	13	4	1	2	11	5	1	38
원정	10	7	0	5	11	3	3	36
합계	23	11	1	7	22	8	4	74

맨체스터 유나이티드

순위	팀	경기	승	무	패	득점	실점	승점	비고
1	첼시	38	29	4	5	72	22	91	챔피언스리그
2	맨체스터 유나이티드	38	25	8	5	72	34	83	챔피언스리그
3	리버풀	38	25	7	6	57	25	82	챔피언스리그 3차 예선
4	아스널	38	20	7	11	68	31	67	챔피언스리그 3차 예선
5	토트넘 홋스퍼	38	18	11	9	53	38	65	UEFA 컵
6	블랙번 로버스	38	19	6	13	51	42	63	UEFA 컵
7	뉴캐슬 유나이티드	38	17	7	14	47	42	58	인터토토 컵 3라운드
8	볼턴 원더러스	38	15	11	12	49	41	56	
9	웨스트햄 유나이티드	38	16	7	15	52	55	55	UEFA 컵
10	위건 애슬레틱	38	15	6	17	45	52	51	
11	에버턴	38	14	8	16	34	49	50	
12	풀럼	38	14	6	18	48	58	48	
13	찰턴 애슬레틱	38	13	8	17	41	55	47	
14	미들즈브러	38	12	9	17	48	58	45	
15	맨체스터 시티	38	13	4	21	43	48	43	
16	애스턴 빌라	38	10	12	16	42	55	42	
17	포츠머스	38	10	8	20	37	62	38	
18	버밍엄 시티	38	8	10	20	28	50	34	강등
19	웨스트브로미치 앨비언	38	7	9	22	31	58	30	강등
20	선덜랜드	38	3	6	29	26	69	15	강등

칼링컵(리그 컵)

박지성

3경기 1골 0도움

맨체스터 유나이티드

1,2라운드: 자동 진출

3라운드: vs 바넷 4-1 승

4라운드: vs W.B.A 3-1 승

5라운드: vs 버밍엄 시티 3-1 승 (박지성 골)

4강: vs 블랙번 1차전(원정) 1-1무, 2차전(홈) 2-1승,

합계 3-2 승

결승: vs 위건 4-0 승

우승: 맨체스터 유나이티드

FA컵

박지성

2경기 0골 0도움

맨체스터 유나이티드

1,2라운드: 자동 진출

3라운드: vs 버튼 알비온 0-0 무

3라운드 재경기: vs 버튼 알비온 5-0 승

4라운드: vs 울버햄튼 3-0 승

5라운드: vs 리버풀 0-1 패

5라운드 탈락: 리버풀, 웨스트햄에 3-3 무승부 후

승부차기 3-1로 꺾고 우승

챔피언스 리그

박지성

	선발	교체	골	도움	승	무	패
홈	0	3	0	0	1	2	0
원정	0	3	0	0	0	1	2
합계	0	6	0	0	1	3	2

맨체스터 유나이티드

3차 예선: vs 데브레첸(헝가리) 1차전(홈) 3-0승, 2차전(원정) 3-0승, 합계 6-0 승

본선 D조

팀	경기	승	무	패	득점	실점	승점
비야레알 FC(스페인)	6	2	4	0	3	1	10
SL 벤피카(포르투갈)	6	2	2	2	5	5	8
릴 OSC(프랑스)	6	1	3	2	1	2	6
맨체스터 유나이티드(잉글랜드)	6	1	3	2	3	4	6

조 4위, 탈락: 바르셀로나(스페인), 아스널(잉글랜드) 2-1 꺾고 우승

2006

2007

맨체스터
유나이티드

20경기 5골

리그 14경기 5골

FA컵 5경기

챔피언스리그 1 경기

2006～2007 맨체스터 유나이티드
BEST11 formation
4-4-2

② 네빌(브라운)

❶ 판 데 사르

⑦ 호날두

㉒ 비디치(오셔)

⑱ 스콜스(플레처)

⑤ 퍼디난드

㉔ 캐릭

㉗ 에브라(에인세)

⑧ 루니

⑬ 긱스(박지성)

⑩ 사하(라르손, 솔샤르)

불과 리그 14경기에 출전해 5골을 넣으며 절정의 골 감각을 뽐낸 시즌이었던 만큼 '막판까지 경기에 나올 수 있었다면······.' 하는 아쉬움이 남는다. 그만큼 시즌 막판 박지성의 골 감각은 절정에 달해 있었다. 부상만 없었더라면 2006～2007 시즌은 훨씬 더 결과가 좋았을 것이다. 환호와 아쉬움이 교차한 시즌이었다.

2년간 리그 우승을 놓친 맨유는 2006~2007 시즌에 명예 회복을 단단히 준비하고 있었다. 그런 맨유에게 박지성은 꼭 필요한 선수였다. 맨유가 박지성을 절실히 원했다는 건 입단한 지 1년밖에 안 된 그에게 재계약을 제안한 데서도 알 수 있다. 맨유로 이적할 당시 4년 계약을 맺었는데, 그는 이때 1년 계약 연장에 합의했다. 연봉이 훌쩍 뛴 건 물론이다.

맨유는 로이 킨이 떠나며 비어 있던 중앙 미드필더에 토트넘에서 활약한 마이클 캐릭을 영입하는 등 질주할 채비를 마쳤다.

박지성은 2006~2007 시즌에는 많은 경기에 나서지 못하며 20경기에 출전하는 데 그쳤다. 경쟁자인 호날두가 비상하기 시작한 데다 부상 문제에서 자유롭지 못했기 때문이다. 호날두는 이 시즌을 시작으로 매해 경기당 1골을 넣는 '살아있는 전설'이 됐다. 호날두가 워낙 잘하다 보니 포지션 경쟁자였던 박지성의 역할이 상대적으로 줄어들었다. 또한, 잠재적인 포지션 경쟁자였던 솔샤르도 2년간의 부상에서 회복되어 스리톱 상황에서 그와 윙포워드를 두고 경쟁했다. 이래저래 만만치 않은 시즌이었다.

하지만 가장 큰 문제는 박지성의 부상이었다. 개막 한 달 만인 2006년 9월 9일 토트넘전에서 왼쪽 발목 인대가 찢어지는 부상을 당했다. 회복하려면 3개월이나 걸리는 큰 부상이었다. 이후 12월 중순까지 약 3개월을 통째로 결장했다. 개막 이후 전 경기에 출전할 정도로 퍼거슨 감독으로부터 큰 신임을 받고 있던 상황에서 입은 부상이기에 더욱 아쉬웠다. 박지성이 출전하지 못하자 호날두가 더 많은 경기에서 출전하며 자연스럽게 기량이 일취월장할 수 있었다.

축구 천재 호날두와 루니가 이끄는 맨유는 고공 질주했다. 개막전에서 풀럼을 5-1로 대파하고 리그 1위로 시작한 맨유는 9월 하순 잠시 2위로 내려간 걸 제외하고는 단 한 번도 1위 자리를 놓치지 않으며 시즌을 마쳤다. 그야말로 압도적인 시즌이었다. 조제 무리뉴 감독의 첼시는 딱 3번

패했음에도 무승부를 11번이나 기록해 5패를 당한 맨유에 우승컵을 내줄 수밖에 없었다.

박지성은 12월 17일 웨스트햄과의 원정 경기에 후반 42분 교체로 들어가며 복귀전을 치렀다. 퍼거슨은 무려 99일 만에 복귀한 박지성을 크게 반겼다. 그는 박지성의 복귀를 앞두고 언론과의 인터뷰에서 "박지성의 복귀를 기다리고 있다. 박지성이 돌아오면 호날두와 긱스에게 쉴 수 있는 기회를 줄 수 있다. 박지성은 양쪽 측면을 모두 소화할 수 있는 아주 중요한 선수다."라고 말한 바 있다. 돌아온 박지성은 2005년의 마지막 날 열린 경기에서 설기현의 레딩과 맞대결을 펼치기도 했다. 그러나 박지성은 전반, 설기현은 후반만 소화하며 경기장 안에서 마주치지는 못했다.

시즌 첫 골은 2007년 1월 13일 애스턴 빌라와의 홈경기에서 터졌다. 왼쪽 윙으로 출전한 그는 전반 11분 페널티 지역 정면에서 오른발 논스톱 바운드 슛으로 골망을 갈라 선제골을 뽑았다. 2006년 4월 10일 아스널전 이후 약 9개월 만에 나온 골이었다. 이 경기에서 박지성은 골뿐만 아니라 도움도 기록했다. 캐릭이 박지성의 도움을 받아 맨유 데뷔 골을 터뜨렸다. 이날 박지성은 세 번째 골에도 관여했다. 그는 코너킥에서 이어진 볼을 걷어내려던 상대 수비수에게 달려들어 볼을 빼앗았고, 캐릭이 이 볼을 문전으로 크로스하자 호날두가 헤딩으로 골문을 갈랐다. 후반 20분 박지성이 교체 아웃되자 맨유 홈구장을 찾은 7만여 명의 관중이 기립박수를 보냈다.

박지성은 한 달 후인 2월 10일 찰턴 애슬레틱과의 경기에서 시즌 두 번째 골을 터뜨렸다. 이 경기에서 박지성은 전반 24분 선제골을 넣었다. 이날 맨유는 애슬레틱을 2-0으로 제압했다. 박지성이 잉글랜드에 진출한 후 최초로 결승골을 넣은 경기였다. 이날 골은 자신의 맨유 통산 첫 헤딩골이었던 데다 도움을 준 선수가 에브라였다는 점에서 의의가 있다. 에브라가 수비 태클을 피하며 올린 크로스를 헤딩골로 넣은 후 박지성은 곧장 에브라에게 달려가 안기며 우정을 과시했다.

세계적인 스타로 거듭난 만큼 박지성은 세계 올스타전에도 참여했다. 유럽연합(EU) 출범 50주년과 맨유의 유럽 클럽대항전 참가 50주년을 기념해 마련된 맨유-유럽 올스타전에서 맨유 소속으로 참가했다. 데이비드 베컴, 스티븐 제라드, 호나우지뉴, 주닝요 등 어마어마한 선수들이 유럽 올스타팀에 포함됐다. 3월 13일 열린 이 경기에서 박지성은 풀타임으로 활약한 것은 물론 결승골을 어시스트하며 팀의 4-3 승리를 이끌었다. 세계 올스타전에서 뛰는 박지성의 모습은 전혀 낯설지 않았다. 어느덧 세계적인 스타들과 어깨를 나란히 하는 선수가 된 것이다.

올스타전 직후인 3월 17일 열린 볼턴 원더러스와의 경기에서는 혼자 두 골을 뽑아내며 영국 무대 진출 후 첫 멀티 골을 기록했다. 이날 경기에서 박지성과 루니는 각각 두 골을 만들어내며 볼턴을 4-1로 완파했다. 박지성은 정규리그 선발 출전 7경기 만에 4골을 넣으며 맹활약했다. 당시 박지성은 솔샤르(98분당 1골), 호날두(143분당 1골)에 이어 팀 내에서 가장 적은 시간을 쓰고 골을 넣은 선수(173분당 1골)였다. 그의 뒤에는 루니(191분당 1골)나 사하(205분당 1골)같은 전문 골게터가 있었다. 또한, 이 기록은 EPL 전체에서 14위에 해당하는 놀라운 기록이기도 했다. 골 결정력이 부족한 게 아니냐는 지적이 나오자 곧바로 골을 몰아넣으며 세간의 비난을 잠재운 것이다.

박지성은 3월 31일 열린 블랙번 로버스와의 홈경기에도 선발 출전해 풀타임을 뛰며 1골 1도움을 기록했다. 이 경기를 포함해 최근 세 차례의 경기에서 3골 1도움을 기록할 정도로 맹활약했다. 그러나 이때 갑작스러운 불행이 찾아왔다. 블랙번전 다음날 박지성의 무릎이 갑자기 부어올랐던 것이다. 처음엔 2~3주만 쉬면 나을 것으로 내다봤지만 수술이 불가피

한 상황까지 갔다. 결국, 관절 내시경을 통해 연골을 재생하는 수술을 받아야 했다. 현지 언론이 '최대 1년간 경기장에 나올 수 없을지도 모른다.'고 대서특필할 정도로 큰 수술이었다.

박지성은 2007년 4월 28일 미국 콜로라도에서 리처드 스테드먼 박사에게 수술을 받았다. 스테드먼 박사는 판 니스텔루이, 마이클 오언, 솔샤르 등의 수술을 집도한 전문의다. 처음엔 회복하기까지 6개월가량이 걸릴 줄 알았지만, 예상보다 무릎 상태가 심각했다. 박지성은 약 8~9개월의 회복이 필요한 혹독한 재활과정에 들어가게 된다. 자연스레 두 달여 남은 시즌 경기에 출전하지 못했다. 팀은 그가 발목 부상으로 빠진 전반기, 챔피언스리그 조별예선 조 1위(4승 2패)로 16강에 진출해 릴마저 꺾고 8강에 진출한 상황이었다. 맨유는 AS 로마를 상대로 한 8강 1차전 원정에서 1-2로 패하며 패색이 짙었다. 하지만 홈에서 벌어진 2차전에서 무려 7-1로 로마를 대파했다. 안타깝게도 맨유는 4강에서 AC 밀란에 종합 스코어 3-5로 밀려 탈락했다. FA컵에선 결승에 진출해 첼시와 붙었지만 디디에 드록바에게 연장 후반 골을 내주며 0-1로 패해 우승컵을 놓쳤다.

하지만 리그에서는 리그 두 경기를 남겨 놓은 시점에서 우승을 결정짓는 여유까지 보였다. 2002~2003 시즌 우승 후 무려 4년 만에 다시 왕좌에 오른 맨유는 이후 약 5년간 '맨유 왕조'를 이어갔다.

박지성은 1시간이 걸린 무릎 수술 후 지독한 재활 생활에 돌입했다.

그래도 리그 우승 세리머니 때는 목발을 짚고 동료들과 환호하는 찡한 모습을 연출하기도 했다. 이 우승으로 박지성은 아시아 선수 최초로 프리미어리그 우승 메달을 받는 선수가 됐다.

박지성의 막판 부재는 팀에 큰 아쉬움을 안겼다. FA컵 결승전을 앞두고 퍼거슨 감독은 "이 중요한 순간 우리는 박지성을 그리워하고 있다. 그의 적응력과 좌·우 양쪽을 소화할 수 있는 능력이 필요한 때"라며 아쉬워했다. 루니는 "팀에 헌신하는 선수인 박지성의 결장이 아쉽다."고 했다. 시즌 종료 후 맨유 공식 매거진은 "박지성은 시즌 중 두 차례 수술을 받아 제 기량을 모두 보여주진 못했지만 5골을 터트린 걸 포함해 팀에 크게 기여했다."고 언급하며 박지성의 활약상을 전했다.

맨유에 무슨 일이 있었나?

겨울 이적시장에서 헨릭 라르손을 임대했다. 호날두가 기량이 급격하게 향상하기 시작한 시즌이다. 팀 하워드 골키퍼가 에버턴으로 이적했다. 비디치와 퍼디난드가 본격적인 호흡을 맞추었다.

2006 — 2007 맨체스터 유나이티드

잉글랜드 프리미어리그

박지성

	선발	교체	골	도움	승	무	패	승점
홈	6	2	5	2	8	0	0	24
원정	2	4	0	0	4	1	1	13
합계	8	6	5	2	12	1	1	37

맨체스터 유나이티드

순위	팀	경기	승	무	패	득점	실점	승점	비고
1	맨체스터 유나이티드	38	28	5	5	83	27	89	챔피언스리그
2	첼시	38	24	11	3	64	24	83	챔피언스리그
3	리버풀	38	20	8	10	57	27	68	챔피언스리그 3차 예선
4	아스널	38	19	11	8	63	35	68	챔피언스리그 3차 예선
5	토트넘 홋스퍼	38	17	9	12	57	54	60	UEFA 컵
6	에버턴	38	15	13	10	52	36	58	UEFA 컵
7	볼턴 원더러스	38	16	8	14	47	52	56	UEFA 컵
8	레딩	38	16	7	15	52	47	55	
9	포츠머스	38	14	12	12	45	42	54	
10	블랙번 로버스	38	15	7	16	52	54	52	UEFA 인터토토컵
11	애스턴 빌라	38	11	17	10	43	41	50	
12	미들즈브러	38	12	10	16	44	49	46	
13	뉴캐슬 유나이티드	38	11	10	17	38	47	43	
14	맨체스터 시티	38	11	9	18	29	44	42	
15	웨스트햄 유나이티드	38	12	5	21	35	59	41	
16	풀럼	38	8	15	15	38	60	39	
17	위건 애슬레틱	38	10	8	20	37	59	38	
18	셰필드 유나이티드	38	10	8	20	32	55	38	강등
19	찰턴 애슬레틱	38	8	10	20	34	60	34	강등
20	왓퍼드	38	5	13	20	29	59	28	강등

칼링컵(리그 컵)

박지성

출전기록 없음

맨체스터 유나이티드

1,2라운드: 자동진출

3라운드: vs 크루 안렉산드라 2-1 연장승

4라운드: vs 사우스엔드 0-1 패

4라운드 탈락: 첼시, 아스널 2-1 꺾고 우승

FA컵

박지성

5경기 0골 0도움

맨체스터 유나이티드

1,2라운드: 자동진출

3라운드: vs 애스턴 빌라 2-1 승

4라운드: vs 포츠머스 2-1 승

5라운드: vs 레딩 1-1 무

5라운드 재경기: vs 레딩 3-2 승

6라운드: vs 미들즈브러 2-2 무

6라운드 재경기: vs 미들즈브러 1-0 승

4강: vs 왓포드 4-1 승

결승: vs 첼시 0-1 연장패

준우승: 첼시, 맨체스터 유나이티드 연장 1-0 꺾고 우승

챔피언스 리그

박지성

1경기 0골 0도움

16강 릴 OSC 2차전 교체출전

맨체스터 유나이티드

본선 F조

팀	경기	승	무	패	득점	실점	승점
맨체스터 유나이티드(잉글랜드)	6	4	0	2	10	5	12
셀틱 FC(스코틀랜드)	6	3	0	3	8	9	9
SL 벤피카(포르투갈)	6	2	1	3	7	8	7
FC 쾨벤하운(덴마크)	6	2	1	3	5	8	7

조 1위, 16강 진출

16강: vs 릴 OSC(프랑스) 1차전(원정) 1-0승, 2차전(홈) 1-0승, 합계 2-0 승

8강: vs AS 로마(이탈리아) 1차전(원정) 1-2패, 2차전(홈) 7-1승, 합계 8-3 승

4강: vs AC 밀란(이탈리아) 1차전(홈) 3-2승, 2차전(원정) 0-3패, 합계 3-5 패

4강 탈락: AC 밀란, 리버풀(잉글랜드) 2-1꺾고 우승

2007
—
2008

맨체스터
유나이티드

18경기 1골

리그 **12경기 1골**

FA컵 2경기

챔피언스리그 **4경기**

2007~2008 맨체스터 유나이티드
BEST11 formation
4-4-2

❷ 브라운(오셔)
❶ 판 데 사르
❼ 호날두(박지성)
❶5 비디치
❶6 스콜스(안데르송)
❺ 퍼디난드
❿ 루니(호날두)
❶8 캐릭(하그리브스)
❸ 에브라
❸2 테베즈
❶1 긱스(나니)

박지성이 가장 적은 경기를 소화한 시즌이다. 무릎 수술로 전반기를 통째로 날렸기 때문이다. 2007년 12월 26일 교체 투입돼 35분간 활약하지 않았다면 2007~2008 시즌 전반기인 2007년엔 한 경기도 못 뛸 뻔했다. 골과 도움 역시 각각 한 개밖에 기록하지 못했다. 하지만 큰 소득도 얻었다. 퍼거슨 감독은 강한 상대와 맞붙는 경기나 중요한 '빅 게임'에는 항상 박지성을 중용했다. 챔피언스리그 8강 AS 로마전을 시작으로 중요한 경기에서 수비적인 역할을 해줄 수 있는 미드필더로서는 맨유 안에서 최고임을 입증했다. 맨유 첫 시즌에는 저돌적인 돌파와 활동량, 두 번째 시즌에는 뛰어난 골 결정력으로 어필했다면 이 시즌을 기점으로 무시무시한 수비력과 상대팀 핵심 선수를 전담하여 막는 역할을 해낼 수 있음을 증명했다. 훗날 박지성이 맨유를 떠날 때까지 맨유 레전드들이나 상대팀 선수들은 박지성의 이런 면모를 극찬했다.

무릎 수술을 받은 박지성에게 2007~2008 시즌을 앞두고 암울한 소식이 들려왔다. 시즌 시작 전 맨유가 포르투갈의 스포르팅으로부터 나니와 안데르송을 동시에 영입한 것이다. 나니의 포지션은 윙으로 박지성의 직접적인 경쟁 상대였다. 맨유 입장에서는 박지성의 장기 이탈에 대비한 합리적인 선택이었지만, 박지성의 개인 입지로 볼 때는 아쉬울 수밖에 없는 영입이었다.

중앙 미드필더로 영입한 오웬 하그리브스와 안데르송도 박지성의 잠재적인 경쟁자였다. 중앙 미드필더는 박지성이 가끔씩 맡았던 포지션이다. 중앙 미드필더마저 백업 선수로 꽉 찬 상황이 된 것이다. 맨유는 탄탄해졌지만 박지성은 다소 불안한 상황에서 재활을 해야 했다.

박지성은 부상 탓에 맨유가 처음으로 진행한 한국 투어(FC 서울)에도 출전하지 못했다. 벤치에 앉아 있는 그를 보며 한국의 축구팬들은 아쉬움을 삼켜야 했다. 박지성은 대회 전에 열린 기자회견에서 "내년 1월쯤 복귀할 수 있을 것"이라고 복귀 시기를 알리며 팬들의 마음을 진정시켰다.

재활은 순조로웠다. 11월 말에는 퍼거슨 감독이 인터뷰에서 "박지성이 훈련에 복귀했다. 12월 경기에 나설 수 있을 정도로 많이 회복됐다. 재활이 아주 잘 진행되고 있다."며 박지성의 훈련 복귀를 알리기도 했다.

약 3주 가량 1군 훈련을 하며 감각을 끌어올린 박지성은 12월 26일 선덜랜드 원정 경기에서 복귀전을 치렀다. 무려 270일 만의 복귀였다. 그는 3-0으로 앞서던 후반 12분 호날두를 대신해 교체로 들어가 왼쪽 윙으로 활약했다. 퍼거슨 감독은 "박지성이 돌아와 겨울 이적 시장에서 영입은 필요없다."고 말했을 정도로 그의 복귀에 반색했다. 실제로 퍼거슨 감독은 지난겨울 이적시장에서 라르손을 임대 영입하며 공격력을 강화한 것과 달리 그해 겨울 이적 시장에선 특별한 영입을 하지 않았다.

복귀와 동시에 팀 대부분의 경기에 출전하며 박지성은 여전히 퍼거슨 감독에게 중요한 선수임을 입증했다. 특히 2월 열린 맨체스터 시티 - 아스널로 이어지는 2연전에 모두 출전하며 팀 승리에 보탬이 되기도 했다. 아직 부담이 클 수 있는 챔피언스리그 16강 리옹과의 경기에는 출전하지 않았다. 이때부터 박지성은 맨유의 혹독한 '로테이션 정책(여러 선수를 번갈아 기용하는 전략)'으로 고생하게 된다.

리그 첫 세 경기에서 2무 1패로 1승도 거두지 못했던 맨유는 이어진 리그 16경기에서 8연승을 포함해 14승 1무 1패라는 무시무시한 성적을 기록하며 곧바로 리그 최상위권에 올라섰다. 박지성이 복귀전을 치른 선덜랜드전에서 한 달 반 만에 리그 1위로 복귀하기도 했다.

박지성의 이번 시즌 유일한 골은 2008년 3월 1일 풀럼과의 리그경기에서 터졌다. 원정전이었지만 박지성은 헤딩골을 넣은 것은 물론 나머지 두 골에도 깊이 관여하며 복귀 후 최고의 경기를 펼쳤다. 특히 이날 헤딩골은 2007년 3월 31일 블랙번전 이후 무려 335일 만에 터진 골이었다. 박지성은 골을 넣은 후 구단 홈페이지와의 인터뷰에서 "수술하기 전에 어떤 수술을 받게 되고, 어떤 재활 과정을 거쳐야 한다는 말을 들었을 때는 맨유를 위해 다시 골을 넣지 못할 수도 있겠다는 생각을 잠시 한 적이 있다."고 말하기도 했다.

박지성의 활약은 챔피언스리그에서 특히 빛났다. 16강전에 출전하지 못한 박지성은 8강 AS 로마전부터 빛을 발했다. 8강 1차전 로마 원정에 선발 출전하며 이번 시즌 챔피언스리그에서 첫 경기를 치른 박지성은 공격뿐만 아니라 수비에도 적극 가담하며 활약했다. 당시까지만 해도 윙어가 수비에 적극적으로 가담하는 모습을 보기 힘들었기에 그의 모습은 분명 남달랐다. 비록 공격 포인트는 올리지 못했지만 왕성한 활동량으로 팀의 2-0 승리에 일조했다.

퍼거슨 감독은 박지성에 대한 믿음을 행동으로 증명했다. 8강 2차전을 앞두고 팀 간판스타를 대동하는 경기 전 기자회견에 이례적으로 박지성과 함께 나타난 것이다. 대개 루니, 호날두 혹은 주장 네빌 등이 참석하던 이 자리에 박지성을 데리고 나온 것만으로도 퍼거슨이 얼마나 박지성을 신뢰했는지 알 수 있다.

2차전 홈경기에서는 루니, 호날두, 스콜스 등 핵심선수를 빼고도 1-0 승리를 거뒀다. 퍼거슨 감독은 "이 세 선수를 뺀 것은 다른 선수들도 훌륭하기 때문"이라며, "이날 박지성과 테베스, 오언 하그리브스 3명은 최고였다."고 극찬했다. 이 경기 후 AP통신 역시 "유럽 무대에서 뛰고 있는 아시아 축구 선수 중 박지성이 최고"라는 평가를 내놓았다.

박지성은 기세를 몰아 4강 FC 바르셀로나와의 경기에도 출전했다. 당시 바르셀로나는 사무엘 에투-티에리 앙리-리오넬 메시라는 막강 공격진을 갖춘 팀이었다. 맨유는 4강 1차전 원정 경기에서 철저하게 수비적인 전략으로 나섰다. 유럽 최고 팀 간의 맞대결이었지만 볼 점유율이 27%와 73%로 확연히 차이 났을 정도였다. 박지성이 선 왼쪽 윙은 당시까지만 해도 오른쪽 윙포워드로 나오던 메시와 정면충돌하는 위치였다. 박지성은 경기 내내 메시를 괴롭혔다. 결국 맨유는 0-0 무승부를 거뒀다. 박지성은 홈에서 열린 2차전에서도 역시 왼쪽 윙으로 선발 출전해 1차전과 다름없이 맹활약하며 메시의 공세를 완벽하게 막아냈다. 맨유는 전반 14분 스콜스의 오른발 중거리포로 골을 넣은 후 철저하게 문을 걸어 잠궜다. 바르셀로나는 일방적인 공격을 퍼부었지만 끝내 득점하지 못했고, 맨유는 1, 2차전 합계 1-0으로 신승을 거두며 감격적으로 결승에 진출했다. 1998~1999 시즌 이후 9년 만에 오른 결승 무대였다. 박지성이 결승전에 선발 출전하면 아시아 선수 최초로 챔피언스리그 결승전 무대를 밟는 영광을 누릴 수 있었다(결승전 명단에 최초로 포함된 선수는 바이에른 뮌헨의 이란 출신 공격수 알 다에이다).

박지성은 챔피언스리그 4강 바르셀로나와의 경기에 출전해 경기 내내 메시를 괴롭혔다.

맨유는 리그에서도 질주를 멈추지 않았다. 3월 15일 리그 1위에 올라선 후 6경기 연속 골을 넣은 호날두의 활약에 힘입어 1위로 시즌을 마치며, 리그 2연패를 차지했다. 잠깐 위기도 있었다. 리그 종료 3경기를 남기고 열린 4월 26일 첼시전에서 1-2로 패했다. '사실상의 결승전'에서 패하자 리그 우승이 힘들어지나 싶었다. 하지만 남은 두 경기에서 모두 승리를 챙기며 첼시를 승점 2점 차로 극적으로 따돌리고 리그 2연패를 달성했다.

맨유가 리그에서 우승하자 한국 축구팬들의 관심은 러시아 모스크바에서 열리는 챔피언스리그 결승전에 쏠렸다. '축구 선수의 최고의 무대'로 일컬어지는 챔피언스리그 결승전에 아시아 선수 최초로 박지성이 서는 모습을 볼 수 있을 것이라는 기대 때문이었다. 8강과 4강에서 중용됐던 만큼 모든 언론이 박지성의 선발 출전을 예상했다. 박지성 스스로도 내심 경기에 나갈 수 있을 거라 기대했다. 그러나 퍼거슨 감독은 경기 당일 오전 박지성을 호출해 명단에서 제외하겠다고 얘기했다. 퍼거슨은 오른쪽 윙에 박지성이 아닌 중앙 미드필더 오언 하그리브스를 깜짝 배치했다. 훗날 퍼거슨 감독은 당시의 선택에 대해 "내가 그동안 내린 결정 가운데 가장 힘든 것이었다."라고 회상했다.

맨유는 전반 26분 브라운의 크로스를 이어받아 헤딩골을 넣은 호날두의 골로 앞서갔지만 19분 뒤 프랭크 램파드에게 동점골을 허용하며 연장까지 갔다. 연장에서도 승부를 내지 못한 양 팀은 승부차기에서 핵심선수 호날두와 존 테리가 모두 실축하며 살얼음판을 걷는 승부를 이어갔다. 결국 첼시의 니콜라스 아넬카의 페널티킥을 판 데 사르가 막아내며 맨유가 감격의 우승을 차지했다. '빅 이어(챔피언스리그 우승 트로피의 이름)'를 가져간 맨유는 리그와 챔피언스리그 우승을 동시에 달성한 '더블'을 이룩했다.

박지성 역시 우승 세리머니에 동참했지만 유니폼을 입지 않은 그의 모습은 분명 안타까웠다. 박지성은 스스로도 훗날 "내가 맨유에 필요한 중요한 선수가 아닌가'라는 생각이 들어 맨유를 떠나야 하나 생각했다."고 말했을 정도로 결승전 명단에서 제외된 건 충격적인 일이었다. 하지만 박지성은 그전까지 중요한 경기에 중용 받았던 걸 떠올리며 '이곳에서 한 번만 더 해보자. 더 해봐서 다음에 결승에 올라가면 그때는 꼭 뛰자.'는 마음을 먹으며 시즌을 마무리한다.

맨유 공식 잡지는 시즌 종료 후 선수 평가에서 박지성을 '최고의 행운 선수'로 선정했다. 박지성이 선발 출전한 리그전 10경기에서 모두 이겼기 때문이다. 챔피언스리그를 포함하면 박지성이 선발 출전한 14경기에서 맨유는 무려 13승 1무라는 압도적인 성적(승률 92%)을 거뒀다. 반면 박지성이 교체 출전한 4경기에서는 1승2무1패의 성적(승률 25%)을 거두는 데 그쳤다.

맨유에 무슨 일이 있었나?

라이언 쇼크로스와 헤라드 피케가 주전 경쟁을 견디지 못하고 각각 스토크 시티와 바르셀로나로 이적했다. 2007년 8월 28일엔 솔샤르가 부상을 이기지 못하고 은퇴를 선언했다. 호날두는 해당 시즌 프리미어리그 올해의 선수를 2시즌 연속 수상했다. 또 리그에서 31골(34경기)을 넣으며 득점왕을 차지했다. 또한 호날두는 챔피언스리그에서도 8골을 기록해 득점왕의 영예를 안았고 챔피언스리그 올해의 선수상도 수상했다. 또한 이때까지 분리돼 있던 2008 발롱도르(유럽 올해의 선수상)와 FIFA 올해의 선수상을 싹쓸이하기도 했다. 진정한 호날두의 시대가 도래했다고 해도 과언이 아닌 시즌이었다. 긱스는 챔피언스리그 결승에 출전하면서 바비 찰턴이 가지고 있던 맨유 역사상 가장 많은 출전 기록(758경기)을 깼다.

2007 — 2008 맨체스터 유나이티드 시즌 레코드

박지성

	선발	교체	골	도움	승	무	패	승점
홈	4	1	0	0	4	0	1	12
원정	4	3	1	1	5	2	0	17
합계	8	4	1	1	9	2	1	29

맨체스터 유나이티드

순위	팀	경기	승	무	패	득점	실점	승점	비고
1	맨체스터 유나이티드	38	27	6	5	80	22	87	챔피언스리그
2	첼시	38	25	10	3	65	26	85	챔피언스리그
3	아스널	38	24	11	3	74	31	83	챔피언스리그 3차 예선
4	리버풀	38	21	13	4	67	28	76	챔피언스리그 3차 예선
5	에버턴	38	19	8	11	55	33	65	UEFA컵
6	애스턴 빌라	38	16	12	10	71	51	60	UEFA 인터토토컵
7	블랙번 로버스	38	15	13	10	50	48	58	
8	포츠머스	38	16	9	13	48	40	57	UEFA컵
9	맨체스터 시티	38	15	10	13	45	53	55	UEFA컵 1차 예선
10	웨스트햄 유나이티드	38	13	10	15	42	50	49	
11	토트넘 홋스퍼	38	11	13	14	66	61	46	UEFA 컵
12	뉴캐슬 유나이티드	38	11	10	17	45	65	43	
13	미들즈브러	38	10	12	16	43	53	42	
14	위건 애슬레틱	38	10	10	18	34	51	40	
15	선덜랜드	38	11	6	21	36	59	39	
16	볼턴 원더러스	38	9	10	19	36	54	37	
17	풀럼	38	8	12	18	38	60	36	
18	레딩	38	10	6	22	41	66	36	강등
19	버밍엄 시티	38	8	11	19	46	62	35	강등
20	더비 카운티	38	1	8	29	20	89	11	강등

FA커뮤니티 실드

vs 첼시 1-1무승부 후 승부차기 3-0승, 우승(박지성 출전기록 없음)

칼링컵(리그 컵)

박지성

출전기록 없음

맨체스터 유나이티드

1, 2라운드: 자동진출

3라운드: vs 코벤트리 시티 0-2 패

3라운드 탈락: 토트넘, 첼시에 연장서 2-1꺾고 우승

FA컵

박지성

2경기 0골 0도움

맨체스터 유나이티드

1, 2라운드: 자동진출

3라운드: vs 애스턴 빌라 2-0 승

4라운드: vs 토트넘 3-1 승

5라운드: vs 아스널 4-0 승

6라운드: vs 포츠머스 0-1 패

6라운드 탈락: 포츠머스, 카디프 시티 1-0 꺾고 우승

챔피언스 리그

박지성

	선발	교체	골	도움	승	무	패
홈	2	0	0	0	2	0	0
원정	2	0	0	0	1	1	0
합계	4	0	0	0	3	1	0

맨체스터 유나이티드

본선 F조

팀	경기	승	무	패	득점	실점	승점
맨체스터 유나이티드(잉글랜드)	6	5	1	0	13	4	16
AS 로마(이탈리아)	6	3	2	1	11	6	11
스포르팅 CP(포르투갈)	6	2	1	3	9	8	7
디나모 키예프(우크라이나)	6	0	0	6	4	19	0

조1위, 16강 진출

16강: vs 올림피크 리옹(프랑스) 1차전(원정) 1-1무, 2차전(홈) 1-0승, 합계 2-1 승

8강: vs AS로마(이탈리아) 1차전(원정) 2-0승, 2차전(홈) 1-0승, 합계 3-0 승

4강: vs 바르셀로나(스페인) 1차전(원정) 0-0무, 2차전(홈) 1-0승, 합계 1-0 승

결승: vs 첼시(잉글랜드) 1-1 무승부 후 승부차기 6-5 승리

우승: 맨체스터 유나이티드, 첼시 1-1 무승부 후 승부차기 6-5꺾고 우승

2008
2009

맨체스터
유나이티드

40경기 4골

리그 25경기 2골

FA컵 3경기 1골

리그 컵 1경기

챔피언스리그 9경기 1골

기타대회 2경기

2008~2009 맨체스터 유나이티드
BEST11 formation
4-4-2

22 오셔(네빌, 하파엘)

1 판 데 사르

7 호날두(나니)

15 비디치

16 플레처(스콜스)

5 퍼디난드(에반스)

10 루니

24 캐릭(안데르송)

3 에브라(오셔)

9 베르바토프(테베즈)

13 박지성(긱스)

큰 부상 없이 오랜 만에 풀타임을 소화한 시즌이다. 모든 대회를 합쳐 40경기에 나가며 로테이션 정책 속에서도 맡은 바 역할이 확실하다는 걸 증명했다. 특히 지난 시즌부터 굳혀온 수비형 윙어로서의 역할은 이 시즌을 계기로 세계적 수준으로 발돋움했다. 맨유 입단 후 처음으로 FA컵(8강 풀럼전)에서 골을 넣은 점, 챔피언스리그(4강 2차전 아스널전)에서 골을 넣은 점, 처음이자 마지막으로 클럽 월드컵 무대를 밟았다는 점도 기억할 만하다. 물론 가장 인상적인 순간은 아시아 선수 최초로 챔피언스리그 결승 무대를 밟은 것이라고 할 수 있다. 결승 엔트리 탈락 1년 만에 자신과의 약속을 지킨 점에서 박지성이라는 선수의 의지가 얼마나 강인했는지 새삼 알 수 있다.

지난 시즌 리그와 챔피언스리그 우승을 동시에 달성하면서 2008~2009 시즌은 맨유 역사상 가장 바쁜 시즌이 예고되었다. 리그 우승으로 커뮤니티 실드(리그 우승팀과 FA컵 우승팀이 벌이는 컵대회), 챔피언스리그 우승으로 UEFA 슈퍼컵(챔피언스리그 우승팀과 UEFA컵 우승팀이 다투는 컵대회)에 참가해야 했고, 또 각 대륙별 대회 우승팀이 맞붙는 FIFA 클럽 월드컵에도 나가야 했다. 기존 리그 경기와 FA컵, 리그 컵, 챔피언스리그 일정에 이 같은 추가 일정이 더해진 것이다. 당연히 로테이션 시스템이 뒤따를 수밖에 없는 일정이었다. 그 로테이션 시스템 안에서 박지성은 전성기를 맞은 호날두의 체력을 안배하고 나이 많은 긱스(2008년 당시 35세)를 보좌하는 역할을 부여받는다. 나니와의 경쟁에서 얼마나 버티느냐도 관건이었다.

맨유의 공격진에는 새 인물이 추가됐다. 토트넘에서 환상적으로 활약한 디미트리 베르바토프(불가리아)를 영입한 것이다. 이 영입으로 기존 공격진이었던 루이 사아가 에버턴으로 이적했다. 또 퍼거슨 감독이 베르바토프를 중용하면서 테베즈의 출전 기회가 점차 줄기 시작했다.

부상만 없다면 오랜 만에 풀타임 시즌이 가능한 해였기에 박지성의 의욕은 남달랐다. 지난 챔피언스리그 결승 명단 제외 후 투지를 불살랐기에 이를 악물고 시즌을 준비할 수밖에 없었다. 박지성은 8월 29일 열린 UEFA 슈퍼컵을 통해 시즌 첫 경기를 치른다. 상대는 지난 시즌에 UEFA컵(현 유로파리그의 전신)을 차지했던 러시아의 제니트였다. 팀이 0-2로 뒤지던 후반 14분에 교체 투입된 박지성은 스코어를 뒤집어야 한다는 부담감 속에서도 활발하게 움직이며 상대를 위협했다. 비록 패하긴 했지만 맨유 홈페이지는 "팀에 활기를 불어넣는 플레이를 펼쳤다."고 박지성을 칭찬했다.

박지성이 무릎 부상에서 갓 회복하긴 했지만 한국에선 '혹사 논란'이

끊이지 않았다. 지난 시즌 큰 수술을 받고 후반기가 돼서야 복귀한 전력이 있는 데다 비시즌에 또 다시 무릎이 다치자 국민들의 여론은 '중요한 경기가 아니면 굳이 박지성을 부르지 말라.'로 바뀌었다. 이에 따라 허정무 당시 대표팀 감독은 9월 A매치 기간에 박지성을 차출하지 않았다. 2008년 베이징 올림픽에서는 '와일드카드 1순위'로 박지성의 이름이 거론됐지만 결국 부를 수 없었다. 박지성의 무릎이 버텨낼 재간이 없었기 때문이었다.

대표팀의 배려 덕택에 박지성은 비야레알(스페인)과의 챔피언스리그 E조 1차전에 선발 출전하며 소속팀 경기에 집중하기 시작했다. 그는 첼시전(2008년 9월 21일)을 통해 시즌 첫 프리미어리그 경기를 치른다. 첼시 원정에서 열린 이 경기에서 박지성은 왼쪽 윙으로 선발 출전해 에브라의 크로스를 이어받은 베르바토프의 슈팅이 골키퍼 피터 체흐에게 맞고 나오자 재빨리 오른발로 골문을 흔들며 리그 개막 후 36일 만에 골을 터트렸다. 맨유 입단 이래 시즌 시작 이후 가장 빨리 터진 골이자, 2006년 4월 9일 아스널전 골(리그 데뷔 골) 이후 오랜만에 나온 강팀 상대 골이었다.

시즌 후반기를 내다본 퍼거슨 감독의 '로테이션 정책'으로 인해 박지성은 첼시전의 좋은 흐름을 이어가지 못하며 불안한 시기를 보냈다. 그 와중에도 12월 12일 토트넘 원정 경기에 출전하며 맨유 데뷔 통산 100경기를 치렀다. 그는 "맨유라는 팀에서 100경기를 치러서 기쁘다. 하지만 아직 가야 할 길이 멀다."는 소감을 밝혔다.

통산 100경기 출전을 기뻐할 새도 없이 12월 박지성은 새로운 무대를 준비하기 위해 일본으로 날아갔다. 각 대륙 클럽 챔피언이 모이는 FIFA 클럽 월드컵에 참가하기 위해서였다.

박지성은 아시아 챔피언 자격으로 출전한 감바 오사카와의 4강전에는 출전하지 못했으나 12월 21일 열린 남미 챔피언 리가 데 키토(에콰도르)와의 결승전에는 선발로 출전해 풀타임으로 뛰며 팀의 승리를 이끌었다. 맨유는 비디치가 후반 퇴장을 당했음에도 루니가 오른발 중거리 슈팅으로 결승골을 넣어 1-0으로 승리하며 세계 챔피언이 됐다.

'세계 챔피언'이라는 타이틀을 얻고 기분 좋게 영국으로 돌아온 맨유는 일본에서 얻은 자신감을 바탕으로 리그에서 질주를 거듭한다. 맨유는 일본에서 돌아온 직후 경기인 스토크 시티전(2007년 12월 26일)부터 뉴캐슬전까지(2008년 3월 4일) 리그 11연승을 내달렸다. 박지성은 이 중 7경기에 출전하며 도움 2개를 기록하는 등 팀의 질주에 큰 보탬이 됐다.

이 기간 맨유는 3월 1일 열린 리그 컵 결승에서 토트넘을 상대로 승부차기에서 4-1로 승리하며 3관왕(커뮤니티 실드, 클럽 월드컵, 리그 컵 우승)에 오르는 기염을 토했다. 하지만 결국 중요한 건 챔피언스리그였다.

2승 4무라는 애매한 성적을 거두며 운 좋게 조 1위로 챔피언스리그 16강에 오른 맨유는 이탈리아 최강팀 인터 밀란과 8강을 두고 다투게 됐다. 강팀을 상대하는 만큼 퍼거슨 감독의 첫 번째 선택은 역시 박지성이었다. 이탈리아 원정으로 치른 1차전 경기에서 오른쪽 윙으로 선발 출전한 박지성은 즐라탄 이브라히모비치, 아드리아노 등이 버티는 공격진을 확실하게 봉쇄하고 마이콘, 하비에르 자네티 같은 세계적인 풀백들과 상대해 뒤지지 않는 모습을 선보이며 팀의 0-0 무승부를 일궈냈다.

퍼거슨 감독은 2차전에도 박지성을 내보냈다. 퍼거슨 감독은 비디치와 호날두의 골로 2-0으로 앞선 후반 38분 공격수 루니를 빼고 박지성을 투입했다. 인터 밀란과의 두 경기를 통해 알 수 있듯 퍼거슨 감독은 원정 경기 혹은 강팀과의 수비적인 경기에서는 어김없이 박지성을 활용했다.

박지성의 활약은 특히 3월에 눈부셨다. 1일 열린 리그 컵 결승을 제외하고 3월 열린 5경기에 모두 출전한 박지성은 7일 FA컵 8강 풀럼과의

경기에서 골을 터뜨리는 등 5경기 1골 1도움으로 맹활약했다. 덕분에 박지성은 입단 후 처음으로 구단이 선정하는 '이달의 MVP'에 뽑히는 영광을 안았다.

포르투와의 8강 1차전 홈경기에도 선발 출전하며 변함없는 기량을 과시한 박지성은 4월에도 맹활약을 이어갔다. 그러자 영국의 가디언에서 '박지성은 수비형 윙어(Defensive Winger)의 창시자'라는 기사를 게재했다. 이 기사는 "축구 게임에서나 볼 수 있던 포지션(중앙이 아닌 좌/우측 수비형 미드필더)을 현대 축구에서 볼 수 있게 됐다."며 "박지성은 기존의 윙 플레이어들과 확실하게 구분되는 움직임을 보여주는 수비형 윙어의 창시자"라고 극찬했다. 윙이지만 수비적인 부분에서 자신의 역할을 확실히 하는 선수로 현지 언론으로부터 인정을 받은 것이다.

퍼거슨 감독이 전방에서부터 수비적인 역할을 할 수 있는 선수가 필요할 때 박지성을 활용하는 건 챔피언스리그 4강에서도 드러났다. 전통의 라이벌인 아스널과 맞붙은 맨유는 1차전 홈경기에선 박지성을 아예 기용하지 않았다. 홈에서는 공격적인 전술을 사용했기 때문이다. 그러나 퍼거슨 감독은 1-0으로 이긴 1차전의 점수를 지켜야 하는 2차전 원정 경기에서 그를 풀타임으로 기용하며 '박지성 효과'를 톡톡히 봤다. 이 경기에서 박지성은 수비적인 역할을 해낸 것은 기본이고 전반 8분에는 왼쪽에서 호날두가 낮게 올린 크로스를 수비수 키에런 깁스가 넘어지며 받지 못하는 실책을 범하자 볼 트래핑 후 오른발 슈팅으로 선제골을 만들어내기도 했다.

2004~2005 시즌 AC 밀란을 상대로 4강전에서 골을 넣은 이후 무려 4년 만에 터뜨린 챔피언스리그 골이었고 맨유에서는 첫 챔피언스리그 골이었다. 이미 홈에서 1-0으로 승리한 상황이라서 원정에서 넣은 이 선제골은 원정 다득점 원칙에 따라 사실상 2골의 효과를 갖는 골이라 더욱

의미가 깊었다. 또한 이 골은 후반 31분 아스널의 로빈 판 페르시가 PK 골을 넣음에 따라 4강 1, 2차전 합계 결승골이 되기도 했다. 팀은 물론 박지성에게도 결정적인 골이었다.

아스널을 꺾고 지난 시즌에 이어 2년 연속 챔피언스리그 결승에 올라간 맨유는 리그에서도 질주를 거듭했다. 1월 17일 볼턴 원더러스전에서 승리한 이후 약 4개월간 단 한 번도 1위 자리를 내주지 않았다. 라이벌인 리버풀이 전성기에 있던 페르난도 토레스와 세계 최고의 미드필더 조합으로 인정받던 스티븐 제라드-사비 알론소-하비에르 마스체라노를 보유하고 시즌 내내 단 두 번만 패배하며 끝까지 맨유를 추격했지만 맨유를 따라잡기에는 역부족이었다.

리그 3연패라는 금자탑을 쌓은 맨유의 관심은 이제 챔피언스리그 결승전이 열리는 로마로 향했다. 상대는 당대 최고의 팀인 FC 바르셀로나였다. 리오넬 메시-사무엘 에투-티에리 앙리의 스리톱은 지난 시즌과 변함없었지만, 메시는 지난해보다 더욱 성장한 선수가 돼 있었다(지난 시즌 40경기에서 16골을 기록한 메시는 이번 시즌에선 51경기에서 38골을 터뜨렸다).

마침내 박지성은 아시아 선수 최초로 챔피언스리그 결승에 출전하는 선수가 됐다. 월드컵 결승전 다음으로 세계 최고의 무대로 인정받는 챔피언스리그 결승전에 아시아 선수가 그라운드에 선 적은 여태껏 단 한 번도 없었다. 박지성은 당시 경기에서 극심한 긴장감을 느꼈다고 회고했다. '가장 긴장감이 많이 느껴졌던 순간'으로 챔피언스리그 결승전을 꼽기도 했다. 전 세계 축구팬들이 지켜본다는 압박감, 한국 팬들의 기대를 충족시켜야 한다는 부담감이 있었기 때문이다.

몸은 초긴장 상태였지만 기회는 경기 초반부터 박지성을 찾아왔다. 호날두의 무회전 프리킥이 빅터 발데스 골키퍼에게 맞고 나와 박지성의 발

앞에 떨어진 것이다. 박지성은 바로 오른발을 갖다 댔지만 이 슈팅은 한 때 팀 동료였던 헤라드 피케의 태클에 걸리며 코너킥이 되고 말았다. 워낙 골대와 가까운 거리였기에 박지성도 훗날까지 아쉬움을 감추지 못했다. 바르셀로나가 맨유를 압도한 반면 맨유는 전혀 맨유답지 않은 경기력을 선보였다. 바르셀로나는 전반 10분 만에 골(에투)을 터뜨리더니 후반 25분에는 169cm의 단신인 메시가 헤딩골을 넣으며 맨유에 큰 굴욕을 안겼다. 결국 바르셀로나는 맨유에 2-0으로 이겼다.

박지성은 후반 20분까지 뛰다 동점골이 필요했던 퍼거슨 감독이 공격수 베르바토프를 투입하며 임무를 마쳤다. 아이러니하게도 박지성이 나간 지 5분 만에 메시의 추가골이 터지면서 맨유의 챔피언스리그 2연패 도전은 수포로 돌아갔다.

커뮤니티 실드, 클럽 월드컵, 리그 컵 우승, 리그 우승이라는 4관왕을 달성했음에도 마지막 경기였던 챔피언스리그 결승에서 패하며 맨유의 2008~2009 시즌은 아쉬움 가득한 시즌으로 남고 말았다.

맨유에 무슨 일이 있었나?

무려 9년 만에 세계 클럽 챔피언에 올랐고(1999 인터 콘티넨탈 컵이 마지막), 리그 컵 우승, 프리미어리그 3연패를 달성하는 위대한 업적을 세웠다. 또한 '노장' 긱스(당시 35세)가 체력 안배를 위해 윙이 아닌 중앙 미드필더로 서서히 출장하기 시작한 것도 이때부터다. 시즌 시작 전에는 오랫동안 맨유를 위해 뛰던 수비수 미카엘 실베스트레가 라이벌 아스널로 떠났고 맨유 역사상 최초의 아시아 선수였던 동팡저우도 자유계약으로 팀을 떠났다. 챔피언스리그 결승전에서 맨유를 침몰시킨 메시는 이후 4년간 세계 올해의 선수상을 수상한다.

2008 — 2009 맨체스터 유나이티드 시즌 레코드

박지성

	선발	교체	골	도움	승	무	패	승점
홈	10	1	0	1	9	1	1	28
원정	11	3	2	1	8	4	2	28
합계	21	4	2	2	17	5	3	56

맨체스터 유나이티드

순위	팀	경기	승	무	패	득점	실점	승점	비고
1	맨체스터 유나이티드	38	28	6	4	68	24	90	챔피언스리그
2	리버풀	38	25	11	2	77	27	86	챔피언스리그
3	첼시	38	25	8	5	68	24	83	챔피언스리그
4	아스널	38	20	12	6	68	37	72	챔피언스리그 플레이오프
5	에버턴	38	17	12	9	55	37	63	유로파리그 플레이오프
6	애스턴 빌라	38	17	11	10	54	48	62	유로파리그 플레이오프
7	풀럼	38	14	11	13	39	34	53	유로파리그 3차 예선
8	토트넘 홋스퍼	38	14	9	15	45	45	51	
9	웨스트햄 유나이티드	38	14	9	15	42	45	51	
10	맨체스터 시티	38	15	5	18	58	50	50	
11	위건 애슬레틱	38	12	9	17	34	45	45	
12	스토크 시티	38	12	9	17	38	55	45	
13	볼턴 원더러스	38	11	8	19	41	53	41	
14	포츠머스	38	10	11	17	38	57	41	
15	블랙번 로버스	38	10	11	17	40	60	41	
16	선덜랜드	38	9	9	20	32	54	36	
17	헐 시티	38	8	11	19	39	64	35	
18	뉴캐슬 유나이티드	38	7	13	18	40	59	34	강등
19	미들즈브러	38	7	11	20	28	57	32	강등
20	웨스트브로미치 앨비언	38	8	8	22	36	67	32	강등

FA커뮤니티 실드

vs 포츠머스 0-0 무승부 후 승부차기 3-1승, 우승(박지성 출전기록 없음)

UEFA 슈퍼컵

vs 제니트 상트페테르부르크 1-2 패, 준우승(박지성 교체출전 0골 0도움)

칼링컵(리그 컵)

박지성

1경기 0골 0도움

4라운드: vs 퀸즈 파크 레인저스 출전

맨체스터 유나이티드

1,2라운드: 자동진출

3라운드: vs 미들즈브러 3-1 승

4라운드: vs 퀸즈 파크 레인저스 1-0 승

5라운드: vs 블랙번 로버스 5-3 승

4강: vs 맨체스터 시티 1차전(원정) 0-1패,
2차전(홈) 4-2승, 합계 4-3 승

결승: vs 토트넘 0-0무승부 후 승부차기 4-1 승

**우승: 맨체스터 유나이티드, 토트넘 0-0무승부 후
승부차기 4-1꺾고 우승**

FA컵

박지성

3경기 1골 0도움

맨체스터 유나이티드

1,2라운드: 자동진출

3라운드: vs 사우샘프턴 3-0 승

4라운드: vs 토트넘 2-1 승

5라운드: vs 더비 카운티 4-1 승

6라운드: vs 풀럼 4-0 승 (박지성 골)

4강: vs 에버튼 0-0 무승부 후 승부차기 2-4 패

4강 탈락: 첼시, 에버튼 2-1 꺾고 우승

챔피언스 리그

박지성

	선발	교체	골	도움	승	무	패
홈	2	3	0	0	2	3	0
원정	3	1	1	0	1	2	1
합계	5	4	1	0	3	5	1

맨체스터 유나이티드

본선 E조

팀	경기	승	무	패	득점	실점	승점
맨체스터 유나이티드(잉글랜드)	6	2	4	0	9	3	10
비야레알 CF(스페인)	6	2	3	1	9	7	9
올보르 BK(덴마크)	6	1	3	2	9	14	6
셀틱 FC(스코틀랜드)	6	1	2	3	4	7	5

조1위, 16강 진출

16강: vs 인터 밀란(이탈리아) 1차전(원정) 0-0무, 2차전(홈) 2-0승, 합계 2-0승/8강: vs 포르투(포르투갈) 1차전(홈) 2-2무,
2차전(원정) 1-0승, 합계 3-2승 / 4강: vs 아스널(잉글랜드) 1차전(홈) 1-0승, 2차전(원정) 3-1승(박지성 골), 합계 4-1승

결승: vs 바르셀로나(스페인) 0-2패 / **준우승: 바르셀로나, 맨체스터 유나이티드 2-0꺾고 우승**

FIFA 클럽 월드컵

박지성

1경기 0골 0도움

결승: vs LDU 키토 출전

맨체스터 유나이티드

4강: vs 감바 오사카(일본) 5-3 승, 결승: vs LDU 키토(에콰도르) 1-0승 / **우승: 맨체스터 유나이티드, LDU 키토 1-0 꺾고 우승**

2009
2010

맨체스터
유나이티드

26경기 4골

리그 17경기 3골

리그 컵 2경기

챔피언스리그 6경기 1골

기타 대회 1경기

2009~2010 맨체스터 유나이티드
BEST11 formation
4-4-2

- ❶ 판 데 사르(쿠쉬착)
- ❷❷ 네빌(브라운)
- ❼ 발렌시아(박지성)
- ❶❺ 비디치(오셔)
- ❺ 에반스(퍼디난드)
- ❸ 에브라
- ❶❻ 플레처(스콜스)
- ❶⓪ 루니
- ❷❹ 캐릭
- ❶❸ 긱스(나니)
- ❾ 베르바토프(오언)

시즌 초반 무릎 부상으로 두 달여 팀에서 빠져 있는 동안 새로 영입된 발렌시아와 기세를 탄 나니가 박지성의 입지를 흔들었다. 그러나 발렌시아의 힘이 빠지고 나니가 기복을 보이자 박지성은 그 기회를 틈타 다시금 중요한 순간에 힘을 보태는 선수가 됐다. 특히 박지성은 1월 아스널전을 시작으로 중요한 경기마다 출전해 상대 핵심 선수를 꽁꽁 묶는 역할을 맡아 팬들과 전문가들에게 강인한 인상을 남겼다. '수비형 윙어'에서 이제 상대 핵심선수를 지우는 역할까지 그 범위를 확장한 것이다. 특히 챔피언스리그 16강 1차전에서 역사에 남을 맹활약을 펼친 건 올 시즌의 베스트였다. 큰 경기에 강한 선수라는 인식을 확실하게 심으면서 세계적인 클럽에서도 완벽한 입지를 가진 선수라는 걸 입증했다.

시즌을 앞두고 맨유 팬들은 물론이고 전 세계가 깜짝 놀란 이적 소식이 들려왔다. 바로 호날두가 레알 마드리드로 떠난 것이다. 당시까지 역대 1위의 이적료 기록을 남기고 레알 마드리드로 떠난 호날두의 자리를 메우기 위해 맨유는 위건 에슬레틱에서 활약하던 안토니오 발렌시아를 영입했다. 호날두가 빠진 자리를 두고 발렌시아, 박지성, 나니 등이 치열한 경쟁을 펼치기 시작했다.

세계 최고의 선수였던 호날두가 빠져나간 건 팀으로서는 큰 손실이었지만 박지성에게는 새로운 경쟁의 시작이었다. 새로 영입된 발렌시아가 시즌 초반 큰 신임을 받으며 꾸준히 출장하자 박지성은 나니와 함께 왼쪽에서 치열한 출선 경쟁을 벌였다.

시즌의 시작은 좋았다. 박지성은 리그 우승팀 자격으로 출전한 커뮤니티 실드에서 첼시를 상대로 선발 출전해 후반 29분까지 뛰었고, 시즌 개막전 아스널과의 맞대결에서 교체로 기용되어 출전했다. 챔피언스리그 첫 경기였던 베식타스(터키)와의 경기, 지역 라이벌인 맨체스터 시티와의 경기에도 꾸준히 기용되며 여전히 맨유에 박지성의 자리가 분명히 남아 있다는 걸 증명했다.

문제는 무릎이었다. 10월 A매치 동안 세네갈과의 평가전을 위해 한국에 다녀온 박지성은 이 경기 후 다시 잉글랜드로 복귀했지만 그 사이 또다시 무릎이 부어올랐다. 무릎 타박상을 입은 상황에서 왕복 20여 시간이 걸리는 장거리 비행을 하자 무릎 상황이 더 악화된 것이다. 퍼거슨 감독은 "박지성이 대표팀에서 부상을 안고 돌아왔다. 한국에서 오는 장거리 비행까지 겹쳐 상황을 좋지 않게 만들었다."며 불편한 심기를 숨기지 않았다.

그렇다고 한국 대표팀으로선 2010년 남아공 월드컵을 1년도 채 남기지 않은 상황에서 팀의 주장이자 핵심선수인 박지성을 안 부를 수는 없는 노릇이었다. 박지성은 소속팀에서는 부상으로 결장하고 있었지만, 11월 A매치(세르비아·덴마크 상대)에도 소집되어 활약하고 왔다.

박지성의 맨유 경기 결장은 길어졌다. 10월을 통째로 날렸고 11월 역시 거의 뛰지 못할 뻔했다. A매치는 뛰고 왔지만, A매치를 뛰고 오다 보니 또 무릎이 안 좋아졌던 탓이다. 다행히 11월 25일 열린 베식타스와의 챔피언스리그 5차전이 돼서야 소속팀 경기에 출전할 수 있었다. 무려 13경기 만의 복귀였지만, 그 사이 나니와 발렌시아가 치고 올라온 탓에 박지성이 파고들 구멍은 좁았다. 부상은 없었지만 출전 기회가 나니와 발렌시아에게 먼저 가기 시작하면서 언론은 박지성의 입지에 대해 의문을 갖기 시작했다.

기복이 심한 나니가 부진하자 이번에는 긱스가 활약했다. '사실상 맨유의 윙 자리는 오른쪽 발렌시아, 왼쪽 긱스로 굳혀진 게 아니냐'는 얘기가 나왔다. 실제로 박지성은 2009년 11월 28일 포츠머스전부터 2010년 2월 10일 애스턴 빌라전까지 팀이 치른 16경기 중 단 4경기에만 풀타임으로 뛰었다. 호날두가 나가면 좀 더 많은 기회가 올 거라고 예상한 팬들과 언론에서는 부진한 박지성이 2010년 남아공 월드컵에서도 경기력에 문제를 보이는 건 아닌지 걱정하기 시작했다.

하지만 이는 기우였다. 박지성은 시즌 중반을 넘어서자 중요한 경기, 수비적인 경기에서 퍼거슨 감독의 '0순위' 선수로 활용됐다. 1월 31일 아스널과의 원정전에 선발로 기용된 박지성은 후반 7분 중앙선에서부터 단독 질주하며 골키퍼와 일대일 기회를 맞았고 침착하게 오른발 슈팅으로 골을 넣으며 팀 승리를 이끌었다. 무려 9개월 만에 터진 골이었다.

아스널전에서 골을 넣었음에도 박지성은 직후 리그 두 경기에서 뛰지 못했다. '좋은 흐름을 타고 있는 선수를 왜 쓰지 않느냐.'는 비난도 있었지만, 더 큰 경기인 챔피언스리그 16강을 위한 퍼거슨 감독의 선택이었다.

두 경기에서 휴식을 취한 박지성은 2월 16일 이탈리아의 강적 AC 밀란과 챔피언스리그 16강에서 선발로 출전했다. 당시 AC 밀란은 호나우지뉴, 데이비드 베컴, 안드레아 피를로 등이 버티고 있던 강팀이었다. 박지성은 이 경기에서 퍼거슨 감독으로부터 상대 플레이메이커 피를로를 막으라는 '특명'을 받았다. 그는 이 특명을 완벽하게 소화하며 피를로를 봉쇄했다. 훗날 박지성이 은퇴했을 때 팀 동료 리오 퍼디난드는 이날 경기를 박지성이 가장 인상적으로 뛴 경기로 꼽았다. 그는 "그날 경기에서 박지성이 피를로의 위협을 막아내자 라커룸에서 선수들이 온통 '박지성이 얼마나 잘했는지 모른다'고 했다."고 말했다.

박지성은 이날 경기에서 중앙 미드필더로 뛰며 상대팀 중원을 지휘하는 피를로를 철벽 마크했다. 이날 경기에서 세 골이나 나왔지만 맨유의 왼쪽 공격 빈도는 0퍼센트로 나올 정도였다. 퍼거슨 감독은 왼쪽 공격을 포기하면서까지 박지성을 중앙에 보내 피를로를 잡으려 노력했다. 결국 피를로는 조별예선 6경기에서 경기당 평균 패스 횟수 59.3회를 기록했지만, 이날 경기에서는 32개를 기록하며 제 기량을 펼치지 못했다. 그 결과 이날 밀란의 공격은 갈 곳을 헤매게 되었다. 피를로도 자서전에서 박지성에 대해 혀를 내둘렀다. 그는 "퍼거슨 감독은 박지성을 풀어 그림자처럼 나를 뒤쫓도록 했다. 박지성은 한국 축구 사상 최초의 핵(核)과 같은 선수임이 틀림없다. 그는 전자(電子)의 속도로 경기장을 뛰어다녔다. 박지성은 몸을 던져 나를 막았다. 그는 나를 겁주려고 하면서 계속해서 내 등에 손을 갖다 댔다. 임무에 대한 박지성의 헌신은 놀라울 정도였다. 그는 유명 선수였음에도 경비견 역할을 마다하지 않았다."고 곱씹었다. 찬사와 질시가 뒤섞인 발언을 통해 박지성이 당시 경기에서 피를로를 얼마나 괴롭혔는지 알 수 있다. 퍼거슨 감독은 경기 후 "박지성의 희생과 영리한 플레이가 오늘 맨유의 승리를 이끌었다."고 극찬했다. 이날 경기는 박지성의 수비적인 면모가 얼마나 뛰어난지 알 수 있는 '베스트 경기'였다. 박지성이 맹활약한 덕분에 맨유는 원정경기임에도 1차전에서 3-2로 승리하며 8강 진출의 초석을 다질 수 있었다.

이날 경기에서 박지성이 맹활약하자 퍼거슨 감독은 선수를 기용하는 철학마저 바꿨다. 이 경기 전까지 16경기 중 8경기에 박지성을 출전시켰던 퍼거슨은 이 경기 후 열린 7경기 모두에 박지성을 활용했다. 그간 박지성에 대해 갖고 있던 인식을 전면적으로 수정한 것이다. 그런 의미에서 AC 밀란과의 16강 1차전은 팀과 상대 선수는 물론이고 본인에게도 중요한 의미를 가지는 경기였다.

이날 이후 꾸준히 경기에 출전하며 경기 감각을 완전히 회복한 박지성은 2월 28일 열린 애스턴 빌라와의 리그 컵 결승전에 선발 출전해 팀의 2-1 승리에 일조했다. 특히 이날 경기에서 박지성은 슈팅을 네 개나 하는 등 공격적인 모습을 선보이며 그의 자신감이 얼마나 충만했는지를 보여주었다. 이날 승리로 맨유는 전년에 이어 2년 연속 리그 컵 우승이라는 기분 좋은 기록을 이어갔다.

리그 컵에서 우승하자 AC 밀란과의 2차전 리턴매치(3월 10일)가 기다렸다. 박지성은 선발로 출전하여 수비적인 활약은 물론 골까지 뽑아냈다. 단 한 번 슈팅을 날렸지만 그것이 골로 연결됐다. 박지성에게 완벽하게 당한 AC 밀란은 결국 맨유에 0-4로 완패했고, 맨유는 합계 7-2로 승리했다.

박지성의 컨디션은 최고조에 올라 있었다. AC 밀란과의 16강 2차전 후 4일 뒤에 열린 풀럼전에서는 후반 27분 교체해 들어갔는데도 20분 만에 도움을 기록했다. 일주일 후 열린 리버풀과의 경기에서는 선발로 출전해 승리의 주역이 됐다. 전반 5분 만에 상대팀 페르난도 토레스에게 골을 내주고 힘들어하던 맨유는 실점 후 7분 만에 루니가 다행히 동점골을 터뜨렸다. 힘겹게 1-1을 이어가던 후반 15분 오른쪽에서 플레처가 크로스를 올렸고, 이 공이 중앙에서 문전으로 달려 들어가던 박지성에게 연결됐다. 박지성은 다이빙 헤딩 슈팅으로 통쾌하게 리버풀의 골문을 갈랐다. 그는 골을 넣고 곧바로 유니폼 왼쪽의 맨유 엠블렘을 때리는 열정적인 골 세리머니로 홈구장 올드 트래퍼드를 열광의 도가니로 만들었다.

세기의 라이벌전 '레즈 더비(Reds Derby)'에서 터뜨린 결승골이었고 그의 감각이 얼마나 절정에 올라 있었는지를 보여주는 결정적인 골이었다. 이 골로 리버풀의 다음 시즌 챔피언스리그 진출이 사실상 무산되었다. 박지성은 상대 수비와 부딪치는 바람에 왼쪽 머리 부분이 찢어지며 피를 흘렸지만 개의치 않고 계속 경기에 뛰었고 경기 종료 4분을 남기고서야 스콜스와 교체되었다. 그를 향한 맨유 팬들의 기립박수 소리는 그어느 때보다 클 수밖에 없었다.

리버풀전이 끝나자 독일 최강자 바이에른 뮌헨과의 8강전이 기다리고 있었다. 1차전이 원정경기였기에 수비적인 경기를 풀어나갈 필요가 있었고 당연히 박지성은 선발 출전했다. '강팀과의 원정 경기'에서는 늘 박지성이 윙어 중에 첫 번째 옵션으로 선택되었다.

박지성의 플레이는 나쁘지 않았다. 전반 2분 만에 루니가 골을 넣자 맨유는 문을 걸어 잠그는 대형으로 경기를 진행했다. 박지성도 수비적으로 맹활약했다. 그렇게 후반 24분까지 뛰다 교체 아웃됐다. 문제는 박지성이 빠지고 나서부터였다. 맨유는 박지성이 빠지고 7분 만에 프랭크 리베리에게 골을 내주더니 경기 종료 직전에는 이비카 올리치에게 역전골을 내주며 1-2로 패했다. 이 경기에서 패하면서 홈에서 공격 포인트를 올릴 필요가 있었기에 2차전에서 박지성은 출전하지 못했다. 결국 2차전 홈경기는 3-2로 이겼지만 원정 다득점 원칙에 따라 맨유는 8강에서 탈락하고 말았다. 그만큼 1차전 패배는 뼈아팠다.

이제 남은 건 프리미어리그 타이틀밖에 없기에 뮌헨전 직전까지 1위였던 순위를 잘 지켜내면 되는 상황이었다. 하지만 뮌헨전 1차전에서의 충격적인 패배 이후 사실상의 리그 결승전이었던 첼시와의 홈경기에서 1-2로 무너지며, 리그 우승마저 놓치고 만다. 박지성은 이날 경기에 선발 출전했지만 뮌헨전 패배 이후 급격하게 사기가 떨어진 팀을 되살리기엔 부족했다. 결국 이날 패배로 맨유는 리그 1위에서 2위로 내려갔다. 최종 승점으로 첼시가 86, 맨유가 85였다는 점을 감안하면 이 경기에서 최소 비기기만 했더라도 맨유가 우승컵을 가져가는 상황이었기에 그만큼 치명적인 패배였다. 그렇게 4년 연속 리그 우승은 물거품이 되고 말았다. 결국 맨유는 리그 컵 우승밖에 하지 못하며 큰 아쉬움을 남긴 채 시즌을 마쳐야 했다.

맨유에 무슨 일이 있었나?

라이벌 클럽인 리버풀 출신의 마이클 오언이 맨유에 입단하며 큰 화제를 모았다. 호날두가 떠나자 '우승 경쟁이 힘들 것'이라는 우려가 여기저기서 나왔지만 맨유는 선전했다. 비록 우승하진 못했지만 시즌 막판까지 첼시와 승점 1점차의 명승부를 펼쳤다. 호날두가 빠진 '득점원' 자리를 루니가 완벽하게 대체했기에 가능한 일이었다(직전 시즌 20골을 기록한 루니는 이번 시즌엔 34골을 넣었다). 중앙 수비수 퍼디난드는 부상으로 신음하며 서서히 입지가 좁아진다.

2009 — 2010 맨체스터 유나이티드 시즌 레코드

잉글랜드 프리미어리그

박지성

	선발	교체	골	승	무	패	승점
홈	6	4	2	8	0	2	24
원정	4	3	1	3	2	2	11
합계	10	7	3	11	2	4	35

맨체스터 유나이티드

순위	팀	경기	승	무	패	득점	실점	승점	비고
1	첼시	38	27	5	6	103	32	86	챔피언스리그
2	맨체스터 유나이티드	38	27	4	7	86	28	85	챔피언스리그
3	아스널	38	23	6	9	83	41	75	챔피언스리그
4	토트넘 홋스퍼	38	21	7	10	67	41	70	챔피언스리그 플레이오프
5	맨체스터 시티	38	18	13	7	73	45	67	유로파리그 플레이오프
6	애스턴 빌라	38	17	13	8	52	39	64	유로파리그 플레이오프
7	리버풀	38	18	9	11	61	35	63	유로파리그 3차 예선
8	에버턴	38	16	13	9	60	49	61	
9	버밍엄 시티	38	13	11	14	38	47	50	
10	블랙번 로버스	38	13	11	14	41	55	50	
11	스토크 시티	38	11	14	13	34	48	47	
12	풀럼	38	12	10	16	39	46	46	
13	선덜랜드	38	11	11	16	48	56	44	
14	볼턴 원더러스	38	10	9	19	42	67	39	
15	울버햄튼 원더러스	38	9	11	18	32	56	38	
16	위건 애슬레틱	38	9	9	20	37	79	36	
17	웨스트햄 유나이티드	38	8	11	19	47	66	35	
18	번리	38	8	6	24	42	82	30	강등
19	헐 시티	38	6	12	20	34	75	30	강등
20	포츠머스	38	7	7	24	34	66	19	강등

FA커뮤니티 실드

vs 첼시 2-2무승부 후 승부차기 1-4패, 준우승(박지성 선발출전 0골 0도움)

칼링컵(리그 컵)

박지성

2경기 0골 0도움

맨체스터 유나이티드

1,2라운드: 자동진출

3라운드: vs 울버햄튼 원더러스 1-0 승

4라운드: vs 반슬리 2-0 승

5라운드: vs 토트넘 2-0 승

4강: vs 맨체스터 시티 1차전(원정) 1-2패, 2차전(홈) 3-1승,

합계 4-3 승

결승: vs 애스턴 빌라 2-1승

우승: 맨체스터 유나이티드, 애스턴 빌라 2-1꺾고 우승

FA컵

박지성

출전기록 없음

맨체스터 유나이티드

1,2라운드: 자동진출

3라운드: vs 리즈 유나이티드 0-1 패

3라운드 탈락: 첼시, 포츠머스 1-0 꺾고 우승

챔피언스 리그

박지성

	선발	교체	골	도움	승	무	패
홈	2	0	1	0	1	0	1
원정	3	1	0	0	3	0	1
합계	5	1	1	0	4	0	2

맨체스터 유나이티드

본선 B조

팀	경기	승	무	패	득점	실점	승점
맨체스터 유나이티드(잉글랜드)	6	4	1	1	10	6	13
CSKA 모스크바(러시아)	6	3	1	2	10	10	10
VfL 볼프스부르크(독일)	6	2	1	3	9	8	7
베식타스 JK(터키)	6	1	1	4	3	8	4

조 1위, 16강 진출

16강: vs AC 밀란(이탈리아) 1차전(원정) 3-2승, 2차전(홈) 4-0승(박지성 골), 합계 7-2 승

8강: vs 바이에른 뮌헨(독일) 1차전(원정) 1-2패, 2차전(홈) 3-2승, 합계 4-4 원정 다득점 패

8강 탈락: 인터 밀란(이탈리아), 바이에른 뮌헨 2-0꺾고 우승

2010
2011

맨체스터
유나이티드

28경기 8골

리그 15경기 5골

FA컵 1경기

리그 컵 2경기 2골

챔피언스리그 9경기 1골

기타 대회 1경기

2010~2011 맨체스터 유나이티드
BEST11 formation
4-4-2

박지성 스스로 가장 만족스러워 하는 시즌이자 본인이 꼽은 최고의 경기(프리미어리그 36라운드 첼시전)가 열린 시즌이다. 시즌 초반 부진으로 결장하였고 아시안컵을 다녀온 후 부상으로 신음한 건 아쉬웠지만, 출전할 때만큼은 자신의 역할을 톡톡히 해냈다. 특히 울버햄튼과의 경기는 '박지성의 경기'라고 당당히 말해도 부끄럽지 않다. 맨유로 오기 직전 시즌인 2004~2005 시즌(11골)에 이어 프로 통산 가장 많은 골(8골)을 넣은 시즌이기도 하다. 수비력뿐만 아니라 공격력도 발군이라는 점을 재차 증명했다는 점에서 의미가 있는 시즌이다.

자신의 축구 인생 마지막 월드컵(2010년 남아공 월드컵)을 끝내고 돌아온 박지성은 지쳐 있었다. 지난 시즌이 종료하자마자 월드컵을 준비했고 한국이 16강에 진출하는 동안 풀타임으로 계속 경기를 뛰었기 때문이다. 제대로 휴식을 취하지 못하고 맨유로 돌아와 새 시즌을 준비한 박지성은 시즌 첫 경기였던 8월 8일 열린 커뮤니티 실드에 선발로 출전했다. 하지만 몸놀림이 좋지 않아 전반 종료 후 교체되었다. 팀은 3-1로 승리하며 통산 18번째 커뮤니티 실드 우승컵을 들었지만 박지성은 함께 웃을 수 없었다.

그 후로도 좀체 컨디션이 올라오지 않았다. 박지성은 8월 22일 열린 풀럼과의 시즌 첫 원정경기에 선발로 출전했지만 후반 21분에 교체되었다. 반면 포지션 경쟁자인 나니는 박지성과 반대로 활발한 모습을 보였다. 나니는 8월 28일 웨스트햄전 이후 10경기에서 5골 6도움으로 활약하며 주전 자리를 확고히 했다. 박지성은 시즌 초반부터 국내외 언론으로부터 '서른에 가까워진 박지성의 나이를 감안할 때 노쇠화가 온 게 아니냐'는 의심의 눈초리를 받기도 했다. 그만큼 박지성의 시즌 초반 주전 경쟁은 힘들었다.

반전의 계기를 마련한 것은 리그 컵에서였다. 당시 2부 리그에 소속돼 있던 스컨소프와의 9월 22일 경기에 선발 출전한 박지성은 프리롤에 가까운 공격형 미드필더로 활약하며 1골 2도움을 기록했다. 이어진 10월 26일 열린 울버햄튼과의 리그 컵 경기에서도 절묘한 왼발 슈팅으로 골을 넣었다. 그는 리그 컵 두 경기 연속 골로 부활을 예고했다.

그렇게 컨디션을 되찾은 박지성은 10월 30일 열린 토트넘과의 리그 경기에 선발 출전한다. 시즌이 시작한 지 3개월이나 지났지만 이제야 리그 두 번째 선발 출전일 정도로 당시까지 박지성의 입지는 불안했다. 하지만 이 경기에서 그는 수비면 수비, 공격이면 공격 모두에서 맹활약하며 우리가 알고 있던 박지성의 진면모를 과시했다.

　제 모습을 찾은 박지성은 그의 축구 역사에 길이 남을 경기에 출전한다. 바로 11월 6일 열린 프리미어리그 11라운드 울버햄튼 원더러스와의 홈경기다. 얼핏 보면 그냥 두 경기 연속 선발 출전했다는 데 의미를 둘 수 있는 경기에 불과할지도 모른다. 하지만 이날 경기는 진정한 '박지성의 경기'였다. 이날 경기에서 맨유는 홈경기임에도 약팀 울버햄튼을 상대로 무기력한 모습을 보이며 끌려갔다. 그러던 중 전반 종료 직전 대런 플레처의 스루패스를 이어받은 박지성이 침착하게 오른발 슈팅으로 연결하며 선제골을 터뜨렸다. 시즌 리그 첫 골의 기쁨도 잠시 맨유는 후반 21분 동점골을 허용했다. 계속해서 공격을 퍼부었지만 사실상 1-1 무승부로 굳혀지던 후반 추가 시간, 오른쪽 측면에서 개인 드리블을 하며 중앙으로 치고 들어오던 박지성이 수비 세 명을 뚫고 왼발 슈팅을 날렸고 이 공은 그대로 울버햄튼의 골문을 갈랐다. 박지성이 맨유 유니폼을 입은 후 터뜨린 모든 골 중 가장 극적이며 소름 돋는 골이었다. 홈구장 올드 트래퍼드의 7만 관중은 정신을 잃을 정도로 환호했다. 당연히 이날 경기의 MOM(경기 최우수선수)으로 뽑힌 박지성은 그 누구에게도 의지하지 않고 순수하게 개인 기량으로 만들어낸 결승골을 터뜨림으로써 '숨겨진 영웅(Unsung Hero)'이 아닌 '드러난 영웅'이 됐다.

　박지성의 경기 중 수비적으로 가장 뛰어난 경기가 지난 시즌 챔피언스리그 AC 밀란과의 16강 1차전이라면 울버햄튼전은 박지성의 모든 경기를 통틀어 공격적으로 가장 뛰어난 경기라고 봐도 무방하다.

　퍼거슨 감독 역시 기세를 탄 박지성을 중용하지 않을 수 없었다. 곧바로 이어진 맨체스터 시티와의 원정 경기에 박지성을 활용해 0-0 무승부를 이끌어냈다. 박지성은 11월 20일 위건 에슬레틱과의 홈 경기에도 선발 출전해 전반 종료 직전 오른쪽에서 정확한 크로스로 에브라의 헤딩골

을 이끌어냈다. 이 골은 에브라가 무려 3년여 만에 리그에서 맛본 골이자 박지성의 리그 첫 도움으로 기록된 골이다.

박지성의 맹활약은 공격 포인트로도 드러난다. 위건전 후 열린 리그 경기 블랙번전에서도 박지성은 결승골을 넣으며 팀의 7-1 대승을 이끌었다. 박지성이 골을 넣어 이긴 블랙번전 이후로 맨유는 나머지 24경기 동안 단 한 차례도 리그 1위를 내주지 않았다. 워낙 흐름이 좋다보니 12월 13일 열린 아스널전에도 어김없이 주전으로 선택받았다. 예전 아스널과의 6경기에서 3골을 넣은 박지성은 이날 경기에서도 적극적으로 수비에 가담한 것은 물론 활기찬 공격으로 아스널에 강한 면모를 유감없이 드러냈다. 전반 41분 오른쪽에서 중앙으로 파고들던 나니가 날린 슈팅이 수비에게 맞고 굴절되자 박지성은 방향만 살짝 틀며 감각적인 헤딩골로 연결했다. 1-0으로 끝난 이날 경기의 결승골이었다. 아스널전에서 7경기 4골 째를 기록한 소름 돋는 활약이었다.

12월까지 경기를 마친 박지성 앞에는 2011년 1월에 열리는 아시안컵이 기다리고 있었다. 아시안컵에서 한국은 비록 3위에 그쳤지만 박지성은 A매치 100경기를 채우며 센추리클럽에 가입했다. 박지성은 대표팀에서 은퇴하며 클럽에만 전념할 수 있게 됐다. 하지만 아시안컵을 마치고 돌아온 박지성은 허벅지 근육이 뒤틀리는 부상으로 약 2개월가량 결장한다. 아시안컵 직전까지 11경기 5골 2도움을 기록하며 맹활약했기에 이 결장은 박지성은 물론 맨유로서도 뼈아팠다. 오죽하면 퍼거슨 감독마저 챔피언스리그 16강을 앞둔 기자회견에서 "박지성이 너무 그립다."고 말할 정도였다.

박지성은 4월 2일 웨스트햄전으로 무려 97일 만에 복귀했다. 복귀와 동시에 박지성에게는 첼시와의 8강전이 기다리고 있었다. 오랜만에 돌아와 경기감각이 여의치 않았지만 퍼거슨 감독으로선 챔피언스리그라는 큰 경기에 박지성이 반드시 필요한 상황이었다.

2011년 4월 6일 열린 8강 1차전은 첼시와의 원정전이었다. 이 경기에서 긱스와 함께 양쪽 윙으로 선발 출전한 박지성은 팀의 1-0 승리에 기여하며 퍼거슨 감독의 믿음에 보답했다.

박지성은 4월 12일 열린 첼시와의 8강 2차전에도 선발 출전해 풀타임으로 뛰며 공격과 수비 임무를 모두 완벽하게 수행했다. 전반 20분에 왼쪽 눈두덩이를 다쳐 피를 흘렸음에도 개의치 않고 완벽한 기량을 과시했다. 후반 32분에는 왼쪽 페널티에어리어 안에서 왼발 슈팅으로 당대 최고의 골키퍼 피터 체흐를 뚫으며 결승골까지 기록했다. 팀은 이 골 덕분에 4강에 진출할 수 있었다. 퍼거슨 감독은 경기 후 "박지성은 큰 경기에서 득점하는 기록을 이어갔다. 정말 환상적인 마무리였다."며 만족감을 드러냈다. 이 골은 맨유 공식 매거진이 꼽은 '이달의 골'에 뽑힐 정도로 멋지고 의미 있는 골이었다.

4강 상대는 돌풍의 팀 샬케04(독일)였다. 맨유는 이변을 허용하지 않고 1, 2차전 합계 6-1로 결승까지 진출했다. 최근 4시즌에서 세 번이나 챔피언스리그 결승에 진출하는 쾌거를 이룬 것이다. 박지성은 4강 1차전에 출전하며 팀에 힘을 보탰다.

한편 맨유는 11월 말부터 지켜오던 리그 1위 자리를 끝까지 내주지 않았다. 2위 첼시보다 승점이 9점이나 많을 정도로 압도적인 경기력으로 리그 우승을 차지했다. 이 우승은 맨유 통산 19번째 리그 우승으로 라이벌인 리버풀의 18회 우승을 넘어선 역사적 기록이었다. 남은 건 FC 바르셀로나와 리턴매치를 갖는 챔피언스리그 결승이었다.

바르셀로나는 펩 과르디올라 감독의 '티키타카(짧은 패스와 점유율을 위주로 하는 축구)'로 전 세계를 뒤흔들고 있었다. 바르셀로나의 핵심인 리오넬 메시를 막기 위해 박지성은 맨유에게 반드시 필요한 존재였다. 박지성 역시 이미 2008~2009 시즌 같은 무대에서 바르셀로나에게 당한 바 있기에 각오가 남달랐다. 그는 언론 인터뷰에서 "내 모든 것을 바칠 것"이라고 비장하게 말했다. 그만큼 바르셀로나와의 리턴매치가 갖는 의미는 각별했다.

전반 27분 만에 바르셀로나의 페드로가 골을 넣을 때만 해도 2년 전 악몽이 재연되는가 싶더니 루니의 동점골로 맨유는 한숨을 돌리게 됐다. 전반전이 1-1로 마무리되고 후반전이 시작되자 퍼거슨 감독은 측면의 박지성을 중앙으로 이동시켜 일명 '크리스마스 트리 전술'인 4-3-2-1로 전환하는 노림수를 썼다. 그러나 이 전술이 효과를 발휘하기도 전에 메시가 후반 9분 결승골을 넣으며 경기는 맨유가 원하지 않는 흐름으로 이어졌다. 맨유는 교체해 들어간 나니의 실책이 더해지며 추가골을 허용했고 결국 1-3으로 패배하며 복수에 실패했다. 박지성은 2년 전과 달리 풀타임으로 뛰었지만 눈물을 삼켜야 했다.

그렇게 시즌은 끝났다. 맨유는 2년 전과 마찬가지로 리그에서 우승하긴 했지만, 챔피언스리그 준우승이라는 성적표를 받아들어야 했다. 하지만 박지성 개인적으로는 유럽 진출 후 가장 만족스러운 시즌으로 꼽을 정도로 환상적인 활약을 펼친 시즌이었다. 리그 경기는 15경기밖에 뛰지 않았지만 5골을 넣은 데다 리그 컵 두 골, 챔피언스리그 1골을 포함해 무려 8골을 넣은 시즌이었기 때문이다. 수비적인 선수로 굳어지나 했지만, 득점력 면에서도 전혀 손색없는 모습으로 자신의 가치를 다시금 증명하는 데 성공한 것이다.

맨유에 무슨 일이 있었나?

이번 시즌 리그에서 우승하면서 잉글랜드 역사상 1부 리그에서 가장 많이 우승(19회)한 팀이 됐다. 라이벌 리버풀이 갖고 있던 기록(18회)을 갈아치웠기에 의미가 더 남달랐다. 2011년 2월에는 주장 게리 네빌이 은퇴를 선언했고, 시즌 종료 후에는 골키퍼 판 데 사르와 미드필더 폴 스콜스가 은퇴를 선언했다. 그렇게 맨유도 한 세대가 저물어가고 있었다.

2010 ─ 2011 맨체스터 유나이티드

잉글랜드 프리미어리그

박지성

	선발	교체	골	도움	승	무	패	승점
홈	8	0	5	3	8	0	0	24
원정	5	2	0	0	1	5	1	8
합계	13	2	5	3	9	5	1	32

맨체스터 유나이티드

순위	팀	경기	승	무	패	득점	실점	승점	비고
1	맨체스터 유나이티드	38	23	11	4	78	37	80	챔피언스리그
2	첼시	38	21	8	9	69	33	71	챔피언스리그
3	맨체스터 시티	38	21	8	9	60	33	71	챔피언스리그
4	아스널	38	19	11	8	72	43	68	챔피언스리그 플레이오프
5	토트넘 홋스퍼	38	16	14	8	55	46	62	유로파리그 플레이오프
6	리버풀	38	17	7	14	59	44	58	
7	에버턴	38	13	15	10	51	45	54	
8	풀럼	38	11	16	11	49	43	49	유로파리그 1차 예선
9	애스턴 빌라	38	12	12	14	48	59	48	
10	선덜랜드	38	12	11	15	45	56	47	
11	웨스트브로미치 앨비언	38	12	11	15	56	71	47	
12	뉴캐슬 유나이티드	38	11	13	14	56	57	46	
13	스토크 시티	38	13	7	18	46	48	46	유로파리그 3차 예선
14	볼턴 원더러스	38	12	10	16	52	56	46	
15	블랙번 로버스	38	11	10	17	46	59	43	
16	위건 애슬레틱	38	9	15	14	40	61	42	
17	울버햄튼 원더러스	38	11	7	20	46	66	40	
18	버밍엄 시티	38	8	15	15	37	58	39	유로파리그 플레이오프, 강등
19	블랙풀	38	10	9	19	55	78	39	강등
20	웨스트햄 유나이티드	38	7	12	19	43	70	33	강등

FA커뮤니티 실드

vs 첼시 3-1 승. 우승 (박지성 선발출전 0골 0도움)

칼링컵(리그 컵)

박지성

2경기 2골 1도움

맨체스터 유나이티드

1,2라운드: 자동진출

3라운드: vs 스컨소프 5-2 승 (박지성 1골, 1도움)

4라운드: vs 울버햄튼 원더러스 3-2 승 (박지성 골)

5라운드: vs 웨스트햄 0-4 패

5라운드 탈락: 버밍엄 시티, 아스널 2-1 꺾고 우승

FA컵

박지성

1경기 0골 0도움

4강 맨체스터 시티전 선발 출전

맨체스터 유나이티드

1,2라운드: 자동진출

3라운드: vs 리버풀 1-0 승

4라운드: vs 사우샘프턴 2-1 승

5라운드: vs 크롤리 타운 1-0 승

6라운드: vs 아스널 2-0 승

4강: vs 맨체스터 시티 0-1 패

4강 탈락: 맨체스터 시티, 스토크 시티 1-0 꺾고 우승

챔피언스 리그

박지성

	선발	교체	골	도움	승	무	패
홈	4	0	1	0	2	2	0
원정	4	1	0	1	4	0	1
합계	8	1	1	1	6	2	1

맨체스터 유나이티드

본선 C조

팀	경기	승	무	패	득점	실점	승점
맨체스터 유나이티드(잉글랜드)	6	4	2	0	7	1	14
발렌시아 CF(스페인)	6	3	2	1	15	4	11
레인저스 FC(스코틀랜드)	6	1	3	2	3	6	6
부르사스포르(터키)	6	0	1	5	2	16	1

조 1위, 16강 진출

16강: vs 마르세유(프랑스) 1차전(원정) 0-0무, 2차전(홈) 2-1승, 합계 2-1 승

8강: vs 첼시(잉글랜드) 1차전(원정) 1-0승, 2차전(홈) 2-1승(박지성 골), 합계 3-1 승

4강: vs 샬케04(독일) 1차전(원정) 2-0승, 2차전(홈) 4-1승, 합계 6-1 승

결승: vs 바르셀로나(스페인) 1-3패

준우승: 바르셀로나, 맨체스터 유나이티드 3-1꺾고 우승

2011
2012

맨체스터
유나이티드

28경기 3골

리그 17경기 2골

FA컵 1경기 1골

리그 컵 3경기

챔피언스리그 4경기

유로파리그 3경기

이전 시즌과 프리시즌에서 좋은 몸 상태를 유지했기에 큰 기대를 받은 시즌이다. 하지만 시즌 초반의 좋은 몸 상태를 살리기에는 출전 시간이 너무 적었다. 경기에 나서지 못하다 보니 좋은 컨디션을 이어가지 못했고 정작 기회가 왔을 때는 팀 상황과 맞물려 많은 것을 보여줄 수 없었다.

지난 시즌까지는 강팀 상대 경기에 항상 중용 받았지만 이번 시즌 들어서는 그러지 못하면서 '이 팀에서 보여줄 수 있는 것은 여기까지'라는 생각을 굳힌다. 지난 시즌이 훌륭했기에 더욱 많은 아쉬움을 남긴 시즌이다. 그의 나이는 어느덧 서른한 살. 선수 생활이 얼마 남지 않았다는 걸 알고 있었기에 원하는 출전 기회가 많은 팀으로 이적하는 걸 고민할 수밖에 없었다.

시즌 시작과 동시에 맨유 선수단에 많은 변화가 있었다. 먼저 지난 시즌을 끝으로 은퇴한 판 데 사르 골키퍼를 메울 대체자로 아틀레티코 마드리드(스페인)의 젊은 골키퍼 데이비드 데 헤아가 들어왔다. 또한 갈수록 노쇠해지는 리오 퍼디난드와 비디치를 대체할 선수로 필 존스를 블랙번 로버스로부터 데려왔고, 중앙 미드필더 폴 스콜스가 은퇴하자 라이언 긱스가 중앙 미드필더로 완전히 포지션을 옮겼다. 긱스가 맡았던 윙 자리에는 애슐리 영이 영입됐다. 박지성으로선 긱스가 옮기자 영이 들어와 또 다른 경쟁자가 생긴 셈이었다.

판 데 사르, 스콜스만 나간 게 아니었다. 일명 '퍼기의 아이들' 출신이자 백업 멤버로 쏠쏠하게 활약하던 수비수 웨스 브라운과 존 오셔가 선덜랜드로 함께 팀을 옮겼다. 출전 시간이 갈수록 줄어들자 주전으로 뛸 수 있는 팀으로 옮긴 경우였다.

맨유는 시즌 전 약 2주가량 미국 투어를 통해 프리시즌을 보낸다. 비록 친선경기였지만 박지성은 첫 4경기에서 3골을 넣으며 절정의 골 감각을 과시한다. 지난 시즌 맨유 입단 이래 가장 많은 골을 넣은 그는 미국 투어에서 대활약함으로써 2011~2012 시즌 맹활약을 예고한다.

맨유 역시 재계약을 통해 박지성을 향한 기대감을 보여줬다. 시즌이 종료하면 계약이 만료하는 박지성을 붙잡기 위해 올 시즌을 포함해 1년 연장계약이 포함된 2년 연장 계약서를 박지성에게 건넸다. 박지성 역시 맨유가 자신을 계속 원하는 것을 확인하자 주저 없이 계약서에 사인하며 부푼 가슴을 안고 시즌을 시작했다.

하지만 생각보다 기회는 많이 찾아오지 않았다. 새롭게 영입한 애슐리 영을 시험하기 원한 퍼거슨 감독은 커뮤니티 실드는 물론 리그 개막전에도 박지성을 기용하지 않았다. 시즌 두 번째 경기였던 토트넘전에서도 10분을 남기고 박지성에게 잠시 기회를 줬을 뿐이다.

맨유 역시 재계약을 통해
박지성을 향한 기대감을
보여줬다. 시즌이 종료하면
계약이 만료하는 박지성을
붙잡기 위해 올 시즌을 포함해
1년 연장계약이 포함된 2년
연장 계약서를 박지성에게
건넸다.

퍼거슨 감독은 이어지는 아스널전에서도 박지성을 벤치에 앉힌 채 경기를 시작했다. 박지성이 아스널에 강했다는 점에서 다소 뜻밖의 선택이었다. 맨유는 박지성 투입 전까지 무려 5골이나 퍼부으며 아스널에 굴욕을 안겼다. 박지성은 후반 22분 나니와 교체 투입되었고, 들어간 지 3분만에 팀의 여섯 번째 골을 넣었다. 맨유는 결국 8-2 대승을 거뒀다.

비록 골을 넣긴 했지만 박지성은 출전 시간에 목말랐다. 시즌 첫 4경기 중 2경기에 교체 출전하는 정도로는 경기 감각을 이어가야 했던 박지성의 성에 차지 않았다. 그러나 퍼거슨 감독은 박지성의 마음을 몰라준 채 계속해서 출전 기회를 제한했다. 시즌 개막부터 10월 23일까지 열린 총 12경기에서 박지성은 6경기밖에 출전하지 못했다. 선발 출전은 3경기뿐이었다. 중요 경기가 많지 않은 시즌 초반인 탓에 박지성의 설 자리가 많지 않았다. 당시 상황은 팀 사정과도 맞물려 있다. 맨유는 '슬로우 스타터'라는 오명을 씻기 위해 초반부터 굉장히 공격적인 행보를 이어갔다. 덕분에 시즌 첫 7경기에서 6승 1무라는 쾌조의 성적을 올렸다. 퍼거슨 감독은 이 같은 흐름을 깨고 싶지 않았다. 또한 아스널을 8-2라는 놀라운 스코어로 대파했기에 이후 상대적으로 약한 팀과의 승부에서는 보다 공격적인 애슐리 영-나니 조합을 선호했다.

그러던 중 박지성에게도 기회가 찾아왔다. 또 다른 라이벌 리버풀과의 경기였다. 이 경기에서 박지성은 선발 출전해 수비적인 임무만을 소화하며 1-1 무승부를 이끌었다. 하지만 수비적인 역할로만 임무가 국한돼 아쉬움을 남겼다. 출전이 불규칙적으로 바뀌자 막강했던 공격 본능이 조금씩 수그러들었기 때문이다.

리버풀전이 끝나고 일주일 후 열린 지역 라이벌 맨체스터 시티와의 경기에서 맨유는 1-6으로 대패한다. 퍼거슨 감독이 경기 후 화를 내며 "이런 스코어로 진 적은 없다. 내 축구 인생 최악의 결과다."라고 말했을 정도로 잘나가던 맨유의 자존심에 상처를 입힌 경기였다. 박지성은 이 경기에서도 벤치를 지켜야 했다.

이때부터 맨유는 삐걱거리기 시작했고 리그 2위로 맨시티와 치열한 우승 경쟁을 펼친다. 이 경기 이후 퍼거슨 감독의 생각이 바뀌면서 박지성은 서서히 출전 기회를 늘려간다. 맨시티전 직후 열린 5경기에 모두 기용된 것이다. 하지만 변덕이 심한 퍼거슨의 용병술은 또 다시 박지성을 혼란에 빠뜨린다. 한창 박지성을 기용하다 또 다시 급격하게 출전 시간을 확 줄인 것이다. 이후 7경기에서는 고작 2경기에 출전했다. 2경기 중 한 경기는 상대적으로 비중이 떨어지는 리그 컵 경기였다. 그야말로 오락가락하는 맨유의 '로테이션 시스템'에 박지성은 서서히 지쳐갔다. 그는 맨유에서의 자신의 가치에 대해 다시 조금씩 고민하기 시작했다.

다행히 12월 말부터 박지성은 다시 신임을 얻기 시작했다. 퍼거슨 감독으로선 3~4일 간격으로 한 경기를 치러야 할 정도로 빡빡한 일정이다 보니 아껴뒀던 선수들을 기용할 필요가 있었다. 그 1순위에는 계속 교체 명단에 이름을 올리던 박지성이 있었다.

박지성은 오랜만에 다시 주어진 믿음에 보답하기 위해 그 어느 때보다 열심히 뛰었다. 그리고 12월 26일 위건과의 리그전에 나가 왼쪽에서 에브라가 돌파 후 낮게 크로스하자 그대로 방향만 바꾸며 오른발로 슈팅해 전반 8분 만에 선제골을 뽑아냈다. 아스널전 골 이후 4개월 만의 골이었다. 팀이 이날 경기를 5-0으로 완승하며 이 골은 결승골이 됐다. 박지성은 1월 28일 열린 리버풀과의 FA컵 경기에서도 골을 기록하며 여전히 존재 가치가 충분한 선수라는 점을 증명했다.

박지성은 2월 5일 첼시 원정경기에서 교체 출전하며 맨유 통산 200경기 출전 기록을 세웠다. 당분간 그 어떤 아시아 선수도 범접할 수 없는 대기록이다. 박지성은 유로파리그 16강 2차전 아약스와의 경기에서는 주장 완장을 차고 경기에 나서기도 했다.

그러나 퍼거슨 감독은 큰 게임에 박지성을 기용하는 횟수를 줄이기 시작한다. 선발로 내보낼 법한 맨시티나 아스널, 첼시와의 경기에 아예 출전시키지 않거나 경기 막판이 돼서야 교체 출전시키는 모습으로 일관한다. 강팀을 상대할 때마다 박지성을 호출하던 모습에 변화 기류가 흐르기 시작한 것이다. 결과론적이긴 하지만 이 같은 변화는 맨유에 나쁜 결과를 가져다 줬다. 맨유는 2승 3무 1패(조 3위)로 챔피언스리그 16강 진출에 실패했고, 리그 컵과 FA컵 조기 탈락이라는 시련을 맛봐야 했다.

챔피언스리그 16강 진출에 실패하자 박지성이 강팀과 상대할 기회 역시 현저히 줄어들었다. 물론 3위였기에 유로파리그에는 진출했지만 챔피언스리그 우승도 모자랄 맨유의 입장에서 유로파리그는 크게 중요하지 않은 대회였다. 결국 16강에서 스페인의 아슬레틱 빌바오에 1, 2차전 합계 스코어 3-5로 지고 만다. 맨유의 화려한 날이 그렇게 저물고 있었다.

박지성 역시 무너져가는 맨유를 떠받들기엔 역부족이었다. 맨유가 부진하자 덩달아 현지 언론으로부터 혹평을 받았다. 가뜩이나 출전 기회도 부족한데 예전 같은 경기력을 보여주지 못한다는 비판이 나왔다. 꾸준하게 출전하지 못하는 상황에서 최상의 경기력을 요구하는 건 가혹하고 부당했지만 이마저도 박지성이 감내해야 하는 슬픈 현실이었다.

특히 1-2로 패한 유로파리그 16강 아슬레틱 빌바오와의 2차전 이후 박지성은 영문도 모른 채 한 달 이상 그라운드를 밟지 못한다. 박지성도 답답했다. 지난 시즌까지는 시즌 중반부터 어김없이 존재 가치를 증명하며 결정적 순간마다 핵심적인 역할을 담당해왔던 그였다. 시즌 막판으로 갈수록 중요한 경기가 줄고 그나마 찾아오는 경기에서마저 출전 기회를 얻지 못하는 일이 잦아지자 극심한 스트레스를 겪어야 했다.

결국 박지성은 퍼거슨 감독을 직접 찾아가 경기 출전 문제를 놓고 애기를 나누기도 했다. 퍼거슨 감독은 4월 30일 맨시티와의 사실상의 리그 결승전에 과감하게 박지성을 투입한다. 무려 8경기 만에 경기에 나서는 데 대한 부담 때문이었을까, 아니면 절대 져서는 안 되는 경기라는 중압감 때문이었을까. 박지성은 후반 12분까지만 뛰고 교체됐다. 맨유는 0-1로 패하며 리그 순위 1위에서 2위로 주저앉았다. 국내외 언론은 이날 패배의 책임을 박지성에게 물었다. 그렇게 박지성의 맨체스터에서의 마지막 경기가 끝났다.

결국 맨유는 끝내 이 순위를 뒤집지 못한 채 지역 라이벌인 맨시티에게 우승컵을 내주고 만다. 특히 맨유는 프리미어리그 역사에 남을 만한 역전극의 희생양이 되며 다잡은 우승컵을 놓쳤다. 맨유는 경기 마지막 날까지 맨시티와 같은 승점(86)을 유지했다. 비록 골 득실에선 뒤졌지만 끝까지 가봐야 알 수 있는 상황이었다. 맨유는 마지막 라운드에서 전반전 루니의 골을 끝까지 지켜 선덜랜드에 1-0으로 승리했다. 같은 시간 열린 맨시티와 퀸즈 파크 레인저스(QPR)의 경기에서 맨시티는 후반 추가시간이 될 때까지 1-2로 뒤졌다. 맨유의 극적인 역전 우승이 일어나는가 했지만 후반 추가 시간에 맨시티의 에딘 제코와 세르히오 아게로가 거짓말처럼 두 골을 넣으며 3-2로 역전했고, 결국 맨시티는 후반 추가시간 극적인 골로 44년 만에 우승컵을 따냈다. 맨유로선 눈앞까지 온 우승컵을 놓친 셈이다. 박지성 역시 이날 경기 종료 후 씁쓸한 미소로 팬들에게 시즌 종료 인사를 했다. 이 인사는 '맨유 선수'로 건넨 마지막 인사가 됐다.

맨유에 무슨 일이 있었나?

지난 시즌 종료와 함께 은퇴를 선언하며 맨유에서 코치로 활동하던 스콜스가 퍼거슨 감독의 요청에 따라 2012년 1월 다시 선수로 복귀했다. 미드필더 플레처의 은퇴설이 나돌기도 했다. 궤양성 대장염에 걸려 거의 경기를 뛰지 못한 탓이었다. 그의 병은 2시즌 후인 2013~2014 시즌이 돼서야 리그 10경기 이상을 출장하게 될 정도로 심각했다. 맨유는 이번 시즌 챔피언스리그 16강 진출에 실패하며 2005~2006 시즌 이후 6시즌 만에 챔스 16강 무대에서 자취를 감췄다.

2011 — 2012 맨체스터 유나이티드 시즌 레코드

박지성

	선발	교체	골	도움	승	무	패	승점
홈	5	3	2	1	7	0	1	21
원정	5	4	0	0	5	2	2	17
합계	10	7	2	1	12	2	3	38

맨체스터 유나이티드

순위	팀	경기	승	무	패	득점	실점	승점	비고
1	맨체스터 시티	38	28	5	5	93	29	89	챔피언스리그
2	맨체스터 유나이티드	38	28	5	5	89	33	89	챔피언스리그
3	아스널	38	21	7	10	74	49	70	챔피언스리그
4	토트넘 홋스퍼	38	20	9	9	66	41	69	유로파리그
5	뉴캐슬 유나이티드	38	19	8	11	56	51	65	유로파리그 플레이오프
6	첼시	38	18	10	10	65	46	64	챔피언스리그
7	에버턴	38	15	11	12	50	40	56	
8	리버풀	38	14	10	14	47	40	52	유로파리그 3차 예선
9	풀럼	38	14	10	14	48	51	52	
10	웨스트브로미치 앨비언	38	13	8	17	45	52	47	
11	스완지 시티	38	12	11	15	44	51	47	
12	노리치 시티	38	12	11	15	52	66	47	
13	선덜랜드	38	11	12	15	45	46	45	
14	스토크 시티	38	11	12	15	36	53	45	
15	위건 애슬레틱	38	11	10	17	42	62	43	
16	애스턴 빌라	38	7	17	14	37	53	38	
17	퀸즈 파크 레인저스	38	10	7	21	43	66	37	
18	볼턴 원더러스	38	10	6	22	46	77	36	강등
19	블랙번 로버스	38	8	7	23	48	78	31	강등
20	울버햄튼 원더러스	38	5	10	23	40	82	25	강등

vs 맨체스터 시티 3-2 승, 우승 (박지성 출전기록 없음)

칼링컵(리그 컵)

박지성

3경기 0골 3도움

맨체스터 유나이티드

1,2라운드: 자동진출

3라운드: vs 리즈 유나이티드 3-0 승 (박지성 2도움)

4라운드: vs 알덜숏 타운 3-0 승 (박지성 도움)

5라운드: vs 크리스탈 팰리스 1-2 연장패

**5라운드 탈락: 리버풀, 카디프 시티에 2-2 무승부 후
승부차기 3-2 꺾고 우승**

FA컵

박지성

1경기 1골 0도움

맨체스터 유나이티드

1,2라운드: 자동진출

3라운드: vs 맨체스터 시티 3-2 승

4라운드: vs 리버풀 1-2 패 (박지성 골)

4라운드 탈락: 첼시, 리버풀 2-1 꺾고 우승

챔피언스 리그

박지성

	선발	교체	골	도움	승	무	패
홈	0	2	0	0	1	1	0
원정	2	0	0	0	0	1	1
합계	2	2	0	0	1	2	1

맨체스터 유나이티드

본선 C조

팀	경기	승	무	패	득점	실점	승점
SL 벤피카(포르투갈)	6	3	3	0	8	4	12
FC 바젤(스위스)	6	3	2	1	11	10	11
맨체스터 유나이티드(잉글랜드)	6	2	3	1	11	8	9
오첼룰 갈라치(루마니아)	6	0	0	6	3	11	0

조별리그 탈락, 조 3위로 유로파리그 진출: 첼시, 바이에른 뮌헨에 1-1 무승부 후 승부차기 4-3 승리 우승

유로파리그

박지성

	선발	교체	골	도움	승	무	패
홈	2	0	0	0	1	0	1
원정	1	0	0	0	0	0	1
합계	3	0	0	0	1	0	2

맨체스터 유나이티드

32강: vs 아약스(네덜란드) 1차전(원정) 2-0승, 2차전(홈) 1-2패, 합계 3-2 승

16강: vs 아틀레티코 빌바오(스페인) 1차전(홈) 2-3패, 2차전(원정) 1-2패, 합계 3-5 패

16강 탈락: 아틀레티코 마드리드, 아틀레티코 빌바오(이하 스페인) 3-0 꺾고 우승

2012
2013

퀸즈 파크
레인저스

25경기 0골

리그 20경기

FA컵 3경기

리그 컵 2경기

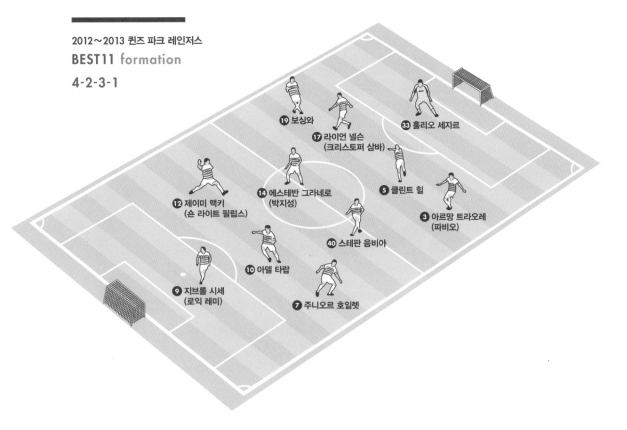

2012~2013 퀸즈 파크 레인저스
BEST11 formation
4-2-3-1

⑲ 보싱와
⑰ 라이언 넬슨
(크리스토퍼 삼바)
㉝ 훌리오 세자르
⑫ 제이미 맥키
(숀 라이트 필립스)
⑭ 에스테반 그라네로
(박지성)
⑤ 클린트 힐
③ 아르망 트라오레
(파비오)
⑩ 아델 타랍
㊵ 스테판 음비아
⑨ 지브릴 시세
(로익 레미)
⑦ 주니오르 호일렛

맨유에서 QPR로 이적한 박지성은 시즌을 시작할 때만 해도 등번호 7번에 주장 완장까지 달며 큰 기대를 받았다. 시즌 초반 10경기에도 교체 없이 선발 출전하며 '꾸준한 출전'이라는 소원을 이루나 싶었다. 하지만 팀 성적이 프리미어리그 역사에 남을 정도로 좋지 않았던 데다 자신을 영입한 감독마저 사임하며 시련의 시간을 보내게 된다. 네덜란드에서 힘든 시간을 보낼 때와 맞먹을 정도로 QPR에서도 큰 비난 여론에 직면했다. 주장직을 박탈당하기도 하고 '고액 연봉자들이 제 역할을 못한다.'는 쓴소리를 듣기도 했다. 하지만 동료 숀 데리가 증언한 것처럼 언제나 박지성은 묵묵히 자신의 할 일을 다 했고 제 목소리를 높이기보다 팀원들을 독려하는 '조용한 리더'로서의 역할을 수행했다. 이것이 1년을 뛰었음에도 여전히 QPR구단은 물론 선수들과 박지성이 좋은 관계를 유지하고 있는 비결이다.

시즌을 마친 직후 박지성은 이적을 결심한다. 더 이상 맨유가 예전만큼 자신을 원하지 않는다는 걸 느낀 데다 이미 맨유에서 많은 걸 이룩했기 때문이다. 실제로 박지성은 FA컵과 UEFA 슈퍼컵 정도를 제외하면, 거의 모든 트로피(리그, 리그 컵, 챔피언스리그, 클럽 월드컵, 커뮤니티 실드)를 이미 들어올렸다.

박지성이 이적 시장에 나왔다는 소문이 돌자 세계 각지의 팀들이 이적을 제의하기 시작했다. 빅리그 상위권 팀도 여전히 박지성을 원했다. 막대한 재정을 가진 팀들은 돈으로 유혹하기도 했다. 서른한 살의 노장이었지만 '아시아 최고의 축구 스타'라는 이름표는 유효했고 그의 기량에 대한 믿음도 여전했다. 프리미어리그 승격 1년을 맞은 퀸즈 파크 레인저스(QPR)는 특히 박지성 영입에 적극적이었다. 말레이시아 출신의 사업가 토니 페르난데스가 같은 아시아인인 박지성을 데려오려고 노력했다. QPR의 감독 마크 휴즈까지 한국으로 날아와 박지성을 설득할 정도로 열과 성을 다했다. 박지성은 페르난데스 구단주로부터 들은 QPR의 비전, 막대한 투자, 감독의 정성에 감동했다. 그는 결국 유수 클럽들의 제의를 마다하고 QPR로 이적했다. QPR은 시즌 시작과 동시에 팀 주장으로 박지성을 선임할 만큼 그를 신뢰했다. 아시아인 최초의 프리미어리그 주장이 탄생한 것이다.

그만큼 QPR이 박지성에게 거는 기대가 컸다. 물론 박지성 역시 자신의 역할과 책임에 대해 잘 알고 있었다. QPR은 박지성에게 기존 그의 역할이었던 윙어뿐만 아니라 중앙 미드필더로서도 활약해주길 바랐다. 하지만 시즌이 진행될수록 박지성은 사실상 수비형 미드필더로 출전하며 프로 데뷔 초기의 포지션으로 회귀한다. QPR은 박지성뿐만 아니라 스테판 음비아, 훌리오 세자르 등 1군에만 11명의 선수를 영입하며 새로운 팀으로 거듭나기 위해 노력했다.

문제는 조직력이었다. 영입 선수가 많아 발을 맞출 시간이 부족했고 그러다 보니 개개인의 능력은 뛰어나고 경력(레알 마드리드 출신 그라네로, 맨유 출신 박지성, 인터 밀란 출신 훌리오 세자르 등) 또한 화려했지만 하나의 팀으로 뭉쳐지는 데 시간이 필요했다. 박지성 역시 중앙 미드필더에 적응하는 과도기였다. 결국 스완지 시티와의 홈 개막전에서 0-5로 완패하는 굴욕을 맛보게 된다. 이후 QPR은 리그 17라운드 풀럼과의 경기에서 승리하기 전까지 단 한 경기에서도 승리하지 못하는 최악의 부진에 빠지고 만다. 16경기 무승은 프리미어리그 시즌 개막 이후 최다 무승 기록으로 남은 불명예였다.

박지성은 팀의 초반 10경기에 모두 선발 출전했지만 팀이 무너지는 걸 지켜볼 수밖에 없었다. 그 10경기 동안 도움을 2개 기록하긴 했지만 막대한 금액을 투자한 만큼의 결과를 내기 원했던 QPR로선 만족스럽지 않은 기록이었다. 박지성뿐만 아니라 QPR 선수단 전체도 무승 행진에 지쳐갔다. 결국 11월 23일 마크 휴즈 감독이 경질됐다. 박지성을 영입하기 위해 직접 한국까지 찾아왔던 그가 경질되자 박지성의 입지도 큰 타격을 받게 된다. 새로 부임한 해리 래드냅 감독은 변화를 위해 박지성의 기회를 줄이기 시작했다. 심지어 2013년 1월에는 박지성의 주장직을 박탈하기에 이른다. 같은 달 윤석영이 영입되며 한국인 듀오가 같은 팀에서 뛰는 걸 보는가 싶었지만 결국 두 선수 모두에게 QPR은 탁월한 선택이 되지 못했다.

QPR은 강등당하지 않기 위해 겨울 이적 시장에서 크리스토퍼 삼바, 로익 레미 등 우수한 선수들을 데려왔다. 하지만 팀 성적은 좀처럼 올라갈 줄 몰랐다. 박지성은 1월까지 경기에 출전하며 팀의 반등에 힘을 보탰지만, 2월에는 아예 경기에 출전하지 못했다. 이후 단 6경기에 출전하는 데 그치며 팀의 강등을 지켜봐야 했다.

현지 언론들은 QPR 부진의 원인을 박지성에게 돌렸다. 아시아인 구단주가 아시아 선수를 편애해 영입했고, 그에게 주장까지 맡기는 모험이 실패했다는 주장이었다. 그러나 팀 동료의 증언은 달랐다. QPR의 미드필더 숀 데리는 영국 신문 데일리메일과의 인터뷰에서 "일부 선수는 자신의 과거만 믿고 전력을 기울이지 않았다."고 비난하면서도 "박지성이 팀을 위해 기울인 노력을 생각하면 그를 비난할 수 없다. 박지성에게는 게으름뱅이라는 딱지를 붙일 수 없다."고 말했다. 동료들은 박지성의 헌신과 노력을 알고 있었던 것이다.

QPR은 2012~2013 시즌에 처참하게 실패했다. 박지성 등 스타 선수를 영입하기 위해 막대한 금액을 투자했지만 결국 강등을 당하고 말았다. 박지성도 그 책임에서 자유롭지 않다. 하지만 모든 책임이 박지성에게 돌아가는 건 분명 불공평하다. 박지성은 해당 시즌 팀의 리그 38경기 중 절반도 채 뛰지 못했다(박지성은 리그에서 15경기에 선발 출전했다). 결장 사유도 부상이 아니었다. 순전히 감독의 취향으로 인해 경기에 나가지 못했다. 그렇게 QPR에서의 프리미어리그 마지막 시즌이 저물었다.

QPR에 무슨 일이 있었나?

야심차게 시작한 시즌이었다. 무려 11명의 주전급 선수를 영입한 건 물론 겨울 이적 시장에서도 막대한 이적료를 풀어 빅 클럽에서 눈독들이던 삼바, 레미 등을 영입했다. 하지만 프리미어리그 개막 후 16경기 연속 무승이라는 굴욕을 겪은 건 물론 감독 교체까지 이어져 프리미어리그 팀 중에서도 최악의 시즌을 보냈다.

2012 — 2013 퀸즈 파크 레인저스

잉글랜드 프리미어리그

박지성

	선발	교체	골	도움	승	무	패	승점
홈	7	2	0	0	1	5	3	8
원정	8	3	0	3	2	3	6	9
합계	15	5	0	3	3	8	9	17

퀸즈 파크 레인저스

순위	팀	경기	승	무	패	득점	실점	승점	비고
1	맨체스터 유나이티드	38	28	5	5	86	43	89	챔피언스리그
2	맨체스터 시티	38	23	9	6	66	34	78	챔피언스리그
3	첼시	38	22	9	7	75	39	75	챔피언스리그
4	아스널	38	21	10	7	72	37	73	챔피언스리그 플레이오프
5	토트넘 홋스퍼	38	21	9	8	66	46	72	유로파리그 플레이오프
6	에버턴	38	16	15	7	55	40	63	
7	리버풀	38	16	13	9	71	43	61	
8	웨스트브로미치 앨비언	38	14	7	17	53	57	49	
9	스완지 시티	38	11	13	14	47	51	46	유로파리그 3차 예선 *리그 컵 우승
10	웨스트햄 유나이티드	38	12	10	16	45	53	46	
11	노리치 시티	38	10	14	14	41	58	44	
12	풀럼	38	11	10	17	50	60	43	
13	스토크 시티	38	9	15	14	34	45	42	
14	사우샘프턴	38	9	14	15	49	60	41	
15	애스턴 빌라	38	10	11	17	47	69	41	
16	뉴캐슬 유나이티드	38	11	8	19	45	68	41	
17	선덜랜드	38	9	12	17	41	54	39	
18	위건 애슬래틱	38	9	9	20	47	73	36	유로파리그, 강등
19	레딩	38	6	10	22	43	73	28	강등
20	퀸즈 파크 레인저스	38	4	13	21	30	60	25	강등

캐피탈 원 컵(리그컵)

박지성
2경기 0골 1도움

퀸즈 파크 레인저스
1라운드: 자동진출
2라운드: vs 월솔 3-0 승
3라운드: vs 레딩 2-3 패 (박지성 도움)
3라운드 탈락: 스완지 시티, 브래드포드 시티 5-0 꺾고 우승

FA컵

박지성
3경기 0골 0도움

퀸즈 파크 레인저스
1,2라운드: 자동진출
3라운드: vs WBA 1-1 무
3라운드 재경기: vs WBA 1-0 승
4라운드: vs 밀턴 케인스 돈스 2-4 패
4라운드 탈락: 위건, 맨체스터 시티 1-0 꺾고 우승

2013
2014

PSV
에인트호번

27경기 2골

리그 23경기 2골

챔피언스리그 2경기

유로파리그 2경기

2013~2014 PSV 에인트호번
BEST11 formation
4-3-3

13 산티아고 아리아스
21 예로엔 조엣
5 제프리 브루마
27 오스카 힐제마크
3 카림 레키크
6 아담 마헤르
33 박지성
15 제트로 윌렘스
11 위르겐 로카디아
8 스테인 스하르스
22 멤피스 데파이

박지성의 현역 마지막 시즌인 만큼 다사다난했다. QPR을 떠나 PSV로 이적하겠다고 발표해 모두를 놀라게 한 그는 시즌 초반 열린 아약스전에서 골을 넣으며 여전히 강팀에 강한 면모를 증명했다. 또한 자신이 없는 사이 추락한 팀 성적을 복귀와 동시에 정상궤도에 올려놓기도 했다. 그러나 무릎 부상이 더 이상 선수 생활을 못할 정도로 심각하다는 걸 알고 은퇴를 결심한다. 대표팀 복귀까지 거절하면서 마지막 투혼을 불태운 박지성은 PSV의 리그 마지막 경기에서 현역 공식 경기를 마무리하며 프로 선수 생활을 마쳤다. PSV의 상승세를 이끌었고 기량이 예전 같지 않다는 일각의 우려를 잠재운 점이 인상적이다. PSV의 어린 선수들을 이끄는 그의 모습에서 한국 축구 팬들을 열광시킨 '캡틴 박'의 면모를 느낄 수 있었다. 그가 은퇴를 선언하자 축구 팬들은 '축구 영웅'의 경기를 이제 보지 못하는 데 대해 아쉬워했다. 그렇게 한국 축구의 전설이 온 국민의 축하를 받으며 현역 생활을 마쳤다.

내년이면 서른세 살이 되는 박지성에게 2부 리그에서 뛰는 건 아무 의미가 없었다. 무릎 상태가 안 좋았기에 얼마 안 남은 현역 생활을 2부 리그에서 뛰기보다는 좀 더 의미 있게 마무리해야 했다. 아시아 선수로서 유럽 최상위 리그에서 활약한 그였기에 선수 생활의 마무리 역시 귀감이 돼야 한다는 의무감을 가질 수밖에 없었다. 그는 유럽에서 처음 뛴 팀에 돌아가 선수 생활을 마무리하는 게 의미가 있겠다고 생각해 고향과도 같은 팀 PSV로 돌아간다.

2005년 이후 8년 만에 돌아간 PSV. 영웅의 귀환임이 분명했지만 사실상 어린 선수들로만 꾸려진 젊은 팀이던 PSV에서 박지성은 분명 튀는 존재였다. 오래 전 함께 뛰었던 선수들은 대부분 은퇴했거나 선수 생활을 정리하고 있었다. 박지성이 맨유로 옮길 당시 그 누구보다 맨유행을 말리며 PSV에 잔류하라고 설득한 필립 코쿠가 이제는 감독으로 박지성을 맞았다. 박지성은 아름다운 마무리를 위해 PSV에 왔고 그 마음을 아는 코쿠는 박지성을 통해 PSV의 어린 선수들이 많은 걸 보고 배우길 원했다. 당시 견습 코치로 와 있던 박지성의 절친 루드 판 니스텔루이도 그 누구보다 박지성의 복귀를 반기며 환영했다.

팀은 8년 전과 다름없이 4-3-3 포메이션을 썼다. 예전 같으면 오른쪽이나 왼쪽 윙을 맡았겠지만 이제 박지성은 윙뿐만 아니라 QPR에서 그랬듯 중앙 미드필더로서 팀을 조율하는 역할을 해야 했다. 공격진 대부분이 23세 이하로 구성된 PSV이기에 박지성의 유럽 무대 경험과 조율 능력은 그 어느 때보다 빛났다. 선수들은 자신들이 TV로 지켜봤던 대선배의 움직임을 하나하나 눈에 아로새겼다.

박지성의 등번호에는 그의 나이 '33'이 새겨졌다. 8년 만에 돌아온 PSV에서 가진 첫 공식 경기 상대는 AC 밀란이었다. 그는 허벅지 부상으로 고생하다 다섯 경기를 놓치고 밀란전에 맞춰 몸을 회복했다. 그가 필

립스 스타디움에 다시 서자 네덜란드 팬들은 박수를 치며 환호했다. 그들은 PSV의 가장 화려한 시절을 이끈 영웅이 귀환하자 감격했다. 박지성은 챔피언스리그 경험이 거의 전무하다시피 한 동료들과 함께 강팀 AC 밀란과의 챔피언스리그 3차예선 플레이오프 1차전에서 1-1 무승부를 이끌어냈다. 비록 승리를 거두지 못했지만 상대가 AC 밀란이라는 점을 감안하면 충분히 만족스러운 결과였다.

박지성은 4일 뒤 이어진 헤라클레스와의 리그 경기에 교체 투입되며 네덜란드리그에서도 복귀전을 치른다. 팀이 0-1로 지고 있던 상황에 교체 투입돼 들어갔던 터라 시간이 부족했다. 최소한 동점을 만들어야 한다는 부담감이 그의 어깨를 짓누를 법도 했다. 그러나 박지성은 모든 불리한 조건을 딛고 경기 종료 4분을 남긴 후반 41분 극적인 동점골을 성공시켰다. 수비 세 명 사이에서 절묘하게 넣은 골이었다. 그는 현지 인터뷰에서 "멋진 골이 아니었다."고 쑥스러워했다. 하지만 그가 골을 넣지 않았더라면 PSV는 시즌 첫 패배이자 49년 만에 헤라클레스에게 패하는 굴욕을 맛볼 뻔했다. 코쿠 감독은 경기 후 "박지성이 우릴 구했다."며 베테랑 효과에 감격했다.

여기서 끝이 아니었다. 박지성은 9월 22일 열린 '영원한 라이벌' 아약스와의 경기에 오른쪽 윙으로 선발 출전해 1골 1도움을 기록하며 팀의 4-0 승리의 일등공신이 됐다. 라이벌 앞에만 서면 강해지는 박지성의 본능이 네덜란드에서도 어김없이 발휘된 것이다. 팀의 마지막 골을 넣은 박지성을 위해 경기 종료 직전에 오랜만에 '위승빠레'가 다시금 필립스 스타디움에서 울려 퍼졌다. 이 날 넣은 골은 박지성의 현역 생활 마지막 공식 골로 기록됐다.

아약스까지 제압하자 PSV는 2007~2008 시즌 이후 가져오지 못한 리그 우승컵을 꿈꾸기 시작한다. 그러나 박지성이 9월 29일 리그 경기에서 발등 부상으로 교체된 뒤부터 PSV는 추락하기 시작한다. 박지성이 부상으로 한 달 이상 자리를 비운 사이 PSV는 리그 9경기에서 1승 2무 6패를 기록했다. 특히 10월 6일 RKC 발베이크전에서 승리한 후에는 7경기 연속 무승(2무5패)의 굴욕을 맛본다.

그러나 박지성이 선발로 부상 복귀전을 치른 12월 15일 위트레흐트전부터 2014년 3월 23일 로다 JC전까지 13경기에서 무려 11승 2패라는 놀라운 성적을 거둔다. 12월 리그 10위권 밖으로 밀려났던 성적은 다시 상위권으로 복귀했고 그 중심에는 박지성이 있었다.

박지성은 부상에서 복귀하면서부터 중앙 미드필더로 완전히 자리를 옮겼고 공격형 미드필더 역할은 물론 풀백이 공격을 가담할 때는 수비 뒷공간을 커버하는 수비 역할까지 완벽하게 해냈다. 현지 매체도 박지성의 역할을 집중 조명하며 "박지성이 PSV를 이끌고 있다. PSV의 상승세에 박지성이 미치는 효과가 크다."고 보도하기도 했다. 하지만 이즈음부터 박지성은 본격적으로 은퇴를 결심한다. 무릎 상태가 더 이상 선수 생활을 이어갈 수 없을 정도로 좋지 않았기 때문이다. 경기 후 집에 돌아가이를 악물고 고통을 참아야 할 정도로 무릎 상태가 심해졌다. 결국엔 경기장에서 뛸 때조차 고통을 느낄 정도로 부상이 악화됐다. 그는 대부분의 경기에서 아픔을 꾹 참고 뛰어야 했다. 이번 시즌을 끝으로 선수 생활을 마무리하기로 결정한 박지성은 마지막을 아름답게 장식하기 위해 더욱 열심히 뛰었다. 선수 생활에 후회를 남기지 않기 위해, 어린 선수들로 구성된 PSV 선수들에게 챔피언스리그라는 큰 무대에서 뛰는 경험을 맛보게 하기 위해서였다. 그러기 위해서는 리그 2위 안에 들어야 했다. 남은 경기에서 모두 이겨야 도전할 수 있는 순위였다.

하지만 PSV는 아직 경험이 부족했다. 30대 선수는 박지성과 미드필더 스테인 스하르스밖에 없었고 이는 결국 성적의 기복으로 이어졌다. PSV

는 시즌 막바지 세 경기에서 연패하며 순위 상승에 실패하고 만다. 비록 시즌 최종 두 경기에서 승리하며 다음 시즌 유로파리그 진출권 티켓을 따내긴 했지만 앞선 세 경기에서 무너지지 않았다면 챔피언스리그 티켓도 충분히 노려볼 수 있었기에 아쉬움은 컸다.

PSV는 리그 4위로 시즌을 종료했다. 최선을 다했기에 후회는 없었다. 박지성 복귀 전후의 성적이 딴판인 데서 알 수 있는 것처럼 '박지성 효과'는 상당했다.

그는 리그 마지막 경기인 NAC 브레다와의 홈경기에 프로 선수 마지막 경기를 뛰었다. 이날 경기에 선발 출전한 그는 역시 전방위로 활약하며 맹활약했다. 팀이 2-0으로 앞선 후반 45분 교체돼 나가며 박지성은 생애 마지막 유럽 경기를 마쳤다. 박지성이 교체돼 나가자 어김없이 감동적인 응원가 '위숭빠레'가 울렸다. 경기 후 박지성은 장내 마이크를 잡고 '감사하다'면서 작별인사를 전했다.

박지성은 시즌 종료 후 5월 14일 한국에서 공식 기자회견을 가지고 현역 은퇴를 선언한다. 그는 "무릎 부상에 대한 아쉬움이 있을 뿐 선수 생활에서 미련은 없다."며 "홀가분하다"고 말했다. 그 어떤 선수보다 열심히 뛰었기에 후회가 없었던 것이다. 무릎 상태가 좋지 않다는 정도만 알고 내막을 모르던 국민들은 뒤늦게야 그의 몸 상태를 제대로 알게 됐고, 밤잠을 설치며 박지성의 경기를 기다리는 즐거움이 사라진 데 대해 아쉬움을 토로했다. 그가 은퇴했다는 소식을 듣자 한국 축구계뿐만 아니라 해외 유명 선수와 지도자들도 하나같이 아쉬움을 드러냈다. 외신들은 '아시아의 축구 영웅이 은퇴한다.'고 대대적으로 보도했다.

그렇게 박지성은 선수 생활을 끝내고, 2014년 6월 PSV 선수의 일원으로 한국 투어를 하며 국내 팬들에게 작별인사를 한다. 박지성은 수원과 창원을 찾아 팬들로부터 열렬한 환대를 받았다. 프로축구연맹은 2014 K리그 올스타전을 '박지성 은퇴식'으로 열었다. '팀 K리그'와 '팀 박지성'으로 나눠 치른 경기였다. 무려 5만여 관중이 서울 월드컵경기장을 찾아 박지성의 마지막 가는 무대에 함께했다. 박지성은 절친한 동료, 선·후배, 지도자, 팬들과 함께 축제 분위기 속에서 14년의 프로 인생을 마무리했다.

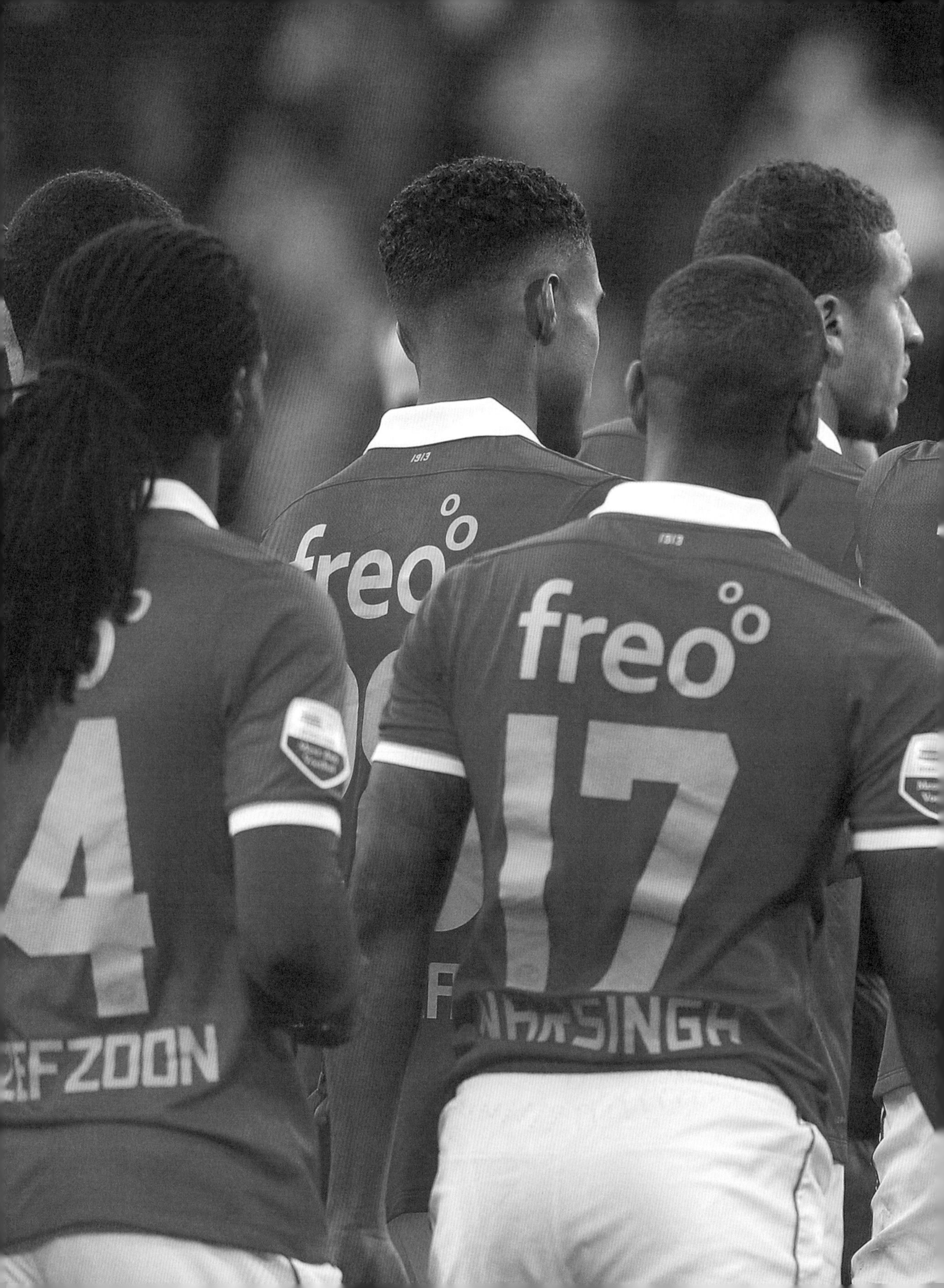
freo
freo
17
NARSINGH
4
EFZOON
1913

2013 — 2014 PSV 에인트호번

네덜란드 에레디비지

박지성

	선발	교체	골	승	무	패	승점
홈	10	1	1	8	1	2	25
원정	11	1	1	6	4	2	22
합계	21	2	2	14	5	4	47

PSV 에인트호번

순위	팀	경기	승	무	패	득점	실점	득실차	승점	비고
1	아약스	34	20	11	3	69	28	41	71	챔피언스리그
2	페예노르트	34	20	7	7	76	40	36	67	챔피언스리그 3차 예선
3	트벤테	34	17	12	5	72	37	35	63	유로파리그 플레이오프
4	PSV에인트호번	34	18	5	11	60	45	15	59	유로파리그 3차 예선
5	SC 헤이렌베인	34	16	9	9	72	51	21	57	
6	비테세	34	15	10	9	65	49	16	55	유로파리그
7	흐로닝언	34	14	9	11	57	53	4	51	자국 플레이오프 진출
8	AZ 알크마르	34	13	8	13	54	50	4	47	*승자 흐로닝언
9	ADO 덴 하그	34	12	7	15	45	64	−19	43	
10	위트레흐트	34	11	8	15	46	65	−19	41	
11	즈볼레	34	9	13	12	47	49	−2	40	유로파리그 플레이오프
12	캄부르	34	10	9	15	40	50	−10	39	*KNVB컵 우승
13	고어헤드이글스	34	10	8	16	45	69	−24	38	
14	헤라클레스	34	10	7	17	45	59	−14	37	
15	NAC 브레다	34	8	11	15	43	54	−11	35	
16	RKC 발베이크	34	7	11	16	44	64	−20	32	강등 플레이오프
17	NEC 네이메헌	34	5	15	14	54	82	−28	30	강등 플레이오프
18	로다 JC	34	7	8	19	44	69	−25	29	강등

최종 4위, 내년 시즌 유로파리그 3차 예선 진출권 획득

KNVB컵

박지성

출전 기록 없음

PSV 에인트호번

1라운드: 자동진출

2라운드: vs 테레스타 4-1승

3라운드: vs 로다JC 1-3패

3라운드 탈락: 즈볼레, 아약스 5-1 꺾고 우승

챔피언스리그

박지성

2경기 0골

플레이오프 라운드 vs AC밀란 2경기 선발출전

PSV 에인트호번

3차 예선: vs 1차전(홈) 줄테 바레겜(벨기에) 2-0 승, 2차전(원정) 3-0 승, 합계 5-0 승

플레이오프 라운드: vs 1차전(홈) AC 밀란(이탈리아) 1-1 무, 2차전(원정) 0-3 패, 합계 1-4 패

플레이오프 라운드에서 탈락: 레알 마드리드, 아틀레티코 마드리드(이하 스페인) 연장 4-1 승 우승

유로파리그

박지성

	선발	교체	골	도움	승	무	패
홈	0	2	0	0	0	0	2
원정	0	0	0	0	0	0	0
합계	0	2	0	0	0	0	2

PSV 에인트호번

본선 B조

팀	경기	승	무	패	득점	실점	득실차	승점	진출&탈락
루도고레츠 라즈그라드	6	5	1	0	11	2	9	16	32강 진출
초르노모레츠 오데사	6	3	1	2	6	6	0	10	32강 진출
PSV 에인트호번	6	2	1	3	4	5	-1	7	탈락
디나모 자그레브	6	0	1	5	3	11	-8	1	탈락

박지성의

모든 것

1999
2011

대한민국
국가대표
시절

20세 이하_

2000 2경기

통산 2경기

23세 이하_

1999 8경기 1골

2000 10경기 2골

2002 3경기

2004 2경기

통산 23경기 3골

성인_

2000 15경기 1골

2001 10경기

2002 15경기 3골

2003 1경기

2004 8경기

2005 8경기 1골

2006 8경기 1골

2007 2경기

2008 7경기 3골

2009 10경기 2골

2010 11경기 2골

2011 5경기

통산 100경기 13골

1999
2000

첫 태극마크와
첫 A매치

20세 이하_ 2경기

23세 이하_ 1999 8경기 1골(올림픽 예선 4경기)

2000 10경기 2골(올림픽 3경기)

성인_ 2000 15경기 1골(아시안컵 5경기)

2000년 시드니 올림픽

명지대에 갓 진학한 새내기 박지성은 입학이 결정된 겨울 미리 명지대 축구부에 합류해 본격적인 훈련에 들어갔다. 1999년 2월 명지대는 2000년 시드니 올림픽을 준비하던 올림픽 대표팀과 연습경기를 치르게 됐다. 김희태 당시 명지대 감독의 눈에 들었던 박지성은 명지대 소속으로 올림픽 대표팀과 맞붙었다. 이 연습경기에서 박지성은 올림픽 대표팀과 성인 대표팀 감독을 겸하고 있었던 허정무 감독의 눈에 띄었다. 허정무 감독은 과감하게 박지성을 올림픽 대표팀에 발탁한다. 박지성은 1981년생으로 1999년 당시 만 18세에 불과했다. 17세 이하 혹은 20세 이하 같은 연령별 대표팀에도 뽑히지 못하다가 바로 23세 이하로 구성된 올림픽 대표팀에 합류한 본인도 놀랄 정도의 깜짝 발탁이었다.

박지성이 첫 태극마크를 단 건 1999년 3월 26일이다. 당시 다른 6명의 선수와 함께 추가 발탁 형식으로 소집된 박지성의 첫 포지션은 왼쪽 윙백, 즉 수비수였다. 당시 함께 수비라인을 지켰던 선수로는 심재원(연세대, 은퇴), 박진섭(고려대, 은퇴) 등이 있다. 박지성은 왼쪽 주전 윙백이었던 이영표의 백업을 맡았다. 이때부터 김남일(당시 한양대, 현 교토 상가), 이영표 등과의 인연이 시작됐다.

훈련에서 좋은 모습을 보인 박지성은 이후 꾸준히 올림픽 대표팀에 소집됐다. 특히 4월에 다시 소집된 대표팀에는 골키퍼 김용대(당시 연세대, 현 FC 서울), 설기현(광운대, 현 인천 유나이티드), 이동국(포항, 현 전북 현대) 등 당시 한국 축구의 유망주가 모두 소집되기도 했다. 지금 보면 이들 선수 대부분이 한국 축구의 향후 10년을 책임진 버팀목이 됐다는 점에서 당시 올림픽 대표팀이 얼마나 강했는지 짐작할 수 있다.

박지성이 처음으로 국가대표 간의 경기에 나선 건 2000년 시드니 올림픽 예선전이었던 대만과의 경기였다. 1999년 5월 27일 서울 동대문

운동장에서 열린 이 경기에서 박지성은 선발 출전해 전반 14분 만에 왼쪽에서 크로스를 올려 박진섭의 헤딩 결승골을 도왔다. 이날 경기에서 한국은 설기현, 이영표 등의 추가골로 대만에 7-0 대승을 거뒀다.

박지성은 이후 올림픽 대표팀의 전력 강화를 위한 유럽 전지훈련 중에 가진 평가전에서 비록 2군팀이긴 하지만 PSV 에인트호번과 맞붙기도 했다. 이때까지만 해도 박지성이 약 3년 반 뒤 PSV에 입단할 거라는 걸 아무도 몰랐다.

박지성이 올림픽 대표로 첫 골 맛을 본 건 체코와의 연습경기에서였다. 1999년 8월 18일 체코 프라하에서 열린 올림픽 대표팀 간의 평가전에서 1-1로 맞서던 후반 한국의 두 번째 골을 넣었다. 이 골은 한국이 체코에 4-1로 승리하며 결승골이 됐다. 태극마크를 달고 넣은 첫 골이 결승골이라는 점이 뜻 깊었다.

박지성은 곧바로 이어진 알제리 클럽팀과의 친선전에서도 골을 넣으며 주전 멤버로 자리를 잡아갔다. 당시에 오른쪽 혹은 왼쪽 윙백, 수비형 미드필더로 주로 기용되었던 그의 역할을 감안할 때 이런 골 기록은 긍정적이었다. 대학 새내기 선수였던 박지성은 올림픽팀 훈련과 경기를 통해 하루가 다르게 성장했다. 처음 접한 민첩성 훈련 등 여러 훈련법이 큰 도움이 됐다. 훗날 박지성은 이때를 돌이키며 "당시 쌓았던 실력이 유럽에서도 통할 수 있었던 비결"이라고 밝히기도 했다.

10월 3일 시드니 올림픽 아시아 최종 예선 첫 경기인 중국전에 출전하며 완벽한 주전급 선수가 된 박지성은 어느새 허정무 감독의 구상에 항상 포함되는 선수가 돼 있었다.

그 사이 박지성은 올림픽 대표가 주축이 된 A대표팀에도 다녀왔다. 특히 2000년 5월에는 J리그의 교토 퍼플 상가와 입단 계약을 맺고 정식 프로 선수가 됐다.

2000년 9월 열린 시드니 올림픽은 한국이 올림픽 첫 메달을 노리기에 적기였다. 당시 23세 이하 팀의 멤버는 심재원(당시 부산 아이콘스), 박재홍(명지대), 박진섭(상무), 이영표(안양 LG) 송종국(연세대), 고종수(수원 삼성), 이천수(고려대), 이동국(포항 스틸러스) 등 한 시대를 풍미한 스타들로 이루어져 있었다. 이운재(상무)가 예비 엔트리에서 기다릴 정도였다. 박지성은 어느새 수비형 미드필더로서 팀의 주전 선수로 성장해 있었다. 박지성은 19세의 나이로 23세 이하 대표팀에 뽑힐 정도로 팀에서 독특한 존재였다. 이천수와 함께 막내였던 박지성에게도 국제대회 첫 경험이었기에 인상적일 수밖에 없는 올림픽이었다.

그러나 세계의 벽은 높았다. 당시까지만 해도 유럽 축구는 여전히 딴 세계처럼 느껴질 정도로 크나큰 벽이었다. 조별리그 1차전에서 스페인은 와일드카드(23세 이상의 선수) 없이도 사비 에르난데스(바르셀로나)를 주축으로 한국에 0-3이라는 스코어를 안기며 승리했다.

당시 B조(스페인, 한국, 모로코, 칠레) 최강이었던 스페인과 첫 경기에서 경험 부족과 실력 차를 드러내며 패한 한국은 이후 경기에서 이천수, 이동국 등의 활약을 앞세워 모두 승리했지만(모로코, 칠레를 각각 1-0으로 이겼다) 골 득실에 밀려 예선에서 탈락하고 말았다. 2승 1패의 좋은 성적이었지만 스페인전 패배가 너무 뼈아팠다. 박지성은 막내임에도 전 경기에 출전했다. 당시 쌓은 경험은 그의 축구 인생에 큰 보탬이 됐다.

2000년 아시안컵

시드니 올림픽 대표팀의 일원으로 첫 태극마크를 단 박지성은 2000년 아시안컵 예선에서 성인 대표팀 신고식을 치른다. 2000년 4월 5일 동대문 운동장에서 열린 라오스와의 경기에서 역사적인 A대표팀 데뷔전을 가졌다. 상대가 워낙 약체였기에 정식 성인 대표팀이 소집되기보다 시드니 올림픽을 앞두고 있는 올림픽 대표팀 선수 대부분이 이 경기에 나섰다. 덕분에 박지성 역시 국가대표로 첫발을 내디딜 수 있었다. 당시 그의 나이는 19세 40일이었다. 이 기록은 한국 축구 대표팀의 최연소 데뷔 9위에 해당하는 기록이었을 정도로 빨랐다(2014년 현재까지 16위). 박지성은 꾸준히 A대표팀에 소집되며 운이 좋아서 발탁된 게 아니라는 점을 증명했다. 이후 그는 국가대표팀 주장이었던 홍명보와 함께 방을 쓰며 어깨너머로 많은 것을 배우며 진정한 국가대표로 자리잡기 시작한다.

첫 경기에서 팀의 9-0 대승에 힘을 보탠 박지성은 이후 LG컵 4개국 친선대회 등에 출전하는 등 꾸준히 A매치에 모습을 드러내며 바쁜 나날을 보냈다. 올림픽 대표팀, 국가 대표팀, J리그 교토 퍼플 상가까지 박지성을 찾는 곳은 많았고, 19세의 그는 그렇게 많은 경기를 뛰며 기량이 급격하게 상승하고 있었다.

박지성의 국가대표 데뷔골은 2000년 6월 7일 열린 마케도니아와의 평가전에서 터졌다. 이란 테헤란에서 열린 LG컵 4개국 친선대회에서 마케도니아를 상대로 1-0으로 앞서던 후반 18분 동갑내기 이천수의 로빙 패스를 이어받아 왼발 슈팅으로 골을 넣었다. A매치 6경기 만에 나온 감격적인 데뷔골이었다. 이후 고비 때마다 중요한 역할을 하는 왼발로 넣었다는 점에서 주목할 만한 골이다. 수비형 미드필더였던 그는 이날 경기에서만큼은 과감하게 공격에 가담했다. 형들과 함께한 경기에서도 주눅 들지 않은 배짱을 엿볼 수 있다.

2000년 시드니 올림픽에서 아쉽게 탈락을 맛본 뒤 박지성은 9월 올림픽 후 그대로 이어진 10월 아시안컵에 출전한다. 조별예선 1차전이었던 중국전은 박지성의 10번째 A매치 경기였다. 비록 한국은 심판의 석연찮은 판정으로 퇴장당한 홍명보의 공백을 메우지 못하고 2-2 무승부에 그쳤지만 박지성은 특유의 공격력으로 강한 인상을 남겼다.

한국은 조별예선을 1승1무1패로 마치며 조 3위를 차지했지만 와일드 카드 덕택에 힘겹게 8강에 진출할 수 있었다. 이란과의 8강전에선 이동국이 연장전에서 천금 같은 터닝 슈팅을 터뜨려 4강까지 올라갔다. 4년 전 대회인 1996년 아시안컵에서 2-6으로 참패한 데 대한 복수였기에 한국은 한껏 고무됐다.

그러나 한국은 4강에서 맞붙은 사우디아라비아에 1-2로 패하며 결승 진출에 실패한다. 한국은 3, 4위전에서 이동국의 골에 힘입어 중국을 1-0으로 꺾으며 대회를 마무리했다. 박지성은 8강 이란전, 4강 사우디전은 물론이고 3, 4위전인 중국전에도 출전하며 수비형 미드필더로서 묵묵히 제 몫을 해냈다. 10대의 어린 나이에 아시안컵이라는 큰 대회에서 주전으로 뛰었다는 건 놀라운 일이다. 하지만 당시 21세인 이동국이 무려 6골을 넣으며 득점왕에 오른 탓에 박지성은 상대적으로 큰 주목을 받지는 못했다.

박지성은 12월 열린 한·일전에도 출전하며 A매치 15경기를 채웠고 2001년 1월 열린 칼스버그컵에도 대표로 출전하며 10대의 나이에 무려 A매치 17경기를 뛴 선수가 되어 있었다.

2001
2002

평생의 은사를
만나
일궈낸 신화

23세 이하_ 2002 3경기(아시안게임 3경기)

성인_ 2001 10경기(컨페더레이션컵 5경기)

2002 15경기 3골(월드컵 7경기 1골)

2002년 한·일 월드컵

시드니 올림픽과 아시안컵에 참가하고 첫 프로 데뷔 시즌을 보낸 2000년은 숨가쁜 나날의 연속이었다. 올림픽 대표팀은 물론이고 성인 대표팀에서까지 주전급으로 뛰며 급격하게 성장했지만, 박지성의 잠재력은 여전히 무궁무진했다. 그의 잠재력은 2001년 한 사람을 만나면서부터 점화한다. 바로 2001년 1월 1일자로 새롭게 한국 국가대표팀 사령탑에 오른 네덜란드 출신의 거스 히딩크 감독이다.

우크라이나 출신의 아나톨리 비쇼베츠 감독 이후 약 6년 만에 외국인 감독을 선장으로 맞이한 한국 축구 대표팀은 월드컵에서 단 1승도 올리지 못한 부진을 씻고 개최국의 위상을 지키기 위해 레알 마드리드, 네덜란드 대표팀 등을 지휘한 히딩크 감독을 모셔왔다.

히딩크 감독 부임 후 첫 소집이었던 울산 훈련에서 주전급 유명선수로 구성된 A팀과 박지성 등 비주전급 선수로 구성된 B팀의 연습경기를 지켜본 히딩크 감독은 박지성의 열정에 반했다. 박지성은 대표팀에 계속 뽑히기는 힘들다고 생각해 마음 편하게 훈련에 임하되 경기에서만큼은 열심히 뛰었다. 그런데 그런 모습이 히딩크 감독에게 좋은 인상을 심어준 것이다. 히딩크 감독은 "체력과 정신력에서 넘버원인 완벽한 선수"라며 박지성을 칭찬했다. 그 말이 허언이 아니라는 점은 월드컵을 끝으로 물러날 때까지 히딩크 감독이 박지성을 부르지 않은 적이 단 한 번도 없다는 것으로 증명된다.

박지성은 '히딩크호'의 1기 멤버로 홍콩에서 열린 칼스버그컵에 참가하며 처음부터 히딩크호의 주전 멤버로 뛰었다. 2001년 1월 노르웨이, 파라과이와의 경기에 모두 출전한 박지성과 히딩크호의 시작은 깔끔하지 못했다. 히딩크 감독은 부임하자마자 당시까지 한국에 생소한 4-4-2 포메이션을 대표팀에 덧씌우려 했다. 스리백에 익숙하던 대표팀 선수들은 혼선을 빚었다. 히딩크 감독의 한국 대표팀 데뷔전이었던 노르웨이전에서 한국은 2-3으로 역전패했다. 이후 파라과이전에서 1-1 무승부 후 승부차기에서 천신만고 끝에 힘겹게 승리했다. 물론 만만치 않은 팀들이긴 했지만 경기 내용이 썩 만족스럽지 않았기에 외국인 감독에게 건 기대는 실망으로 바뀌었다.

히딩크 감독은 계속해서 선수들을 실험하며 1년 반 앞으로 다가온 2002년 월드컵에 대비하려 했다. 이에 따라 2001년에 무리해서라도 많은 선수를 뽑아 직접 기량을 확인하는 건 물론이고 많은 친선전을 열어 대표팀에 새 옷을 입히려고 했다. 박지성은 이영표와 함께 꾸준히 주전을 꿰찼다. 이는 대표팀 주장이었던 홍명보, 월드컵 때 '히딩크호의 황태자'로 불린 송종국도 해내지 못한 일이었다.

2001년 박지성은 J리그에서 강등된 팀과 함께 J2리그의 많은 경기를 소화하며 경기를 통한 성장은 물론 대표팀 경기를 통해 히딩크 감독에게 선진 축구를 전수받으며 하루가 다르게 달라지고 있었다.

성장은 고통을 수반하는 법이다. 히딩크 감독은 2002년을 내다보며 팀을 꾸렸기에 당장의 성적이 좋지 못했다. 프레 월드컵(Pre-World Cup) 개념의 컨페드레이션스컵에 2002년 월드컵 개최국 자격으로 참가한 히딩크호는 철저하게 바닥을 맛보며 여론의 질타를 받았다. 특히 첫 경기였던 프랑스전에선 홈 경기였음에도 0-5로 대패했다. 국내 여론은 악화됐다. 이후 멕시코(2-1), 호주(1-0)와의 경기에서는 승리했지만 히딩크호에 대한 걱정은 끊일 줄 몰랐다. 박지성 역시 컨페드레이션스컵 전 경기에 출전했지만 공격 포인트가 없는 데다 쟁쟁한 선수들을 제치고 주전으로 나섰기에 그를 미심쩍어하는 시선도 많았다. 팀을 위해 묵묵하게 희생하는 그의 플레이 스타일을 알아주는 이는 극히 드물었다. 그 와중에도 박지성은 수비형 미드필더, 왼쪽 미드필더, 오른쪽 윙백 등 다양한 포지션을 오가며 히딩크 감독이 원하는 '멀티 플레이어'로서의 능력을 갖춰갔다.

히딩크호에 대한 비판은 컨페드레이션스컵 이후 이어진 체코와의 유럽 원정전에서 0-5로 패하면서 극에 달했다. 프랑스전에 이어 체코전도 0-5로 지자 언론은 히딩크를 '오대영 감독'이라고 부르며 일각에선 히딩크 경질론까지 들먹이기도 했다.

박지성의 2001년 A매치 기록은 공백이 꽤 길다. 6월 컨페드레이션스컵 이후 6개월이 지나서야 12월 미국전에 출전한다. 이전까지 단 한 번도 빼놓지 않고 박지성을 선발했던 히딩크 감독의 마음이 변한 것은 아니었다. 아무래도 박지성이 J리그 소속이다 보니 공식 A매치가 아닌 이상 차출이 힘들었다. 9월에 열린 나이지리아와의 평가전 때는 허벅지 부상으로 인해 출전하지 못했다.

J2리그 시즌이 끝나고 2002년 월드컵 조별리그가 발표된 뒤부터 박지성은 다시 붙박이 주전이 됐다. 12월 미국전을 시작으로 2002년 1월 열린 북중미 골드컵 등 월드컵 직전에 열린 거의 모든 대표팀 경기에 출전했다. J리그보다 경기 수가 많은 J2리그에서 꾸준히 주전으로 뛰며 어린 나이에 필요한 경기 경험을 쌓은 게 그의 도약에 큰 발판이 됐다.

2002년 1월 열린 북중미 골드컵에서 박지성은 잊지 못할 히딩크 감독의 칭찬을 듣게 된다. 경기를 앞두고 발목 부상을 당해 상심에 빠져 있는 박지성에게 히딩크 감독은 "가능성이 보이고 정신력도 뛰어나니 세계 최고 클럽에서 뛸 수 있을 것"이라고 격려했다. 훗날 박지성이 세계 최고 클럽인 맨체스터 유나이티드로 이적하면서 당시 히딩크 감독의 발언은 단순한 격려성 멘트가 아니었음이 증명됐다.

조금씩 달라지고 있었지만 여전히 히딩크호는 좋지 않았다. 2002년 1월 열린 북중미 골드컵에서 미국에 1-2로 패한 데 이어 쿠바와도 0-0 무승부를 기록했다. 멕시코는 승부차기 끝에 겨우 이겼다. 게다가 3월 스페인에서 가진 전지훈련 때는 박지성의 이름이 직접 거론되며 '탈락 1순위'로 거론되기도 했다. 히딩크 감독 부임 후 대부분의 경기에 나선 데다 항상 소집된 선수였지만 인지도가 낮은 탓에 박지성은 이때까지도 여전히 엔트리 포함에 대한 여론이 좋지 못했다.

월드컵을 약 한 달여 앞두고도 여론은 달라질 줄 몰랐다. 2002년 3월 한 매체의 여론조사에 따르면 '히딩크 감독을 믿기 힘들다'는 의견이 50퍼센트에 육박할 정도로 상황은 악화됐다. 박지성 역시 엔트리에서 탈락시켜야 한다는 여론에 시달려야 했다.

4월 중국전 무승부는 히딩크 감독에게 큰 위기였다. '중국도 못 이기는데 어떻게 월드컵에서 이길 수 있나'라는 여론이 팽배해졌다. 중국전은 박지성이 본격적인 윙으로 전환한 경기였다. 이날 경기에서 스리톱의 오른쪽 윙포워드를 맡으며 프로 데뷔 후 처음으로 공격수로 뛰게 된 박지성은 숨어 있던 공격 본능을 펼치게 된다. 오른쪽 윙포워드는 가까이는 한국의 월드컵 역사상 첫 16강행을 확정지은 포르투갈전 결승골을 넣게 된 포지션임은 물론 아시아 선수 최초로 UEFA 챔피언스리그 결승전 무대에서 뛰게 될 포지션이라는 점에서 이 날 경기가 크나큰 의미를 지닌다고 할 수 있다. 박지성은 "이 경기(중국전)에서 뛰고 난 후 주전은 아니라도 최소한 월드컵에는 가겠구나."라고 생각했을 정도로 스스로도 플레이에 확신을 가질 수 있었다.

히딩크 감독이 월드컵을 두 달여 앞둔 시점에서 그간 수비로 활용하던 박지성을 공격으로 전환한 건 신선한 발상이었다. 중국전 활약을 통해 윙포워드 포지션에 대해 자신감을 가진 박지성은 월드컵 직전 두 번의 평가전(스코틀랜드, 잉글랜드)에서도 이 포지션에서 활약한다.

박지성은 데이비드 베컴, 마이클 오언 등이 포함됐던 잉글랜드와의 평가전에서 자신의 A매치 통산 두 번째 골을 머리로 넣으면서 자신의 이름을 알리기 시작했다. 박지성이 월드컵 직전 자신의 이름을 가장 강렬하게 각인한 건 5월 26일 열린 프랑스와의 평가전이다. 그는 전반 25분 중앙선에서 한 번에 넘어온 김남일의 롱패스를 받아 프랑스 대표팀 주장 마르셀 드사이를 젖힌 뒤 왼발 슈팅을 날려 1-1 동점을 만들었다. 1년 전 0-5라는 굴욕적인 패배를 안긴 프랑스를 상대로 기록한 통쾌한 동점골로, 트래핑부터 슈팅까지 완벽하게 이루어져 더욱 돋보인 골이었다. 축구 팬들은 이 멋진 골로 박지성의 이름 석 자를 기억할 수밖에 없었다.

박지성은 세 번의 평가전을 통해 최종 23인 명단에 든 것은 물론 대표팀 주전 공격수로 거듭났다. 이는 월드컵 첫 경기였던 폴란드와의 조별예선 1차전을 통해서도 알 수 있다. 황선홍, 설기현과 함께 스리톱의 공격수로 나선 박지성은 풀타임으로 맹활약하며 한국 역사상 첫 월드컵 승리 (2-0 승)에 기여한다. 2002년 6월 4일 부산아시아드 주경기장에서 열린 이날 경기에 대해 박지성은 "그 이후로 단 한 번도 그런 광경을 본 적이 없다."고 회상할 정도로 대한민국은 붉은 물결에 취해 있었다.

2차전 미국전에는 비하인드 스토리가 있다. 침착함과 정확한 킥력을 인정받은 박지성은 히딩크 감독으로부터 PK 상황이 났을 때는 첫 번째 키커로 나서야 한다는 지시를 받았다. 하지만 박지성은 전반 37분 만에 상대 수비수와 경합하던 중 부상을 당해 이천수와 교체되어 나와야 했다. 박지성이 나간 지 채 5분도 되지 않아 PK가 나왔다. 그런데 두 번째 키커였던 이을용이 PK를 실축하고 말았다. 이후 이을용이 안정환의 헤딩 동점골을 도우며 이날 경기는 해피엔딩으로 끝났지만 박지성으로선 진땀나는 상황이었다.

미국전 부상으로 출전이 불투명했던 박지성은 포르투갈과의 조별예선 마지막 경기에 어김없이 선발 출전했다. 당시까지 1승1무 성적으로 아직 16강 진출을 확정짓지 못했던 한국은 세계에서 손꼽히는 강팀 포르투갈

을 상대로 사상 첫 월드컵 16강을 일궈내야 했다.

폴란드전과 미국전에서 놀라운 경기력을 선보이긴 했지만 여전히 전 세계는 포르투갈의 낙승을 예상했다. 그러나 한국은 주눅 들지 않았고 압박 축구로 포르투갈의 숨통을 조였다. 루이스 피구, 루이 코스타 등 세계적인 스타플레이어들이 한국의 수비를 뚫는 데 힘들어했다. 한국은 포르투갈과 대등한 경기력으로 0-0 스코어를 계속해서 유지했다.

후반 26분 박지성은 지속적으로 포르투갈 수비진을 괴롭히다 왼쪽에서 이영표가 오른발로 크로스를 올리자 가슴 트래핑 후 공을 세워놓는 기술로 수비를 젖힌 후 과감한 왼발 슈팅을 날려 포르투갈 골문을 갈랐다. 세계 최고라고 자부하던 포르투갈 축구가 한순간에 추락했다. 박지성은 골을 넣자마자 곧바로 히딩크 감독에게 달려가 안겼다. 한국 축구 역사상 최고의 명장면이 그렇게 탄생했다. 박지성 스스로도 '인생 골'이라고 일컫는 이 골에 힘입어 한국은 포르투갈을 1-0으로 꺾고 D조 1위로 16강에 진출했다. 16강 상대는 이탈리아였다. '빗장수비'로 유명한 이탈리아 역시 지안루이지 부폰, 파울로 말디니, 크리스티안 비에리 등 세계 최고의 선수들로 구성된 팀이었다. 외신은 한국의 파란이 이탈리아전에서 종료될 것으로 예상했다. 6월 18일 대전 월드컵경기장에서 열린 이 경기에서 한국은 전반 18분 만에 비에리에게 헤딩골을 허용하며 0-1로 끌려갔다.

박지성은 선발로 출전해 황선홍, 설기현, 안정환 등과 꾸준히 이탈리아 골문을 위협했지만 이탈리아 수비진은 열릴 줄 몰랐다. 그렇게 시간이 흘러 패색이 짙던 후반 43분. 중앙에서 공을 잡은 박지성은 전방의 황선홍에게 땅볼 패스를 연결하며 문전으로 들어갔다. 박지성의 패스를 이어받은 황선홍은 로빙패스로 박지성 쪽으로 볼을 투입했다. 공이 다소 길어 박지성의 키를 넘겼다. 그렇게 공격 기회가 무산되나 했지만, 박지성의 키를 넘어간 공이 수비에게 맞고 흐르자 설기현이 왼발 슈팅을 날려 기적처럼 동점골을 만들어냈다. 한국은 경기 종료 직전 동점골을 기록한 데이어 연장전에서 이영표의 왼쪽 크로스를 이어받은 안정환이 헤딩 골든골을 터뜨려 8강까지 진출했다.

8강전은 사실상 한국 선수들의 체력이 거의 바닥난 상황에서 열린 경기였다. 더욱이 상대는 라울 곤잘레스, 이케르 카시야스, 사비 에르난데스 등 세계 최고의 선수진으로 구성된 '무적함대' 스페인이었다. 한국은 스페인의 공격을 막는 데 급급해야 했다. 그나마 가장 위협적인 한국의 공격이 박지성의 발에서 나왔다. 후반 21분 오른쪽에서 올라온 코너킥이 헤딩 경합 중 이천수에게 흘렀고 이천수는 그대로 슈팅으로 연결했다. 이 슈팅이 수비 몸에 맞고 골대 왼쪽에 있던 박지성에게 연결됐다. 박지성은 가슴 트래핑 후 오른발로 슈팅을 시도했다. 박지성의 슈팅은 골문을 향했지만 카시야스 골키퍼에게 막히고 말았다. 박지성의 슈팅은 이날 경기에서 한국의 유일한 공격이라고 봐도 무방할 정도로 골과 근접한 것이었다.

0-0으로 연장전까지 끝나고 승부차기가 진행됐다. 한국 승부차기 역사상 가장 긴장된 상황이었다. 그곳에서 박지성은 두 번째 키커로 나서 오른쪽으로 침착하게 인사이드킥으로 골을 밀어넣었다. 이후 스페인의 네 번째 키커 호아킨 산체스가 박지성이 찬 방향으로 똑같이 찼지만 이운재 골키퍼의 선방에 막혔다. 한국은 마지막 키커 홍명보의 킥이 성공하며 승부차기 5-3으로 4강행을 확정지었다.

히딩크호가 월드컵 첫 승도 모자라 4강까지 진출하자 한국은 열광의 도가니로 변했다. 박지성은 4강 독일전에도 변함없이 선발 출전했고 올리버 칸, 미하엘 발락 등이 버티는 독일을 상대로 분투했다. 미하엘 발락에게 경기 종료 15분을 남기고 골을 허용한 한국은 막판 15분간 총공격을 벌였다. 경기 종료 직전 설기현이 왼쪽 돌파 후 뒤쪽으로 낮은 크로스를 올렸고 이 공이 뒤에서 대기하던 박지성에게 향했다. 박지성은 달려 들어가며 슈팅을 시도했지만 아쉽게 골문을 벗어났다. 한국의 뜨거웠던 월드컵 도전은 그렇게 4강에서 멈췄다.

박지성은 터키와의 3, 4위전에도 출전했다. 그는 송종국, 이운재와 함께 월드컵 전 경기에 출전한 3인에 포함됐다. 박지성은 2002년 월드컵에서 골뿐만 아니라 매 경기에 출전하며 승리에 기여했다. 그렇게 한국 축구 역사에서 가장 강렬했던 2002년 한·일 월드컵이 끝났다.

2002년 부산 아시안게임

2002년에는 여전히 중요한 대회가 남아 있었다. 바로 9, 10월 부산에서 열리는 아시안게임이었다. 1986년 서울 아시안게임 이후 16년 만에 국내에서 열리는 아시안게임이기에 대표팀은 최정예로 팀을 꾸리길 원했다. 21세였던 박지성은 23세까지 출전 가능한 대표팀에 포함됐다. 2002년 한·일 월드컵에서 거둔 좋은 성적으로 병역 혜택을 받은 박지성은 월드컵에서 받은 사랑을 아시안게임 금메달로 돌려주기를 바랐다. 그는 8강 경기부터라도 합류할 수 있도록 해달라고 구단을 설득해 마침내 동의를 얻어냈다. 이동국, 김은중, 최태욱은 물론 이영표, 이운재 등의 와일드카드까지 포함한 멤버로 구성된 대표팀은 조별예선을 통과한 후 8강에서 합류한 박지성과 함께 바레인을 1-0으로 이기며 4강에 진출했다. 박지성은 수비형 미드필더로 출전하며 중원을 보강했고 덕분에 한국은 1-0으로 승리할 수 있었다.

4강 상대는 숙적 이란이었다. 이영표와 함께 중앙 미드필더로 출전한 박지성은 홀로 분전했지만, 끝내 골이 나오지 못했고 연장 승부도 0-0으로 끝났다. 이어진 승부차기에서 한국은 3-5로 패하며 결승 진출에 실패했다. 비록 금메달은 좌절됐지만 박지성은 동메달 결정전에도 출전해 태국을 3-0으로 이기는 데 일조하며 한국의 동메달 획득에 기여했다. 하지만 이란전 패배로 인한 아쉬움은 감출 수 없었다. 그렇게 화려했던 2002년은 기쁨과 아쉬움이 교차되며 흘러갔다.

2003
—
2006

시련의 연속이었던
아시안컵과 월드컵

23세 이하_ 2004 2경기 (올림픽 예선 2경기)

성인_ 2003 1경기

2004 8경기 (아시안컵 3경기)

2005 8경기 1골

2006 8경기 1골 (월드컵 3경기 1골)

2004년 아시안컵

2002년 아시안게임까지 끝낸 박지성은 지쳐 있었다. 소속팀 경기와 월드컵, 아시안게임에서 뛴 것은 물론 2002 시즌 막판 교토 퍼플 상가의 일왕배까지 뛰느라 쉴 틈이 없었다. 이에 따라 교토 측은 2002년 마지막 A매치였던 브라질과의 경기에 박지성의 차출을 거부했다. 2003년 초 네덜란드 PSV로 팀을 옮긴 후 무릎 부상으로 인한 수술을 받는 바람에 움베르토 코엘류 감독이 부임한 한국 대표팀의 첫 평가전이었던 2003년 3월 29일 콜롬비아전과 4월과 5월의 한·일전 모두 참가할 수 없었다.

박지성은 시즌이 종료된 6월에서야 대표팀에 소집될 수 있었다. 스스로 훈련소 입소를 미루면서까지 대표팀에 합류하며 태극마크에 대한 애정을 드러냈지만 끝내 부상을 회복하지 못해 6월 열린 우루과이, 아르헨티나와의 평가전에는 참가하지 못했다.

2003년 9월부터 10월까지 열린 2004년 아시안컵 2차 예선은 당시 코엘류 감독이 국내파 위주로 팀을 구성함에 따라 역시 선발되지 못했다. 아무래도 아시안컵 2차 예선에는 상대적으로 약체인 팀이 많이 나오다 보니 굳이 해외파 선수들을 무리하며 출전시킬 이유가 없는 속사정이 있었다. 박지성은 2002년 6월 29일 열렸던 터키와의 월드컵 3, 4위전을 끝으로 무려 1년 반가량 A대표팀에서 뛰지 못하고 있었다. 이때는 박지성이 PSV에서 네덜란드 팬들의 야유를 받으며 뛸 정도로 심각한 슬럼프에 빠져있던 상황이었다.

대표팀은 10월 아시안컵 예선에서 베트남에 0-1로 패하고, 오만에 1-3으로 지며 휘청거리고 있었다. 이래저래 주변 환경이 좋지 않은 때였다. 위기에 빠진 코엘류 감독은 11월 불가리아와의 평가전이 잡히자 지체 없이 그를 불렀고, 박지성은 1년 5개월 만에 다시 A매치에서 뛸 수 있었다. 박지성이 국가대표가 된 후 가장 오랜 시간 대표팀과 떨어져 있었던 때가 바로 이 시기다.

오랜만에 돌아온 박지성은 불가리아전을 통해 공백을 메울 수 있었다. 이 경기는 박지성이 2003년에 유일하게 출전한 A매치 경기였다. 당시 박지성은 리그에서 상황이 좋지 못했음에도 자신에게 플레이메이커 역할을 맡기려는 코엘류 감독의 기대에 부응하려고 했다.

이후로 박지성과 코엘류 감독은 2004년 2월, 2006년 독일 월드컵 아시아 2차예선 한 경기에서만 호흡을 맞출 수밖에 없었다. 코엘류 감독이 4월 몰디브와의 월드컵 예선 경기에서 0-0 무승부를 기록한 후 경질됐기 때문이다.

대표팀은 변혁의 시기를 겪고 있었다. 코엘류 감독이 나간 후 6월 새롭게 부임한 조 본프레레 감독은 한 달 후 열리는 2004년 아시안컵에 대비해야 했다. 박지성은 19세에 아시안컵에 출전한 바 있다. 그는 당시 4강 탈락의 아픔을 씻기 위해 대표팀과 함께했다. 사실 이때 축구협회는 박지성이 2004년 아테네 올림픽과 아시안컵에 전부 참여할 것으로 기대했다. 하지만 PSV 측이 선수 보호를 이유로 올림픽 차출을 거부하면서 박지성은 아시안컵만 참가했다.

아시안컵을 준비하던 박지성은 계속 부상과 싸워야 했다. 아시안컵 직전 가진 평가전에서 왼쪽 발목을 접질린 그는 조별예선 첫 경기였던 요르단전에 결장했다. 박지성이 빠지자 대표팀은 무기력하게 뛰다 0-0 무승부를 기록했다. 8강 진출에 적신호가 들어온 대표팀은 무리해서라도 박지성을 쓸 수밖에 없었다. 박지성이 투입된 조별예선 나머지 두 경기 (UAE전 2-0승, 쿠웨이트전 4-0승)에서 모두 이기며 8강에 진출했다.

상대는 또 다시 이란. 지난 아시안컵 8강에서 승리를 거둔 상대이긴 하지만 2002년 아시안게임 4강 승부차기에서 패하는 바람에 금메달을 내준 바 있기에 복수할 필요가 있었다. 이란 역시 지난 아시안컵에서 패한 기억을 떨쳐버리기 위해 최상의 전력으로 나섰다.

박지성은 3-4-3 시스템의 꼭짓점 중앙 미드필더로 출전해 당시 아시아 최고의 미드필더인 자바드 네쿠남은 물론 알 다에이, 알리 카리미 등 최고의 공격수들을 막아야 했다.

박지성은 선제골을 내준 전반 15분 설기현의 골을 어시스트하며 활약했지만 이란이 따라붙으면 다시 달아나는 통에 곤욕을 치렀다. 결국 한국은 알리 카리미에게 해트트릭을 허용하며 3-4로 석패했고, 그렇게 아시안컵은 8강에서 멈췄다.

2006년 독일 월드컵

아시안컵은 아쉽게 멈췄지만 독일 월드컵이 남아 있었다. 박지성은 한국인 최초로 챔피언스리그 본선에서 득점하는 등 맹활약하고 있었고, 결국 세계 최고의 명문 클럽인 맨체스터 유나이티드에 입단하게 된다. 그만큼 박지성은 축구 선수로서 최고의 절정기를 보내고 있었다. 그가 있었기에 한국 대표팀 역시 독일 월드컵에서 2002년 월드컵의 신화를 재현할 수 있기를 기대했다.

2차 예선을 마치고 본격적인 최종예선이 시작된 2005년. 쿠웨이트, 우즈베키스탄, 사우디아라비아 등과 함께 A조에 속한 한국은 PSV에서의 마지막 시즌 동안 절정의 기량을 보이고 있던 박지성과 본프레레 감독 체제 아래서 부활한 이동국, 스페인 프리메라리가를 누비던 이천수, 막신성으로 떠오른 박주영 등 막강 공격진으로 아시아 정복에 나섰다. 최종예선 첫 경기였던 쿠웨이트 전에서 2-0으로 압승하면서 한국은 산뜻한 출발을 보이는가 싶었다.

하지만 두 번째 경기였던 사우디아라비아 원정경기에서 한국은 베스트 멤버를 기용했음에도 0-2 완패를 당하며 휘청거렸다. 6월 열린 우즈베키스탄 원정에서도 1-1 무승부에 그치며 월드컵 진출에 대한 비관론이 나왔다. 대표팀은 곧바로 이어지는 쿠웨이트 원정에서는 반드시 승리를 따내야 하는 절체절명의 위기를 맞았다. 이날 경기마저 진다면 한국의 6회 연속 월드컵 진출은 끊길 위기에 처해 있었다.

박지성은 6월 8일 열린 쿠웨이트 원정에서 골을 뽑아내며 한국의 4-0 완승에 견인차 역할을 했다. 특히 이 골은 2002년 한·일 월드컵 포르투갈전 골 이후 터진 무려 3년여 만의 A매치 득점이기도 해 박지성 입장에서도 감회가 남다른 골이었다.

결국 이 골과 함께 네 골이 터지며 한국은 2006년 독일 월드컵 본선 진출을 확정지었다. 이날 승리로 한국은 아시아 최초이자 세계 아홉 번째로 6회 연속 월드컵 본선 진출 기록을 세울 수 있었다.

하지만 본프레레 감독은 조별예선 마지막 경기인 사우디아라비아와의 홈경기를 끝으로 물러났고, 한국은 딕 아드보카트 감독 아래에서 1년여 남은 월드컵을 새롭게 준비하기 시작했다.

박지성을 신뢰한 아드보카트 감독은 박지성이 공격형 미드필더로 가면 이천수, 설기현 등이 윙포워드를 맡고 박지성이 윙으로 가면 김두현 등이 공격형 미드필더를 맡는 전술을 펼쳤다.

하지만 월드컵을 눈앞에 둔 아트보카트호는 치명적인 소식 두 개를 받아들게 된다. 첫째는 팀의 핵심 스트라이커인 이동국이 4월 리그 경기 중 부상을 당해 월드컵에 출전할 수 없게 됐다는 것이고, 둘째는 박지성이 시즌 마지막 경기에서 발목 부상을 당한 채 팀에 합류했다는 것이었다. 박지성의 발목 부상은 쉽사리 낫지 않고, 결국 그는 독일 월드컵 내내 발목 부상을 달고 경기에 나서야 했다.

2002년 한·일 월드컵 때 박지성은 그저 열심히 뛰는 '막내'에 불과했다. 그러나 2006년 독일 월드컵은 4년이라는 시간이 흐른 만큼 많은 게

달라져 있었다. 박지성으로선 2002년 월드컵으로 인해 한껏 눈높이가 높아진 국민들의 기대에 충족해야 하는 힘든 월드컵이었다. 육체적으로도 부상에서 자유롭지 못한 상황에서 엄청난 위압감이 박지성을 짓눌렀다.

그러나 박지성은 시련 속에서 더욱 강했다. 첫 경기 토고와의 경기에서 0-1로 뒤지고 있던 상황에서 이천수, 안정환의 골로 2-1 역전승을 일구는 데 조력자 역할을 했다. 또한 두 번째 경기는 지네딘 지단, 티에리 앙리 등의 완숙미가 무르익은 프랑스가 상대였다. 박지성은 경기 종료 9분을 남기고 극적으로 골을 터뜨리며 1승 1무라는 결과를 이끌어냈다. 당시 프랑스는 준우승을 차지할 정도로 강했던 만큼 비록 멋진 골은 아니

었지만 박지성이 넣은 골은 스스로도 자랑스러워할 정도로 큰 가치를 지닌 골이었다.

비록 한국은 스위스전에서 부심이 오프사이드 깃발을 들었다 번복하는 석연찮은 판정으로 0-2로 패배하며 16강 진출이 좌절됐지만, 1승1무 1패라는 준수한 성적으로 월드컵을 마쳤다. 그래도 원정 16강 진출 실패는 큰 아쉬움을 남겼다. 맨유로 이적해 훌륭한 데뷔 시즌을 보내고 돌아왔기에 박지성의 욕심은 남달랐다. 개인적으로도 2002년 월드컵의 후광을 벗을 수 있는 기회이기도 했다. 하지만 발목 부상으로 인해 제 기량을 발휘하지 못하며 끝내 16강 진출에 실패해 아쉬움이 진할 수밖에 없었다.

2007

2011

'캡틴 박'

아시아의 전설로 남다

2007 2경기

2008 7경기 3골

2009 10경기 2골

2010 11경기 2골(월드컵 4경기 1골)

2011 5경기(아시안컵 5경기)

2010년 남아공 월드컵

2006년 월드컵을 마친 박지성은 9월 리그 경기 중 발목 인대가 찢어지는 부상을 당했다. 리그 경기조차 나가지 못할 정도로 큰 부상이었다. 아드보카트 감독 후임으로 취임한 핌 베어백 감독은 박지성 없이 아시안컵 예선을 치렀다. 하지만 아시안컵을 세 달여 앞둔 2007년 4월, 박지성의 무릎 부상이 재발했다. 박지성은 결국 재활하는 데만 8개월이 걸리는 대수술을 받았다. 자연스레 한국은 박지성 없이 2007년 아시안컵에 참가해야 했다. 한국은 6경기에서 단 3골을 넣으며 3위에 그쳐 또 다시 우승 도전에 실패했다.

우승 실패의 책임을 지고 베어백 감독이 물러났다. 처음으로 박지성을 대표팀 선수로 뽑은 허정무 감독이 컴백했다. 기나긴 공백기를 가진 박지성은 2010년 남아공 월드컵 3차 예선부터 다시 대표팀에 돌아온다. 박지성은 1년여 간의 공백기를 깬 첫 경기였던 2008년 2월 6일 투르크메니스탄전에서 골을 넣으며 귀환을 알렸다. 또 5월 열린 요르단과의 경기에서도 골을 넣으며 변함없는 기량을 과시했다.

하나같이 만만치 않은 상대인 사우디아라비아, 이란, 북한, 아랍에미리트(UAE)와 편성된 남아공 월드컵 최종 예선은 험난했다. 첫 경기는 북한전. 중국 상하이에서 열린 이 경기에서 한국은 힘겹게 1-1 무승부를 기록했다.

최종예선 두 번째 경기인 2008년 10월 15일 UAE전을 앞두고 대표팀 주장이었던 김남일이 경고 누적으로 경기에 나오지 못하게 됐다. 그러자 허정무 감독은 동료들과 코칭스태프의 신임을 받고 있는 박지성을 주장으로 임명했다. 이때부터 대표팀에서 은퇴하는 2011년 1월까지 박지성은 약 2년 3개월간 대표팀 주장으로 활약하게 된다.

박지성은 '주장 데뷔전'인 UAE전에서 결승골을 넣으며 4-1 대승을 이끌었다. 한국 대표팀은 힘든 경기가 될 것으로 예상됐던 사우디아라비아 원정에서 2-0 승리를 거두었고, 2009년 2월 11일 열린 이란 원정전에서도 무승부를 기록했다. 10만 관중이 몰리는 것으로 유명한 테헤란 아자디 스타디움. 한국은 경기 내내 고전하다 후반 13분 자바드 네쿠남에게 골을 허용하고 말았다. 후반 36분 한국이 프리킥 기회를 얻자 기성용이 직접 슈팅으로 연결했다. 이란 골키퍼가 공을 쳐내자 박지성이 순식간에 문전으로 쇄도하더니 극적으로 헤딩골을 터뜨렸다. 한국은 최종 예선 경기 중 최대 분수령이 될 것으로 여겨졌던 이란전에서 값진 승점(1)을 챙겼다. 박지성의 골로 한국은 사실상 2010년 남아공 월드컵 진출의 8부 능선을 넘었다. 이란 언론이 "박지성의 골로 경기장은 침묵에 빠졌다."고 보도할 정도로 임팩트가 큰 골이었다.

이란과 박지성의 악연은 한국이 월드컵 진출을 확정짓고 가진 최종예선 마지막 경기에서도 이어졌다. 박지성은 홈에서 열린 이 경기에서 한국이 0-1로 뒤지자 또 다시 초인적인 힘을 발휘해 경기 종료 8분을 남기고 득점에 성공했다. 박지성의 골은 이란의 2010년 남아공 월드컵 진출 자체를 무산시킨 것이기에 이란이 받은 충격은 더욱 컸다. 당시 이란이 그대로 1-0 승리를 지켰다면 승점 13으로 북한과 사우디(승점 12)를 넘어 조 2위로 월드컵에 진출할 수 있었다. 하지만 박지성의 골로 인해 승점이 11에 그쳤고 결국 조 4위로 월드컵 진출에 실패하고 말았다.

박지성이 주장으로 있는 동안 대표팀은 막강한 전력을 뽐냈다. 2008년 1월부터 2009년 11월까지 열린 대표팀 경기에서 27경기 무패(14승 13무)를 기록하며 승승장구했다. 한국은 그렇게 월드컵을 향해 성큼성큼 달려갔다.

대표팀은 최종 명단을 꾸리고 2010년 월드컵이 열리는 남아공으로 향하기 전 특별한 곳에 먼저 들른다. 한국의 영원한 라이벌인 일본이 남아공 월드컵 출정식에 한국을 초청한 것이다. 한국은 당당히 이 초대에 응했다. 한국은 월드컵 정예 멤버를 이끌고 적지인 사이타마 스타디움으로 들어섰다. 푸른 물결의 '울트라 니폰'은 경기 전부터 한국 선수들에게 야유를 보냈다. 스타디움을 가득 메운 일본 축구팬들의 야유는 경기 시작 후 얼마 되지 않아 잠잠해졌다. 박지성이 전반 6분 만에 오른발 중거리 슈팅으로 일본 골망을 흔들었기 때문이다. 경기장은 순식간에 정적에 빠졌다. 골을 넣은 박지성은 무표정한 모습으로 울트라 니폰을 바라보며 경기장을 돌았다.

한국은 기세를 몰아 유럽에서 적응 훈련을 한 뒤 남아공에 입성했다. 한국의 첫 상대는 유로 2004 챔피언 출신의 그리스였다. 한국이 속한 B조에는 리오넬 메시의 아르헨티나와 아프리카 최강 나이지리아가 포진해 있었기에 한국도 그리스도 반드시 상대를 이겨야만 했다. 2010년 6월 12일 포트엘리자베스 넬슨 만델라베이 스타디움에서 열린 그리스와의 경기에서 한국은 전반 7분 만에 터진 이정수의 골로 승기를 잡았다. 하지만 실점한 뒤 적극적으로 나오는 그리스의 공격도 매서웠다. 리드를 지키기 쉽지 않아 보였다. 전반을 1-0으로 마쳤지만 불안감이 계속됐다. 그러자 후반 7분 박지성이 상대 수비의 실책을 이끌어내며 패스를 차단하더니 단독 드리블 후 상대 수비와의 몸싸움 끝에 왼발 슈팅으로 쐐기 골을 작렬했다. 한국은 박지성의 골에 힘입어 2-0으로 승리했다. 맹활약한 박지성은 경기 최우수선수(MOM)에 선정됐다. FIFA 공식 홈페이지는 "한국이 모든 것을 압도했다."며 극찬했다. 박지성은 이날 골로 아시아 선수 최초로 월드컵 3회(2002, 2006, 2010) 연속 골을 넣은 선수가 된 것은 물론 안정환과 더불어 월드컵에서 가장 많은 골(3골)을 넣은 한국 선수로 기록됐다. 이 골은 박지성이 국가대표로서 넣은 마지막 골이기도 했다.

첫 경기에서 기분 좋게 승리한 한국은 디에고 마라도나가 지휘하고 메시가 뛰는 아르헨티나와 2차전을 가졌다. 워낙 강팀이었기에 1-4로 완패하긴 했지만, 전반까지는 1-2로 치열하게 접전을 펼쳤다. 하지만 경기 막판 두 골을 연속으로 허용하며 무너졌다.

1승 1패를 거둔 한국의 마지막 상대는 나이지리아였다. 아르헨티나를 제외하면 어떤 팀도 16강 진출 티켓을 거머쥘 수 있는 상황이었기에 나이지리아전은 16강 진출의 성패를 좌우하는 경기였다. 주장인 박지성은 결연했다. 자신의 마지막 월드컵 경기일 수도 있거니와 2006년 독일 월드컵에 이어 또 다시 16강 진출에 실패하면 2002년 월드컵 '4강 신화'가 그저 행운으로 치부될 우려도 있기 때문이다. 그는 주장으로서 동료들을 독려해 원정 첫 16강 진출이라는 대업을 이루리라는 마음가짐으로 나이지리아전에 나섰다.

경기는 그야말로 일진일퇴의 공방전이었다. 한국은 전반 12분 만에 선제골을 허용하며 패색이 짙었으나 그리스전에서 골을 넣었던 이정수가 또 다시 세트피스 상황에서 득점하며 전반을 1-1로 마쳤다. 후반 4분에는 박주영이 멋진 프리킥으로 골을 성공시키며 2-1 역전에 성공했다. 이후 PK 골을 허용하며 2-2 무승부를 거뒀지만 그리스가 아르헨티나에 패하면서 한국은 조 2위로 16강에 진출할 수 있었다. 한국이 월드컵에서 원정 첫 16강 진출이라는 쾌거를 이룬 데는 박지성의 힘이 컸다. 박지성은 이날 경기에서 비록 공격 포인트는 올리지 못했지만 수비면 수비, 패스면 패스 모든 면에서 수준 높은 경기력을 과시했다. 경기 후 그리스전에 이어 두 번째로 공식 최우수선수에 선정된 데서도 박지성의 활약이 얼마나 대단했는지 짐작할 수 있다.

6월 26일 열린 16강전의 상대는 루이스 수아레스가 뛴 우루과이였다. 시작은 안 좋았다. 전반 5분 만에 시도한 박주영의 직접 프리킥이 골대를 맞고 나오기도 했다. 결국 전반 8분 만에 수아레스에게 선제골을 허용하고 말았다. 다행히 후반 23분 이청용이 프리킥에서 흘러나온 공을 헤딩골로 연결하며 극적으로 동점을 만들어냈다. 하지만 경기 종료를 10분 남긴 상황에서 수아레스의 감아차기 슈팅이 갑자기 터지는 바람에 한국은 1-2로 패하고 말았다. 당시 한국은 우루과이와 대등한 경기를 펼쳤다. 하지만 승리의 여신은 끝내 한국을 향해 미소 짓지 않았다. 한국을 꺾은 우루과이가 대회 4위를 차지했다는 걸 상기하면 당시 한국 대표팀의 결과에 아쉬움이 남는다.

한국의 2010년 월드컵은 이것으로 끝이었다. 그리고 박지성의 월드컵 역시 마지막이었다. 박지성은 우루과이전이 끝나자 비 내리는 남아공 하늘을 하염없이 바라봤다. 그는 자신의 무릎이 다음 월드컵이 열리는 2014년까지 버틸 수 없다는 걸 알고 있었다. '4강 신화'를 일군 2002년 월드컵, 전성기 때 맞이한 2006년 독일 월드컵, 그리고 당당히 주장으로서 팀을 이끈 남아공 월드컵……. 허탈함과 아쉬움 속에서 축구 인생의 온갖 순간이 뇌리를 스쳐지나갔으리라. 자신에게 수많은 영광을 안겨주며 축구의 진정한 기쁨을 깨닫게 해준 생애 마지막 월드컵의 막이 그렇게 내렸다.

2011년 아시안컵

월드컵이 끝나자 아시안컵이 기다리고 있었다. 박지성은 아시안컵을 가장 들어올리고 싶었다고 여러 차례 말한 바 있다. 세계 축구계에서 월드컵 우승컵 다음으로 가장 중요하게 여기는 우승컵이 바로 각 대륙별 대회의 우승컵이기 때문이다. 한국으로서도 아시안컵이 월드컵 다음으로 중요한 대회였고, 박지성 역시 이를 잘 알고 있었기에 그 누구보다 아시안컵 우승에 대한 갈망이 컸다.

한국은 원년대회였던 1956년 대회와 한국에서 열린 1960년 대회에서 우승한 뒤 단 한 번도 우승을 거두지 못하고 있었다. '아시아의 강자'를 자부했지만 정작 각 대륙별 최고 대회에서 51년간 우승하지 못했으니 체면이 말이 아니었다. 박지성은 2011년 카타르 아시안컵을 앞두고 "아시안컵 우승은 대표선수 생활 중 2002년 한·일 월드컵 4강 진출 이후 가장 큰 성과가 될 것이다. 대표팀에 공헌할 수 있는 마지막 무대인 카타르 아시안컵에서 우승할 수만 있다면 정말 좋을 것 같다."고 말했다. 그만큼 박지성은 자신의 대표팀 시절의 마지막을 아시안컵 트로피를 들며 끝내기를 간절히 희망했다.

K리그에서 경남 FC 돌풍을 이끈 조광래 감독이 허정무 감독에 이어 새 사령탑으로 부임했다. 조광래 감독은 당시 막 독일에서 떠오르던 손흥민 등 신예 선수를 적극적으로 기용하는 한편 박지성에게는 어린 선수들의 '정신적 지주'가 돼 달라고 부탁했다.

대표팀은 아시안컵 첫 경기였던 2011년 1월 10일 바레인전에서 구자철이 두 골을 넣는 활약에 힘입어 2-1로 승리했다. 무려 23년간 이어졌던 아시안컵 첫 게임 무승 징크스를 깨고 한국은 순항을 시작했다. 한국은 4일 후 열린 사실상의 조 1위 쟁탈전이었던 호주전에서 1-1 무승부를 기록한 뒤 조별예선 마지막 경기인 인도전에서 4-1로 완승하며 8강에 진출했다. 박지성은 상대적으로 약체였던 인도와의 경기를 제외하고는 모든 경기에서 풀타임을 뛰며 지동원, 구자철, 기성용, 이청용, 손흥민 등 어린 선수들이 마음껏 뛸 수 있도록 도왔다. 덕분에 손흥민은 인도전에서 자신의 A매치 통산 첫 골을 터뜨렸고, 구자철은 대회 득점왕에 오르기까지 했다.

8강전 상대는 또 다시 이란이었다. 1996년부터 2011년까지 다섯 대회 연속으로 8강에서 이란을 만나는 기묘한 징크스가 또 다시 재현됐다.

박지성은 이란전에서 몸을 아끼지 않았다. 경기장 전역을 뛰어다니던 그의 플레이는 이제 왼쪽에 국한됐지만, 모든 공격의 시발점은 박지성의 발끝이었다. 박지성은 거친 이란 미드필더진에 주눅 들지 않는 플레이로 팀에 활력을 불어넣었다. 박지성이 볼을 잡으면 두세 명의 선수가 압박할 정도로 이란은 필사적으로 박지성을 막았다. 함께 뛴 '노장' 이영표와 박지성은 이날 경기에서 둘이 합쳐 무려 열한 번의 프리킥을 얻어낼 정도로 많은 견제를 받았다. 하지만 골은 좀처럼 터지지 않았고 결국 연장까지 갔다. 연장 전반 종료 직전 승부가 결정됐다. 교체해 들어갔던 윤빛가람이 왼발 중거리 슈팅으로 0-0의 균형을 깨뜨렸다. 한국은 1-0의 스코어를 끝까지 지켜 또 다시 이란을 꺾고 4강에 올라갔다. 120분의 혈투였다.

4강전 상대는 일본이었다. 이 경기는 여러모로 의미가 깊었다. 4강 문턱에서 '숙적'과 맞붙는 경기인 데다 박지성의 A매치 100번째 경기인 기념비적인 경기였기 때문이다. 한국 선수들은 주장의 A매치 100번째 경기를 기념하기 위해서라도 반드시 승리하고자 했다. 박지성 역시 전의를 다지며 자신의 국가대표 마지막 대회를 우승으로 끝내기 위해 준비했다. 이란전에서 연장전까지 치른 데다 일본보다 하루를 덜 쉬고 경기에 나섰기에 피로가 누적됐지만 정신력으로라도 버텨야 했다.

경기는 그 어떤 한·일전보다 치열했다. 아시안컵 우승으로 가는 길목에서 만났기에 박지성, 이영표, 차두리, 기성용, 이청용 등으로 구성된 한국과 혼다 케이스케, 카가와 신지 등 유럽파가 주축인 일본은 한 치의 양보 없이 맞붙었다. 역시 박지성이 선취점의 실마리를 풀었다. 전반 21분 박지성은 수비진에서 한 번에 넘어온 공을 받기 위해 상대 페널티박스 안으로 질주했다. 이때 일본의 수비수 콘노 야스유키가 미는 바람에 박지성은 넘어지고 말았다. 심판은 지체 없이 페널티킥을 선언했다. 기성용이 PK 키커로 나서 골을 넣으며 한국은 1-0으로 앞서갔다. 하지만 이내 동점골을 허용해 경기는 1-1 살얼음판으로 흘러갔다. 후반전을 마쳤지만 결판이 나지 않았다. 결국 연장전에 돌입했다. 연장 전반 6분 한국은 PK를 허용했다. 골키퍼인 정성룡이 잘 막았지만 2차로 들어온 호소가이 하지메에게 실점하며 1-2로 상황이 역전됐다. 그러나 한국은 주저앉지 않았다. 패색이 짙은 연장 후반 15분 황재원이 극적으로 골을 넣었다. 2-2 동점. 승부차기가 이어졌다. 승부차기에서 한국은 0-3으로 패하며 그렇게 염원하던 아시안컵 우승컵을 놓치고 말았다. 박지성은 교체 없이 120분을 풀타임으로 뛰며 PK를 유도하는 등 공수 양면에서 최후의 투혼을 발휘했지만 끝내 자신의 마지막 대회를 아쉽게 마무리하고 말았다. 이 경기를 통해 박지성은 A매치 100경기 출전 기록을 달성했다. 당시 기준으로 홍명보(135경기), 이운재(132경기), 이영표(127경기), 유상철(122경기), 차범근(121경기), 김태영(105경기), 황선홍(103경기)에 이어 여덟 번째로 센추리클럽에 가입한 선수였다. 센추리클럽에 가입한 한국 선수는 아직까지 9명(이동국이 2014년 9월 추가로 가입했다)에 불과하다. 경기 직후 일본의 미드필더였던 엔도 야스히토는 "박지성은 여전히 좋은 선수다. 여전히 최상급의 경기력을 선보인다. 박지성이 한국 대표팀의 리더로 계속 활약했으면 좋겠다."고 말했다. 사실 박지성은 우즈베키스탄과의 3, 4위전을 끝으로 대표팀 경기를 마무리하려고 했다. 하지만 일본전 후 무릎 부상이 또 다시 재발하는 바람에 끝내 우즈베키스탄전에서 뛰지 못하고 대표팀 생활을 마무리해야 했다. 우즈베키스탄전에서 승리한 후 대표팀 선수들은 한국 축구를 위해 누구보다 헌신한 '영원한 캡틴'을 위해 헹가래를 했고 그렇게 박지성은 대표팀을 떠났다.

박지성은 대회 후 2011년 1월 31일 공식 기자회견을 열어 대표팀에서 공식 은퇴했다. 그는 "대한민국 축구 대표팀이 뛰는 그라운드를 떠나겠지만 다른 방향으로 도움을 줄 수 있도록 새롭게 도전하겠다."며 "설사

그 도전으로 지금보다 힘들고 험한 여정을 가야 할지라도 포기하지 않고 성취하겠다."고 말했다. 한국 축구의 한 장을 장식한 '전설'이 그렇게 태극 마크를 내려놓았다.

박지성

베스트 경기

10

BEST 01

2002년 한·일 월드컵 직전 평가전

대한민국 vs 프랑스

2002년 5월 26일,
수원 월드컵 경기장

월드컵 4강 신화의 전초전이 된 경기다. 이미 프랑스전 직전에 열린 스코틀랜드전(4-1 승리), 잉글랜드전(1-1 무승부)을 통해 달라진 한국 대표팀의 기운이 감지됐지만, 이날 경기로 대표팀은 물론 축구 팬들 사이에서도 '할 수 있다'는 확신이 생겼다.

'무명'이었던 박지성은 이미 잉글랜드전 동점 헤딩골로 대중들에게 자신의 이름을 알렸다. 프랑스전에서 선보인 경기력은 향후 10년간 이어진 '박지성의 시대'를 알리는 축포와 다름없었다. 당시 프랑스 대표팀은 특유의 '아트 사커(Art Soccer)'로 1998년 월드컵과 유로 2000 우승을 달성한 팀이었으며, 지네딘 지단(당시 레알 마드리드), 패트릭 비에이라, 티에리 앙리(이상 아스널), 다비드 트레제게, 릴리앙 튀랑(이상 유벤투스) 등 최고의 선수로 구성되어 있었다. 게다가 한국은 이미 2001년 컨페더레이션스컵에서 프랑스에 0-5로 완패한 악몽까지 갖고 있었다.

한국은 그 전 월드컵까지 단 1승도 거두지 못한 팀이었다. 유럽 리그에서 뛰는 선수는 2명(안정환·설기현)에 불과했다. 전반 16분 한국은 앙리의 크로스에 이은 트레제게의 슈팅으로 첫 골을 허용했다. 전 세

계가 예상한대로 한국이 참패하나 싶었다. 그러나 깜짝 놀랄 일이 벌어졌다. 전반 25분 중앙선에서 한 번에 넘어온 김남일의 롱패스를 박지성이 이어받았다. 박지성은 프랑스 대표팀의 주장 마르셀 드사이를 젖힌 뒤 왼발 슈팅을 날려 프랑스 골문을 흔들었다. 경기는 순식간에 1-1 원점으로 돌아갔다. 한국이 놀랐고 세계가 놀랐다. 박지성의 환상적인 기술과 빠른 속도, 완벽한 슈팅이 결합된 이 골은 세계 최강 프랑스의 베스트 멤버들을 한 방 먹이기에 충분했다. 이 골 덕분에 그간 스코틀랜드, 잉글랜드전을 통해 쌓은 자신감이 '확신'으로 바뀌었다. 한국은 이 골 이후 설기현의 헤딩골을 추가해 한때 2-1로 역전하며 세계 챔피언의 간담을 서늘하게 만들었다. 비록 후반전 초반에 한 골, 경기 종료 직전에 또 한 골을 허용하며 2-3으로 패했지만 이긴 것이나 다름없는 자신감을 얻었다. 그리고 이 자신감은 '월드컵 4강 신화'라는 결실로 드러났다.

그간 중앙 미드필더로 나서며 수비적인 역할을 주로 수행하던 박지성은 이 골로 인해 공격수 포지션에 대한 확신과 함께 곧 열릴 월드컵 본선 무대에서도 통할 수 있다는 자신감을 얻을 수 있었다.

BEST 02

대한민국 vs 포르투갈

2002년 6월 14일,
인천 문학 경기장

월드컵 최종 명단이 발표되기 전까지 박지성이 월드컵 대표팀에 포함될 거라 생각하는 사람은 많지 않았다. 거스 히딩크 감독이 부임한 이래 단 한 번도 빠지지 않고 대표팀에 소집됐지만, 인지도가 낮은 탓에 매번 탈락 1순위로 꼽혔다. 하지만 박지성은 포르투갈전 골을 통해 자신이 왜 꾸준히 대표팀에 소집되었는지를 증명했다.

포르투갈전은 한국 축구사에 길이 남을 명장면이 탄생한 경기였다. 한국 대표팀은 이미 1승 1무를 거두며 16강 진출이 유력하긴 했지만, 강호 포르투갈에 패하면 경우의 수를 따져야 하는 애매한 상황에 놓여 있었다. 당시 포르투갈은 루이스 피구(레알 마드리드), 루이 코스타(AC 밀란), 파울레타(보르도) 등 세계 최고의 스타로 구성된 일명 '포르투갈 황금 세대'였으며 폴란드, 미국, 한국과 함께 편성된 D조에서 압도적인 최강자로 평가받을 정도의 전력을 보유하고 있었다. 그 누구도 포르투갈의 16강행을 의심하지 않았다. 그러나 히딩크 감독은 '이변'을 계획했다. 경우의 수를 따지는 대신 포르투갈을 제압해 사상 첫 16강 진출의 시금석을 쌓는다는 게 히딩크 감독의 야심이었다. 경기 당일 한국은 모든 면에

서 포르투갈을 압도했다. 특히 히딩크 감독이 전수한 '압박축구'를 가장 잘 구현한 경기를 펼쳤다. 송종국이 피구를 전담 마크해 꽁꽁 묶었고 이 영표가 왼쪽에서 상대 수비를 농락하는 등 11명 모두가 제 몫 이상을 해 냈다. 그중에서 특히 빛난 선수는 박지성이었다. 후반 26분. 오른쪽 윙포 워드로 출전한 박지성은 지속적으로 포르투갈 수비진을 괴롭히다 왼쪽 에서 이영표가 오른발로 크로스를 올리자 가슴으로 받은 다음 수비를 젖 히고 과감한 왼발 슈팅을 날려 포르투갈의 골문을 갈랐다. 한국의 월드컵 진출 사상 첫 16강 진출을 결정짓는 골이었다. 끝내 점수를 뒤집지 못하 고 0-1로 패한 포르투갈은 D조 3위로 16강 진출에 실패한다.

BEST 03

제82회 일왕배 결승전

교토 퍼플 상가 vs 가시마 앤틀러스

2003년 1월 1일,
도쿄 요요기 국립경기장

박지성의 일본 프로 무대 마지막 골이다. 그는 이 골로 자신의 프로 통산 첫 컵대회 우승컵을 들 수 있었다. 2014년까지도 이 우승이 교토 상가(당시 교토 퍼플 상가)의 마지막 우승이라는 점에서 교토 구단 역사에서도 지금까지 뜻 깊은 경기로 남아 있다.

박지성은 2002년 12월 31일부로 계약이 만료됐지만 순전히 '의리'를 지키기 위해 2003년 1월 1일 열린 이 경기에 나섰다. 무릎 부상을 안고 있었던 데다 이미 PSV 이적을 확정한 상황이라 몸을 사릴 만도 했다. 하지만 자신을 프로로 데뷔하게 해준 교토에 마지막 선물을 안긴다는 마음으로 출전을 강행했다. 0-1로 뒤지며 패색이 짙던 후반 7분. 박지성은 스즈키 신고가 오른쪽에서 프리킥을 날리자 수비 사이를 헤집고 들어가 헤딩골로 연결했다. 그야말로 천금 같은 동점골이었다. 이미 계약이 끝난 선수가 그 누구보다 헌신적으로 뛰며 골까지 넣는 광경을 본 교토 팬들은 감격에 젖었다. 박지성은 골을 터뜨린 후에도 공격과 수비 모두에서 최고의 플레이를 선보이며 2-1 역전을 이끈 일등공신이 됐다.

박지성이 경기 종료 3분을 남기고 교체돼 나가자 교토 팬들은 끊임없

이 박수를 보내며 유럽 무대로 떠나는 선수의 앞날을 축복했다. 결국 교토는 2-1 점수를 지키며 창단 후 처음으로 트로피를 들어올렸다. 경기후 교토 선수들은 박지성을 헹가래하며 고마워했다. 당시 교토 퍼플 상가 소속이었던 데시마 가즈키는 "팀을 위해 땀을 흘리는 선수였다. 박지성이 일왕배 결승전에서 터뜨린 동점골은 최고의 추억"이라고 회상한 바있다. 겨우 2년 반밖에 뛰지 않은 외국인 선수가 보여준 헌신을 잊지 못하는 교토는 아직까지도 박지성을 '교토가 키운 아시아의 전설'이라며 자랑스러워하고 있다.

BEST 04

2003~2004 시즌 UEFA컵 32강 1차전
PSV 에인트호번 vs AC 페루자

2004년 2월 26일,
이탈리아 레나토 쿠리 스타디움

야심차게 일본을 떠나 네덜란드에 입성했지만 유럽의 벽은 높았다. 드리블은커녕 기본적인 패스조차 제대로 하지 못하자 자신감이 떨어졌고 설상가상으로 무릎 부상까지 겹쳤다. 히딩크 감독은 당시를 떠올리며 "그때 박지성은 3년간 제대로 휴식을 취하지 못한 채 방전된 상태였다."고 말한 바 있다. 히딩크 감독은 박지성의 몸 상태가 제대로 돌아올 수 있도록 기다려주었다. 그러나 이런 사정을 알 리 없는 PSV 팬들은 홈구장에서 박지성이 공을 잡을 때마다 야유를 퍼부었다. 심지어 벤치에서 몸을 풀러 나올 때조차 야유를 보내기도 했다. 상대팀에게 보내는 야유보다 더 큰 야유가 쏟아지자 히딩크 감독은 야유를 피할 수 있도록 원정경기에만 박지성을 출전시키기도 했다. 박지성은 당시를 회상하며 "축구를 그만두고 싶을 정도로 내 인생에서 가장 힘들었던 시기"라고 말하기도 했다. 다시 일본으로 오라는 제의가 들어왔고, 박지성 스스로도 심각하게 유턴을 고민했다.

깊은 슬럼프에 빠진 박지성은 페루자와의 UEFA컵 경기를 계기로 드디어 유럽 축구에 적응하기 시작한다. 그 누구도 주목하지 않고 심지어

중계도 제대로 되지 않은 경기였지만, 박지성은 이 경기를 통해 축구 인
생의 전환기를 맞았다. 지독한 슬럼프라는 터널을 뚫고 나오자 찬란한 앞
날이 그를 기다렸다. 이 경기로 터닝포인트를 맞은 박지성은 PSV의 핵
심 선수로 자리잡은 것은 물론 더 나아가 프리미어리그에 진출하며 아시
아 축구 역사상 최고의 선수로 거듭날 수 있었다.

BEST 05

2004~2005 시즌 UEFA컵 챔피언스리그 4강 2차전

PSV 에인트호번 vs AC 밀란

2005년 5월 4일,
네덜란드 필립스 스타디움

박지성이 PSV의 핵심 선수로 활약하자 PSV의 성적도 좋아지기 시작했다. 2003~2004 시즌에 리그 우승에 실패했던 팀이 2004~2005 시즌 시작과 동시에 '리그 17경기 연속 무패' '1,159분 무실점' 등 놀라운 기록을 쏟아내며 리그를 정복하고 챔피언스리그에 진출해서도 전 유럽을 놀라게 하는 이변을 만들어낸다.

PSV는 챔피언스리그에서 13년 연속 노르웨이 리그 챔피언이었던 로젠보리와 2003~2004 시즌 잉글랜드 프리미어리그 무패 우승(26승12무)을 달성한 아스널, 그리스 리그 챔피언 자격으로 출전한 파나시나이코스 등 강팀과 속한 E조에서 2위로 16강에 진출했다. PSV는 16강에서 지난 대회 준우승팀인 AS 모나코를, 8강에서 프랑스 최강팀 올림피크 리옹을 무너뜨리며 4강까지 진출했다. 박지성은 PSV와 함께 챔피언스리그 4강에 진출하며 유럽이 주목하는 스타로 떠올랐고, 그런 활약이 가장 돋보였던 경기가 AC 밀란과 맞붙은 4강 2차전이었다.

당시 AC 밀란은 '철의 포백'(파올로 말디니 - 알레산드로 네스타 - 야프 스탐 - 카푸)으로 유명한 세계 최고의 수비진을 보유하고 있었다. '우승 0

순위'로 불릴 정도로 최강이었던 AC 밀란은 1차전에서 PSV를 2-0으로 누르며 이변을 잠재우는가 했다. PSV 홈인 필립스 스타디움에서 열린 2차전에서 박지성은 전반 10분 자신이 찔러준 스루패스가 수비 경합 중 흘러나오자 그대로 달려들어가며 왼발 슈팅을 날려 밀란의 골문을 갈랐다. 이 골은 한국 선수가 유럽 챔피언스리그 본선에서 넣은 최초의 골이자 아직 결승 진출 경쟁이 끝나지 않았음을 알린 골이었다.

경기 내용도 좋았다. 1, 2차전에서 박지성에게 호되게 당한 AC 밀란의 미드필더 젠나로 가투소는 인터뷰에서 "헌신이라는 말의 진짜 의미를 이해하고 있는 얼마 안 되는 선수"라며 박지성을 극찬하기도 했다.

박지성의 골 이후에도 PSV는 이영표의 도움을 받은 코쿠가 헤딩골을 넣으며 3-1로 AC 밀란을 이기는 이변을 연출했지만, 원정 다득점 원칙에 따라 아쉽게 결승 진출에는 실패했다. 이날 경기에서 인상적으로 활약한 박지성에게 세계 유수의 클럽이 잇따라 이적을 제의하기 시작한다.

BEST 06

2009~2010 시즌 UEFA 챔피언스리그 16강

맨체스터 유나이티드 vs AC 밀란

2010년 2월 16일~3월 10일,
이탈리아 산 시로 스타디움, 잉글랜드 올드 트래퍼드

시즌 초반 부상으로 고생하며 두 달가량 경기에 나서지 못한 박지성은 회복한 후에도 입지를 다지는 데 힘들어했다. 라이언 긱스가 다시 왼쪽에서 활약한 데다 크리스티아누 호날두가 떠난 직후 들어온 안토니오 발렌시아가 오른쪽 윙의 주전으로 자리를 굳히고 있었기 때문이다. 하지만 시즌이 후반으로 접어들며 강팀과의 경기에 항상 주전으로 출전하면서 자신의 역할을 보란 듯이 증명한다. 그의 역할은 윙으로서 수비적인 역할을 수행하며 상대의 핵심 선수를 꽁꽁 묶는 것이었다. 이 같은 박지성의 모습이 가장 잘 드러난 경기가 바로 챔피언스리그 16강 AC 밀란과의 1, 2차전이었다. 이미 PSV 시절 밀란을 상대로 골을 넣은 바 있는 박지성은 이날 경기에 선발로 나서기 전 알렉스 퍼거슨 감독으로부터 '특명'을 받는다. 밀란의 공격을 조율하는 플레이메이커 안드레아 피를로를 봉쇄하라는 것이었다. 박지성이 두 경기 모두 피를로를 그림자처럼 따라 다니며 마크한 덕분에 조별예선 6경기에서 경기당 평균 패스 횟수 59.3회를 기록한 피를로의 패스 횟수는 1차전 32회, 2차전 42회로 뚝 떨어졌다. 밀란의 공격은 자연스레 힘을 잃었다. 맨유에 7골을 내주는 동안 밀란이 넣

424

은 골은 2개에 불과했다.

　박지성과 함께 이 경기에 뛰었던 폴 스콜스는 은퇴 후 2014년 브라질 월드컵에서 잉글랜드가 이탈리아와 맞붙자 "세계 최고의 플레이메이커인 피를로를 막기 위해선 잉글랜드의 박지성이 필요하다."고 주장하기도 했다. 퍼거슨 감독은 이날 맨유의 승리를 이끈 인물로 박지성을 꼽았다. 그만큼 이 경기는 박지성의 프로 인생에서 수비적으로 가장 뛰어났던 경기였다.

　박지성은 2차전에서도 똑같이 피를로를 봉쇄하며 상대 공격의 통로를 끊었다. 단 한 번의 슈팅을 날렸을 뿐이지만 그것을 골로 연결하며 팀의 4-0 승리에 일조했다. AC 밀란은 1, 2차전 합계 2-7로 완패했다.

BEST 07

2010년 남아공 월드컵 직전 평가전
대한민국 vs 일본

2010년 5월 24일,
일본 사이타마 스타디움

2006년 독일 월드컵에서 아쉽게 16강 탈락이라는 쓴맛을 본 한국은 2010년 남아공 월드컵을 통해 2002년 한·일 월드컵에서 이룬 '4강 신화'가 우연이 아니라는 것을 증명해야 했다. 한국은 박지성에게 주장 완장을 맡기며 원정 첫 16강 진출을 부탁했다. 그리스, 나이지리아, 아르헨티나라는 만만치 않은 상대와 한 조에 속했지만 박지성이 있었기에 16강 진출에 희망을 걸고 있었다. 그만큼 박지성의 어깨는 무거웠다.

한국은 남아공 월드컵을 3주도 채 남겨놓지 않은 시점에서 라이벌 일본의 초대를 받았다. 여론은 '일본을 이겨 자신감을 쌓고 월드컵에서 일을 내자'라는 찬성파와 '굳이 월드컵이라는 큰 대회를 두고 라이벌과 붙어 괜한 부상이라도 당하면 어떡하나'라는 반대파로 갈렸다. 한·일전이라는 특수성이 워낙 크다 보니 기대만큼 우려도 컸다. 게다가 패하기라도 하면 월드컵을 앞두고 사기가 하락하는 건 물론 일본 출정식의 제물이 될 우려마저 있었다.

박지성은 월드컵 분위기를 고조하고 한·일전에 쏠리는 지나친 관심을 선수단이 아닌 자신에게 돌리기 위해 "일본이 예전 같지 않다."며 도발

아닌 도발을 감행하기도 했다. 이 같은 도발에 발끈한 일본 관중은 경기 시작 전 선수 소개에서 박지성의 이름이 불리자 엄청난 야유를 보냈다. 사이타마 스타디움을 뒤흔든 야유는 전반 6분 만에 침묵으로 바뀌었다. 박지성이 중앙에서부터 단독 드리블 돌파 후 오른발 땅볼 슛으로 정확하게 일본 골문에 골을 꽂아 넣은 것이다. 박지성이 무표정한 모습으로 트랙을 도는 골 세리머니를 펼치자 충격에 휩싸인 관중석이 조용해졌다. 박지성은 어찌 보면 무례하기도 한 골 세리머니를 선보인 이유에 대해 "선수를 소개할 때 생각 이상으로 나에 대한 야유가 심했다. 그래서 그들에게 보여주기 위해 다소 거만한 세리머니를 했다."고 말했다. 이날 경기에서 한국은 박주영이 PK골을 추가해 2-0으로 일본을 꺾었다. 한국은 일본과의 경기에서 승리하며 남아공 월드컵을 앞두고 한층 자신감을 고조시킬 수 있었고, 결국 원정 첫 16강 진출이라는 쾌거를 이뤘다.

BEST 08

2010년 남아공 월드컵 B조 1차전
대한민국 vs 그리스

2010년 6월 12일,
남아프리카 공화국 넬슨 만델라베이 스타디움

월드컵 첫 경기는 늘 중요하지만 특히 남아공 월드컵은 더욱 중요한 경기였다. 아르헨티나, 나이지리아 같은 강팀과 한 조에 속했기에 상대적으로 약체인 그리스만은 반드시 이겨야 했다. 물론 그리스도 만만치 않았다. 6년 전이긴 하지만 그리스는 유로 2004 챔피언을 차지하기도 했던 팀이었다. 탄탄한 수비가 인상적이긴 하지만 그나마 한국이 이기기 가장 수월한 팀이었기에 온 힘을 다할 수밖에 없었다.

한국은 전반 7분 수비수 이정수가 기성용의 오른발 프리킥을 이어받아 선제골을 뽑았다. 그러나 그리스는 매서웠다. 그리스의 날카로운 공격이 계속되는 가운데 한국은 초조한 리드를 이어갔다. 힘겹게 전반을 마쳤지만 1-0이라는 스코어를 남은 45분 동안 지켜낼 수 있을지 의문인 상황이었다. 박지성은 후반 시작 7분 만에 이 같은 걱정을 불식시키는 골을 넣었다. 상대 수비수의 실책을 이끌어내며 패스를 끊은 데 이어 그리스 수비와 몸싸움을 하며 단독 드리블 후 왼발 슈팅으로 골을 넣었다. 박지성 스스로 "그 골을 넣으며 이겼다는 생각을 했다."고 회상할 정도로 인상적인 골이었다.

이 골은 박지성 개인에게도 의미가 깊다. 자신의 월드컵 마지막 골이자 월드컵에서 넣은 세 번째 골이기 때문이다. 월드컵에서 세 골을 넣은 한국 선수는 박지성과 안정환뿐이다. 이 골로 한국은 남아공 월드컵에서 기분 좋은 첫 승을 챙길 수 있었고, 이후 아르헨티나에게 패하고 나이지리아와 무승부를 거뒀음에도 16강에 진출해 한국 축구 역사상 원정 첫 16강 진출이라는 쾌거를 이룰 수 있었다.

BEST 09

2010~2011 시즌 잉글랜드 프리미어리그 11라운드

맨체스터 유나이티드 vs 울버햄튼

2010년 11월 6일,
잉글랜드 올드 트래퍼드

박지성의 프로 생활을 통틀어 가장 빛났던 경기다. 시즌 초는 힘들었다. 월드컵 참가 후 컨디션 난조를 겪은 그는 나니에 밀려 주전 경쟁에서 뒤처졌다. 시즌 시작 후 3개월이 지나서야 리그 두 번째 선발경기에 나설 정도로 출전 기회가 적었던 박지성은 강등권 팀인 울버햄튼 원더러스와의 경기에 나섰다.

약팀과 홈에서 치르는 경기였기 때문에 절대 우세가 점쳐졌지만 실상은 정반대였다. 맨유에 맞춤형 전략을 가지고 나온 울버햄튼은 경기 내내 강한 압박으로 맨유를 궁지에 몰아넣었다. 맨유 선수들은 당황했고 실수를 연발하며 평소의 맨유 답지 않은 경기력으로 일관했다. 하지만 박지성 만큼은 달랐다. 팀을 독려하며 공격을 주도했고, 결국 0-0이었던 전반 종료 직전 대런 플레처의 패스를 이어받아 침착하게 오른발 슈팅으로 상대 골문을 갈랐다. 경기 내용은 뒤지고 있었지만 이 골 덕분에 맨유는 힘겹게 1-0 리드로 전반을 끝낼 수 있었다.

맨유의 저조한 경기력은 후반전에도 나아질 줄 몰랐다. 결국 후반 21분 맨유는 동점골을 허용하고 말았다. 홈경기에서 약팀을 상대로 무승부

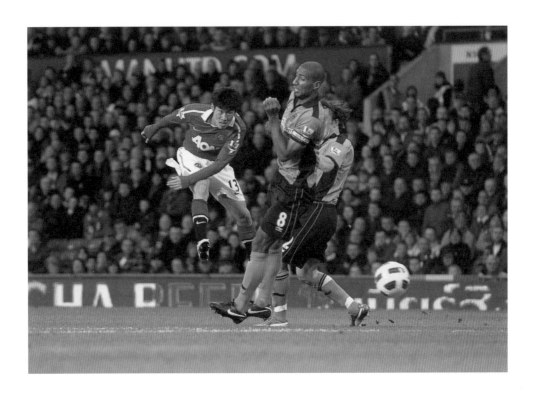

를 기록하는 건 맨유 입장에서는 지는 것과 다름없었다. 전광판 시간이 멈추고도 2분이 지난 후반 추가 시간. 오른쪽 측면에서 개인 드리블을 하며 중앙으로 치고 들어오던 박지성이 수비 세 명을 뚫고 왼발 슈팅을 날렸고 이 공이 그대로 울버햄튼의 골문을 갈랐다. 후반 추가 시간 3분에 터진 이 골로 맨유는 2-1로 극적으로 승리했다. 맨유 선수들은 모두 박지성에게 뛰어가 안기며 신승의 기쁨을 나눴다. 박지성은 이날 경기의 MOM(Man Of the Match, 경기 최우수 선수)으로 선정됐다. 이 경기는 박지성이 공격 부문에서 가장 뛰어난 활약을 보인 경기였다.

BEST 10

2010~2011 시즌 잉글랜드 프리미어리그 36라운드
맨체스터 유나이티드 vs 첼시 FC

2011년 5월 8일,
잉글랜드 올드 트래퍼드

박지성 스스로 '축구 인생에서 가장 만족스러웠던 경기'라고 평가한 경기다. 특히 전반전에는 수비면 수비, 공격이면 공격 모두에서 박지성 플레이의 절정을 볼 수 있다.

이날 첼시전은 특히 시즌 우승의 향방을 앞두고 맞붙은 사실상의 결승전과 같은 중요한 경기였다. 시즌 종료 3경기를 남기고 만난 두 팀은 맨체스터 유나이티드가 승점 73으로 1위, 첼시가 승점 70으로 2위에 올라 있었다. 이날 맨체스터 유나이티드가 첼시에 이기면 승점 차를 3점에서 6점으로 벌리며 남은 2경기에서 1경기만 무승부를 기록해도 우승할 수 있었고, 첼시 입장에서도 이날 승리를 거두면 맨유와 승점이 같아져 나머지 경기 결과에 따라 우승할 수도 있는 상황이었다.

박지성은 20여 일전에 펼쳐진 챔피언스리그 8강 첼시전 1,2차전에 모두 선발로 출전했고, 2차전에서는 결승골을 넣으며 맹활약을 거둔 바 있어 더욱 자신감에 차 있었다.

이 경기에서 박지성은 전반 치차리토의 첫 골에 어시스트를 기록했으며, 공격에도 활발히 가담했고, 동료들에게 수시로 슈팅 기회를 만들어주

고, 경기 내내 상대 선수를 압박하는 등 맨유의 승리에 공헌했다.

이날 첼시전 승리로 맨체스터 유나이티드는 사실상 시즌 우승을 확정 지었고, 잉글랜드 1부 리그 19번째 우승으로 라이벌 리버풀을 뛰어 넘어 최다 우승 클럽에 오르는 대기록을 세웠다.

박지성은 이 시즌의 우승의 향방이 걸린 이날 첼시전에서 자신도 만족할 정도로 절정의 기량을 뽐내며 팀의 승리와 대기록 달성에 공헌했다는 점에서 가장 기억에 남는 경기 중 하나로 꼽고 있다.

박지성

연표

1981

2014

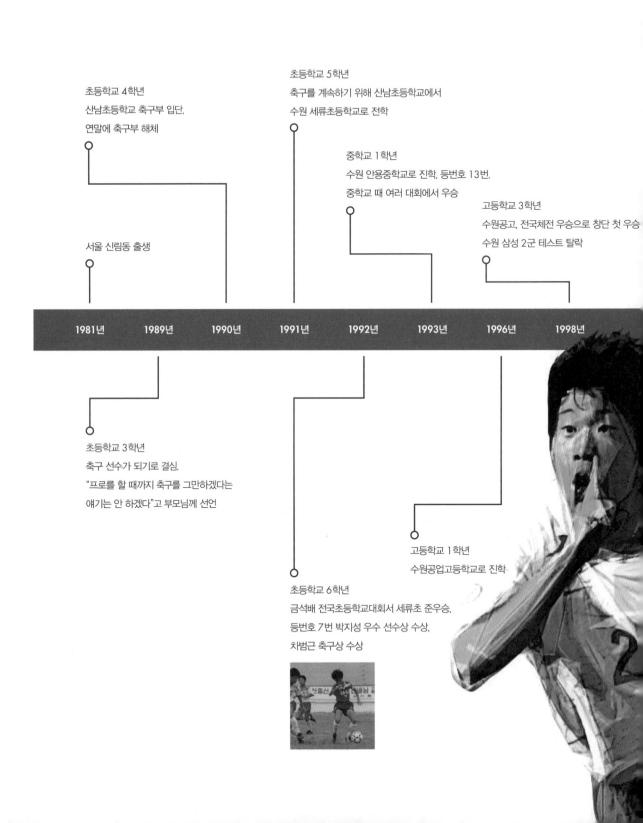

초등학교 4학년
산남초등학교 축구부 입단.
연말에 축구부 해체

초등학교 5학년
축구를 계속하기 위해 산남초등학교에서
수원 세류초등학교로 전학

중학교 1학년
수원 안용중학교로 진학, 등번호 13번.
중학교 때 여러 대회에서 우승

고등학교 3학년
수원공고, 전국체전 우승으로 창단 첫 우승
수원 삼성 2군 테스트 탈락

서울 신림동 출생

1981년   1989년   1990년   1991년   1992년   1993년   1996년   1998년

초등학교 3학년
축구 선수가 되기로 결심.
"프로를 할 때까지 축구를 그만하겠다는
얘기는 안 하겠다"고 부모님께 선언

고등학교 1학년
수원공업고등학교로 진학

초등학교 6학년
금석배 전국초등학교대회서 세류초 준우승,
등번호 7번 박지성 우수 선수상 수상,
차범근 축구상 수상

4월 5일 동대문 운동장 라오스전에서 국가대표로 데뷔.
5월 J리그 교토 퍼플 상가 입단, 등번호 12번.
6월 7일 마케도니아전에서 A매치 데뷔골.
9월 시드니 올림픽 참가했으나 한국은 2승1패 예선 탈락,
11월 가시마 앤틀러스전에서 프로 통산 첫 골. 같은 달
교토 리그 15위로, J2리그 강등확정

J2리그 잔류. 등번호 7번으로 바꿈.
3월 J2리그 개막,
개막전 골로 J2리그 첫 골.
거스 히딩크 감독 하에 첫 대표팀 소집.
컨페드레이션스컵 참가.
11월 교토 J2리그 우승으로 승격 확정

부진에서 허덕이던 중 2월
26일 페루자와의 UEFA컵 경기를
계기로 슬럼프 탈출.
2004 아시안컵 참가. 한국
8강에서 이란에 3-4로 지며 탈락.
리그에서 맹활약

챔피언스리그 토너먼트(16강부터)를 통해 유럽에서
이름을 알리기 시작.
8강 리옹전에서 맨체스터 유나이티드의 알렉스 퍼거슨
감독 직접 관전. 4강 2차전 AC 밀란전에서 골 넣으며
한국인 최초 UEFA챔피언스리그 본선 골 기록. 5월
팀은 리그, 네덜란드컵 모두 우승(2관왕). 잉글랜드
프리미어리그 맨체스터 유나이티드 이적 확정.
등번호 13번. 한국인 최초 프리미어리거 탄생. 12월
20일 리그 컵 버밍엄전에서 잉글랜드 무대 데뷔골.

| 1999년 | 2000년 | 2001년 | 2002년 | 2003년 | 2004년 | 2005년 |

명지대학교 입학.
1월 연습 경기 중 시드니 올림픽 대표팀 감독
허정무에 눈에 띄어 수비수로 발탁(1999. 03. 26.)
5월 27일 태국 올림픽 대표팀과의 경기 통해
태극마크 첫 경기. 데뷔전서 결승골 도움.
8월 19일 체코 올림픽 대표팀과 경기서
한국의 두 번째 골 넣으며 올림픽 대표 데뷔골이자
이날 경기 결승골 기록.

J리그 복귀. 한·일 월드컵 참가.
6월 14일 포르투갈서 월드컵 첫 골.
한국 월드컵 4강 진출.
교토 리그 5위. J리그 MVP투표 3위.
12월 네덜란드 PSV 이적 확정.

1월1일 일왕배 우승. 생애 첫 프로 우승
트로피 획득.
네덜란드 PSV 합류. 첫 등번호 21번.
2월 16일 FC즈볼레와의 리그 경기 통해
유럽 무대 공식 데뷔.
4월 무릎 부상으로 생애 첫 수술.
팀은 5월 리그 우승. 첫 리그 우승 맛봄.
8월 23일 빌렘II 경기서 유럽 무대 첫 골.
연말이 될수록 부진에 빠짐. 축구 인생 최대
난관에 부딪침.

3월 리그 컵 우승. 구단 선정 3월 MVP 수상.
4월, '수비형 윙어'의 창시자라는 칭호 받음. 챔피언스리그
4강 2차전 아스널전서 골. 4년 만에 챔피언스리그 골. 결승전
바르셀로나전 선발 출전. 아시아인 최초로 챔피언스리그 결승 무대
출전. 준우승. 리그 우승(3연패).
무릎 부상 재발로 10,11월 결장

3월 세계 올스타전 참가.
3월 17일 볼턴 원더러스전에서 잉글랜드 무대
진출 후 첫 멀티골.
4월 무릎 부상. 수술 결정. 수술 후 12월 말 복귀.
팀은 리그 우승. 잉글랜드 진출 후 첫 리그 우승.
2007 아시안컵 부상으로 결장

| 2006년 | 2007년 | 2008년 | 2009년 | 2010년 |

2월 팀 리그 컵 우승으로 잉글랜드 무대 첫
트로피 들어 올림.
4월 9일 아스널전에서 프리미어리그 데뷔골.
4월 17일 토트넘전서 이영표와 프리미어리그
첫 한국인 맞대결. 잉글랜드 무대 진출 7년간
가장 많은 경기 출전. 독일 월드컵 참가.
조별예선 2차전 프랑스전서 골 기록. 한국은
16강 진출 실패.
9월 경기 중 입은 발목 인대 부상으로 3달간
결장.

챔피언스리그 8강 1,2차전(vs AS 로마), 4강
1,2차전(vs 바르셀로나) 전 경기 출전. 맹활약하며
팀 내 핵심선수로 거듭남. 하지만 결승전 명단 제외.
팀은 자국 리그, 챔피언스리그 우승.
12월 12일 토트넘전 통해 맨유 통산 100경기.
FIFA 클럽 월드컵 참가. 결승전 뛰며 팀이 세계
챔피언으로 거듭나는 데 일조.

2월 16일과 3월 10일 열린 챔피언스리그 16강
1,2차전 AC 밀란 전에서 맹활약. 상대 핵심선수
안드레아 피를로 집중 마크. 팀 리그 준우승.
2010 남아공 월드컵 참가. 조별예선 1차전
그리스전서 골. 한국은 16강 진출.
2010~2011시즌 초반 부진. 11월 6일 울버햄튼
원더러스전에서 경기 종료 직전 골 포함 2골 맹활약.

아시안컵 참가. 4강전 일본전 통해 A매치 100경기 센추리클럽 가입. 한국 3위. 대표팀 은퇴. 아시안컵 직후 무릎 부상. 5월 8일 프리미어리그 36라운드 첼시전, 박지성이 말하는 자신의 최고 경기. 팀 챔피언스리그 결승 진출. 박지성 풀타임 소화했지만 바르셀로나에 1-3 패배. 리그에서 우승하며 리버풀(18회)넘어 잉글랜드 역사상 가장 많은 1부 리그 우승한 팀(19회)으로 맨유 이름 등극. 2011~2012 시즌 초 선발에 자주 빠지며 입지 좁아짐.

출전 기회 줄어들며 전력 외로 구분. 팀은 리그 최하위로 2부 리그 강등. 시즌 종료 후 친정팀 네덜란드 PSV로 임대 이적. 8월 챔피언스리그 플레이오프 AC 밀란전 통해 복귀전 치름. 헤라클레스전에서 경기 종료 4분 남기고 골 넣으며 네덜란드리그 복귀 골. 발목 부상으로 10,11월 결장

2011년	2012년	2013년	2014년

2월 5일 첼시전 통해 맨유 통산 200경기. 유로파리그 16강 2차전 아약스전에서 아시아인 최초로 맨유 주장 완장 달고 경기. 갈수록 출전 기회 적어짐. 4월 30일 맨시티전 선발 출전했지만 부진. 맨유에서 마지막 경기 마침. 팀은 리그 준우승. 시즌 종료 후 퀸즈 파크 레인저스 이적. 팀 주장으로 임명. 하지만 팀은 개막 후 16경기 무승 행진.

팀은 12월 12월 15일 위트레흐트전부터 2014년 3월 23일 로다 JC전까지 13경기를 무려 11승 2패로 질주. 박지성 복귀 후 팀 질주 함께함. 연초 홍명보 전 대표팀 감독의 대표팀 복귀 요청 무릎 문제로 거절. 리그 마지막 경기였던 NAC 브레다전으로 공식 프로 경기 마지막 치름. 팀은 리그 4위. 시즌 종료 후 PSV 코리아투어 통해 수원, 창원에서 국내 팬들 앞에서 은퇴 경기. 7월 K리그 올스타전 통해 마지막 은퇴 경기. 10월 맨유 앰배서더 선정. 영국에 거주하며 축구 행정가 준비

"

축구를 잘했던 사람,
우리나라 최초의 프리미어리거 이런 걸 다 떠나서

많은 팬들이 내가 경기장에서 뛰고 있는
모습을 보고 믿음을 느꼈다면,

'저 선수는 믿음이 가는 선수였어.' 하고
한 번이라도 생각했다면,

저는 그걸로 제가 원했던
행복한 축구 선수 생활을 했다고 생각해요.

"

박지성 마이 스토리
PARK JI-SUNG MY STORY

1판 1쇄 발행 2015년 2월 5일
1판 8쇄 발행 2023년 11월 7일

지은이 박지성
펴낸이 김기옥

구술 정리 박문성
자료 수집 이재호

도움 주신 분 박성종, 이황재

문학팀 김세화 | **마케팅** 김주현
경영지원 고광현, 김형식, 임민진

표지 사진 유재철(스튜디오8)
본문 사진 게티이미지코리아, 연합뉴스, 뉴스뱅크

북디자인 씨디자인 조혁준, 함지은, 배종수, 조정은
인쇄·제본 (주) 민언프린텍

펴낸곳 한스미디어(한즈미디어(주))
주소 (04037) 서울시 마포구 양화로 11길 13(서교동, 강원빌딩 5층)
전화 02-707-0337 | **팩스** 02-707-0198 | **홈페이지** www.hansmedia.com
출판신고번호 제313-2003-227호 | **신고일자** 2003년 6월 25일

ISBN 978-89-5975-795-4 03810

PARK JI-SUNG

MY STORY